HEYNE
BÜCHER

Fantasy

Herausgegeben von Friedel Wahren

Das Schwarze Auge

1. Band: Ulrich Kiesow, *Der Scharlatan* · 06/6001
2. Band: Uschi Zietsch, *Túan der Wanderer* · 06/6002
3. Band: Björn Jagnow, *Die Zeit der Gräber* · 06/6003
4. Band: Ina Kramer, *Die Löwin von Neetha* · 06/6004
5. Band: Ina Kramer, *Thalionmels Opfer* · 06/6005
6. Band: Pamela Rumpel, *Feuerodem* · 06/6006
7. Band: Christel Scheja, *Katzenspuren* · 06/6007
8. Band: Uschi Zietsch, *Der Drachenkönig* · 06/6008
9. Band: Ulrich Kiesow (Hrsg.), *Der Göttergleiche* · 06/6009
10. Band: Jörg Raddatz, *Die Legende von Assarbad* · 06/6010
11. Band: Karl-Heinz Witzko, *Treibgut* · 06/6011
12. Band: Bernhard Hennen, *Der Tanz der Rose* · 06/6012
13. Band: Bernhard Hennen, *Die Ränke des Raben* · 06/6013
14. Band: Bernhard Hennen, *Das Reich der Rache* · 06/6014
15. Band: Hans Joachim Alpers, *Hinter der eisernen Maske* · 06/6015
16. Band: Ina Kramer, *Im Farindelwald* · 06/6016
17. Band: Ina Kramer, *Die Suche* · 06/6017
18. Band: Ulrich Kiesow, *Die Gabe der Amazonen* · 06/6018
19. Band: Hans Joachim Alpers, *Flucht aus Ghurenia* · 06/6019
20. Band: Karl-Heinz Witzko, *Spuren im Schnee* · 06/6020
21. Band: Lena Falkenhagen, *Schlange und Schwert* · 06/6021
22. Band: Christian Jentzsch, *Der Spieler* · 06/6022
23. Band: Hans Joachim Alpers, *Das letzte Duell* · 06/6023 (in Vorb.)
24. Band: Bernhard Hennen, *Das Gesicht am Fenster* · 06/6024
25. Band: Niels Gaul, *Steppenwind* · 06/6025
26. Band: Hadmar von Wieser, *Der Lichtvogel* · 06/6026
27. Band: Lena Falkenhagen, *Die Boroninsel* · 06/6027
28. Band: Barbara Büchner, *Aus dunkler Tiefe* · 06/6028
29. Band: Lena Falkenhagen, *Kinder der Nacht* · 06/6029
30. Band: Ina Kramer (Hrsg.), *Von Menschen und Monstern* 06/6030
31. Band: Johan Kerk, *Heldenschwur* · 06/6031
32. Band: Gun-Britt Tödter, *Das letzte Lied* · 06/6032 (in Vorb.)

Das Schwarze Auge

JOHAN KERK

HELDENSCHWUR

Einunddreißigster Roman
aus der
aventurischen Spielewelt

begründet
von
ULRICH KIESOW

Originalausgabe

WILHELM HEYNE VERLAG
MÜNCHEN

HEYNE SCIENCE FICTION & FANTASY
Band 06/6031

Umwelthinweis:
Dieses Buch wurde auf
chlor- und säurefreiem Papier gedruckt.

Redaktion: Ragnar Thalov

Printed in Germany 1998
Umschlagbild: Manfred Halder
Kartenentwurf (Seite 6/7): Ralf Hlawatsch
Umschlaggestaltung: Atelier Ingrid Schütz, München
Technische Betreuung: M. Spinola
Satz: Schaber Satz- und Datentechnik, Wels
Druck und Bindung: Presse-Druck, Augsburg

ISBN 3-453-13362-5

1. Kapitel

Irian, der persönliche Diener des Barons von Vahrenfels, trat mit einem kleinen Wasserkessel in der Hand auf den Burghof hinaus. Der gepflasterte Platz lag wie ausgestorben da. Wo sonst Bedienstete geschäftig umhereilten, Stallburschen Pferde anspannten oder sattelten und Rinderkarren be- oder entladen wurden, ließ sich heute gerade einmal eine einsame Gänseschar sehen, und hier und da aalten sich ein paar Burgkatzen träge im warmen Licht des Praiosauges.

Die ungewohnte Ruhe rührte daher, daß fast die gesamte herrschaftliche Familie schon bei Tagesanbruch zu einem Jagdausflug ausgeritten war. Ein Teil der Bediensteten begleitete sie dabei, und von denjenigen, die auf der Burg zurückgeblieben waren, hatte ein Großteil frei bekommen. Auch Irian hatte man angeboten, von seinen Pflichten entbunden zu werden, doch der alte Diener hatte abgelehnt. Was hätte er mit einem freien Tag schon anfangen sollen? Angehörige, die er hätte besuchen können, hatte er nicht, persönliche Dinge, um die er sich kümmern mußte, gab es nicht, und ein Ausflug in eine Schenke der nahegelegenen Dörfer wäre in seinem Alter eine beschwerliche Anstrengung gewesen. Doch das machte ihm nichts aus. Er ging ganz in seiner Arbeit auf und war vollauf zufrieden damit, seinen Dienst zu verrichten, der ihm nicht viel abverlangte und ihm tagsüber genügend Gelegenheit zu etwas Müßiggang gab. Und wenn ihm des Abends nach einem Becher Wein zumute war, konnte er den genau-

Yeti-Land
Ifirns Ozean
Riva
Norburg
Bornland
Orkland
Festum
Thorwal
Lowangen
Baliho
Warunk
Mittelreich
Beilunk
Nostria
Havena
Gareth

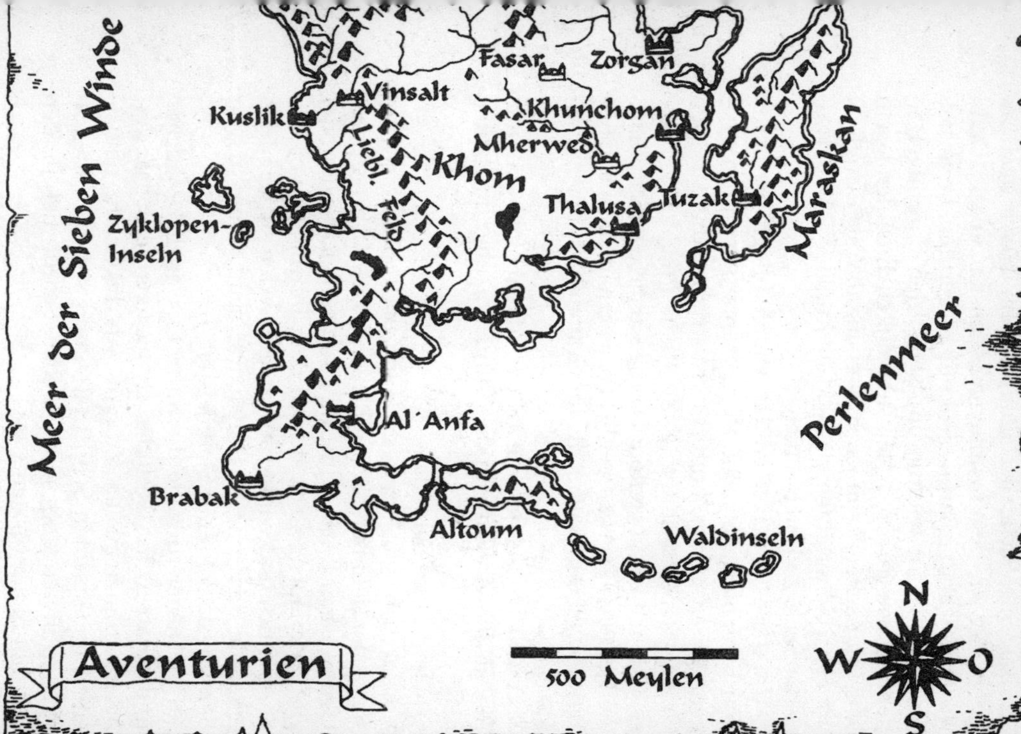
Meer der Sieben Winde
Fasar
Zorgan
Vinsalt
Kuslik
Khunchom
Mherwed
Liebl.
Khom
Zyklopen-
Inseln
Feld
Thalusa
Tuzak
Maraskan
Perlenmeer
Al´Anfa
Brabak
Altoum
Waldinseln
Aventurien
500 Meylen
N
W
O
S

sogut zusammen mit den anderen Bediensteten in der Küche des Gesindehauses trinken. Außerdem war es für ihn eine Sache der Ehre, seinem Herrn auch an einem Tag wie dem heutigen zu Diensten zu sein. Denn wie stets war der Baron nicht mit ausgeritten. Er verließ die Burg so gut wie nie und selbst den Burgflügel, in dem er wie in einem selbsterwählten Eremitendasein lebte, nur selten – seit jenem verhängnisvollen Unglück vor zehn Götterläufen, das wie ein dunkler Schatten auf seiner Seele zu lasten schien.

Um diese frühe Nachmittagsstunde pflegte der Baron von Vahrenfels stets eine kleine Kanne Tee zu trinken – gebrüht aus einer kräftigen Mischung, die aus den Hohen Eterenen stammte. Zu Irians Pflichten gehörte es, den Tee zuzubereiten. Da die Küche im Haupthaus am heutigen Tag kalt geblieben war, hatte er das heiße Wasser von der Feuerstelle im Gesindehaus holen müssen.

Er schickte sich gerade an, den Innenhof zu überqueren, als ihn ein Ruf von den Burgzinnen her innehalten ließ.

»Herr! Herr! Seht, da!«

Irian hob sein greises Haupt und entdeckte über sich – vor dem makellosen Blau eines herrlichen Praiostages – einen Knaben im Alter von vielleicht zehn oder elf Götterläufen. Er stand auf dem Innengang vor den Burgzinnen und winkte aufgeregt mit den Armen. Irian erkannte den Jungen. Diman war sein Name. Er war der jüngste Sohn des Stallmeisters.

Der Diener runzelte die Stirn. Es war den Mädchen und Knaben des Gesindes strengstens verboten, dort oben herumzuspielen. Zu groß war die Gefahr, daß sie einen unbedachten Schritt taten und von dem ungesicherten Innengang sechs, sieben Schritt tief in den Burghof hinabstürzten.

Erst vor einigen Götterläufen hatte es solch ein bedauerliches Unglück gegeben. Neelke, die Tochter des

Kochs und damals kaum älter als Diman heute, hatte sich beim Spiel dort oben versteckt, und als sie entdeckt worden war und sich ein anderes Versteck hatte suchen wollen, war sie ins Stolpern geraten und in die Tiefe gestürzt. Dabei war sie mit der Hüfte so unglücklich auf einem Stein aufgeschlagen, daß sie ihre Beine nicht mehr hatte bewegen können. Ganze zwei Monde hatte sie teils fiebernd auf dem Krankenlager verbracht, und so manch einer hatte schon die Hoffnung aufgegeben, daß das Mädchen jemals wieder würde gehen können. Doch mit Peraines Beistand lernte sie schließlich wieder laufen, doch ihre Hüfte war seitdem steif geblieben, ihr rechter Fuß seltsam nach innen gebogen, und bei jedem Schritt zog sie das Bein leicht nach. Vielleicht war das der Grund, warum sich noch keiner der Jünglinge in und außerhalb der Burg für sie interessiert hatte, und das, obwohl sie durchaus im heiratsfähigen Alter war.

Irian hatte jedoch keine Bedenken, daß sie früher oder später jemanden finden würde, der ihr den Hof machte, denn sie war von solch lieblichem und sanftem Wesen, das – wie er fand – ihr Gebrechen mehr als ausglich. Doch wie er aus eigener, lange zurückliegender Erfahrung wußte, würden die jungen Burschen das erst nach und nach begreifen. Anfangs war es vor allem die äußere Erscheinung, für die man Augen hatte; ein jeder ersehnte sich immer nur das schönste und anmutigste Mädchen. Erst mit der Zeit setzte sich die Einsicht durch, daß Schönheit vergänglich war und es andere, beständigere Werte gab. Neelkes Traum jedoch, den so viele junge Mädchen in ihrem Alter hegten, daß irgendwann ein Prinz daherkäme und um ihre Hand anhielte, würde sich nun – wie sie auch selbst wußte – wohl nicht mehr erfüllen.

Nach jenem Unfall hatte der Baron angeordnet, den Kindern das Betreten des Wehrganges zu verbieten. Die trutzigen Mauern und Befestigungsanlagen waren ohnehin weniger ein Anzeichen dafür, wie wehrbereit die Burg heutzutage war; sie waren vielmehr ein Relikt aus jenen Zeiten, als dieser Landstrich noch von plündernden und brandschatzenden Orkhorden heimgesucht worden war und sich später gegen die Raubzüge der Thorwaler zu erwehren hatte. Damals waren auf vielen Hügeln in ganz Abagund solche Burgen aus schwarzem Gestein errichtet worden. Doch das lag bereits viele Generationen zurück, und inzwischen war Frieden in diesem Teil Aventuriens eingekehrt.

Von den meisten Burgen aus jener Zeit standen heute nur noch Ruinen, einige waren jedoch bewohnt – so wie diese. Sie bildete den Stammsitz der Baronie Orbatal, der kleinsten Baronie in der Grafschaft Honingen. Sie lag etwas abseits der Handelswege und des großen Flusses, weshalb ihr Name schon zwei, drei Tagesreisen entfernt kaum mehr jemandem geläufig war. Die Ländereien umfaßten eine Handvoll kleiner Dörfer und ein paar Dutzend einsamer Gehöfte – ein ärmliches Lehen, das den Baron zur Sparsamkeit zwang.

Welch fatale Folgen es haben konnte, diesem Umstand keine Rechnung zu tragen, hatte die Herrschaft seines Vorgängers gezeigt. Begierig darauf, sich den gleichen Prunk wie reichere Baronien und Grafschaften zu leisten, hatte er den Bauern und Viehzüchtern ringsum soviel Abgaben wie nur irgend möglich abverlangt. Obwohl der Boden in Abagund fruchtbar und die Winter mild waren, führte das dazu, daß die Menschen hungerten. Irian waren die Zeiten noch gut im Gedächtnis, in denen die Vorräte sogar auf der Burg selbst kaum über den Winter reichten. Zu schnell und gierig verkaufte der alte Baron die Erträge im Sommer, wenn die Preise niedrig waren. Das Geld verschleuderte er dann meist sofort für irgendwelchen Luxus. Das rächte sich dann im Winter. Mehr als einmal mußte er sich hoch verschulden oder sogar Teile der ohnehin knapp bemessenen Ländereien an benachbarte Baronien übereignen, um zu Wucherpreisen Korn einzukaufen, damit niemand verhungerte. Das verschlechterte die ohnehin angespannte Situation natürlich noch mehr. Doch anstatt zur Einsicht zu kommen, gebärdete er sich – nicht zuletzt angesichts seines eigenen Versagens – gegen Ende seiner Herrschaft nur noch um so herrischer. Wahrscheinlich war in der gesamten Baronie niemand wirklich traurig, als man ihn eines Morgens tot in seinem Schlafgemach auffand. Eine Zeitlang machte das Gerücht die Runde, er sei vergiftet worden, doch es gab niemanden, der bereit gewesen wäre, dieser Mutmaßung ernsthaft nachzugehen. Jedermann war froh, daß seine Herrschaftszeit endlich zu Ende war.

Irian wußte ebenfalls nicht, was sich damals wirklich zugetragen hatte. Zu jener Zeit hatte er noch als einfacher Gehilfe in der Küche gearbeitet. Zum persönlichen Diener des Barons war er erst aufgestiegen, nachdem der jetzige Burgherr sein Amt vor fünfzehn Götterläufen angetreten hatte. Seitdem dieser die Geschicke der Baronie lenkte, gehörten die Hungerzeiten der Vergangenheit an. Man lebte bescheiden, aber gut. Der überflüssige Prunk und die luxuriösen Einrichtungsgegenstände waren größtenteils verkauft, die aufgehäuften Schulden getilgt, und dank kluger Verhandlungen hatte die Baronie sogar einen Teil der damals abgetretenen Ländereien zurückerhalten.

So segensreich sich seine Herrschaft für seine Untertanen erwiesen hatte, ihm persönlich war das Glück versagt geblieben. Mehr noch, die Götter hatten ihm das Liebste genommen, was er besessen hatte.

Irian sah zu dem Jungen auf dem Burggang hinauf. »Was gibt es?« fragte er, bemüht, seiner Stimme einen strengen Ton zu verleihen.

»Ein Reiter, Herr!« Diman, der die Strenge sehr wohl vernahm, deutete durch die Zinnen. »Er ist noch weit entfernt, aber er kommt geradewegs auf die Burg zu.«

Irian runzelte die Stirn. Was gab es besonderes an

einem Reiter? Täglich kamen Dutzende davon in die Burg und verließen sie wieder. Oder – fragte er sich mit plötzlicher Sorge – handelte es sich um jemanden der herrschaftlichen Familie, der mit zur Jagd ausgezogen war? Hatte es ein Unglück gegeben, und nun kehrte jemand vorzeitig zurück?

»Es ist niemand von hier!« rief der Knabe, als würde er Irians Gedanken erraten. »Und auch habe ich solch ein Pferd noch nie gesehen. Es ist viel größer und schlanker als die hiesigen. Kommt und seht!«

Genau das hatte Irian vor. Er stellte den Wasserkessel ab und begab sich zu der schmalen steinernen Treppe, die zum Wehrgang hinaufführte. Das Treppensteigen fiel ihm mit seinen alten Knochen längst nicht mehr so leicht wie noch vor einigen Götterläufen, und er nahm sich vor, dem Bürschlein eine geharnischte Predigt zu halten, falls sich herausstellte, daß er den Weg umsonst gemacht hatte und noch dazu neues Wasser von der Feuerstelle holen durfte, weil das alte inzwischen kalt geworden war.

Diman war ganz offensichtlich unbehaglich zumute, als der alte Diener ihn erreichte. Verlegen spielte er an seinem braunen Gewand herum, als wüßte er nicht, wo er seine Hände lassen sollte.

»Ihr dürft wirklich nicht glauben, daß ich hier herumgespielt habe.« Er schlug die Augen nieder. »Ich war unten im Hof. Da habe ich mit einem Male geglaubt, von weit her Hufe zu hören. Allein deshalb bin ich hier heraufgestiegen. Ich wollte niemanden rufen, bevor ich nicht nachgesehen hatte, ob ich mich nicht getäuscht habe.«

Irian spähte zwischen den Zinnen hindurch. Die Burg lag inmitten einer sanften Hügel- und Heidelandschaft. Soweit das Auge reichte, waren ausgedehnte, blühende Jasalinkrautfelder zu sehen, die purpurfarben in der Sonne leuchteten. Unterbrochen wurde die für dieses Land so typische Farbenpracht nur von den Ackerflächen und vereinzelten Niederholzwäldchen, die sich aus Krüppelkiefern, Gargel- und Wacholderbeersträuchern zusammensetzten. Und hier und da waren ein paar kleine Gehöfte zu sehen.

So sehr der Diener seine altersschwachen Augen auch anstrengte, er konnte nirgendwo jemanden ausmachen. Erst als der Junge mit ausgestrecktem Arm auf einen bestimmten Abschnitt des Weges deutete, der sich den Hügel zur Burg emporwand, entdeckte er den Reiter.

Tatsächlich! Dort kam jemand auf die Burg zu.

Auf diese Entfernung hin waren Reiter und Pferd für Irian kaum mehr als ein kleiner, verwaschener Fleck in der Landschaft. Es würde noch etwas dauern, ehe sie die Burg erreichten.

»Du hast wirklich gute Augen«, lobte er Diman, während er weiterhin den Reiter im Blick behielt, und als der Junge sich schon über das Lob freuen wollte, fügte er ironisch hinzu: »Aber deine Ohren müssen noch sehr viel besser sein, wenn du den Hufschlag sogar schon vorher vernommen haben willst. Ich kann ihn noch immer nicht hören, und im Gegensatz zu meinen Augen haben meine Ohren noch kaum etwas von ihrer Kraft verloren.«

»Äh, der Wind muß den Hufschlag zu mir herangetragen haben, Herr.«

»Der Wind, soso.« Irian hob den Kopf und reckte sein Kinn, als wolle er diesen Wind selbst erspüren. Doch kein noch so sanfter Hauch blies um seine Wangen.

»Ein kurzer, kräftiger Windstoß, als Ihr gerade im Gesindehaus wart, Herr. Ja, genauso war es.«

Irian antwortete nicht, sondern blieb reglos stehen.

»Ich meine ... vielleicht ... es könnte auch sein, daß ich mir den Hufschlag nur eingebildet habe«, schränkte Diman ein. »Aber als ich hier heraufgestiegen bin, war da tatsächlich dieser Reiter, wie Ihr selbst seht.«

»Es könnte nicht zufällig so sein, daß du heute, wo

kaum jemand auf der Burg ist, hier herumgespielt und den Reiter erst dabei entdeckt hast?«

Diman erschrak. »Der Baron wird mich deshalb doch nicht bestrafen?« fragte er kleinlaut.

Irian wandte sich dem Jungen zu. »Warum sollte er das tun?«

»Nun, ich meine, wegen des Verbotes und weil ...« Er brach schüchtern ab.

»Mach dir darum keine Gedanken! Der Baron ist ein gerechter Mann. Und letzten Endes ist es gar nicht so wichtig, ob du den Hufschlag nun wirklich gehört hast oder nicht. Wichtig ist allein, daß du mich gerufen und dich nicht versteckt hast, aus Angst, entdeckt und bestraft zu werden. Du hast dich verhalten wie ein Mann und nicht wie ein Kind. Sag, warum sollte dich der Baron deshalb bestrafen?«

Der Junge wirkte einerseits erleichtert, andererseits schien ihn die Frage in Verlegenheit zu bringen. Er öffnete den Mund, um zu antworten, überlegte es sich dann jedoch anders und senkte stumm den Kopf.

Irian legte dem Jungen aufmunternd die Hand auf die Schulter. »Nun sprich schon! Was geht in deinem Kopf vor?«

»Nun, ich habe gehört«, sagte Diman leise, jedes Wort sorgsam abwägend, »daß der Baron ein sehr gestrenger Mann ist.«

»Das mag sein, aber er ist auch klug und gerecht.«

Diman war deutlich anzumerken, daß das noch nicht alles gewesen war. Er starrte einige Sekunden lang auf seine Fußspitzen, ehe er genügend Mut gesammelt hatte, um weiterzusprechen. »Man erzählt sich aber auch, daß er ... daß er in alten Schriften liest«, fuhr er fort, zuerst flüsternd und stockend, als hätte er Angst, es laut auszusprechen; doch dann, nachdem er erst einmal zu reden begonnen hatte, immer flüssiger und schneller. »Bücher über Zauberei! Und daß er sich mit dunkler Magie beschäftigt. Man sagt, daß der böse

Fluch deswegen über ihm liegt. Ein Fluch, der jeden ins Verderben stürzt, der sich ihm auch nur nähert. Das soll auch der Grund sein, warum er seine Gemächer so selten verläßt, und wenn, dann nur für kurze Zeit. Er weiß, daß sonst alle aus Angst vor ihm von hier fliehen würden.« Die letzten Sätze waren geradezu aus seinem Mund hervorgesprudelt.

Irians Antlitz hatte sich zunehmend verfinstert. »Wie kommst du denn auf solchen Unsinn? Wer erzählt so etwas?«

Diman hielt den Kopf gesenkt und schwieg.

Irian seufzte schwer. »Wer immer so etwas behauptet, er weiß nicht, wovon er spricht. Oder aber er lügt wissentlich, und das will ich nicht hoffen. Das sind nichts als üble Verleumdungen. Glaub mir, Junge, ich kenne den Baron – ich kenne ihn vielleicht sogar besser als sonst jemand auf der Burg. Es ist richtig, daß er zurückgezogen in seinen Gemächern lebt, und es ist ebenfalls richtig, daß er alte Schriften studiert. Aber mit Zauberei hat das gar nichts zu tun! Und das, was du über den Fluch erzählt hast, ist das Dümmste, was mir in meinem Leben je zu Ohren gekommen ist. Und du darfst mir glauben, daß ich schon viel Geschwätz gehört habe.«

»Aber … ist es denn nicht wahr, was man sich erzählt, daß die Baronin bei der Geburt seines ersten Sohnes gestorben ist?« fragte Diman und warf ängstlich einen Blick hinüber zu demjenigen Seitenflügel der Burg, in dem der Baron lebte – ganz als befürchte er, dieser könne dort unvermittelt an einem der Fenster erscheinen und strafend auf ihn herabblicken. »Und sein Sohn ist nur wenige Tage später ebenfalls gestorben.«

»Das war ein Unfall! Das hat nichts mit einem Fluch zu tun. Eine Zofe ist mit dem Säugling im Arm die große Treppe im Haupthaus hinuntergestürzt. Daran hat der Baron keine Schuld.«

Obwohl die Ereignisse bereits fünfzehn Götterläufe

zurücklagen, konnte Irian sich noch gut an jene verhängnisvolle Gewitternacht erinnern; schließlich war er damals derjenige gewesen, der die beiden leblos am Fuß der steinernen Treppe aufgefunden hatte. Das Kind war vermutlich sofort tot gewesen, und die Zofe war so unglücklich mit dem Kopf aufgeschlagen, daß sie erst nach mehreren Tagen eines todesähnlichen Schlafes wiedererwacht war. Obwohl ihr niemand, selbst der Baron nicht, einen Vorwurf gemacht hatte, war sie – als sie erfahren hatte, was geschehen war – darüber so unglücklich gewesen, daß sie sich noch am selben Tage vom Fenster ihrer Kammer aus in den Tod gestürzt hatte. Es war die schlimmste Woche in der Herrschaft des jetzigen Barons gewesen. Das Schicksal hatte ihm das Liebste, was er hatte, binnen weniger Tage geraubt. Und damit hatte er den Glauben daran verloren, daß es für ihn jemals so etwas wie ein persönliches Glück geben würde.

»Und was den Tod seiner Frau betrifft«, sprach Irian weiter, »es geschieht leider immer wieder, daß eine Geburt für eine Frau so schwer und unglücklich verläuft, daß sie dabei stirbt. Niemandem gefällt das, doch die Götter haben es nun einmal so gefügt. Mit einem Fluch hat das nichts zu tun. Ich kann mich entsinnen, daß selbst deine Mutter, als sie deinen älteren Bruder zur Welt brachte, lange brauchte, um sich davon zu erholen.«

Diman sah Irian unsicher an. Er schien nicht recht zu wissen, wem er mehr Glauben schenken sollte: den aufgeschnappten Gerüchten oder den leidenschaftlich vorgetragenen Worten des Dieners.

»Und außerdem«, fuhr Irian fort, »wenn das mit dem Fluch wirklich stimmen würde, dann sag mir, wie es kommt, daß mir noch nichts zugestoßen ist, obwohl ich doch tagtäglich mit dem Baron zu tun habe!«

Darauf wußte Diman keine Antwort zu geben.

»Weißt du, Diman, manche Menschen lieben die Geselligkeit, andere sind lieber allein. Der Baron gehört zu letzteren. Daran ist nichts Verwerfliches. Im Gegenteil, wir dürfen froh sein, ihn zum Herrn zu haben. Davor war das Leben für uns alle hier sehr viel härter und beschwerlicher. Du kannst das natürlich nicht wissen, weil du damals noch nicht auf der Welt warst, aber frag deine Eltern! Sie werden sich noch gut daran erinnern und können dir davon erzählen.«

Irian schüttelte kaum merklich den Kopf. Hätte der Junge nur eine einzige Woche unter dem vorigen Burgherrn verbracht, wäre er nie auf den Gedanken gekommen, dem Baron derartige Dinge zu unterstellen. Wer setzte nur solche Verleumdungen in die Welt? Andererseits war dem Diener aber auch bewußt, daß die Menschenscheu und Zurückgezogenheit seines Herrn das Aufkommen solcher Gerüchte begünstigte.

»Stimmt es, daß der Baron früher einmal ein berühmter Held gewesen ist?« fragte Diman. Daß der Diener ihm so bereitwillig und ohne zu zögern antwortete, ermunterte ihn offensichtlich, die Gelegenheit beim Schopf zu packen und mehr über den Burgherrn zu erfahren. Natürlich kannte er den Diener seit langem, aber es hatte sich noch nie die Gelegenheit für ein Gespräch wie dieses ergeben.

»Ja, ganz recht. Das war, bevor er die einzige Tochter des alten Barons geheiratet hat und unser neuer Burgherr wurde. Damals ist er mit drei Gefährten durch Aventurien gezogen und hat mancherlei Heldentaten vollbracht.«

»Stimmt es, daß sie einen Drachen getötet haben? Und einen Basilisken?«

»Das weiß ich nicht. Ich kenne diese Geschichten auch nur vom Hörensagen. Der Baron selbst hat darüber so gut wie nie ein Wort verloren. Aber es müssen große Taten gewesen sein, denn er ist daraufhin in den Adelsstand erhoben worden und konnte so um die Hand der schönen Baronesse anhalten.«

Dimans Augen leuchteten; er sah den Baron in glitzernder Rüstung, umgeben von abscheulichen Ungeheuern, die er eines nach dem anderen erschlug. Ein paar Augenblicke lang stand der Junge wie verzückt da, dann verschwammen die Bilder …

»Und Ihr meint, daß er mich ganz gewiß nicht bestrafen wird?« vergewisserte er sich.

Irian lächelte. »Wer sagt denn, daß er überhaupt davon erfahren wird, wer den Reiter zuerst entdeckt hat? Außerdem glaube ich nicht, daß er soviel Zeit hat, sich um solche Kleinigkeiten zu kümmern. Warum also sollte ich ihn damit belästigen?«

Diman sah den Diener dankbar an, der ihm beruhigend zulächelte und sich dann wieder dem Reiter zuwandte.

Der Ankömmling war der Burg schon beträchtlich näher gekommen. Irian konnte ihn nun besser sehen, ohne jedoch Einzelheiten ausmachen zu können. Dennoch war allein an der Art und Weise – vor allem der Leichtigkeit –, mit der das Pferd mit weitausholenden Schritten den Hügel zur Burg hinaufgaloppierte, schon jetzt zu erkennen, daß Diman recht gehabt hatte. Es handelte sich in der Tat um kein Tier aus dieser Gegend. Die hiesigen Pferde waren von gedrungenerer Statur und weit weniger anmutig.

»Was ist das für ein Reiter, Herr? Ich habe so jemanden noch nie gesehen?«

»Sag mir, was du siehst!« forderte Irian ihn auf. »Ich kann ihn noch nicht deutlich genug erkennen.«

»Das Pferd ist schwarz und schlank. Und auch der Reiter ist von Kopf bis Fuß in ein enges schwarzes Gewand gekleidet, und das trotz der Hitze.« Der Junge beschirmte seine Augen mit der Hand gegen das gleißende Sonnenlicht. »Am Sattel ist ein Kurzbogen befestigt. Und ein Köcher mit Pfeilen. Und ein Schwert kann ich auch erkennen.« Die Stimme des Jungen zitterte vor Aufregung. »Glaubt Ihr, daß er ein Krieger ist? Oder gar ein Räuber?«

»Nein.« Irian schüttelte lächelnd den Kopf. »Es ist ein Bote.«

»Ein Bote? In solch einer seltsamen Kleidung?«

»Es ist ein ganz besonderer Bote. Ein Beilunker Reiter.«

Diman konnte mit dieser Erklärung offenbar nichts anfangen. Fragend sah er den Diener an.

»Die Beilunker Reiter sind ein Botendienst, der in ganz Aventurien für seine Schnelligkeit und Zuverlässigkeit bekannt ist«, erklärte Irian. »Daß du bisher noch keinen von ihnen gesehen hast, liegt ganz einfach daran, daß noch nie einer hierhergekommen ist. Jedenfalls nicht, soweit ich zurückdenken kann. Dieser Botendienst ist nicht billig. Er wird meist nur dann beauftragt, wenn es darum geht, sehr wichtige Schriften zu befördern.«

»Woher wißt Ihr dann, daß das einer dieser Reiter ist?« fragte Diman.

»Als ich früher noch häufiger in Honingen war, um im Auftrag des Barons Besorgungen zu machen, habe ich bisweilen welche von ihnen gesehen. Sie haben dem Grafen oder einem der Handelshäuser Botschaften überbracht.«

Eine Zeitlang herrschte Schweigen.

»Wenn diese Boten nur ganz wichtige Nachrichten befördern, was für eine Botschaft bringt dieser Reiter dann wohl?«

Irian atmete tief durch. Genau das war es, was ihm Kopfzerbrechen bereitete, seitdem er begriffen hatte, wer sich da der Burg näherte. Das Auftauchen eines Boten – zumal eines wie diesem – kündete stets unvorhergesehene Ereignisse an.

»Ich weiß es nicht«, bekannte er nachdenklich. Er streckte sich. Es war Zeit, auf den Ankömmling zu reagieren. Er würde die Burg bald erreicht haben. »Geh hinunter und sag der Torwache, daß sie den Reiter hereinlassen soll! Und gib dem Stallmeister Bescheid, daß er sich des Pferdes annehmen soll!«

»Ja, Herr.«

Diman wollte sich schon entfernen, als Irian ihn noch einmal zurückhielt. »Und sag den Leuten im Gesindehaus, daß sie dem Burschen ein stärkendes Mahl bereiten sollen! Er hat sicher einen weiten Weg zurückgelegt und kaum Zeit zu einer Rast gefunden. Das Geheiß dieser Boten ist es, so schnell wie möglich voranzukommen.«

»Ja, Herr.«

Diman machte sich davon, froh darüber, um eine Bestrafung herumgekommen zu sein und auch noch ganz nahe dabeisein zu dürfen, wenn der Ankömmling eintraf.

Irian sah ihm lächelnd nach. Dann stieg er zum Hof hinab. Als er das Haupthaus erreichte, kam der Bote soeben durch das geöffnete Burgtor geritten und brachte sein schweißglänzendes Pferd vor dem Diener zum Stehen.

Es handelte sich um einen Burschen mit kurzem schwarzen Haar, dessen Gesicht trotz seiner Jugend bereits männlich harte Züge trug. Sie zeugten von der Selbstdisziplin und Zähigkeit, die den Reitern dieser Botengilde abverlangt wurden. Allein die Ausbildung dauerte fünf ganze Götterläufe, und bevor jemand endgültig in den Botendienst übernommen wurde, hatte er in Beilunk vier Tage lang harte Prüfungen zu absolvieren.

Elegant saß der Reiter ab und hob grüßend die Hand. »Praios zum Gruße.«

»Praios zum Gruße.«

»Ich bringe eine Botschaft für Baldur, Baron von Vahrenfels.« Der Bote blickte sich um und übergab die Zügel seines Pferdes an einen Stallburschen, der von Diman herbeigeholt worden war. »Die Burg scheint recht verlassen«, sagte er, als ringsum niemand sonst zu erblicken war.

»Ja, die herrschaftliche Familie ist auf einem Jagdausflug. Aber Ihr habt Glück. Der Baron selbst ist anwesend.«

»Dann geleitet mich bitte zu ihm. Ich habe ihm eine Depesche zu übergeben.«

Irian runzelte die Stirn. »Ich weiß nicht, ob das möglich sein wird. Der Baron empfängt Besuch nur an einem Tag in der Woche. Ansonsten weigert er sich strikt, außer mir jemanden zu sehen. Könnt Ihr die Depesche nicht mir übergeben? Ich werde sie ihm sofort bringen.«

»Nein«, lautete die Antwort. »Ich darf sie nur dem Baron persönlich übergeben.«

»Dann werde ich ihm Eure Ankunft melden«, entschied Irian nach kurzer Pause. »Er wird entscheiden, ob er Euch empfangen wird.«

»Glaubt mir, er wird«, erwiderte der Bote bestimmt. Er lächelte dünn. »Mein Auftraggeber sagte mir, daß der Baron ein sehr menschenscheuer Mann sei. Und für diesen Fall gab er mir etwas mit auf den Weg. Wenn Ihr ihm dies bitte mitteilen würdet.« Er warf einen kurzen Blick auf Diman, der in der Nähe stand und den Ankömmling mit großen Augen bestaunte, dann beugte er sich zu dem Diener vor und flüsterte ihm ein Wort ins Ohr.

Irian sah den Boten mit gerunzelter Stirn an, als dieser wieder ein paar Schritte zurücktrat.

»Sagt es ihm einfach«, sprach der Bote. »Ihr werdet sehen, er wird mich empfangen wollen.«

»Gut.« Irian verbeugte sich leicht. »Ich werde tun, was Ihr wünscht.«

Er geleitete den Boten ins Haupthaus, wo er ihn bat, in der Halle zu warten. Dann wies er Diman an, dem Gast einen erfrischenden Trunk zu bringen. Anschließend begab er sich über die große steinerne Treppe nach oben und strebte zu dem Seitenflügel, in dem der Baron lebte. Mit jedem Schritt wuchs die innere Unruhe, die er seit dem Auftauchen des Boten verspürte.

Er hatte das Wort, das dieser ihm ins Ohr geflüstert hatte, noch nie zuvor gehört, und konnte sich keinen Reim darauf machen, was es bedeuten mochte. Aber er fühlte, daß es nichts Gutes war.

Er fand den Baron – wie stets um diese Stunde – in der Bibliothek, einem fensterlosen Raum, der von Kerzen in schweren Leuchtern mäßig erhellt wurde. Die hohen Regale – neben Tisch, Schreibpult und Stuhl die einzigen Einrichtungsgegenstände – waren über und über mit Büchern gefüllt. Die meisten Werke hatte der Baron während seiner Regentschaft erstanden, andere hingegen waren nur Leihgaben, die er sich regelmäßig beschaffte, manche von weither. Die Anschaffung dieser Bücher war der einzige Luxus, den er sich leistete. Ansonsten führte er ein ausgesprochen asketisches Leben. Irian hatte ihn noch nie mehr als einen Becher Wein oder ein bescheidenes Mahl zu sich nehmen sehen. Manchmal dachte er bei sich, daß der Baron eine Vorliebe für das Halbdunkel haben mußte, denn hier verbrachte er den größten Teil des Tages – oft bis tief in die Nacht hinein. Wenn er nicht gerade über alten Folianten brütete, erledigte er eigenhändig die Buchhaltung der Baronie oder andere Schreibangelegenheiten.

Der Diener wußte nicht, ob er Diman wirklich die Wahrheit gesagt hatte, als er ihm erzählte, daß diese Bücher nichts mit Zauberei zu tun hätten. Einige davon erschienen dem alten Diener recht seltsam. Doch sie anzufassen und aufzuschlagen, wagte er nicht; es war ihm auch strengstens untersagt. Aber wenn er sie bisweilen beim Abstauben flüchtig berührte, schienen einige davon so etwas wie einen kalten Hauch auszustrahlen, und er hütete sich, ihnen zu nahe zu kommen. Manchmal hatte er einen verstohlenen Blick in eines davon werfen können, wenn der Baron es aufgeschlagen vor sich ausgebreitet hatte oder wenn er – was mitunter vorkam – beim Lesen eingeschlafen war und von Irian geweckt wurde. Die Seiten, derer er dabei ansichtig geworden war, waren über und über mit fremdartigen Schriftzeichen bedeckt, die er noch nie gesehen hatte. Obwohl er sie nicht lesen konnte, bereitete ihm allein ihr Anblick ein unbehagliches Gefühl. Es handelte sich augenscheinlich um unterschiedliche Schriften, doch sie waren alle schwer, mit schwarzer Tinte geschrieben und wirkten irgendwie ... *unheimlich*.

Andererseits war der Baron selbst auf keinen Fall *kein* Zauberer. Irian hatte ihn noch nie irgendwelche okkulten Praktiken, Beschwörungen oder Ähnliches ausführen sehen. Er tröstete sich mit dem Gedanken, daß ein ungebildeter Diener wie er nicht alles verstehen mußte. Seine Aufgabe war es schließlich nicht, Fragen zu stellen, sondern zu dienen. Wenn der Baron es für nötig erachtet hätte, ihm etwas über den Inhalt dieser Bücher oder den Grund seines Interesses daran mitzuteilen, hätte er es sicherlich getan. Obwohl es nie ausgesprochen worden war, wußte Irian, daß der Baron ihn auch dafür schätzte, daß er keine Fragen stellte und über diese Dinge Schweigen bewahrte.

Als Irian den Raum betrat, saß Baron von Vahrenfels über ein dickes Buch gebeugt vor seinem Schreibpult. »Ah, Irian, stell den Tee nur dort ab, wie immer. Ich schenke mir selbst ein«, sagte er, ohne aufzusehen.

»Verzeiht, Herr. Ich bringe keinen Tee. Ich wollte ihn gerade zubereiten, als etwas Unvorhergesehenes geschah: ein Bote ist gekommen, ein Beilunker Reiter. Und er hat eine Depesche für Euch, die er, wie er sagt, Euch nur persönlich aushändigen will.«

Der Baron ließ von dem Buch ab und wandte sich Irian zu. Er war von schlanker, fast hagerer Gestalt und trug ein schlichtes, schwarzes, enganliegendes Gewand, das mehr von Zweckmäßigkeit denn höfischem Prunk war. Sein Gesicht war schmal, mit ausgeprägten Wangenknochen, sein Haar kurzgeschnitten, noch voll und stark, aber bereits schlohweiß. Als er der neue Herr dieser Baronie geworden war, war sein Haar noch tiefschwarz, wie Irian sich entsann, doch nach dem Tod seiner Frau und seines Kindes hatte es binnen weniger Monate vollständig seine Farbe verloren, was ihn etliche Götterläufe älter wirken ließ. In lebhaftem Gegensatz dazu standen hingegen seine klaren grauen Augen, in denen sowohl Ruhe als auch Entschlossenheit lagen.

Als Irian sie jetzt auf sich ruhen sah, vermeinte er, in ihnen etwas zu erkennen, was er seit jenem Unglück niemals darin gesehen hatte: Ungewißheit und Furcht.

»Ein Beilunker Reiter, sagst du?« fragte der Baron scheinbar unbefangen, doch Irian kannte ihn viel zu lange und gut, als daß ihm das feine Zittern in der Stimme entgangen wäre.

»Ja, Herr.« Er versuchte, sich der seltsamen Beklemmung zu erwehren, die Besitz von ihm ergriff, und flüchtete sich in Worte. »Ich habe ihm gesagt, daß Ihr nur an einem Tag in der Woche Besuch empfangt, aber er bestand darauf, Euch die Nachricht persönlich zu überreichen, und deshalb habe ich ihm gesagt, daß ...«

»Schon gut.« Zwischen den Augenbrauen des Barons war eine unwillige Falte entstanden. »Ich weiß sehr wohl, daß diese Boten stets angewiesen sind, ihre Nachrichten nur dem Empfänger persönlich auszuhändigen.«

»Das sagte er auch. Und er bat mich, Euch ein Wort auszurichten, damit Ihr ihn auch tatsächlich empfangt.«

Irian spürte, wie der Baron erstarrte und den Atem anhielt. Der Blick seiner grauen Augen wurde noch um eine Nuance intensiver.

»Was für ein Wort?«

»Kaiserstein«, wiederholte Irian mit gesenktem Kopf, das Wort, das der Bote ihm ins Ohr geflüstert hatte. Obwohl er nicht wußte, was es bedeutete, so ahnte er doch, daß es genau das war, wovor der Baron sich fürchtete.

Als endlose Sekunden keine Reaktion erfolgte, hob er erneut vorsichtig den Kopf und sah, daß der Baron noch immer reglos in seinem Stuhl saß. Auf seinem Gesicht regte sich kein Muskel, nur seine Augen schienen nun nicht mehr in diese Welt zu blicken. In solch einem Zustand hatte Irian ihn zuletzt in jener verhängnisvollen Gewitternacht vor fünfzehn Götterläufen gesehen.

»Was habt Ihr, Herr?« rief Irian besorgt. »Kann ich Euch helfen? Wollt Ihr ein Glas Wasser? Oder soll ich Euch etwas anderes bringen?«

Der Baron entließ die in seinen Lungen gehaltene Luft mit einem tiefen Seufzer, und sein Blick fand langsam wieder in diese Welt zurück. Matt hob er die rechte Hand. Irian sah, wie dabei der rote Edelstein des Rings an seinem Mittelfinger im Kerzenschein funkelte. Dieser Ring war eine weitere Sonderheit an seinem Herrn. Es schien, als sei die Fassung regelrecht an seinem Finger festgewachsen. Irian hatte den Baron diesen Ring nie ablegen sehen. Der Edelstein glühte in einem tiefroten, düsteren Feuer, das geradewegs aus sich selbst heraus zu leuchten und nicht auf eine äußere Lichtquelle angewiesen zu sein schien. Manchmal, wenn der alte Diener den Baron des Morgens über seinen Büchern eingeschlafen vorfand, und sämtliche Kerzen längst heruntergebrannt und erloschen waren, funkelte ihm der Edelstein aus dem dunklen Bibliothekszimmer wie ein leuchtender Punkt entgegen. Er schauderte dabei jedesmal seltsam und hatte unwillkürlich das Gefühl, als starre er geradewegs in das rotglühende Auge eines Dämons. Vielleicht waren die Empfindungen, die der Stein hervorruft, auch der Grund, warum der Baron seine rechte Hand stets in einen Handschuh aus feinem schwarzen Leder hüllte, wenn er den Seitenflügel der Burg verließ. Der Handschuh war so genäht, daß er den großen Ring in sich aufnahm. Irian glaubte nicht, daß es auf Burg Orbatal viele gab, die überhaupt von dem Ring wußten. Die meisten glaubten, der Baron verhülle deshalb seine rechte Hand, weil sie verkrüppelt, verbrannt oder anders entstellt sei.

»Nein, laß nur. Es liegt nicht in deiner Macht, mir zu helfen.« Der Baron von Vahrenfels straffte sich ein wenig. »Bring den Boten zu mir herauf. Und veranlaß, daß ihm anschließend ein Mahl bereitet wird.«

»Letzeres habe ich schon getan.«

»Gut. Dann geh!«

Irian sah seinen Herrn noch ein paar Augenblicke lang an in der Hoffnung, daß dieser noch etwas hinzufügen würde. Als das nicht geschah und sich dessen Blick wieder in weitentfernten Sphären verlor, verließ er den Raum und tat, wie ihm geheißen worden war.

Der Bote schien nicht überrascht zu sein, als der Diener zurückkehrte, um ihn zu holen. Falls er Genugtuung darüber empfand, recht behalten zu haben, so ließ er sich nichts davon anmerken. Er stellte den Krug mit Obstsaft ab, den Diman ihm gebracht hatte – berauschende Getränke hatte er aufgrund seines Diensteides abgelehnt –, und erhob sich. Irian geleitete ihn zur Bibliothek. Als sie sie erreichten, fand er seinen Herrn noch beinahe in derselben Haltung vor, in der er ihn verlassen hatte. Beim Eintreffen des Beilunker Reiters erhob er sich, begrüßte diesen mit ernster Miene und gab Irian mit einer knappen Kopfbewegung zu verstehen, daß er sie allein lassen sollte.

Irian verneigte sich, verließ die Bibliothek und zog die schwere Tür mit einer Gemessenheit zu, die seinem Amt entsprach.

Doch kaum hatte er sie geschlossen, konnte er seine innere Aufgewühltheit nicht mehr verbergen. Erregt lief er auf und ab und wünschte sich, die anderen Angehörigen der herrschaftlichen Familie wären nicht ausgerechnet heute zur Jagd ausgeritten. Wenn sie einem Diener wie ihm sicherlich auch keine Fragen beantwortet hätten, so hätten sie sich doch ebenfalls ihre Gedanken über das Auftauchen des Reiters gemacht, und ihren Gesprächen hätte er dann vielleicht mehr entnehmen können.

Doch als er diesen Gedanken einen Augenblick länger verfolgte, kam er zu dem Schluß, daß das eine vergebliche Hoffnung war. Wahrscheinlich hätten statt dessen sie *ihn* um Aufklärung gebeten. Schließlich stand er dem Baron wesentlich näher als dessen angeheiratete Verwandte. Es schien, als wolle er nach jenem Unglück zu niemandem mehr engere persönliche Bande knüpfen.

Die Zeit strich zäh dahin. Als Irian seine Neugierde nicht mehr länger zügeln konnte, tat er etwas, das ihm während seiner langen Dienstjahre noch nie in den Sinn gekommen war: Er bückte sich und legte sein Ohr lauschend an das schwere Holz der Tür, wobei er den Göttern ein Stoßgebiet mit der Bitte sandte, sie mögen verhindern, daß der Baron ausgerechnet jetzt heraustrat und ihn bei seinem schändlichen Tun entdeckte.

Doch so sehr Irian seine Ohren anstrengte, er hatte keinen Erfolg. Entweder wurde drinnen gar nicht oder aber so gedämpft gesprochen, daß nichts nach außen drang.

Er wollte sein vergebliches Unterfangen gerade aufgeben und sich wieder aufrichten, als hinter ihm unvermittelt ein leises Räuspern erklang.

Irian hatte das Gefühl, als müsse sein Herz zerspringen. Mit einem Ruck fuhr er in die Höhe und hielt kurz inne, ehe er sich langsam und wie ein auf frischer Tat ertappter Dieb umdrehte. Er wollte gerade zu einer wortreichen Entschuldigung ansetzen, als er entdeckte, daß niemand anders als Neelke hinter ihm aufgetaucht war.

Die Tochter des Kochs sah den Diener halb unsicher und halb belustigt an. »Ich komme, um Euch zu sagen, daß das Mahl, das ich für den Boten bereitet habe, fertig ist«, sagte sie mit einem unschuldigen Lächeln. »Wohin soll ich es bringen?«

»Nun, äh …« Irian suchte nach Worten. »Das werde ich dir sagen, sobald er wieder erschienen ist. Noch ist er drinnen beim Baron.«

Neelkes Augen blitzten schelmisch – aber nicht respektlos – auf. »Macht Euch keine Sorgen«, versicherte sie. »Ich werde niemandem etwas sagen. Ist es Euch recht, wenn ich in der Halle auf Eure Anweisungen warte?«

Irian zögerte kurz, dann gab er mit einem knappen Nicken sein Einverständnis. Er wußte, daß er sich auf Neelke verlassen konnte. Damals, als sie auf dem Krankenlager gelegen hatte, hatte der Baron ihn beauftragt, sich mit um ihre Pflege zu kümmern, und seitdem hatte sich zwischen ihnen ein vertrautes Verhältnis entwickelt.

Neelke entfernte sich humpelnd. Wie jedesmal, wenn er das Mädchen sah, fühlte Irian einen Anflug von Kummer, daß ein solch liebenswertes und hübsches Geschöpf mit einem derartigen Gebrechen geschlagen war.

Kaum war Neelke verschwunden, hörte Irian den Baron aus dem Bibliothekszimmer nach ihm rufen. Als er eintrat, sah er gerade noch, wie dieser dem Boten eine beträchtliche Anzahl Dukaten überreichte. Es war üblich, daß der Empfänger einer Botschaft sich die Kosten mit dem Absender teilte.

Das Angebot, die nächste Nacht im Schutz der Burg zu verbringen, lehnte der Bote freundlich ab: »Ich danke Euch für das Angebot, aber als Beilunker Reiter steht es mir nicht zu, es anzunehmen. Wenn Ihr die Güte habt, mir eine Mahlzeit zu reichen, so nehme ich dankend an. Aber danach werde ich mich auf den Weg zur nächsten Wechselstation machen. Es mag sein, daß dort bereits ein weiterer Auftrag für mich bereitliegt.«

Der Baron nickte und gab Irian die entsprechenden Anweisungen. Dieser hatte seinen Herrn die ganze Zeit über genau im Auge behalten und zu seiner Beruhigung gesehen, daß die Ungewißheit und Furcht aus dessen Blick verschwunden waren. Dennoch wirkte er sehr ernst und verschlossen, wodurch die harten Wangenknochen noch mehr heraustraten. Irian war sich nicht sicher, ob er das für ein gutes oder schlechtes Zeichen halten sollte.

Dafür waren seine Bewegungen nicht länger kraftlos, sondern von einer ganz bestimmten Art von Entschlossenheit gezeichnet. Irian hatte in seinen langen Lebensjahren schon viele Kriegerinnen und Krieger in den Kampf ziehen sehen, auch in Schlachten, aus denen man wahrscheinlich nicht mehr zurückkehrte. In solchen Augenblicken war bei den besten und fähigsten Frauen und Männern genau dieselbe Art von Entschlossenheit zu sehen gewesen.

Irian geleitete den Boten aus dem Zimmer und wollte die Tür schließen, als der Baron ihn noch einmal zurückhielt.

»Ach ja, Irian, und wenn der Bote versorgt ist, dann veranlaß, mein Pferd zu satteln. Ich möchte, daß es in einer Stunde auf dem Hof für mich bereitsteht.«

Irian sah den Baron mit weitaufgerissenen Augen an. »Ihr wollt ausreiten, Herr?«

Der Baron erwiderte die Frage mit einem langen, ernsten Blick, der keine Spur von Unfreundlichkeit enthielt. Im Gegenteil, je länger der Blick andauerte, desto mehr Wärme und Nähe erschien darin. Für einen Augenblick verschwand die Unnahbarkeit und Verschlossenheit aus dem Gesicht des Barons. Seine Züge wurden versöhnlicher, beinahe schien es, als wolle er sein Schweigen und seine Einsamkeit brechen und sich Irian anvertrauen, doch im selben Augenblick, als sie sich beide darüber bewußt wurden, war der Moment auch schon wieder verflogen.

»Tu einfach, was ich gesagt habe«, sagte der Baron. »Und sorg dafür, daß die Satteltaschen mit ausreichend Proviant für mehrere Tage gefüllt sind und auch sonst alles Nötige für den Fall dabei ist, daß ich im Freien übernachten muß.«

»Aber wollt Ihr nicht lieber erst morgen früh aufbrechen? Es dauert nicht mehr lange, bis die Sonne untergeht.«

»Glaub mir, dessen bin ich mir bewußt. Aber die Botschaft, die ich erhalten habe, duldet keinen Aufschub.« Der Baron hob die Hand und warf einen kurzen nachdenklichen Blick auf den Ring. »Ich habe mich gebunden, und ich werde mich an mein Wort halten.«

»Dann laßt mich Euch begleiten, Herr«, bat Irian. »Wohin Ihr auch geht, ich werde bei Euch sein. Glaubt nicht, daß ich wegen meines Alters nicht mehr die Strapazen einer Reise durchstehen könnte. Ihr werdet sicher jemanden brauchen, der Euch zu Diensten ist. Vergeßt nicht, Ihr seid ein Baron. Als solcher müßt Ihr standesgemäß reisen, so wie es Euch zusteht. Und da ist ein Diener das mindeste, was Euch gebührt.«

Der Baron schüttelte nachsichtig lächelnd den Kopf. »Nein, Irian, da täuschst du dich. Ich werde nicht als Baron reisen, sondern als derjenige, der ich früher einmal war. Dabei wäre ein Diener, selbst ein solch treuer wie du, keine angemessene Begleitung. Und dort, wohin ich gehe, und bei dem, was ich zu tun habe, kannst du mir ohnehin nicht zu Diensten sein. Das ist eine Sache, der ich mich allein stellen muß. Ich und ...« Seine Stimme verlor sich. Dann atmete er tief durch. »Und nun geh!«

Irian preßte die Lippen zusammen, um ihnen keine weitere Frage entschlüpfen zu lassen. Obwohl sein Herz wie wild klopfte, neigte er ergeben sein Haupt und schloß die Tür.

Während er den Boten hinunterbrachte, hallten die Worte des Burgherrn durch seinen Kopf. Mehr und mehr spürte er die Endgültigkeit, die in ihnen gelegen hatte.

Als der Baron von Vahrenfels eine Stunde später aus dem Haupthaus kam, stand Irian mit dem fertiggesattelten Pferd bereit, einem kräftigen, zuverlässigen Braunen. Beim Anblick seines Herrn schnaubte es freudig, als würde es ihn erkennen und genau wissen, daß seine Dienste verlangt wurden.

Der Baron hatte einen schwarzen Lederharnisch angelegt. In der einen Hand hielt er einen Lederbeutel, in der anderen ein in der Scheide steckendes Langschwert, das Irian am Griff als dasjenige erkannte, das in den Privatgemächern des Barons über dem Kamin gehangen hatte. Der Diener wußte zwar, daß die Waffe in der Vergangenheit des Barons eine wichtige Rolle gespielt haben mußte, aber er hätte nie gedacht, daß er es jemals wieder ergreifen würde. Andererseits hatte er den Baron bisweilen dabei überrascht, wie er in seinen Gemächern mit dem Schwert geübt hatte. Irian hatte angenommen, daß er diese Übungen als eine Art Reminiszenz an seine frühere Heldenlaufbahn betrieben hatte. Doch wenn er jetzt darüber nachdachte, kam es ihm so vor, als hätte der Baron die ganzen Jahre über schon immer gewußt, daß er sein Schwert irgendwann einmal wieder benutzen würde, und als ob die Übungen nur dem Zweck gedient hatten, für diesen Fall in Form zu bleiben. Der alte Diener runzelte nachdenklich die Stirn. Seltsam, wie manche Dinge aus der Vergangenheit eine gänzlich andere Bedeutung erlangten, wenn man sie unter einem neuen Blickwinkel betrachtete.

Der Baron blinzelte, als er in das grelle Sonnenlicht hinaustrat. Als er sich im Burghof umblickte, sah er, daß sich dort fast alle auf der Burg verbliebenen Menschen versammelt hatten. Sie standen in einem großen Halbkreis um Irian und das Pferd herum. Die Nachricht, daß der Baron die Burg überraschend verlassen wolle, schien sich wie ein Lauffeuer verbreitet zu haben, und offenbar wollte sich niemand das außergewöhnliche Ereignis entgehen lassen.

Sie alle starrten ihm entgegen, als wäre er eine außernatürliche Erscheinung. Niemand wagte, ein Wort zu sprechen, und so lag über dem Burghof eine beinahe gespenstische Stille. Nur das leise Schnauben des Pferdes erinnerte daran, daß es sich nicht um eine gemalte Szene handelte.

Der Baron von Vahrenfels reagierte auf den Menschenauflauf, indem er kaum merklich den Mundwinkel verzog. Ihm wäre es lieber gewesen, die Burg ohne großes Aufsehen zu verlassen, aber er konnte die Leute verstehen. Er lastete es keineswegs Irian an, daß sich die Kunde von seinem Aufbruch so rasch verbreitet hatte, denn er wußte um die Ergeben- und Verschwiegenheit seines langjährigen Dieners. Wahrscheinlich hatte einer der Stallburschen die Nachricht, daß das Pferd des Barons für einen längeren Ausritt vorbereitet wurde, weitergetragen, und von da an hatte es sicherlich nur wenige Augenblicke gedauert, bis jedermann auf der Burg davon Kenntnis erhalten hatte.

Der Baron befestigte sein Schwert und den Lederbeutel am Sattel, ehe er sich Irian zuwandte. »Überbringe allen Angehörigen der Familie meine besten Grüße, wenn sie von der Jagd zurückkommen. Sag ihnen, daß ich es bedauere, mich nicht persönlich von ihnen verabschieden zu können.«

»Verabschieden?« wiederholte der Diener verwirrt.

Der Baron zog unter seinem Harnisch zwei Umschläge hervor und reichte sie Irian. »Hier. Übergib diesen Umschlag meinem Schwager Gundolf. Er enthält eine Vollmacht, während meiner Abwesenheit sämtliche Geschäfte der Baronie zu tätigen. Und ich habe eine Aufstellung gemacht, was in den nächsten Monaten zu erledigen ist und um welche Finanzangelegenheiten er sich kümmern muß. Ich halte ihn für denjenigen, der dafür am besten geeignet und am pflichtbewußtesten ist.«

»Ja, Herr.«

»Den zweiten Umschlag verbirgst Du einstweilen an einem sicheren Ort. Ihn wirst du erst wieder hervorholen, falls ich bis zum Boronsmond nicht heimgekehrt bin und bis dahin auch keine Nachricht von mir gekommen ist. Dann wirst du ihn ebenfalls Gundolf übergeben. Aber erst dann! Und bis dahin wirst du niemandem gegenüber ein Wort darüber verlieren, daß es diesen zweiten Umschlag überhaupt gibt. Hast du verstanden?«

»Ja, Herr, Ihr könnt Euch ganz auf mich verlassen.«

»Ja, Irian. Ich weiß.« Ein sanftes Lächeln erschien auf dem Gesicht des Barons. »Du warst mir in all den Jahren immer ein getreuer und zuverlässiger Diener. Dafür danke ich Dir. Und wenn ich bis zum Boronsmond nicht zurück bin, wirst du feststellen, daß sich im zweiten Umschlag die Anweisung befindet, dich großzügig für deine Dienste zu entlohnen.«

Irian machte ein verzweifeltes Gesicht. »Wollt Ihr mir nicht doch erlauben, Euch zu begleiten? Es würde nur kurze Zeit dauern, ein zweites Pferd zu satteln, und ich selbst wäre in ein paar Augenblicken ...«

»Nein. Laß es gut sein, Irian. Diesen Weg muß ich allein beschreiten.«

Damit wandte der Baron sich um und bestieg das Pferd. Irian bemerkte, daß dies längst nicht so schwungvoll geschah wie bei dem jungen Beilunker Reiter. Dennoch wirkte der Baron keineswegs alt oder schwächlich. Seine Bewegungen waren knapp bemessen und zeugten von Erfahrung und Entschlossenheit.

Unter den Leuten auf dem Hof hatte ein leises Gemurmel und Geraune eingesetzt. Als der Baron den Kopf wandte und seinen Blick über die Menschen streifen ließ, die in den letzten Jahren seine Untertanen gewesen waren, wurde es sofort wieder totenstill. In manchen Gesichtern erkannte er Hochachtung, in anderen Furcht, in den meisten jedoch lag ein fragender, erstaunter Ausdruck.

Der Baron nickte ihnen wohlwollend zu, dann setzte er an, um dem Pferd die Fersen in die Seite zu drücken – und hielt inne, als ihn Irians verzweifelt klingende Stimme erreichte.

»Aber Ihr *werdet* doch zurückkommen, Herr?«

Der Baron sah seinen Diener ein letztes Mal an. Abermals verlor sich sein Blick für Momente in der Unendlichkeit. Dann gab er ein trotziges Lachen von sich. »Sofern die Götter es wollen!«

Er hieb seinem Pferd die Fersen in die Flanken und lenkte es im Trab zum Burgtor hinaus.

Die Leute auf dem Burghof setzten sich in Bewegung. Alle strömten dem Baron hinterher – die Kinder als erstes, und das Ende bildeten diejenigen, deren Knochen bereits in die Jahre gekommen waren.

Nur Irian blieb stehen und sah der kleinen Menschschar stumm nach. In seinem Herzen spürte er eine Leere, als hätte er einen guten Freund – einen engen Vertrauten – verloren.

Dann ging er ins Haupthaus, um den einen Umschlag so zu verbergen, wie es sein Herr ihm aufgetragen hatte. Und während er die große Treppe hinaufstieg, war es ihm, als würde sein Alter mit jedem Schritt und jeder Stufe schwerer auf ihm lasten.

2. Kapitel

Der Abend hatte sich über Vinsalt, die Hauptstadt des Lieblichen Feldes, gelegt. Die sogenannte hunderttürmige Stadt erhob sich zu beiden Seiten des mächtigen Yaquir-Stromes, der hier, aus dem hügligen Land der Goldfelsen kommend, in einem großen Bogen in die weitläufige, fruchtbare Ebene Yaquiriens einschwenkte. Seit Einbruch der Dunkelheit hatte sich die gesamte Stadt – insbesondere die am Nordufer gelegenen Viertel – in ein funkelndes Lichtermeer verwandelt, das jeden Neuankömmling in seinen Bann zog. Und Menschen, die von der Stadt angezogen wurden, gab es viele. Vinsalt war ein blühendes und gedeihendes Handelszentrum. Sein Reichtum lockte nicht nur Händler an, sondern in ihrer Folge auch zahlreiche Tagelöhner, Glücksritter und Habenichtse. So herrschte auf den Straßen ein buntes Durcheinander der verschiedensten Volkszugehörigkeiten, Moden und Mundarten. Überall pulsierte das Leben.

Fragte man einen der Einheimischen nach einer Adresse, bei der man höheren Gaumenfreuden frönen konnte, wurde einem – sofern der Angesprochene sich in entsprechenden gesellschaftlichen Kreisen bewegte – zumeist ein Gasthaus genannt, das der ›Altquell-Schänke‹ angeschlossen war, einer Taverne, die von dem früheren Braumeister der Altquell-Brauerei geführt wurde.

Das Restaurant bot reichlich Platz für ein paar Dutzend Gäste, die aus sämtlichen gehobenen Schichten der Königsstadt stammten. Hier luden die Vorstände der vielen Kontore oder Reedereien ihre Handelspartner zum abendlichen Essen ein oder gönnten sich selbst nach einem Geschäftsabschluß ein opulentes Mahl; hier speisten die Angehörigen des Hoch- und Niederadels, und wohlhabende Reisende machten Zwischenstation. Bisweilen sollten sogar schon Mitglieder der Königlichen Familie hier gesehen worden sein. Der Wirt selbst schwieg zu derartigen Gerüchten und auch über die Gründe, warum sein Gasthaus an solchen Tagen stets für den normalen Publikumsverkehr geschlossen blieb.

Zwischen den Tischen liefen die Bediensteten emsig umher und bemühten sich, die Wünsche der Gäste zu erfüllen. Ein verführerischer Duft von Spezialitäten aus aller Herren Länder, der einem das Wasser im Mund zusammenlaufen ließ, lag neben dem gedämpften Stimmengewirr zahlloser Gespräche in der Luft.

Kaum einer der Gäste hob seinen Kopf und blickte zum Eingang, als ein Neuankömmling das Restaurant betrat.

Er trug eine rote Brokatjacke, die sich über einem wohlgenährten Bauch spannte, und seine stämmigen Beine steckten in einer weiten blauen Pluderhose, die in kniehohen, schwarzen Schaftstiefeln verschwand. Sein Haupt zierte ein schwarzer Dreispitz, aus dem schwarzes lockiges Haar bis zu den Schultern herabfiel, sowie ein hochgezwirbelter Oberlippenbart. An seiner Hüfte hing ein Florett. An einem anderen Ort Aventuriens hätte eine solche Kleidung sicherlich Verwunderung oder gar Belustigung hervorgerufen, nicht jedoch hier in der Königsstadt, wo eine solche Aufmachung zum Alltag gehörte. Viele Angehörige der feineren Gesellschaft trugen ähnliche Kleidung, nur daß diese meist aus weitaus feineren Stoffen gefertigt war und nicht so abgenutzt aussah wie die des Neuankömmlings.

Der Mann blieb in der Nähe des Eingangs stehen und

ließ seinen Blick durch den Gastraum streifen. Was er sah, schien zu seiner Zufriedenheit auszufallen. Auf seinen Lippen zeigte sich ein dünnes Lächeln, das jedoch sofort verschwand, als ein Bediensteter beflissen herbeieilte und sich höflich verneigte.

»Willkommen in unserem Hause, Herr!« begrüßte er den Gast. »Ihr dürft versichert sein, daß wir bemüht sein werden, Eure Wünsche nach besten Kräften zu erfüllen.«

»Das will ich wohl hoffen«, sagte der Neuankömmling mit leichter Blasiertheit in der Stimme. Er zog den Dreispitz vom Kopf und schüttelte kurz sein schwarzes Haar. »Mir ist viel Gutes über dieses Haus zu Ohren gekommen. Nun, da ich endlich Gelegenheit habe, diese Stadt mit meiner Anwesenheit zu ehren, steht mir der Sinn danach, mich selbst davon zu überzeugen.« Er hob den Kopf so weit, daß sein ausgeprägtes Doppelkinn fast straff und glatt wurde, atmete den in der Luft liegenden Duft tief ein und leckte sich genüßlich die Lippen. »Und was da in meine Nase steigt, läßt mich hoffen, daß der Weg hierher nicht umsonst gewesen ist.« Er zog seine Handschuhe aus und winkte dem Bediensteten ungeduldig mit der rechten Hand zu. »Also los, bringe Er mich an einen Tisch, damit ich endlich meinen Appetit stillen kann.«

Der Bedienstete zögerte und blickte verlegen drein. »Nun, Herr, da gibt es leider eine kleine Schwierigkeit. Es ist nämlich so, daß …«

»Eine Schwierigkeit?« Der Mann sah den Bediensteten mit unwillig gerunzelten Augenbrauen an. »Sagte Er nicht gerade, daß Er alles tun wolle, um meine Wünsche zu erfüllen? Ist es denn bereits zuviel verlangt, mich an einen Tisch zu bringen? Was soll erst werden, wenn ich etwas zu speisen wünsche?«

»Bitte mißversteht mich nicht. Es ist nur so, daß die Plätze hier … also, unsere Plätze sind leider alle besetzt. Das ist um diese Abendzeit nicht ungewöhnlich.

Um ganz sicherzugehen, einen freien Platz zu bekommen, ist es angeraten, vorher zu reservieren.«

»Ich bin heute zum erstenmal in dieser Stadt. Wie hätte ich da reservieren können?«

»Ja, Herr, natürlich, verzeiht meine Unaufmerksamkeit. Wenn Ihr vielleicht noch kurze Zeit nebenan in der Schänke Platz nehmen würdet ... Ich werde Euch sofort jemanden schicken, um Euch zu holen, sobald ein Platz frei wird.«

Der Ankömmling rümpfte verächtlich die Nase, sah über den Bediensteten hinweg und ließ seinen deutlich unwilligen Blick über die vollbesetzten Tischreihen schweifen. Dabei zwirbelte er mit dem Daumen und dem Zeigefinger seiner rechten Hand nachdenklich die Bartspitzen.

Der Bedienstete sah, daß er am Mittelfinger einer Hand einen Ring trug, an dem ein glitzernder dunkelroter Edelstein funkelte. Als er in dieses rote Feuer sah, spürte er einen kalten Hauch nach seinem Herzen greifen, und trotz der Wärme in der Gaststube begann er zu frösteln. Er war froh, als der Ankömmling den Arm ausstreckte, auf einen Tisch deutete und so den Ring seinen Blicken entzog. Obwohl er den Edelstein nur kurz gesehen hatte, hatte er das Gefühl, daß er nicht in der Lage gewesen wäre, seine Augen aus eigener Kraft davon zu lösen.

»Was ist?« erreichte ihn die ungehaltene Stimme des Mannes. »Warum antwortet Er mir nicht?«

»Verzeiht, Herr, ich war einen Augenblick unaufmerksam. Wonach fragtet Ihr?«

»Ich fragte, warum Er mich nicht zu jenem Tisch dort drüben führt.«

Der Bedienstete folgte dem ausgestreckten Arm mit seinem Blick und erschrak. An einem Tisch am Rande des Gastraums, der einem halben Dutzend Leuten Platz geboten hätte, saß nur eine einzelne Person: ein ganz offensichtlich stark angetrunkener Thorwaler, der sich ohne viel Sinn für Etikette über die gefüllten Teller hermachte.

Der Nordmann hatte langes, rotblondes Haar, das ebenso wie der Bart zu zwei Zöpfen geflochten war. Obwohl er saß, war deutlich zu erkennen, daß es sich um einen wahren Hünen handelte. Sein Wams aus grobem Leder war auf der Brust und an den Schultern mit Metallverschlägen verziert.

»Wie es scheint, ist der gute Mann allein, und etwas Gesellschaft wird ihm bestimmt guttun«, sagte der Ankömmling arglos. »Oder erwartet er noch andere Gäste?«

»Nein, das nicht. Diese Plätze sind schon frei, aber ...« Der Bedienstete sah den Gast an, als wolle er sich vergewissern, daß dieser recht bei Sinnen war. Er schien nicht glauben zu können, daß jemand sich freiwillig mit einem angetrunkenen Thorwaler an einen Tisch setzen wollte.

»Na bitte! Warum führt Er mich dann also nicht dorthin?«

»Glaubt mir, es ist nicht so, daß ich mich Eurem Wunsch widersetzen wollte.« Der Bedienstete wand sich verlegen und gestikulierte unbeholfen, als müßte er jedes einzelne Wort aus der Luft nehmen. »Ich möchte nur zu bedenken geben, daß, wenn Euch der Sinn danach steht, die Köstlichkeiten unserer Küche in aller Ruhe zu kosten, es besser wäre zu warten, bis ein anderer Platz frei wird.«

Wie zur Bestätigung warf der Thorwaler in diesem Augenblick einen halb abgenagten Knochen über die Schulter, anstatt ihn in die dafür vorgesehene Schale auf dem Tisch zu legen. Er rülpste laut und lang und rief dann nach einem neuen Krug Bier. Dabei hieb er mit der Faust mehrfach auf den Tisch, um seiner Forderung mehr Nachdruck zu verleihen.

Das Gemurmel im Restaurant verlor sofort erheblich an Lautstärke. Von vielen Tischen wurden dem Thorwaler verstohlene, pikierte Blicke zugeworfen. Doch niemand wagte, die Stimme zu erheben, um sich über das Benehmen des rüpelhaften Gastes zu beschweren, oder gar aufzustehen und ihm Einhalt zu gebieten. Es war nur zu gut bekannt, wie streitsüchtig und rauflustig diese Nordmänner waren – insbesondere wenn sie ein gewisses Maß an berauschenden Getränken genossen hatten. So trachtete jedermann danach, einer Auseinandersetzung aus dem Weg zu gehen.

Einige der Gäste bedachten den Küchenmeister, der hinter einer Anrichte stand und das Treiben des Thorwalers mit gequälter Miene verfolgte, mit vorwurfsvollen Blicken. Darin war deutlich die Frage zu erkennen, wie man so jemandem nur Einlaß hatte gewähren können. Auf der hohen Stirn des untersetzten Mannes glänzte Schweiß. Ihm war die Angelegenheit sichtlich peinlich, mußte er doch um den guten Ruf seines Hauses fürchten. Er bereute längst, den Nordmann nicht abgewiesen zu haben. Doch als dieser die Gaststube betreten hatte, hatte er noch einen sehr vernünftigen und vor allem nüchternen Eindruck gemacht. Außerdem trug er einen gutgefüllten Geldbeutel am Gürtel. So hatte der Küchenmeister keinen Grund gesehen, dem Mann den Einlaß zu verwehren – ein Entschluß, den er mittlerweile zutiefst bereute.

Als der Thorwaler abermals mit der Faust auf den Tisch schlug, gab der Küchenmeister einer Magd barsch die Anweisung, dem Gast unverzüglich einen neuen Krug zu bringen. Mehr wagte er nicht zu tun; er wollte den Hünen auf keinen Fall provozieren. Er hoffte, daß der Störenfried – sobald sein Hunger und Durst gestillt wären – das Haus verließe. Und in Gedanken schickte er ein Stoßgebet an die gastfreundliche Travia, daß dies geschehen möge, bevor der Thorwaler mit seinem Benehmen sämtliche anderen Gäste vergrault hatte. Doch solange er nicht handgreiflich wurde, gab es keinen Grund, die Stadtbüttel zu rufen. Der Küchenmeister hoffte inständig, daß es nicht zu einer Rauferei käme. Ein Eingreifen der Büttel wollte er unter allen Umständen vermeiden, zum einen, um den Ruf des Hauses zu wahren, zum anderen aber auch, um dem Thorwaler keinen Anlaß zu geben, tags darauf mit einem Dutzend Landsmänner hierher zurückgestürmt zu kommen, um sich für diese Behandlung zu rächen und alles kurz und klein zu schlagen. Schließlich wußte jedermann, wie empfindlich Thorwaler auf solche Demütigungen reagierten. Bei Dingen wie diesen hielten sie zusammen wie Pech und Schwefel.

Der Thorwaler schien sich des Mißfallens, das er unter den anderen Gästen erregte, durchaus bewußt zu sein. Doch das stachelte seinen Eifer, sich rüpelhaft zu gebärden, nur noch mehr an.

Als die Magd den Bierkrug auf seinen Tisch stellte, versuchte er, sie an der Hüfte zu packen und zu sich heranzuziehen. Sie entwand sich seiner zugreifenden Pranke jedoch mit einer kurzen, beiläufig erscheinenden Körperdrehung, wie sie eine an derartige Zudringlichkeiten gewöhnte Bedienung in einer heruntergekommenen Taverne nicht eleganter hätte vollführen können.

Das Gesicht des Thorwalers verzog sich ob dieses Mißerfolgs zu einer ärgerlichen, finsteren Grimasse. Einen Augenblick lang sah es so aus, als schiene ihm diese Zurückweisung Grund genug zu sein, aufzuspringen und seinem Ärger freien Lauf zu lassen.

Der Neuankömmling, der die Szene vom Eingang aus mit aufmerksamem Interesse verfolgte, sah, wie sich der Küchenmeister den Angstschweiß von der Stirn wischte. Die Spannung, die mit einem Male in dem Restaurant lag, war beinahe mit Händen zu greifen.

Der Thorwaler atmete ein paarmal tief und schwer durch, ehe er sich für ein trotziges, langanhaltendes Lachen entschied. Er setzte den Krug an und schüttete gut die Hälfte des Inhalts in einem Zug in seine Kehle.

Als er sich daraufhin wieder seinen Tellern zuwandte, eine Keule in die Hand nahm und schmatzend das Fleisch vom Knochen löste, entspannte sich die Atmosphäre im Gastraum wieder. Die Köpfe, die verstohlen in seine Richtung geblickt hatten, wandten sich wieder ab, und kurz darauf erreichte das Stimmgewirr der Gäste erneut die gewohnte Lautstärke.

Dem Bediensteten war das Betragen des Gastes und die latente Unruhe und Bedrohung, die von ihm ausging, sichtlich unangenehm; zugleich aber wirkte er erleichtert, daß er dem anscheinend etwas begriffsstutzigen neuen Gast nun nicht mehr möglichst dezent erklären mußte, warum er ihm keinen Platz an diesem Tisch zumuten mochte.

»Ihr seht, Herr«, sagte er in gedämpftem Tonfall, als fürchte er, der Thorwaler könne seine Worte hören, »es ist kein böser Wille, Euch nicht dorthin zu führen. Ich denke, Ihr habt Euch mit eigenen Augen davon überzeugen können, warum Euch Euer Mahl in dieser Gesellschaft nicht recht munden würde.«

Der Neuankömmling bedachte ihn mit einem herablassenden Blick, als wäre es nicht nötig, wegen dieser Kleinigkeit besonderes Aufheben zu machen.

»Nun ja, es stimmt, die allerfeinsten Tischsitten haben diese Thorwaler wahrlich nicht«, sagte er und streckte sein Kinn ein Stück nach vorne, »aber ein Boromir von Olean ist von seinen weiten Reisen her weitaus Schlimmeres gewohnt als einen Nordmann, der über den Durst getrunken hat.« Lächelnd drückte er dem Bediensteten Handschuhe, Umhang und Dreispitz in die Hand. »Hier, nehme Er das. Ich weiß den Tisch schon alleine zu erreichen.«

Damit ließ er den verblüfften Bediensteten stehen und ging würdevollen Schrittes durch die Tischreihen. Dabei nickte er den dort sitzenden Gästen freundlich zu, ohne daß ihm jedoch große Aufmerksamkeit geschenkt wurde. Wer zufällig zu ihm hochblickte, wandte sich meist rasch wieder ab, als wolle er mit diesem Fremden in seiner zwar standesgemäßen, aber abgenutzten Kleidung nichts zu tun haben. Nur die Hauptfrau mehrerer Gardistinnen der Ehren- und Stadtgarde, die sich hier zu einem Essen eingefunden hatten, erwiderte den Gruß knapp, ehe sie sich wieder in das Gespräch mit ihren Untergebenen vertiefte.

Der Küchenmeister, der sich gerade mit einem Tuch den Schweiß von seiner Stirn tupfte und im stillen den Göttern Phex und Travia dankte, daß sie seine Stoßgebete erhört hatten, hielt irritiert inne, als er den Neuankömmling entdeckte; und als er einen Augenblick später gewahr wurde, daß dieser geradewegs auf den Tisch des Thorwalers zusteuerte, weiteten sich seine Augen. Seine Hoffnung, daß alles zu einem glimpflichen Ende finden würde, erlosch wie eine Fackel, die in einen Eimer Wasser gesteckt wurde. Seine langjährige Erfahrung in diesem Gewerbe sagte ihm mit unumstößlicher Gewißheit, daß diese Begegnung unvermeidlich in einer Katastrophe münden mußte. Ein solch blasiert und überheblich wirkender Fremdling, der in der Kleidung eines Möchtegernadligen daherkam, war genau der Anlaß, den der ohnehin gereizte Thorwaler brauchte, um endgültig aus der Haut zu fahren.

Er bedachte den Bediensteten, der die Kleidung des Gastes in Händen hielt und noch immer wie angewurzelt dastand, mit einem ebenso vorwurfsvollen wie fragenden Blick. Doch der Mann hob nur stumm die Schultern und schüttelte ratlos den Kopf, als wüßte er auch nicht, was davon zu halten sei.

Dann hatte der Fremdling, der sich als Boromir vorgestellt hatte, den Tisch des Thorwalers erreicht. Er blieb an dessen Ende stehen und verbeugte sich mit einer ausladenden Geste. »Verzeiht, guter Herr, gestattet Ihr, daß ich an Eurem Tisch Platz nehme?«

Der Thorwaler, der gerade einen weiteren Bissen hatte nehmen wollen, hielt in halber Bewegung inne und starrte den Neuankömmling mit grimmiger Miene an. Es schien eine schwierige Frage gewesen zu sein, denn er brauchte eine Zeitlang, um darüber nachzudenken. Von der Keule tropfte Soße auf die Tischdecke aus feinstem Kusliker Leinen.

Dann führte er die Keule zum Mund, nahm einen großen Bissen und deutete mit ihr auf das andere Ende des Tisches, während er schmatzend etwas Unverständliches grummelte.

»Ich danke Euch, guter Mann«, sagte Boromir und ließ sich auf einem der freien Stühle nieder.

Während er auf dem Stuhl herumrutschte, wie um eine bequeme Sitzposition zu finden, wanderten seine Blicke zum Nachbartisch, wo eine Gruppe wohlhabender junger Leute saß. Sie alle starrten ihn ungläubig an. Er nickte ihnen freundlich zu, was ihre Köpfe schnell in eine andere Richtung drehen ließ, als hätte er ein obszönes Angebot gemacht.

Achselzuckend wandte er sich ab.

Da kam auch schon der Küchenmeister mit bemüht ausdrucksloser Miene auf ihn zugeeilt. Dezent beugte er sich zu dem neuen Gast herab.

»Willkommen in unserem Hause, Herr«, flüsterte er. »Ich bin der Küchenmeister. Wenn ich Euch vielleicht bitten dürfte, nicht hier …«

»Ah, der Küchenmeister«, unterbrach Boromir ihn mit lauter Stimme und sah den Mann freudig an. »Das trifft sich gut. Man hat mir schon viel über dieses Haus erzählt. Ich bin froh, Eure Künste jetzt endlich selbst kennenlernen zu dürfen. Was ist es, was Er mir heute besonders empfehlen kann? Aber gebt acht, denn mein Hunger ist nach der langen Reise ganz gewiß nicht klein.«

Der Küchenmeister verdrehte die Augen. Er stand da, als wisse er nicht, was er sagen solle. Seine Hände öffneten und schlossen sich zuckend. Er atmete tief durch und vergewisserte sich mit einem kurzen, ängstlichen

Seitenblick, daß der Thorwaler vollauf damit beschäftigt war, geräuschvoll das Essen in sich hineinzuschlingen, anstatt dem Gespräch zu lauschen. Er beugte sich abermals vor. »Herr, ich werde Euch alles bereiten lassen, wonach Euer Herz begehrt. Aber zuvor möchte ich Euch inständig bitten, kein großes Aufheben zu machen und diesen Platz wieder zu verlassen.«

»Den Platz verlassen?« rief Boromir und breitete unschuldig die Arme aus. »Ja, aber – warum? Was gibt es denn an diesem Platz auszusetzen? Was soll nicht gut daran sein?«

Der Küchenmeister erstarrte und fühlte sich wie kopfüber in eiskaltes Wasser getaucht. Seine Augen wanderten dorthin, wo halb hinter ihm der Thorwaler saß, doch da er es nicht wagte, seinen Kopf auch nur einen Fingerbreit zu bewegen, bekam er diesen nicht ins Blickfeld. Mit angehaltenem Atem lauschte er, wie der Nordmann reagierte. Erleichtert atmete er auf, als er die deutlichen Schmatzgeräusche vernahm, die bewiesen, daß dieser noch immer damit beschäftigt war, sich um sein leibliches Wohl zu kümmern.

Der Küchenmeister nahm all seinen Mut und seine Beherrschung zusammen, beugte sich noch ein Stück weiter zu dem Gast herab und sprach so eindringlich, wie es ihm flüsternd möglich war. »Herr, ich bitte Euch! Ich bin nur um Euer Wohl bedacht. Wenn Ihr an diesem Tisch sitzen bleibt, wird es ganz gewiß zu einem Unglück kommen. Ich kann mir nicht vorstellen, daß Euch Euer Mahl in einer solchen Gesellschaft wohl bekommt.«

Boromir reagierte auf dieses Ansinnen, indem er die Augenbrauen hob und vielsagend in die Richtung des Thorwalers blickte. Es wirkte, als wolle er dorthin deuten.

Zu seinem Entsetzen bemerkte der Küchenmeister, daß die Schmatzgeräusche erstorben waren und es im Gastraum zunehmend stiller wurde. Und er konnte die

Blicke des Nordmannes fast körperlich in seinem Nacken spüren. Er versuchte vergeblich, den Kloß in seiner Kehle hinunterzuschlucken, dann wandte er sich langsam um.

Zu seinem Entsetzen erkannte er, daß der Thorwaler zu essen aufgehört hatte und ihn mit einem Blick bedachte, in dem pure Mordlust zu glimmen schien.

»Was soll das heißen, du Wurm?« brüllte der Thorwaler. Er sprang auf, stützte die Arme auf die Tischplatte und beugte sich drohend vor. »Das klingt, als hieltest du mich für eine Gruftassel, die der Anwesenheit eines solch feinen Herren nicht würdig wäre! Ist es das, was du sagen wolltest?«

Der Küchenmeister schrumpfte auf der Stelle um ein paar Fingerbreit. Er versuchte, zu einer Erklärung anzusetzen, ohne die Möglichkeit dazu zu bekommen, weil der Thorwaler sofort weiterbrüllte.

»Bist du etwa der Meinung, dein stinkendes Lokal verdiene meine Anwesenheit nicht? Gibt es irgend etwas, was du an mir auszusetzen hast? Los, rede!«

Die letzten Worte trafen den Küchenmeister wie ein Peitschenhieb. Er öffnete den Mund, ohne mehr als ein paar gestotterte Silben herauszubekommen.

»Zeig dich als Mann und nicht als Memme!« polterte der Hüne und fegte mit seiner Hand einen Teller vom Tisch. »Wenn du etwas an mir auszusetzen hast, dann sprich es offen aus, ansonsten verzieh dich wieder hinter deinen Herd und stör mich nicht bei meinem Mahl!«

Der Küchenchef trat verlegen von einem Fuß auf den anderen und spielte mit den Händen an der Schürze herum. »Aber nein, nein, mein Herr, das versteht Ihr vollkommen falsch. Ich habe keineswegs sagen wollen, daß Eure Anwesenheit hier nicht erwünscht ist. Es ist nur so … nur so, daß … daß ich …« Er suchte verzweifelt nach Worten. Zu seiner Überraschung kam ihm der neue Gast zu Hilfe.

Boromir stand auf, stellte sich halb vor den Küchenmeister und sah den Thorwaler so furchtlos an, als hätte er nicht die geringsten Bedenken, womöglich den Ärger des streitlustigen Hünen auf sich zu ziehen.

»In der Tat, da habt ihr den guten Mann mißverstanden«, sagte er. »Er schlug mir lediglich vor, mich an einen anderen Tisch zu setzen, falls mir nach mehr Gesellschaft und nach Unterhaltung zumute wäre. Und er empfahl mir, was mir heute besonders wohl bekommen würde.«

»Ja, ja«, bestätigte der Küchenmeister eilig, »genauso war es. Ich habe nichts gegen Euch sagen wollen. Natürlich ist mir Eure Gesellschaft genehm!«

»Ihr hört, guter Mann«, ergänzte Boromir, »es gibt keinen Grund, sich beleidigt zu fühlen. Warum also setzt Ihr Euch nicht wieder hin und widmet Euch weiter Eurem Mahl?«

Der Thorwaler musterte seinen Tischgenossen mit zusammengezogenen Augenbrauen von oben bis unten, wie um zu ergründen, ob dieser seinen Spott mit ihm trieb. Ein paarmal ließ er den Blick mißtrauisch zwischen dem Fremden und dem Küchenmeister hin und her pendeln, dann nahm er grummelnd Platz.

»Meinetwegen«, knurrte er. Er leerte seinen Krug. »Was geht es mich an, was dieser feine Herr sich bestellt? Laß ihn wählen, was er will! Bring mir lieber einen neuen Krug Bier.«

Damit war die Sache für ihn beendet. Er machte sich wieder über sein Mahl her.

Der Küchenmeister fühlte, wie das Leben wieder durch seine Adern zu strömen begann. Er schenkte dem neuen Gast einen dankbaren Blick.

Boromir machte eine beiläufige Handbewegung und setzte sich ebenfalls nieder.

»Ich werde Euch gleich aufzählen, was heute besonders empfehlenswert ist, Herr«, sagte der Küchenmeister. »Aber zuvor werde ich Euch jemanden schicken, der Euch einen Krug Wein bringt. Spendiert von der

Leitung des Hauses. Ihr werdet doch nichts dagegen einzuwenden haben?«

»Nein, ein solches Angebot nehme ich gerne an«, sagte Boromir lächelnd. »Aber beeilt Euch. Mein Gaumen ist vom vielen Sprechen schon ganz trocken.«

Während der Küchenmeister sich entfernte, blickte Boromir abermals wie beiläufig zu dem Nachbartisch, an dem die Adligen saßen. Erneut wandten sich die Köpfe von ihm ab, als sein Blick sie traf, doch diesmal geschah es bei weitem nicht so schnell wie zuvor. Boromir stellte fest, daß einige der weiblichen Tischgäste ihn verstohlen musterten, während sie mit ihren Begleitern plauderten.

Eine Magd brachte ihm einen Krug Wein und stellte einen weiteren Bierhumpen an den Platz des Thorwalers.

Boromir nahm einen Schluck und schürzte genießerisch die Lippen. Es handelte sich um einen schweren Raschtulswaller Rotwein allerfeinster Herkunft, wie er zu seiner Zufriedenheit feststellte. Er nahm es als besondere Aufmerksamkeit des Küchenmeisters, ihm solch ein edles Getränk zu kredenzen.

Der Thorwaler stellte seinen Krug nach einem tiefen Schluck so kräftig auf dem Tisch ab, daß ein Teil des Biers überschwappte und sich über die Tischdecke verteilte. Ihn schien das nicht zu kümmern. Er rülpste wohlig, wischte sich den Mund mit dem Handrücken ab und blickte auf die Fleischstücke auf den Tellern vor ihm, als überlege er, über was er sich als nächstes hermachen sollte.

Dann nahm er eines davon und warf es seinem neuen Tischgenossen zu.

»Da«, kommentierte er. »Damit du nicht verhungerst. Es kann Ewigkeiten dauern, ehe man hier sein Essen bekommt. Und du hast noch nicht mal bestellt.«

Boromir betrachtete das Fleischstück auf dem Tischtuch in seiner kleinen Lache aus Soße. Freundlich schüttelte er den Kopf. »Nein, danke für das gewiß großzügige Angebot, aber nach solch deftigen Speisen ist mir heute nicht zumute. Mir steht der Gaumen eher nach feineren Genüssen.«

Der Thorwaler senkte grimmig seine Augenbrauen. »Was soll das heißen? Willst du mein Angebot etwa ausschlagen?«

»Mein empfindlicher Magen zwingt mich leider dazu. Ihr versteht, guter Mann, mir liegt nichts ferner, als Euch zu kränken, aber ich habe einen Schwur getan, derartiges Fleisch meiner Gesundheit zuliebe nicht mehr zu mir zu nehmen. Mir läuft bei dem Anblick dieses prächtigen Stückes zwar sehr wohl das Wasser im Munde zusammen, aber Schwur ist Schwur. Das werdet Ihr als weitgereister und tapferer Krieger doch sicherlich verstehen!«

Der Thorwaler kniff ärgerlich die Lippen zusammen. Er schien nicht recht zu wissen, was er von der Antwort halten sollte. Dann beugte er sich über den Tisch, ergriff das Fleischstück und hielt es mit spitzen Fingern vor sich, als handle es sich um Unrat.

»Ein Gabe, die man von mir nicht annehmen will, will ich auch nicht zurück haben«, sagte er und schleuderte es in hohem Bogen verächtlich von sich.

Am Nachbartisch war der Aufschrei einer adligen Dame zu hören. Das Fleisch war auf ihrem Kleid aus goldbesticktem blauen Brokat gelandet. Sie sprang auf und ließ es zu Boden fallen, als handle es sich um ein giftiges Insekt. Unglücklich sah sie auf ihr soßenverschmiertes Kleid.

Der Thorwaler begann bei dem Anblick lauthals zu lachen. Dieser Spaß schien ganz nach seinem Geschmack zu sein.

Einer der Begleiter der Dame wandte sich wütend um. »Bei allem was recht ist!« polterte er los. »Genug ist genug! Ihr werdet auf der Stelle ...«

Er wollte gerade aufspringen, als er sich der Tatsache

bewußt wurde, daß er im Begriff stand, die vielleicht größte – und womöglich auch letzte – Dummheit seines Lebens zu begehen. Er verstummte und hielt inne.

»Na, was ist?« fragte der Thorwaler leise. »Warum sprichst du nicht zu Ende? Was wolltest du mir sagen?«

Der Mann, an dessen wohlgenährter Statur zu erkennen war, daß das Kämpfen nicht gerade zu den Dingen gehörte, mit denen er sonderlich vertraut war, schluckte und wich betreten dem stechenden Blick des Thorwalers aus. Er wahrte einen Rest Würde und wandte sich an seine Begleiterin. »Komm, setz dich wieder. Wir werden unser Mahl beenden und dann gehen.«

Unter dem spöttischen Gelächter des Nordmannes nahmen sie wieder Platz und versuchten, dessen lautstarke Provokationen zu ignorieren.

»Feige Memmen!« tönte es durch die unheilvolle Stille, die sich im Restaurant ausgebreitet hatte. Herausfordernd schaute der Hüne um sich. »Allesamt feige Memmen hier! Euer vornehmes Gerede ist in meinen Ohren nichts anderes als das Quaken von Fröschen, und das gilt auch für euren Mut!«

Niemand wagte es, ihm zu widersprechen – unendliche, quälende Augenblicke lang.

Plötzlich erhob sich Boromir, streckte sich und blickte den Thorwaler ernst an.

»Nun, ich vermag nicht für andere zu sprechen«, sagte er in ruhigem, aber entschlossenem Tonfall, »aber ich für meinen Teil fühle mich von Euren Worten in meiner Ehre beleidigt. Deshalb verlange ich, daß Ihr sie zurücknehmt, anderenfalls müßte ich Genugtuung von Euch fordern.«

Überall im Restaurant wurde tief ein- und durchgeatmet.

Der Thorwaler gab keine Antwort, sondern starrte Boromir nur mit offenem Mund an. Er schien nicht recht glauben zu können, was er da sah und hörte.

»Doch ehe wir diesen Punkt klären«, fuhr Boromir in

unverändertem Tonfall fort, »möchte ich Euch darauf hinweisen, daß Euer Verhalten dieser Dame gegenüber äußerst ungebührlich war. Daher muß ich Euch bitten, sich bei ihr in aller Form zu entschuldigen!«

»Ich soll – *was?*« stieß der Thorwaler hervor.

»Sich bei ihr entschuldigen. Ein solches Betragen gebührt sich nicht. Schon gar nicht einer anmutigen und vornehmen Dame gegenüber.« Damit wandte Boromir sich in ihre Richtung und deutete eine leichte Verbeugung an.

Die Dame reagierte halb geschmeichelt, halb unglücklich, den Anlaß für die unvermeidlich erscheinende, blutige Auseinandersetzung gegeben zu haben – bei der es ganz offensichtlich nur einen Verlierer geben konnte.

»Du elender Wurm!« brüllte der Thorwaler, der seine Sprache wiedergefunden hatte. Er sprang so heftig auf, daß er den schweren Tisch ein Stück weit beiseite stieß, und richtete sich zu seiner vollen Körpergröße von gut zwei Schritt auf. Mit grimmiger Verachtung sah er auf sein Gegenüber herab, das er um mehr als Haupteslänge überragte. »Wer bist du, mir sagen zu wollen, was ich zu tun und zu lassen habe?«

»Ich? Ich bin nur ein Reisender, dem daran gelegen ist, daß dem Recht und dem Anstand Genüge getan wird.«

»Dann mach dich dafür bereit, dein letztes Gebet zu sprechen, Reisender. Denn von diesem Ort aus wirst du nirgendwohin mehr reisen.« Der Thorwaler breitete seine prankenartigen Hände in großer Geste aus. »Ich werde dich mit bloßen Händen in Stücke reißen!«

Um Boromirs Lippen spielte ein feines Lächeln. »Ich glaube nicht, daß Euch das gelingen dürfte.« Wie beiläufig zog er sein Florett, hielt sich die Klinge vors Gesicht und tat, als schaue er prüfend an ihr entlang. »Wie Euch sicherlich nicht entgangen sein wird, bin ich nicht gänzlich unbewaffnet.«

Der Thorwaler stand kurz reglos da, ehe er aus tiefster Kehle zu lachen begann. Dann bückte er sich, griff unter den Tisch und holte dort eine Thorwaler Streitaxt von solch enormen Ausmaßen hervor, daß sie ein weniger kräftiger Mann wohl nur mit beiden Armen hätte halten können. Er jedoch schwang sie mit einer Hand und ließ die Klinge in das Holz des Tisches krachen, an dem er eben noch gesessen hatte.

Die Gäste an den benachbarten Tischen sprangen entsetzt auf und suchten das Weite. Sie verließen die Gaststube jedoch nicht, sondern blieben in einigermaßen sicherer Entfernung stehen, um zu sehen, welchen Verlauf das ungleiche Duell nehmen würde.

»Ganz wie du es haben willst!« rief der Nordmann lachend. »Dann werde ich dich eben nicht in Stücke reißen, sondern hauen. Und die werde ich dem Koch geben, damit er daraus ein Mahl für die Schweine bereitet.«

Boromir zeigte sich weder von den Worten des Nordmannes noch von dessen Bewaffnung beeindruckt, obwohl er mit seiner dünnen Florettklinge der Streitaxt hoffnungslos unterlegen schien. Er wäre nicht in der Lage gewesen, auch nur einen einzigen Schlag von ihr zu parieren.

»Wenn Ihr es unbedingt so haben wollt, so werde ich mich einem bewaffneten Duell nicht entziehen«, sprach er. »Kämpfen wir also um Leben oder Tod. Doch ich darf Euch versichern, daß ich für meinen Teil versuchen werde, Euer Leben zu schonen.«

Der Nordmann blickte belustigt in die Runde und lachte erneut.

»Ha, habt Ihr gehört, was dieser herausgeputzte Gockel gesagt hat? Er will mich verschonen. *Mich!* Als ob ich eine solche Gnade nötig hätte.« Er wandte sich wieder an Boromir und fügte mit einem bösen Grinsen hinzu: »Wenn du mich verschonen willst, so mach es ruhig. Ich hingegen werde keine Rücksicht nehmen. Im

Gegenteil, ich verspreche dir, daß ich dich so schnell wie möglich töten werde, damit du nicht so lange zu leiden hast.«

Wie um seine Worte zu bekräftigen, ergriff er seinen Bierkrug und leerte ihn in einem Zug, ehe er ihn achtlos hinter sich warf und die Streitaxt aus dem Holz zog.

Der Küchenmeister, der die Szene mit kalkweißem Gesicht verfolgt hatte, konnte nicht länger an sich halten und eilte aufgeregt herbei. Todesmutig stellte er sich mit erhobenen Händen zwischen die Kontrahenten.

»Aber, meine Herren, meine Herren!« rief er eindringlich und sah beide mit unglücklicher Miene an. »Bei allen Zwölfen! Ich bitte Euch, überlegt Euch, ob es nicht einen Weg gibt, diesen Streit auf gütliche Weise zu ...«

»Hinfort mit dir!« fuhr der Thorwaler ihn an. »Misch dich nicht ein, sonst wird dein Kopf der erste sein, den meine Axt von den Schultern fegt!«

Der Küchenmeister stolperte mit abwehrend ausgestreckten Armen ein paar Schritte zurück. »Dann tragt Euren Streit wenigstens draußen aus!« flehte er. »Ich bitte Euch, verschont dieses Haus!«

Boromir sah den Thorwaler fragend an und zog eine Augenbraue hoch. »Mir soll es recht sein. Wie steht es mit Euch? Wollen wir lieber nach draußen gehen?«

»Nein! Hier hat es angefangen, hier soll es auch enden.«

»Ganz wie es Euch beliebt.« Boromir streckte den Arm seitlich aus, so daß er mit der Klinge eine Linie bildete, sah darüber hinweg und ließ das Florett ein paarmal hin und her schwingen, wie um seine Muskeln zu lockern. Angesichts des Nordmannes mit seiner immensen Waffe wirkte das fast lächerlich.

Als der Küchenchef merkte, daß er nichts mehr ausrichten konnte, weil keiner der beiden mehr einen Blick für ihn übrig hatte, machte er, daß er schnell ihrer

Reichweite entkam. Er gesellte sich zu den anderen Gästen, die dem Spektakel aus sicherer Entfernung beiwohnten.

»Dann laßt uns beginnen.« Der Thorwaler trat bedrohlich einen Schritt vor und schleuderte die Streitaxt mit spielerischer Leichtigkeit um sein Handgelenk. »Doch bevor ich dich in Stücke haue, so laß mich wenigstens deinen Namen wissen.«

Boromir wich um keinen Fingerbreit zurück und zeigte sich auch sonst völlig unbeeindruckt. Noch immer sah er dem Thorwaler mit hocherhobenem Kopf entgegen. »Den nenne ich Euch gern. Damit Ihr Euch auch gut an mich erinnert, falls Ihr noch einmal das Verlangen haben solltet, Euch einer Dame aus höherem Stand auf eine derart ungebührliche Weise zu nähern. Mein Name ist Boromir. Boromir von ...«

Er verstummte, als hinter ihm Schritte und das Gerassel von Metall erklangen. Dann schallte eine befehlsgewohnte Frauenstimme durch die Gaststube: »Herr Boromir hat recht. Euer Betragen ist eine einzige Zumutung, und dafür gehört Ihr zur Rechenschaft gezogen. Wollen wir einmal sehen, ob Euer Mut so groß ist wie Euer Mundwerk und Ihr es wagt, es auch mit uns aufzunehmen!«

Der Thorwaler sah an Boromir vorbei, und aus seinen Zügen schwand die Überheblichkeit.

Als Boromir sich mit sorgenvoll gerunzelter Stirn umwandte, sah er hinter sich die Stadt- und Ehrengardistinnen stehen, an deren Tisch er beim Eintreten vorübergegangen war. Sie alle – acht an der Zahl – hatten ihre Schwerter gezogen und sahen dem Nordmann entschlossen entgegen. An der Spitze stand die Hauptfrau, die Boromirs Gruß als einzige erwidert hatte. Sie nickte ihm freundlich zu.

Zum erstenmal, seitdem er das Restaurant betreten hatte, schien Boromir verunsichert zu sein. Er brauchte ein wenig Zeit, um sich eine Antwort zurechtzulegen.

Die Verbeugung, die er dann andeutete, wirkte etwas steif.

»Ich danke Euch für Euer freundliches Angebot«, sprach er, »aber ich möchte Euch und Eure Gefährtinnen nicht mit in diese Angelegenheit hineinziehen. Außerdem erscheint es mir als kein Zeichen von Ritterlichkeit, diesem Störenfried in einer derartigen Überzahl entgegenzutreten.«

Die Hauptfrau war von dieser Entgegnung nicht sehr angetan. »Und *mir* erscheint es als ein Zeichen von Dummheit, sich in einen von vornherein aussichtslosen Kampf gegen einen überlegenen Gegner zu begeben.«

»Wie meint Ihr das?« fragte Boromir verständnislos.

Sie musterte ihn eingehend, als frage sie sich, ob er vielleicht doch nur jemand sei, der seinen Verstand verloren hatte. Dann drehte sie sich mit einer abrupten Bewegung zu ihren Gefährtinnen um und befahl ihnen, die Schwerter einzustecken und zurückzutreten. Sie sollten nicht eingreifen, was immer auch geschähe.

Die Gardistinnen zogen sich wie angewiesen zurück.

Die Hauptfrau wandte sich wieder Boromir zu und lächelte leicht. »Dann werde allein ich an Eurer Seite diesem Nichtsnutz zeigen, daß an diesem Ort Wert auf gutes Benehmen gelegt wird.«

»Äh ... wie?«

»Laßt uns beide gemeinsam gegen den Nordmann antreten!«

»Ja, aber ... warum? Warum wollt Ihr das tun?«

Sie sah ihn irritiert an. »Nun, aus dem gleichen Grund wie Ihr. Um diesem Störenfried seine Grenzen aufzuzeigen. Oder weswegen tretet *Ihr* gegen ihn an?«

»Ich? Nun, äh ...« Boromir runzelte die Stirn.

»Laß dieses Weibsbild ruhig an deiner Seite kämpfen!« tönte der Thorwaler, der die Szene abwartend verfolgt hatte. Nachdem die Gardistinnen zurückbefohlen worden waren, hatte er seine alte Überheblichkeit zurückerlangt. »Ich nehme es auch mit Euch beiden auf.

Ob sie dir ihre kümmerliche Hilfe anbietet, ist mir egal!«

Boromir warf ihm einen verärgerten Blick zu.

»Das wird sich noch herausstellen!« rief die Hauptfrau und trat mit erhobenem Schwert einen Schritt auf den Nordmann zu. »Ich werde dich meine Klinge spüren lassen!« Sie wollte auf ihn losgehen, doch Boromir trat ihr in den Weg.

Er machte eine beschwichtigende Handbewegung. »Ich bitte Euch, tut nichts Unüberlegtes! Ich weiß Euer Angebot sehr wohl zu schätzen, und ich darf Euch versichern, daß ich mich dadurch hochgeehrt fühle. Aber ich bitte Euch um Verständnis, daß dies eine Sache ist, die nur mich und den Nordmann etwas angeht. Insofern laßt mich meinen Streit mit ihm allein austragen.«

Das Geraune im Hintergrund nahm bei diesen Worten zu. Überall wurden fassungslos Köpfe geschüttelt.

Die Hauptfrau seufzte und ließ ihr Schwert sinken.

»Ich hoffe, Ihr wißt, was Ihr tut«, sagte sie und sah den Thorwaler feindselig an.

Doch dieser reagierte nicht darauf.

»Oh, glaubt mir, ich bin mir stets ganz, ganz bewußt darüber, was ich tue«, versicherte Boromir.

»So sei es denn«, sagte sie. Ihr Blick drückte Bedauern darüber aus, daß er in wenigen Augenblicken ein toter Mann sein würde, als sie hinzufügte: »Mögen die Götter Euch beistehen.« Sie ließ ihn stehen und zog sich zu ihren Gefährtinnen zurück.

»Bist du endlich fertig mit deinem Geschwätz?« rief der Thorwaler. »Glaub nur nicht, daß es dir etwas nutzt, wenn du falschen Mut beweisen willst. Ich werde dich trotzdem zerquetschen wie eine Kakerlake! Und nun verrat mir deinen Namen, damit wir endlich anfangen können!«

»Das will ich gerne tun. Wie ich schon sagte, mein Name ist Boromir.« Er erhob stolz die Stimme, so daß jedermann im Raum ihn hören konnte, und rief: »Boromir von Olean.«

Wenn er geglaubt hatte, daß die drei Worte bei den Anwesenden eine Reaktion auslösen würden, so sah er sich getäuscht. Viele der Gäste sahen sich gegenseitig fragend an, als wollten sie erkunden, ob der andere vielleicht schon einmal von einem Mann dieses Namens gehört hatte. Boromir kniff enttäuscht die Lippen zusammen. Dann mußte er sich auch schon auf den Thorwaler konzentrieren, der mit einem Aufschrei und erhobener Streitaxt auf ihn zustürzte.

Der Hüne schwang die Axt seitlich, wie um seinen Gegner in der Mitte zu spalten, doch Boromir wich mit einer Behendigkeit aus, die ihm angesichts seiner Leibesfülle niemand zugetraut hätte. Die Klinge schnitt dort, wo er gerade gestanden hatte, nur durch bloße Luft und krachte seitlich in die Tischplatte.

Der Thorwaler wirkte einen kurzen Augenblick lang überrascht, dann zerrte er an dem Griff, um die Klinge wieder freizubekommen.

Boromir nutzte den Augenblick, tänzelte behende nach vorne und stieß mit dem Florett zu. Der Hieb hätte den Thorwaler sicher erheblich verwundet, doch die Klingenspitze traf nur einen der metallenen Beschläge an der Lederkleidung und prallte wirkungslos ab.

Boromir blieb keine Zeit für einen zweiten Angriff, denn schon hatte der Thorwaler seine Streitaxt wieder befreit. Wütend holte er zum nächsten Schlag aus.

Sofort zog Boromir sich ein paar Schritte zurück. Der Thorwaler folgte ihm angriffslustig.

Hinter Boromir wichen die Zuschauer zurück, als sie die Kontrahenten auf sich zukommen sahen.

Wieder hob der Thorwaler die Axt über den Kopf. Seine Armmuskeln spannten sich zum Schlag – als er plötzlich innehielt und seinen Gegner irritiert ansah.

»Wie, sagtest du, war dein Name?« fragte er.

Boromir wirkte ungehalten über die Kampfunterbrechung. »Boromir von Olean. Ich habe es Euch bereits gesagt. Und nun genug des Geredes. Laßt uns weiterfechten.«

Doch der Thorwaler machte keine Anstalten, der Aufforderung nachzukommen. Noch immer stand er mit schlagbereitem Beil da und runzelte die Stirn, als versuche er, sich an etwas zu erinnern.

»Boromir von Olean«, wiederholte er leise, »ich habe diesen Namen schon einmal gehört.«

»Das mag durchaus sein. Es gibt viele in Aventurien, die ihn kennen.«

»Ich erinnere mich an einen Boromir von Olean, der zusammen mit drei Gefährten durch meine Heimat zog. Doch das ist lange her. Ich war damals noch ein Knabe.«

Boromir runzelte die Stirn. Dann nickte er. »Es stimmt. Das war ich. Das muß vor sechzehn, siebzehn Götterläufen gewesen sein. Damals war ich in Eurem Alter. In jenen Zeiten haben wir den Nordwesten Aventuriens bereist, und wir hatten Gelegenheit zu so mancher Heldentat.«

»Ihr nanntet Euch damals ›die heroischen Vier‹.«

»Nicht wir haben uns diesen Namen gegeben, er ist uns verliehen worden«, erwiderte Boromir bescheiden und sah den Thorwaler erstaunt an: »Wie kommt es, daß Ihr so gut über mich Bescheid wißt?«

Der Thorwaler ließ seine Streitaxt sinken. Sämtliche Feindseligkeit war mittlerweile aus seinem Antlitz verschwunden.

Die Gäste und Bediensteten, die in großem Bogen um die beiden herumstanden, nahmen die überraschende Wendung erstaunt zur Kenntnis. Noch schienen sie dem Stimmungsumschwung jedoch nicht ganz zu trauen.

»Es gibt Heldengesänge, die Euch vieren zu Ehren gedichtet worden sind«, antwortete der Thorwaler, »und die an den Feuern des Nordens gesungen werden. Wußtest du das nicht?«

»Von unseren Taten wird vielerorts berichtet, nicht nur im Norden.«

»Ich kann dir gerne eines dieser Lieder vortragen, um dich wieder an die alten Zeiten zu erinnern.«

Bei diesem Angebot nahm das Unbehagen im Restaurant schlagartig wieder zu, doch Boromir, der sein Florett hatte sinken lassen, machte eine abwehrende Geste. »Nein, danach steht mir nicht der Sinn. Und dieses Gasthaus ist, wie mir scheint, nicht der rechte Ort für einen Vortrag Eurer Gesangeskunst. Ich bin hierhergekommen, um meinen Hunger und Durst zu stillen, und ich denke, das gilt auch für die übrigen Gäste.«

»Gut«, lenkte der Thorwaler ein. »Wenn du es wünschst, werde ich darauf verzichten. Aber ich bestehe darauf, daß du meinen Dank entgegennimmst.«

»Euren Dank? Wofür?«

»Du wirst dich nicht mehr daran erinnern, dafür ist diese Begebenheit für dich bestimmt zu unbedeutend«, erklärte der Thorwaler. »Meine Sippe ist damals über Land nach Phexcaer gezogen, wo wir eine neue Heimat finden wollten. Eine halbe Tagesreise vor unserem Ziel gerieten wir bei Einbruch der Dunkelheit mit unseren Wagen in einen Hinterhalt der Orks. Sie griffen uns gleich an und waren uns zahlenmäßig weit überlegen. Es gelang uns zwar, viele von ihnen zu töten, aber auch wir mußten Opfer hinnehmen. Schließlich hatten sie uns umzingelt und so in Bedrängnis gebracht, daß wohl keiner von uns den Ort lebend verlassen hätte, wenn nicht Ihr vier aufgetaucht wärt. Zusammen mit deinen drei Gefährten hast du den Schwarzpelzen tüchtig eingeheizt und sie in die Flucht geschlagen. Weißt du jetzt, wovon ich spreche?«

Boromir dachte nach. »Nun, soweit ich mich erinnere, haben wir damals bei unseren Reisen durch die Grenzgebiete von Thorwal mehr als nur einer reisenden Sippe gegen Orkangriffe geholfen.«

»Darunter auch uns. Zu denen, die Euch ihr Leben

verdanken, gehöre auch ich. Wie gesagt, ich war damals noch ein Knabe. Euch zu danken, hatte ich keine Gelegenheit, denn als ich am nächsten Morgen erwachte, wart ihr bereits weitergeritten. So schwor ich mir, nicht eher zu ruhen, bis ich einen derjenigen gefunden habe, die mich und meine Familie vor dem sicheren Tod bewahrten. Und ich danke Swafnir, daß er mich hierhergeführt hat, um mich dir meinen Dank abstatten zu lassen.« Er kreuzte die Arme vor der Brust und verneigte sich tief. »Nimm ihn hiermit entgegen.«

»Das habe ich getan.«

Der Thorwaler breitete die Arme aus und fügte gutgelaunt hinzu: »Und nun laß uns auf deine früheren Heldentaten anstoßen.«

Boromir blieb trotz des Angebotes steif stehen. Er steckte sein Florett in die Scheide zurück, dann blickte er den Thorwaler ernst an. »Nein, das werden wir nicht tun. Selbst wenn Ihr mir Euren Dank abstattet, bleibt es eine Tatsache, daß Euer Benehmen der Dame gegenüber äußerst ungebührlich war. Und dafür werdet Ihr Euch bei ihr entschuldigen.«

Der Thorwaler blickte einen Augenblick lang finster drein, dann entspannten sich seine Züge wieder, und er lachte.

»Ganz wie du wünschst. Wie könnte ich meinem Lebensretter einen Wunsch abschlagen?«

Er ging auf die Frau zu, dessen Kleid er mit dem weggeworfenem Fleischstück besudelt hatte. Sie trat erschrocken zurück, als sie den riesigen Nordmann auf sich zukommen sah, doch zu ihrer Beruhigung hatte er nichts Übles im Sinn und entschuldigte sich tatsächlich.

Die Gesichter im Restaurant wurden immer erstaunter und beeindruckter. Ein Thorwaler, der sich entschuldigte – wann hatte es das schon einmal gegeben?

»Und nun werdet Ihr das Restaurant verlassen und die Gäste hier in aller Ruhe ihr Mahl einnehmen lassen«, fügte Boromir mit fester Stimme hinzu. Er hob die Hand. »He, Küchenmeister!«

Der Angesprochene sprang eilig herbei und blieb vor Boromir stehen. »Ja, Herr. Ihr wünscht?«

»Laßt ihm sein restliches Essen einpacken und gebt es ihm mit auf den Weg. Ich möchte ihn nicht um den Genuß des Gerichtes bringen, das er sich bestellt hat.«

Der Küchenmeister eilte fort, um die Anweisung weiterzugeben. Wer wußte, ob der Thorwaler es sich nicht doch noch anders überlegte.

»Ja, ganz recht«, raunte von irgendwoher eine leise Stimme. »Schmeißt den Kerl raus. Er war von Anfang an eine Zumutung.«

Der Thorwaler fuhr in die Richtung herum, aus der die Stimme gekommen war, und hob knurrend seine Streitaxt. Seine finstren Blicke wanderten über die dortigen Personen, ohne daß er den Sprecher ausfindig machen konnte. Alle, die er ansah, senkten betreten die Köpfe.

Kurz darauf brachte der Küchenmeister das eingepackte Essen. Der Hüne nahm es entgegen, trat zu Boromir und legte ihm die Hand auf die Schulter. Für einen kurzen Augenblick sahen sich die beiden so ungleichen Männer in die Augen, dann wandte der Nordmann sich ab und ging festen Schrittes durch die Reihen der Zuschauer, die ihm bereitwillig Platz machten.

Dann hatte er das Restaurant verlassen.

Die Blicke, die ihm bis zur Eingangstür gefolgt waren, wandten sich nun Boromir zu, die angespannte Stimmung löste sich, und überall erklang aufgeregtes Getuschel.

Und inmitten der Gäste stand der Küchenmeister und rang die Hände. »Er hat nicht einmal sein Essen bezahlt!« murmelte er unglücklich.

Ein paar der Gäste lachten angesichts seiner Sorge, während man allerorten wieder an die Plätze zurückströmte. Die Hauptfrau der Gardistinnen bedachte

Boromir aus der Distanz mit einem langen, halb prüfenden, halb beeindruckten Blick, ehe sie sich abwandte und ihren Untergebenen das Zeichen gab, sich wieder zu setzen.

»Macht Euch keine Gedanken um das Geld«, wandte Boromir sich an den Küchenmeister. »Selbstverständlich werde ich für die Kosten des Mannes aufkommen.«

Der Küchenmeister schüttelte entschieden den Kopf. »Nein, mein Herr, das kann ich nicht annehmen. Allein Euch ist es zu verdanken, daß dieser Gast unser Haus verlassen hat und es zu keinem größeren Schaden gekommen ist. Ich kann Euch nicht zumuten, daß Ihr auch noch seine Rechnung bezahlt.« Aus seinem Tonfall war herauszuhören, daß er insgeheim hoffte, Boromir bliebe bei seiner Offerte, doch dieser zuckte mit den Achseln.

»Nun, ganz wie Ihr meint«, murmelte er dabei gleichgültig.

Boromir wollte an seinen Platz zurückkehren, als die Gäste, die an dem Nachbartisch gesessen hatten, auf ihn zukamen und ihn umringten.

»Ich bitte Euch um die Ehre, Euch an unseren Tisch zu setzen«, sagte der Begleiter der Dame, die der Thorwaler beschmutzt hatte. »Ihr seid mit Eurem Leben für unsere Ehre eingetreten, und dafür möchten wir uns erkenntlich zeigen.«

Boromir blickte skeptisch drein.

»Selbstverständlich seid Ihr unser Gast!« fügte der Mann hinzu.

Boromir sagte immer noch nichts.

»Oh, verzeiht, ich habe in der Aufregung ganz vergessen, mich vorzustellen. Mein Name ist Orlan von Marvinko. Ich bin ein Schwager des Landgrafs von Sikram, von dem Ihr sicherlich schon gehört habt.« Er deutete auf die Frau an seiner Seite. »Und diese Dame hier, deren Ehre Ihr wiederhergestellt habt, ist niemand anderes als Duridanya ya Terdillion, eine Cousine der berühmten hiesigen Reederin.«

Boromir nickte der Dame freundlich zu.

»Ich danke Euch von ganzem Herzen, guter Mann«, sagte sie. »Ihr seid ein wahrer Held. Oh, Ihr müßt einfach an unserem Tisch Platz nehmen. Wie sollte ich heute nacht sonst Ruhe finden, ohne meinem Retter gedankt zu haben?« Dabei umspielte ein feines, verführerisches Lächeln ihre Lippen.

»Meine gute Freundin hat ganz recht«, ergänzte Orlan von Marvinko. »Setzt Euch zu uns, und ich werde Euch unsere übrigen Begleiter vorstellen, allesamt Leute von Stand und Ansehen.«

»Also gut«, stimmte Boromir schließlich zu, was von den Umstehenden begeistert aufgenommen wurde.

»Ich habe noch nie gesehen oder auch nur davon gehört, daß es jemals jemand gewagt hätte, mit einem dieser Nordmänner so umzugehen«, sagte ein Mann der Gruppe beeindruckt. »Und daß Ihr den Mut hattet, Euch nur mit einem Florett seiner Streitaxt entgegenzustellen ...!« Er schüttelte fassungslos den Kopf.

»Für den Ausgang eines Kampfes ist nicht die Schlagkraft oder Größe einer Waffe entscheidend, sondern die Fertigkeit, mit der man sie zu führen weiß«, erwiderte Boromir schlicht.

»Ich weiß.« Der Mann nickte. »Und wenn Euer erster Hieb nicht abgeprallt wäre, hättet Ihr den Kerl schon damit in Borons Reich geschickt.«

»Nicht jeder gutgezielte Hieb trifft sein Ziel. Damit muß man sich als erfahrener Kämpfer abfinden.«

»Stimmt es wirklich, daß Ihr früher einmal ein berühmter Held wart?« fragte da eine andere, verlockend weibliche Stimme. Als Boromir sich in die betreffende Richtung wandte, erkannte er eine reizende, rotblonde Frau, die ihm bewundernd zulächelte.

Boromir hob stolz sein Doppelkinn. »Nicht nur früher«, korrigierte er. »Wer einmal ein Held ist, hört nie auf, einer zu sein!«

»Natürlich, verzeiht«, entfuhr es der Frau. Sie errötete leicht, sah ihn aber weiterhin interessiert an. »Seid Ihr immer noch mit Euren Gefährten zusammen?«

Boromir hielt kurz inne, und ein Schatten entstand auf seinem Gesicht. Dann schüttelte er den Kopf. »Nein, diese Zeiten sind lange vorbei. Wir haben uns getrennt.« Er lächelte bitter. »Aber laßt uns nicht davon reden, sondern von Dingen, über die es sich zu berichten lohnt. Und falls es Euch interessiert, erzähle ich Euch gern über die eine oder andere Heldentat, die wir begangen haben – aber nur, falls es Euch wirklich interessiert ...«

»Aber natürlich interessiert es uns!« erscholl es aus etlichen Mündern. »Wir sind erpicht zu hören, was Ihr und Eure Gefährten geleistet habt.«

Boromir betrachtete ausgiebig seine Hand, als hätte er Dreck unter den Fingernägeln entdeckt. »Nun, ich will meine Rolle nicht überbetonen, aber ich war damals so etwas wie der Anführer von uns vieren. Ohne meine verwegenen Pläne hätten wir so manchen Streich nicht erfolgreich beenden können.« Er räusperte sich. »Aber ich will mich nicht selbst loben oder den Dingen vorgreifen. Soll ich Euch davon berichten, wie es uns damals in der Nähe von Riva gelungen ist, einen leibhaftigen Basilisken zu bezwingen?«

»Aber ja«, erscholl es begeistert von allen Seiten.

»Doch zuerst tragen wir Sorge um Euer leibliches Wohl«, sagte Orlan von Marvinko. Er winkte den Küchenmeister herbei. »Bietet unserem Gast, was dieses Haus an Köstlichkeiten hergibt! Und bringt ihm vor allem einen neuen Krug Wein! Dieser berühmte Held ist heute abend unser Gast!«

Als Boromir von Olean Stunden später zufrieden das Gebäude der Altquell-Schenke verließ, waren sein Appetit und Durst mehr als reichlich gestillt, ohne daß er dafür auch nur einen einzigen Kreuzer bezahlt hatte – und in seinen Taschen befand sich ein halbes Dutzend

Einladungen zu festlichen Veranstaltungen der höheren Gesellschaft, die in nächster Zeit anstanden. Was in seinen Augen jedoch noch weitaus höher zählte, waren die verheißungsvollen Blicke, die ihm von den Damen am Tisch zugeworfen worden waren – und die er trotz seiner zur Schau gestellten Zurückhaltung sehr wohl wahrgenommen hatte.

Und ebenso hatte er registriert, wie die Tischgenossinnen sich abschätzende Blicke zugeworfen hatten, als würden sie einander als Konkurrentinnen um seine Gunst betrachten. Ein Fremdling, der früher ein berühmter Held gewesen war, war genau das, womit man sich in diesen Kreisen der Gesellschaft bei festlichen Anlässen gerne schmückte.

Draußen vor der Taverne blieb Boromir kurz stehen, um sich wohlig zu strecken und die milde Abendluft mit einem tiefen Atemzug in sich aufzunehmen. Dann lenkte er seine Schritte die Straße hinunter, bis von dieser nach einiger Zeit eine dunkle Seitengasse abzweigte.

Als Boromir sie erreichte, blieb er aus einer plötzlichen Eingebung heraus stehen und schaute sich mißtrauisch nach allen Seiten um. Bei seinen letzten Schritten hatte er das Gefühl , als würde ihm jemand folgen. Doch seine umherschweifenden Blicke trafen nur auf die üblichen Gestalten, die um diese Nachtzeit noch unterwegs waren. Und keine von ihnen zollte ihm auch nur die geringste Aufmerksamkeit.

Er zuckte mit den Achseln, schob seine Empfindung dem reichlich genossenem Wein zu und ging die Seitengasse hinunter, die wenig später vor den Höfen einer Stallung endete. Eine Lampe an der Wand spendete mattes Licht.

Aus dem Dunkel einer Nische trat ihm der Thorwaler entgegen, mit dem er im Gasthaus aneinandergeraten war. Nun trug der Hüne ein ärmliches Gewand aus grobem Stoff. Zudem hatte er die Zöpfe in Haupthaar und

Bart gelöst, so daß er jetzt kaum noch an einen Nordmann erinnerte.

»Und?« fragte er, wobei der Thorwaler Akzent mit einem Male vollständig verschwunden war. »Wie war ich?«

Boromir von Olean verzog die Mundwinkel. »Mäßig. Du hättest beinahe die gesamte Sache zum Platzen gebracht. Wieso nur hast du diese übermütige Hauptfrau so reizen müssen?«

»Ich dachte, das würde meiner Rolle entsprechen.«

»Dummkopf!« polterte Boromir. »Es hätte nicht viel gefehlt, und sie wäre auf dich losgegangen. Und was hätte ich dann tun sollen? Dich vor ihr beschützen?«

Der Hüne sah betreten zu Boden. »Tut mir leid. Ich dachte nur, daß ...«

»Denken? Denken? Habe ich dir nicht ausdrücklich gesagt, daß du das Denken mir überlassen sollst? Du hast dich einzig und allein an das zu halten, was wir abgesprochen haben.«

»Aber ich habe doch alles getan, was Ihr von mir verlangt habt.«

»Ach ja? Und wie war es mit ...« Boromir versuchte, den Tonfall seines Gegenübers nachzuahmen. *»Ich nehme es auch mit Euch beiden auf. Ob sie dir ihre kümmerliche Hilfe anbietet, ist mir egal!* Haben wir so was etwa abgesprochen?«

»Nun, das nicht gerade. Aber ich dachte ...«

»Da haben wir es wieder! Du hast gedacht. Oder sagen wir besser: Du hast es *versucht*. Leider vergeblich.«

»Aber ich habe Euch doch geholfen zu bekommen, was Ihr wolltet«, sagte der Hüne.

»Das wird sich demnächst herausstellen. Sagen wir, dank meines geistesgegenwärtigen Handelns ging die Vorstellung vorhin nicht ganz daneben. Ich habe schon mit weitaus besseren Partnern zusammengearbeitet.«

»Ich habe mein Bestes gegeben. Ich habe getan, was

Ihr verlangt habt. Und es ist wirklich nicht so einfach, einen wütenden Thorwaler zu spielen. Als ich in der ersten Stunde allein im Gastraum war, habe ich wirklich befürchtet, man würde jeden Augenblick die Stadtbüttel rufen.«

»Ich habe dir doch gesagt, daß man das nicht wagen würde.«

»Ein ungutes Gefühl hatte ich trotzdem.«

»Du siehst – es ist alles so ausgegangen, wie ich es dir gesagt habe. Und du hast bekommen, was ich dir versprochen habe: ein fürstliches Mahl, wie du es wohl nie wieder bekommen wirst. Und mit dem, was dir der Küchenmeister mitgegeben hat, kannst du deine Familie durchfüttern. Hast du die Sachen zusammengepackt?«

Der Hüne holte einen kleinen Sack aus dem Hintergrund und stellte ihn vor Boromir ab. »Hier. Da findet Ihr alles.«

»Auch die Streitaxt?«

»Aber natürlich. Ich würde es nie wagen, Euch zu betrügen.«

»Das will ich hoffen.« Boromir hob den Beutel kurz an, als wolle er anhand von dessen Gewicht prüfen, ob die Axt tatsächlich dabei war. »Also schön. Damit ist unser Geschäft abgeschlossen. Jetzt geh und bring das Essen zu deiner Familie. Man wartet bestimmt schon darauf.«

Der Hüne war irritiert. »Moment! Ihr wolltet mir anschließend noch drei Heller geben. So lautete unsere Abmachung.«

»Das mag wohl sein, aber du glaubst doch nicht, daß ich dir für diese schlechte Vorstellung auch noch drei Heller gebe. Es war teuer genug, dich wie einen Thorwaler auszustaffieren, und ich hoffe, daß ich für die Kleidung und die Streitaxt morgen auf dem Markt wenigstens die Hälfte von dem zurückerhalte, was ich dafür bezahlt habe.«

Der Hüne blieb uneinsichtig und verschränkte die Arme vor der Brust. »Absprache ist Absprache.«

Boromir erhob. »Gut, du sollst noch was bekommen.« Er bückte sich und griff in den Sack. Dann hielt er seinem Gegenüber den Geldbeutel entgegen, den dieser vorhin am Gürtel getragen hatte. »Hier, nimm das als Lohn.«

»Ja, aber ... Da sind ja nur kleine Feldsteine und Scherben drin!«

»Ja, aber sie sind sorgsam so ausgesucht, daß es beim Schütteln so klingt, als wäre er prall mit Talern und Dukaten gefüllt. Wenn du klug bist, kannst du ihn sicherlich für das eine oder andere Kunststück verwenden, das dir weit mehr einbringt als drei Heller. Und wenn nicht, verkaufe ihn. Ein paar Kreuzer ist er allemal wert.«

Der Hüne schüttelte den Kopf. Seine Augenbrauen zogen sich finster zusammen. Fordernd streckte er die Hand aus.

»Drei Heller!« sagte er knurrend.

Boromir hob beschwichtigend die Hände. »Schon gut, schon gut. Du sollst deinen Lohn bekommen.«

Er zog sein eigenes Geldsäckchen hervor, öffnete es und sah auf die bedenklich wenigen Münzen, die sich darin befanden. Wenn die Vorstellung mißglückt und er nicht eingeladen worden wäre, hätte er kaum genug gehabt, um seine Speisen und Getränke selbst zu bezahlen. Doch zum Glück war ihm so etwas bis jetzt noch nie passiert. Dafür spielte er dieses Spiel zu gut und schon zu lange.

»Hier«, sagte er und drückte dem Hünen die geforderte Summe in die Hand. »Und nun geh dorthin zurück, wo ich dich aufgegabelt habe. Und laß dir die Farbe aus dem Haar waschen. Sonst hältst du dich am Ende noch selbst für einen Thorwaler.«

Der Hüne reckte sich. »Wer weiß, vielleicht sollte ich mir eine nordische Kleidung zulegen und diese Rolle weiterspielen. Ich glaube, es gefällt mir, mit Respekt behandelt zu werden.«

»Das würde ich dir nicht raten. Vielleicht begegnest du mal echten Thorwaler, und das würde übel für dich ausgehen. Außerdem bist du kein Kämpfer. Weißt du nicht mehr, wie lange wir geprobt haben, bis die Schläge halbwegs glaubwürdig aussahen? In einem echten Kampf gegen einen halbwegs geübten Kämpfer würdest du keine zwei Attacken überstehen. Vielleicht sogar nicht einmal die erste. Glaub mir, du würdest dich schneller auf dem nächsten Boronanger wiederfinden, als dir lieb ist. Also vergiß die dumme Idee!«

Der Hüne sah betroffen drein, soweit es bei dem spärlichen Licht in der Seitengasse zu erkennen war. »Ich fürchte, Ihr habt recht.«

»Und nun verschwinde endlich«, zischte Boromir. »Ehe uns jemand zusammen sieht.«

Der vermeintliche Thorwaler folgte der Anweisung und machte sich durch die Stallungen am Ende der Gasse davon. Dann war er verschwunden.

Boromir blieb noch stehen und dachte an die bedrohlich schrumpfende Menge von Münzen in seinem Geldbeutel. Mehr als zwei Wochen würde er bei aller Sparsamkeit nicht damit auskommen, selbst wenn er die thorwalsche Kleidung und Streitaxt morgen wieder verkaufte. Er war dringend darauf angewiesen, daß sich die heute hergestellten Kontakte auszahlten. Bei diesen setzte er ganz auf seinen Charme. Er würde die alleinstehenden Damen gewiß dazu bringen, sich seiner Gunst mit der einen oder anderen Gabe zu versichern.

Er warf sich den Sack über seine Schulter und schickte sich an, die dunkle Seitengasse zu verlassen, als er zurückprallte und erstarrte. Ein paar Schritt weiter vorne versperrte ihm eine dunkle Gestalt den Weg.

Da die Gasse an dieser Stelle fast vollkommen im Dunkel lag, war nur eine hagere, hochgewachsene Silhouette zu erkennen, die sich gegen den helleren

Hintergrund der von Laternen erleuchteten Hauptstraße deutlich abzeichnete. Sie stand mit in die Hüften gestemmten Armen da. Aus der Haltung sprach eine Mischung von Anspannung und offen zur Schau gestellter Überlegenheit.

Boromir spürte den Blick der Gestalt auf sich ruhen. Aufgrund der Körperproportionen wußte er, daß es sich um einen Mann handelte. Also hatte ihn sein Gespür, als er die Gasse betreten hatte, doch nicht getrogen.

Jemand war ihm gefolgt!

Sofort ließ er den Sack fallen und legte die Hand an den Griff seines Floretts.

»Wer da?« rief er.

Ein wenig Zeit verstrich, ohne daß sich die Gestalt bewegte.

»Immer noch derselbe alte Trick?« sagte spöttisch eine harte, männliche Stimme zu Boromir. Sie bewies, daß er sich bezüglich des Geschlechtes seines Gegenübers nicht geirrt hatte. Irgendwo ganz tief in seiner Erinnerung setzte sie ein eigenartiges, lange verschüttetes Schwingen frei, aber er hatte nicht die Muße, diesem Gefühl auf den Grund zu gehen. Dazu ließ das Auftauchen des Mannes seine Gedanken zu sehr durch den Kopf kreisen.

Wer war das, und was wollte er von ihm? Handelte es sich um einen der Gäste, der ihm bis hierher gefolgt war? Und wenn ja, wieviel hatte er dann belauscht?

»Ich frage Euch noch einmal: Wer seid Ihr?« rief er. »Tretet ins Licht, damit ich Euch erkennen kann!«

Vor ihm ertönte ein kurzes, freudloses Lachen. Bei seinem Klang nahm das eigenartige Schwingen in Boromirs Kopf zu. Und zugleich fühlte er ein seltsames Unwohlsein in sich aufsteigen. Es war kein unbestimmtes Unwohlsein, sondern eines, das er schon seit etlichen Götterläufen nicht mehr in sich gespürt hatte.

»Du willst sagen, daß du mich wirklich nicht erkennst?«

Boromirs Herz begann zu hämmern. Er kannte diesen Mann, das war ihm jetzt klar. Doch das Wissen, um wen es sich handelte, wollte sich einfach nicht den Weg in sein Bewußtsein bahnen. Es war, als stünde er auf der dünnen Eisschicht eines winterlich zugefrorenen Weihers und könne zu seinen Füßen ganz dicht unter der Oberfläche einen sich bedrohlich bewegenden Schatten sehen, ohne jedoch erkennen zu können, um was es sich handelte – zumindest nicht, bevor das Ding sich mit Urgewalt einen Weg durch das berstende Eis bräche, um nach ihm zu schnappen.

Und dieses Zuschnappen würde sehr schmerzhaft sein, auch das spürte er. Vielleicht wehrte er sich deshalb so gegen diese Erkenntnis.

»Vielleicht sollte ich dir einen weiteren Hinweis geben«, sagte die zugleich so vertraut erscheinende und doch fremde Stimme.

Boromir sah, wie die Arme der Gestalt sich von den Hüften lösten und mit irgend etwas vor dem Körper hantierten. Er hörte das leise Geraschel von Stoff oder Leder und dachte schon daran, sein Florett zu ziehen, um auf jede Attacke gefaßt zu sein. Da glomm im Dunkel der Gasse, direkt vor dem schattenhaften Körper, ein kleines düster-rotes Licht auf, das ihn wie das Auge eines Dämons anfunkelte.

Boromir spürte, wie ein kalter Hauch sein Herz ergriff. Doch es war ein Hauch, der ihn nicht mehr zu ängstigen vermochte, denn er hatte sich längst an diese Empfindung gewöhnt – weil er sie jedesmal verspürte, wenn er auf den Edelstein des Ringes an seiner rechten Hand blickte. Er war so sehr auf das düstere Glimmen konzentriert, daß er nicht merkte, wie die Gestalt bedächtig ein paar Schritte auf ihn zumachte. So schrak er zusammen, als vor ihm plötzlich ein hageres Gesicht mit kurzgeschnittenen, aschfahlen

Haaren aus dem Dunkel heraus ins Licht der Lampe trat.

Der angestrahlte Kopf schien, losgelöst vom Körper, regelrecht in der Luft zu schweben, und es dauerte einen Augenblick, ehe Boromir begriff, daß die Ursache dafür die schwarze Kleidung des Mannes war. Sein blasses Gesicht und weißes Haar standen in starkem Kontrast dazu.

Es war ein Gesicht, an das sich Boromir sofort wieder erinnerte, und dies geschah mit einer Wucht, die ihn taumeln ließ. Doch er fing sich sofort wieder und atmete tief ein.

»Baldur!« stieß er dann zusammen mit der Luft aus seinen Lungen hervor.

»Du hast mich also doch erkannt!«

Boromir nickte schweratmend. Einen Lidschlag lang sah es so aus, als wolle er auf den Mann losstürmen, um ihn in die Arme zu schließen, doch dann zuckte es in ihm, und sein Gesicht verhärtete sich.

»Ich hatte gehofft, daß wir uns nie wiedersehen würden«, sagte er düster.

Sein Gegenüber nickte ernst. »Ich weiß. Wir alle haben das getan.«

»Der Tag ist also gekommen?«

»Ja.«

»Kaiserstein?«

»Du sagst es.«

»Und das ist sicher?«

»Ja. Der König von Andergast hat mir vor rund einer Woche einen Boten mit der Nachricht geschickt, daß es wieder losgegangen ist. Die Vorzeichen sind eindeutig.«

Boromir wirkte, als wäre sämtliche Kraft aus seinen Adern geschwunden. Eine Zeitlang stand er einfach nur stumm da und versuchte, mit den Bildern fertig zu werden, die in ihm aufstiegen und die er so lange erfolgreich verdrängt hatte. Er hatte geglaubt, das alles wäre längst Vergangenheit, seit vielen Götterläufen begraben und vergessen. Nun jedoch mußte er erkennen, daß es ihn wieder eingeholt hatte.

Und davor hatte er sich all die Jahre gefürchtet.

Seit damals.

Wenn er ehrlich zu sich war, mußte er sich jedoch eingestehen, daß er von Anfang an gewußt hatte, daß dieser Zeitpunkt eines Tages kommen würde. Es gab Dinge, vor denen man nicht fliehen konnte.

Irgendwann hob er den Kopf wieder, und die Anteilnahme, die er in Baldurs Miene sah, ließ Ärger in ihm aufsteigen.

Er brauchte kein Mitgefühl.

Von niemandem.

Und von Baldur schon gar nicht!

Stolz reckte er das Kinn vor.

»Du bist alt geworden«, sagte er herausfordernd. »Und grauhaarig.«

Auf Baldurs Gesicht regte sich kaum ein Muskel.

»Du bist auch alt geworden«, gab er zurück. »Und füllig.«

Boromir sah auf seinen wohlgenährten Bauch und wußte nicht recht, ob er sich verletzt fühlen sollte – schließlich war es ja die Wahrheit. Er seufzte. »Das ist nun einmal der Preis, wenn man eine ausgesprochene Vorliebe für leibliche Genüsse hat. Aber denk nicht, ich wäre deshalb langsamer als früher! Im Gegenteil, ich weiß mit meinem Florett noch immer so geschickt wie damals umzugehen.«

»Auf deine Zunge jedenfalls trifft das zu.«

Boromir nickte. Er sah Baldur nachdenklich an. »Müßte ich dich jetzt nicht eigentlich mit ›Euer Hochgeboren‹ anreden?«

»Wie kommst du darauf?«

»Ich habe gehört, daß du eine Baronie übernommen hast. Du sollst in sie eingeheiratet haben. Stimmt das?«

»Ja. Die Baronie Orbatal. Oben in Abagund.«

»Ich weiß. Ich war vor ein paar Götterläufen kurz in

Honingen. War aber kein glückliches Pflaster für mich. Zu viele Handwerker und zu wenige Adlige, wenn du verstehst, was ich meine. Hätte ich gewußt, daß du ganz in der Nähe bist, wäre ich bestimmt ... wäre ich bestimmt mal bei dir ...« Boromir verstummte.

»Glaubst du wirklich, daß du das getan hättest?«

Boromirs Schweigen war Antwort genug.

»Auf jeden Fall lege ich keinen Wert auf Etikette. Du kannst bei Baldur bleiben.«

»Was sagt deine Frau dazu, daß du auf diese Reise gegangen bist?« fragte Boromir. »Und hast du mittlerweile Kinder?«

Baldurs Gesicht wirkte auf einmal alt und eingefallen. »Ich hatte. Für eine ganz kurze Zeit. Aber nun sind sie tot. Meine Frau und mein einziger Sohn.« Seine Wangenmuskeln bewegten sich. Es schien erst, als wolle er noch etwas hinzufügen, doch dann schwieg er.

Boromir spürte, daß seine Frage Bereiche berührt hatte, an die Baldur nicht erinnert werden wollte und die ihm innere Qualen bereiteten. Er wechselte das Thema. »Wie hast du mich gefunden?«

Baldur brauchte einen kurzen Augenblick, ehe er sich wieder gefaßt hatte. »Reiner Zufall. Ich war unterwegs zu Orgon, der in einem kleinen Ort zwei, drei Tagesreisen von hier entfernt leben soll. Da bot Vinsalt sich an, um Zwischenstation zu machen.«

»Orgon?« entfuhr es Boromir. »Ist das wahr? Er lebt hier in der Nähe? Das habe ich gar nicht gewußt.«

»Zumindest soll er es vor ein paar Götterläufen noch getan haben. Und außerdem – woher solltest du das auch wissen? Ich war schließlich der einzige, der von Zeit zu Zeit Erkundigungen eingezogen hat, um zu wissen, wo die anderen sich aufhalten. Ich muß sagen, daß ich es mir am schwierigsten vorgestellt habe, einen herumreisenden Vagabunden wie dich aufzutreiben. Daß mir das als erstes gelingen würde, hätte ich nie gedacht. Vielleicht ist es ein Zeichen der Götter, daß sie uns wohlgesonnen sind.«

Für einen wortkargen Menschen wie Baldur war das schon eine lange Rede gewesen. Boromir ahnte, daß sein Weggefährte sich damit aus den schmerzhaften Bereichen, die zuvor angesprochen worden waren, zu flüchten versuchte.

»Wenn die Götter uns wirklich wohlgesonnen wären, hätten sie dafür gesorgt, daß wir uns nie wiedersehen müßten«, widersprach er mißmutig.

»Wie auch immer. Ich habe mich für heute nacht in einem Hotel hier in der Nähe einquartiert und war vorhin gerade beim Abendessen, als ein Gast kam und erzählte, wie es in einem anderen Restaurant gerade jemand mit einem wütenden Thorwaler aufgenommen habe. Und das ganz allein, nur mit einem Florett bewaffnet. Sag selbst, hätte ich diese Gelegenheit nicht nutzen sollen, um nachzusehen, um wen es sich da handelt?«

»Nur weil ein Trick alt ist, muß er deswegen noch lange nicht schlecht sein«, beharrte Boromir trotzig. »Im Gegenteil. Manch ein Trick reift erst mit der Zeit zu einem Meisterwerk heran. Man muß nur aufpassen, daß man ihn nicht zweimal am selben Ort anwendet.«

»Als ich die Altquell-Schenke erreicht hatte, bist du gerade vor die Tür getreten. Von dort bin ich dir dann bis hierher gefolgt.«

Boromir begriff, daß sein Gefühl, beobachtet zu werden, ihn vorhin doch nicht getrogen hatte. »Ich habe niemanden gesehen.«

»Natürlich nicht. Glaubst du etwa, *ich* hätte seit damals alles verlernt?«

Boromir preßte ärgerlich die Lippen zusammen und schwieg.

»Wir sollten uns die Plaudereien für später aufheben«, sagte Baldur. »Wir haben schließlich noch einen weiten Weg vor uns. Es ist weit bis nach Andergast.«

»Glaub mir, das weiß ich.«

»Gut. Dann werde ich jetzt in mein Hotel zurückkehren. Ich möchte bis morgen noch ein wenig Schlaf haben. Ich bin solch lange Ritte nicht mehr gewöhnt. Der Name des Hotels ist ›Wildgans‹. Wir treffen uns dort morgen früh nach Sonnenaufgang. Sei rechtzeitig da!«

Boromir zögerte mit der Antwort.

»Was ist?« fragte Baldur. »Hast du kein Pferd?«

»Nein, hab ich nicht. Ich bin mit einem Schiff von Kuslik aus hierhergekommen.«

»Dann brechen wir morgen zwei Stunden später auf, und du kaufst dir vorher eines.«

Boromir lächelte gequält. »Tja, da gibt es nur leider ein kleines Problem …«

»Du hast nicht genug Geld?«

»Nun, ich will es mal so sagen. In ein paar Tagen … also wenn du ein paar Tage später gekommen wärst, dann wäre ich sicherlich mit Leichtigkeit in der Lage gewesen, mir ein Pferd zu kaufen, aber momentan …« Er lächelte gequält.

»Wir haben aber nicht ein paar Tage Zeit. Je eher wir an unserem Ziel sind, desto besser. Das Böse wird mit jedem Tag stärker werden.«

Boromir sah nachdenklich auf den funkelnden Edelstein an seiner Hand. »Ich weiß«, sagte er düster. Dann deutete er auf den Beutel zu seinen Füßen. Selbst wenn ich die Sachen dort morgen auf dem Markt günstig verkaufe, reicht es nicht, um mir von dem Geld ein Pferd zu kaufen. Ein Maultier vielleicht … Es wird nur einige Zeit dauern, das beste Angebot herauszufinden.

»Das ist nicht nötig. Die Sachen kannst du auch unterwegs verkaufen. Sei bei Tagesanbruch einfach bei der ›Wildgans‹! Wir werden morgen früh zusammen ein Pferd für dich kaufen. Ich habe genügend Geld bei mir.«

Boromir sah verdrießlich drein. »Ich mag es nicht, auf

Kosten anderer zu leben. Und Geschenke nehme ich auch nicht gerne entgegen!«

»Ach ja?« Um Baldurs Lippen erschien ein amüsierter, spöttischer Zug. »Und warum dann die Nummer mit dem Thorwaler?«

»Das hat mit dem Annehmen von Geschenken nichts zu tun. Das ist harte Arbeit.«

»Und außerdem, wer redet denn von schenken? Wenn wir bei dem, was uns bevorsteht, Erfolg haben wollen, wird jeder von uns sein Bestes geben müssen. Und da mir ein gewisser Wohlstand zuteil geworden ist, gehört auch Geld zu den Dingen, die ich dazu zu geben habe. Ich sehe das ganz im Sinne unseres Schwurs.«

Boromirs Gesicht wirkte finster und abwesend, doch Baldur kannte seinen ehemaligen Gefährten gut genug, um zu wissen, daß dieser seinen Widerstand längst aufgegeben hatte. Er war überrascht, wie vertraut ihm dessen Gesicht trotz der langen Jahre der Trennung immer noch war, obwohl es nun hinter der Maske eines aufgedunsenen, gealterten Mannes lag.

»Eine Schlafstatt hast du aber?« fragte Baldur.

Boromir nickte stumm.

»Gut. Dann bis morgen früh.«

Damit war alles gesagt. Baldur wandte sich ab und verließ die Seitengasse.

Boromir blieb noch lange Zeit stehen und betrachtete die Bilder, die vor seinem inneren Auge vorbeizogen. Sie zeigten vier junge, erschöpfte Helden, die vor einem großen Findling standen und sich gegenseitig mit aufs Herz gelegten Händen einen Schwur leisteten ...

Ein Betrunkener, der torkelnd und lallend in die Seitengasse einbog, half Boromir, sich von den Bildern zu lösen und in die Gegenwart zurückzukehren.

Während der Zecher zur Hauptstraße zurücktorkelte, wobei er sich Halt suchend an den Hauswänden entlangtastete, nahm Boromir den Sack wieder auf und beschloß, nicht gleich in die einfache Herberge zurückzugehen, in der er sich einquartiert hatte. Nein, seine Münzen reichten noch aus, um in irgendeiner Taverne der Stadt den ein oder anderen Krug Wein zu trinken. Dieser Abend erschien ihm genau richtig dafür zu sein.

Wer wußte, wie viele er noch haben würde?

3. Kapitel

Von Vinsalt aus reisten Baldur und Boromir zwei Tage lang auf einem Schleppkahn, auf dessen Deck auch ihre Pferde untergekommen waren, den Yaquir stromaufwärts in Richtung Norden.

Während der langen, eintönigen Schiffahrt hatte Boromir anfangs noch des öfteren versucht, Baldur in ein Gespräch zu verwickeln, ohne dabei großen Erfolg zu haben. Sein früherer Weggefährte gab sich äußerst wortkarg und einsilbig. Zudem verbrachte er die meiste Zeit des Tages in der kleinen muffigen Kabine, die sie gebucht hatten und die Boromir nur zur Schlafenszeit betrat.

Er mußte einräumen, daß es vermutlich nicht allein an Baldur lag, daß zwischen ihnen keine rechte Unterhaltung in Gang kommen wollte, denn auch er selbst hätte nicht gewußt, was er über ein paar höfliche Floskeln hinaus hätte mitteilen sollen. Und er kannte Baldur aus früheren Zeiten gut genug, um zu wissen, wie wenig diesem an inhaltslosem Geschwätz lag. Wie es schien, war alles, was es zwischen ihnen zu bereden gab, bereits ausgesprochen worden – damals, vor mehr als fünfzehn Götterläufen.

Boromir verbrachte die meiste Zeit der Reise an Deck, wo er den einen oder anderen Passagier oder Matrosen in ein Gespräch verwickelte oder zu einem kleinen Spiel überredete, womit er seinen kärglich gefüllten Geldbeutel wieder etwas füllte. Des Abends fand er Gelegenheit, ein paar Geschichten von den Heldentaten der ›Heroischen Vier‹ zum besten zu geben. Man dankte ihm seine Erzählfreudigkeit mit so manchem Schluck Wein, der in Schläuchen mitgeführt und reihum weitergereicht wurde. Es handelte sich dabei zwar nur um einen billigen Elenviner aus dem nahegelegenen Windhaggebirge, wie Boromir zu seinem Leidwesen feststellte, doch trotzdem trank er gerne mit.

Es gelang ihm sogar, die thorwalsche Kleidung und die Streitaxt zu verkaufen, nachdem er beides phantasievoll in eine seiner Geschichten eingebunden hatte. Zwar erzielte er nicht den Preis, den er unter einer erleseneren Zuhörerschaft hätte herausschlagen können – schließlich reisten auf einem Schleppkahn nicht gerade wohlbetuchte Fahrgäste –, aber dennoch war er mit dem Erlös ziemlich zufrieden. Außerdem war er froh, das überflüssige Gepäck losgeworden zu sein.

Am Mittag des zweiten Tages verließen Boromir und Baldur den Kahn an einer Anlegestelle knapp oberhalb der Mündung des Brigella-Flusses.

Von dort aus ritten sie nordwärts in das breite Yaquir-Tal hinein, das sich zwischen dem Rand der Khom-Wüste im Süden und dem Eisenwald-Gebirge im Norden erstreckte. Zahllose Bauern hatten in diesem fruchtbaren Streifen Land ihre Gehöfte errichtet. Von Zeit zu Zeit durchquerten die beiden ehemaligen Weggefährten eine kleine Ansiedlung, wo ihnen von allen Seiten prüfende Blicke zugeworfen wurden.

Boromir gab auf seinem Pferd keine gute Figur ab. Er saß mit hängenden Schultern da und rutschte mißmutig auf dem Sattel herum, um seine Sitzposition zu ändern.

Baldur sah ihn fragend an. »Du bist lange nicht mehr geritten, nicht wahr?«

»Ich bin mittlerweile eben an bequemere Arten des Reisens gewöhnt, als mich auf dem Rücken eines schwitzenden Tieres fortzubewegen. Was gibt es daran auszusetzen?«

»Nichts. Ich wollte nur wissen, ob du dich im Sattel

einigermaßen wohl fühlst oder ob wir öfter eine kurze Rast einlegen sollen.«

»Solange ich nicht vom Pferd falle, brauchst du dir schon keine Sorgen um mich zu machen«, erwiderte Boromir gereizt. Er versuchte, zuversichtlich zu lächeln, schaffte das jedoch nur reichlich gequält. »Außerdem gewöhne ich mich mit jeder Meile wieder mehr ans Reiten.«

»Du wirst morgen früh jede Faser in deinem Hintern spüren.«

»Was kümmert es dich, solange es nicht dein Hintern ist?«

Nach diesem Wortwechsel ritten sie wieder schweigend nebeneinander her. Es dauerte eine Zeitlang, ehe Boromir begriff, daß Baldur ihn mit seinen Fragen nicht hatte verletzen wollen, sondern lediglich versucht hatte, die Distanz zwischen ihnen ein wenig zu verringern. Doch als er zu dieser Einsicht gelangte, war es für eine Reaktion bereits zu spät. Er blickte ein paarmal zu seinem Weggefährten, doch dieser tat, als würde er die Blicke nicht bemerken. Boromir gab seine Versuche auf und konzentrierte sich wieder darauf, eine Haltung im Sattel zu finden, die einigermaßen angenehm war. Die Voraussage, daß er morgen jede Faser in seinem Hintern spüren würde, erschien ihm wie reiner Hohn. Denn das tat er bereits jetzt.

Am frühen Abend erreichten sie die Ortschaft, in der Baldurs Angaben zufolge Orgon leben sollte.

»Wirklich ein von allen Zwölfen verlassener Flecken Erde«, murmelte Boromir, als sie ihre Pferde auf einer kleinen Anhöhe unmittelbar vor dem Ort zum Stehen brachten und auf die Ansiedlung hinuntersahen. »Daß Orgon sich ausgerechnet hier niedergelassen hat ...« Er schüttelte den Kopf.

»Er war schon immer jemand, dem am einfachen Leben gelegen war. Ich glaube, deshalb war er auch derjenige von uns, dem die damaligen Geschehnisse am meisten zu Herzen gingen. Vielleicht hat er sich hierher zurückgezogen, um zu vergessen.«

»Ja, mag sein.« Boromirs Gedanken verloren sich in den alten Zeiten, als er hinzufügte: »Aber es war stets Verlaß auf ihn. Auch im größten Schlachtgetümmel. Und es gab wohl niemanden, der jemals besser mit einem Barbarenbeil umzugehen wußte als er.«

»Damit hast du sehr wohl recht.«

Sie lenkten ihre Pferde in den Ort hinein. Die Passanten auf den Straßen begegneten den beiden seltsam gekleideten Neuankömmlingen mit mißtrauischen Blicken und traten zur Seite, um sie vorbei zu lassen.

Die ersten, bei denen Baldur und Boromir sich nach ihrem ehemaligen Weggefährten erkundigten, reagierten scheu und wichen einem Gespräch aus. Schnell suchten sie das Weite.

Boromir verzog das Gesicht und strich ärgerlich über den Knauf seines Floretts. »Vielleicht sollten wir uns einfach einen dieser einfältigen Burschen greifen und mit einer anderen Methode versuchen, etwas aus ihm herauszubekommen.«

»Ein solcher Vorschlag aus deinem Mund?« fragte Baldur. »Warst nicht du es, der früher immer sagte, daß man mit einem wohlüberlegten Wort mehr erreichen kann als mit einem groben Schwertstreich?«

»Der Meinung bin ich auch heute noch.« Boromir rutschte mit schmerzverzerrtem Gesicht auf seinem Sattel herum. »Aber irgendwann ist auch die Zeit für das Schwert gekommen.«

Einer der nächsten Passanten, ein bäuerlich gekleideter Mann, der auf seinem Rücken einen großen Stoffsack schleppte, blieb auf ihre Nachfrage hin stehen, setzte den Sack ab und sah sie mit gerunzelter Stirn an.

»Orgon?« wiederholte er. »Sagtet Ihr, daß so der Name Eures Gefährten lautet?«

»Ja, genau.« Boromir machte eine ausholende Geste. »Er ist ein ziemlich kräftiger Kerl mit starken Muskeln.«

»Ich glaube, ich erinnere mich an ihn. Ja, so ein Mann hat bis vor einiger Zeit hier gelebt.«

Baldur hob die Augenbrauen. »Was heißt das – bis vor einiger Zeit?«

»Ich bin mir nicht sicher. Bis vor ein paar Götterläufen, glaube ich. Aber das weiß ich nicht so genau. Ich bin nur ein Bauer aus der Umgebung und komme selten in den Ort.«

»Wißt Ihr, wer uns mehr über seinen Verbleib sagen könnte?«

Der Mann überlegte kurz. »Am besten, Ihr wendet Euch an die Schmiedin hier im Ort.«

»Die Schmiedin?«

»Ja, Tsaja ist ihr Name. Mit ihr hat Euer Gefährte sich am besten verstanden. Ich glaube, er hat ihr früher auch öfter in der Schmiede ausgeholfen.«

»Das kann ich mir gut vorstellen«, sagte Boromir. »Gut anpacken konnte er schon immer.«

»Soweit ich weiß, war sie diejenige, mit der er sich am besten verstand. Natürlich nach dem Wirt der Dorfschenke. Aber den könnt Ihr leider nicht mehr fragen. Den hat Boron vor einem Götterlauf zu sich geholt.«

»Wo finden wir die Schmiedin?«

Der Mann beschrieb ihnen den Weg. Sie dankten ihm und ritten in die angegebene Richtung. Die Schmiede war nicht zu verfehlen. Es handelte sich um eine zur Straße hin halboffene Werkstatt, und man konnte schon von weitem Amboß und Esse sehen.

Sie saßen ab und banden ihre Pferde vor der Schmiede an. Boromir bewegte sich auffällig hüftsteif und breitbeinig, als er wieder festen Boden unter den Füßen hatte, doch Baldur hütete sich, eine Bemerkung darüber fallenzulassen. In gewisser Weise konnte er gut mit seinem ehemaligen Weggefährten mitfühlen. Auch er spürte die Strapazen des langen Ritts in den Knochen. Obwohl er sich in all den Jahren, die er auf Burg Orbatal verbracht hatte, trotz seiner Zurückgezogenheit stets bemüht hatte, sich körperlich in Form zu halten, überstiegen die Anstrengungen der letzten Tage bei weitem das von ihm gewohnte Maß.

Die Schmiedin ließ von ihrer Arbeit ab, als sie die beiden Ankömmlinge entdeckte, und trat ihnen entgegen. Sie war eine stattliche Erscheinung mit langen blonden Haaren, die zu zwei Zöpfen geflochten waren. Ihr ledernes Gewand war vor der Brust geschnürt und entblößte muskulöse Oberarme, die so manchem Mann zur Ehre gereicht hätten. Ihre von der Hitze gerötete Haut glänzte feucht.

»Was kann ich für Euch tun, Fremdlinge?« fragte sie. »Soll eines Eurer Pferde neu beschlagen werden? Mir ist allerdings nicht aufgefallen, daß eines gelahmt hätte.«

»Da habt Ihr ganz richtig gesehen«, antwortete Baldur. »Nein, uns geht es nur um eine Auskunft.«

Die Aufgeschlossenheit schwand aus Tsajas Gesicht, als sie sich in ihrer Hoffnung enttäuscht sah, ein Geschäft mit den beiden Reisenden machen zu können.

»Was für eine Auskunft?« fragte sie argwöhnisch.

»Wir sind auf der Suche nach einem Gefährten von uns.«

»Ich unterhalte hier eine Schmiede und keine Taverne. Wenn Ihr Auskünfte wünscht, dann geht in die Dorfschenke! Dort findet Ihr sicherlich genügend Leute, die Euch für einen Krug Wein alles erzählen, wonach Ihr fragt.«

»Das will ich gerne glauben«, erwiderte Baldur. »Aber man gab uns die Auskunft, daß unser Gefährte Euch früher des öfteren bei der Arbeit geholfen haben soll. Deshalb hofften wir, daß Ihr uns sagen könnt, wo wir ihn finden. Vielleicht erinnert Ihr Euch an ihn. Sein Name ist Orgon.«

Die Schmiedin gab nicht zu erkennen, ob ihr der Name etwas sagte. Sie musterte die beiden Männer eingehend, als wüßte sie nicht, ob sie antworten sollte. Schließlich rang sie sich zu einem Nicken durch.

»Ja, ich erinnere mich an Orgon. Sehr gut sogar. Und es stimmt. Er ist mir bisweilen zur Hand gegangen.« Sie musterte die Fremden argwöhnisch. »Ich habe Euch hier noch nie zuvor gesehen, dabei lebe ich schon mein ganzes Leben in diesem Ort. Und in all den Jahren, in denen Orgon hier lebte, hat er nie irgendwelche Gefährten erwähnt. Wie kommt es, daß Ihr Euch als seine Gefährten ausgebt?«

»Wir sind Gefährten aus einer Zeit, bevor er in diese Gegend zog«, erklärte Boromir.

Die Schmiedin wandte sich ihm zu. »Jugendfreunde sozusagen?« fragte sie spöttisch.

»Nicht ganz. Wir sind früher lange Zeit zusammen durch die Welt gezogen und haben miteinander manches erlebt. Unsere Namen sind Boromir von Olean ...« Bei diesen Worten reckte Boromir stolz das Kinn vor und deutete dann neben sich. »... und dies ist Baldur von Sentenberg. Der *Baron* von Orbatal, um genau zu sein.«

Die Schmiedin stemmte die Arme in die Hüften und behielt ihren spöttischen Tonfall bei. »Orbatal? Orbatal? Nie gehört. Muß eine ziemlich unbedeutende Baronie sein, wenn ihr Ruf noch nicht hierhergedrungen ist.« Sie grinste frech.

Baldur wollte antworten, doch Boromir kam ihm zuvor.

»Hat Orgon denn nie von uns erzählt?« fragte er. »Und von Thorben, unserem vierten Gefährten?«

Die Frau schüttelte den Kopf. »Nein, das hat er nicht. Über seine Vergangenheit hat er nie ein Wort verloren. Nicht einmal dann, wenn der Wein seine Zunge gelöst hatte. Ich habe ihn ein paarmal nach seinem früheren Leben gefragt, auch nach der Herkunft des mächtigen Beils, das er wie seinen Augapfel hütete. Aber er hat zu allen Fragen geschwiegen. Er wolle an diese Zeit nicht mehr erinnert werden, sagte er.«

»Das Barbarenbeil!« rief Boromir. »Er hat es also immer noch!«

»Ihr wißt davon?« fragte die Schmiedin überrascht.

»Aber natürlich.«

Sie wirkte beeindruckt. »Er bewahrte es in ein Tuch eingewickelt auf, in einem Versteck in seiner Kammer. Ich war einer der wenigen Menschen, denen er es gezeigt hat. Vielleicht sogar der einzige.«

»Dieses Beil stammt noch aus der Zeit, in der wir zusammen unterwegs waren«, erklärte Baldur. »Es war sozusagen sein Handwerkszeug.«

Die Schmiedin nickte. »Já, das habe ich mir auch gedacht.«

»Ihr sagtet, daß er hier für Euch gearbeitet hat?« fragte Baldur.

»Ja. Damals hatte ich noch wesentlich mehr zu tun, und ich habe seine Unterstützung gut gebrauchen können. Aber irgendwann wurde die Arbeit weniger, und ich konnte es mir nicht mehr leisten, ihn zu beschäftigen. Es tat mir leid um ihn, denn bis auf ein paar Gelegenheitsarbeiten blieb ihm nichts mehr, um sich ein paar Münzen zu verdienen. Und selbst die reichten nie lange. Irgendwann hat er die Miete für seine Kammer nicht mehr bezahlen können, und der Eigentümer hat ihn auf die Straße gesetzt. Da hat er diesen Ort verlassen, um anderswo sein Glück zu suchen.«

»Wie konnte so etwas passieren?« fragte Boromir. »Orgon ist ein Mann mit zwei starken Armen. Er hätte überall Arbeit finden können, selbst wenn sie schlecht bezahlt gewesen wäre.«

»Es war der Wein«, erklärte die Schmiedin ernst. »Er hat ihm zu stark zugesprochen. Sein ganzes Geld hat er zum Wirt getragen. Zum Schluß hat er sogar all seine Habe verkauft, um seine Schulden bei ihm zu bezahlen, aber selbst das hat nicht gereicht. Nur von dem Barbarenbeil hat er sich nie trennen wollen.«

Boromir nickte bedächtig. »Das kann ich verstehen.«

In dem kräftigen Gesicht der Schmiedin erschien ein weicher Zug. »Manchmal hatte ich das Gefühl, daß er nur deshalb dem Wein so zugesprochen hat, um zu vergessen. Es schien mir, als gäbe es irgend etwas in seiner Vergangenheit, vor dem er zu fliehen versuchte.« Sie sah die Gefährten eindringlich an. »Es seid nicht zufällig *Ihr,* vor denen er zu fliehen versuchte?«

Boromir wollte etwas erwidern, doch er unterdrückte den Impuls. Lag in dem, was die Schmiedin gefragt hatte, letzten Endes nicht gar ein Stück Wahrheit?

Statt seiner antwortete Baldur: »Nein. Aber wir sind ein Teil dessen. Uns bleibt keine Wahl, als uns der Vergangenheit zu stellen. Vielleicht wird es dann möglich sein, sie endgültig zu begraben.«

Die Schmiedin sagte nichts. Dazu waren Baldurs Worte zu allgemein gesprochen. Aber sie spürte sehr wohl den Ernst, der in ihnen lag.

»Wie lange ist es her, daß Orgon den Ort verlassen hat?« fragte Boromir.

»Drei oder vier Götterläufe.«

»Und wißt Ihr, wohin er von hier aus gegangen ist?«

»Nicht genau. Er wollte in die Richtung des Eisenwaldes ziehen, um zu sehen, ob er dort eine neue Arbeit und Heimat findet. Ob er das auch getan hat, weiß ich nicht. Ich habe seit seinem Aufbruch nichts mehr von ihm gehört. Er hat mich zum Abschied gebeten, mich nicht nach ihm zu erkundigen, und daran habe ich mich gehalten.«

»Was sind das für Orte, die in Frage kommen?«

»Südlich des Eisenwaldes gibt es noch ein paar kleine Ansiedlungen. Es könnte sein, daß er sich in einer davon niedergelassen hat. Aber, wie gesagt, ich habe nie danach gefragt. Es wird Euch wohl nichts anderes übrigbleiben, als in jede der Ortschaften zu reiten und nach ihm zu fragen.«

»Wie erreichen wir diese Dörfer?«

»Wenn Ihr den Ort verlaßt, gelangt Ihr nach wenigen Meilen zu einer Weggabelung. Von dort aus geht es in verschiedenen Richtungen zu den Dörfern weiter. Ich denke, zu Pferde werdet Ihr jeweils einen knappen Tag brauchen.«

»Mit welchem fangen wir am besten an, um möglichst wenig Zeit zu verlieren?«

»Das ist einerlei. Zwischen den Orten gibt es keine ausgebauten Wege, so daß ihr immer wieder zur Weggabelung zurückreiten müßt. Falls es doch irgendwelche Pfade quer durch die Ausläufer des Eisenwaldes gibt, dann wissen nur die dort Ansässigen davon. Aber selbst wenn es sie geben sollte, zweifle ich daran, daß Ihr sie zu Pferde passieren könnt. Euch wird nichts anderes übrigbleiben, als Euch auf eine lange Suche einzustellen.«

Baldur blickte nachdenklich drein. Er sah nach draußen, wo die Farben allmählich fahler wurden. Die Dämmerung brach an.

»Es ist zu spät, um heute abend noch weiterzureiten«, entschied er. »Am besten, wir suchen uns für die Nacht eine Unterkunft. Ihr könnt uns nicht zufällig eine empfehlen, die in Frage kommt?«

Die Schmiedin lachte spöttisch. »Doch, kann ich. Es gibt hier im Ort schließlich nur eine Herberge. Ihr findet sie am Rande des Platzes rund um den Dorfbrunnen. Ihr Name ist ›Zum Toten Eber‹, und sie ist gleichzeitig die Dorfschenke. Ihr könnt sie gar nicht verfehlen.«

Baldur verneigte sich leicht. »Vielen Dank für Eure Auskünfte. Ihr wart uns eine große Hilfe.«

»Schon gut. Wenn ihr wirklich ehemalige Gefährten von Orgon seid, bin ich Euch das schuldig.« Sie lachte. »Übrigens rate ich Euch, dem Wirt des ›Toten Ebers‹ nichts dergleichen zu erzählen. Sonst kommt er noch auf den Gedanken, von Euch die offenen Rechnungen eures Gefährten einzufordern. Zwar ist der ehemalige Wirt jetzt tot, aber die Taverne wird von seinem Sohn weitergeführt. Was Ihr ihm aber sagen könnt, ist, daß ich Euch geschickt habe. Dann wird er dafür sorgen, daß Ihr ein sauberes und preiswertes Zimmer bekommt.«

Die Gefährten bedankten sich und schickten sich gerade an, die Schmiede zu verlassen, als sie die Schmiedin sagen hörten: »Seltsam, daß Ihr ausgerechnet jetzt nach Orgon fragt.«

Baldur und Boromir wandten sich stirnrunzelnd um.

»Was sollte daran seltsam sein?«

»Nun, Ihr seid schon die zweiten, die das im Laufe der letzten zwei Tage getan haben. In all den Jahren, in denen Orgon hier lebte, hat sich nie jemand nach ihm erkundigt. Und nun passiert das gleich zweimal hintereinander. Es scheint, als ob aus ihm plötzlich eine wichtige Person geworden wäre. *Das,* meine ich, ist seltsam!«

Boromir und Baldur tauschten einen kurzen, fragenden Blick aus.

»Wer waren diese anderen?« fragte Baldur.

»Leute, die ich hier noch nie zuvor gesehen habe. Ziemlich unangenehme, verwahrloste Gesellen, die zu Pferde unterwegs waren.«

»Wißt Ihr, aus welchem Grund sie Orgon gesucht haben?« fragte Boromir.

Die Schmiedin schüttelte den Kopf. »Nein, und ich habe auch nicht danach gefragt. Ich war froh, als sie weitergeritten sind.«

»Wie viele waren es?«

»Vier – drei Männer und eine Frau.«

»Und? Habt Ihr ihnen ebenfalls gesagt, wo sie Orgon finden können?«

»Warum nicht? Ich habe Ihnen dasselbe gesagt wie Euch. Sie erschienen mir zwar nicht so freundlich wie Ihr, aber dafür haben sie mich auch für die Auskunft bezahlen müssen.« Sie grinste.

»Glaubt Ihr, daß sie tatsächlich nach Orgon suchen werden?«

»Wer vermag das schon zu sagen? Auf jeden Fall haben sie unseren Ort in Richtung Eisenwald verlassen.«

Baldur nickte nachdenklich. »Habt Dank für Eure Auskunft. Es ist immer gut, darauf vorbereitet zu sein, daß sich noch andere für dasselbe Ziel interessieren.«

»Sagt mir nur noch eines, bevor ihr mich verlaßt!«

»Ja?«

»Die vier haben behauptet, daß Orgon früher einmal ein berühmter Held gewesen sein soll.« Sie wirkte unsicher, als wüßte sie nicht, ob sie sich mit dieser Frage lächerlich machte. »Stimmt das?«

»Ja«, bestätigte Baldur. »Wir alle waren es einmal. Früher. Doch das ist lange her.«

In die Augen der Schmiedin trat ein Leuchten. »Ich habe es geahnt. Auch wenn er nicht viel über sich hat reden wollen, irgendwie habe ich immer gespürt, daß er etwas Besonderes war.«

»Ja, das war er. Und gerade deshalb brauchen wir ihn.«

»Nun denn! Ich wünsche Euch viel Erfolg. Richtet ihm meine besten Grüße aus, wenn ihr ihn findet.«

»Seid versichert, das werden wir tun.«

Baldur und Boromir verließen die Schmiede.

»Wer mögen diese anderen Reiter sein?« fragte Boromir draußen.

Baldur atmete tief durch. »Ich wünschte, ich wüßte es«, sagte er nachdenklich.

Sie verbrachten die Nacht in der Herberge ›Zum Toten Eber‹. Wie versprochen, erhielten sie zwei zwar einfache, aber saubere und preiswerte Zimmer, als sie dem Wirt mitteilten, wer sie geschickt hatte. Baldur wußte nicht, ob die Empfehlung tatsächlich einen Einfluß auf die Güte ihrer Zimmer hatte oder ob sich die Schmiedin nicht vielmehr damit beim Wirt einen kleinen Obolus verdiente. Doch das konnte ihnen letztlich gleichgültig sein, solange die Zimmer in Ordnung waren.

Boromir verzichtete entgegen seiner sonstigen Gewohnheit darauf, den Abend zusammen mit anderen

Gästen bei einem Krug Wein im Schankraum zu verbringen, sondern zog sich schon am frühen Abend auf sein Zimmer zurück. Die Aussicht auf ein weiches Lager erschien ihm verlockender als der Gedanke, auf einer harten Holzbank seine Heldengeschichten zum besten zu geben, wie er es sonst so gerne tat.

Als Baldur seinen Gefährten am nächsten Morgen bei Tagesanbruch weckte, fühlte sich dieser noch zerschundener und steifer als am Abend zuvor. Entsprechend mürrisch war seine Miene. Er wünschte sich weit, weit weg, auf irgendein festliches Gelage, doch er wußte nur zu gut, daß dieser Wunsch keine Aussichten darauf hatte, von den Göttern erhört zu werden.

Nach einem reichhaltigen, kräftigen Frühstück brachen sie auf.

Der Himmel, der gestern noch strahlend blau war, hatte sich grau verfärbt. Vom Westen her trieb ein kräftiger Wind schwere, dunkle Wolken heran, die sich über ihren Köpfen düster am Firmament auftürmten. Kaum hatten sie die Ortschaft hinter sich gelassen, fielen auch schon die ersten dicken Tropfen nieder.

Als sie die Weggabelung erreichten, die ihnen die Schmiedin vom Vortag beschrieben hatte, lenkte Baldur sein Pferd neben das seines Gefährten. »Es liegt ganz bei dir«, rief er diesem zu. »Entscheide du! Welche Richtung sollen wir nehmen?«

Boromir lachte freudlos. »Bin ich ein Hellseher? Woher soll ich wissen, für welchen dieser drei Wege sich Orgon entschieden hat?«

»Natürlich bist du kein Hellseher. Aber du warst im Glücksspiel schon immer erfolgreicher als ich. Deshalb triff du die Wahl!«

»Du machst mir Spaß. Selbst beim Glücksspiel hat man meist ein paar Anhaltspunkte.«

»Dann wirf doch einfach eine Münze!«

»Es gibt keine dreiseitigen Münzen«, belehrte Boromir ihn. Er sah die drei Wegmöglichkeiten nacheinander an und wies dann kurzentschlossen auf eine davon. »Die da.«

Baldur nickte. »Also gut. Wie du meinst.« Er drückte seinem Pferd die Fersen in die Flanken und ritt in die angegebene Richtung.

Boromir hob erstaunt die Augenbrauen, als er sah, daß Baldur seine Entscheidung ohne jeden Widerspruch annahm. Dann zuckte er mit den Schultern und ritt hinterher.

Bald öffnete der Himmel seine Schleusen ganz. Ein prasselnder, warmer Sommerregen ging nieder. So dicht fielen die Tropfen, daß die Sicht kaum fünfzig, sechzig Schritt betrug. Obwohl Baldur und Boromir sich rechtzeitig in ihre gewachsten Umhänge hüllten, waren sie bald bis auf die Haut durchnäßt.

Der Regen dauerte den gesamten Tag über an. Nach ein paar Stunden hatte sich der Weg in einen morastigen Pfad verwandelt, und die Pferde kamen nur noch mühsam voran. Einige Stellen waren so schlammig und rutschig geworden, daß die Gefährten vorsorglich abstiegen und die Tiere am Zügel weiterführten, bis der Grund wieder fester wurde.

Boromir brummte mißmutig vor sich hin. Diese Aspekte des Heldenlebens hatten in seinen oft vorgetragenen Erzählungen meist keine große Rolle gespielt, und er mußte erkennen, daß er sie dadurch auch weitestgehend aus seinem Gedächtnis gedrängt hatte. Nun jedoch wurde er um so nachdrücklicher daran erinnert.

Da es regnete und kein trockener Unterstand zu finden war, hatten die beiden keine Lust, länger Rast zu machen. Wenn sie ein wenig des mitgeführten Proviants zu sich nahmen, taten sie das im Sattel sitzend.

Irgendwann wurde die Gegend allmählich hügeliger. Sie hatten die äußersten Ausläufer des Eisenwaldes erreicht, und der Weg stieg nun leicht an.

Am späten Nachmittag wurde es schnell dunkler.

Den beiden Weggefährten war klar, daß die dunklen Wolkenmassen über ihnen den Abend früher als sonst würden anbrechen lassen. Und noch immer gab es kein Anzeichen von einer Ortschaft. Bei dem schlechten Wetter waren sie nur mäßig vorangekommen. Sie befürchteten schon, im Freien übernachten zu müssen. Es wäre unverantwortlich gewesen, in stockfinsterer Nacht durch unbekanntes Terrain zu reiten. Wer so etwas bei derartigen Wetterbedingungen ohne lebensnotwendigen Grund tat, war kein Held, sondern allerhöchstens ein Narr.

Da tauchte vor ihnen endlich die kleine Ansiedlung auf, zu der der Weg geführt hatte. Sie bestand aus etwa zwei Dutzend einfacher Holzhäuser.

Auf dem Weg, der in den Ort führte, begegnete ihnen keine Menschenseele, was angesichts des Sturzregens kein Wunder war. Daß der Ort keineswegs verlassen war, zeigte der Lichtschein, der durch so manches Fenster drang. Aber niemand spähte nach draußen, um die beiden Ankömmlinge in Augenschein zu nehmen. Der prasselnde Regen verschluckte die Geräusche, die sie bei ihrer Ankunft machten.

»Hoffentlich bekommen wir hier überhaupt eine Unterkunft«, rief Boromir seinem Gefährten mißgelaunt zu.

»Wir werden sehen.«

Als sie den Mittelpunkt der Ansiedlung erreicht hatten, entdeckten sie eine Taverne, neben der sich eine einfache Stallung befand. Das Tor stand offen.

Als sie ihre Pferde in den Stall führten, kam aus dem Dunkel eine kleine Gestalt, die sich ihnen zögernd näherte und halb erwartungsvoll, halb ängstlich zu ihnen emporblickte. Es handelte sich um einen Bauernjungen, dessen Aufgabe darin bestand, sich um die hier untergestellten Tiere zu kümmern.

Baldur warf dem Jungen eine Münze zu. »Hier! Sorg dafür, daß unsere Pferde gut versorgt werden, und gib ihnen reichlich Futter. Sie haben einen anstrengenden Ritt hinter sich.«

»Ja, Herr, gewiß, das werde ich tun«, beeilte der Knabe sich zu versichern.

Baldur ließ der ersten Münze eine zweite folgen, die der Junge ebenso geschickt wie die erste fing.

»Diese hier ist für dich, damit du die Aufgabe auch gut erledigst!«

Der Junge strahlte Baldur an und ließ das Geld in seinem Gewand verschwinden – an einer anderen Stelle, als er es bei der ersten Münze getan hatte, die er sicherlich seinem Herrn würde abtreten müssen.

»Aber sicher, Herr, Ihr könnt Euch darauf verlassen, daß ich das tun werde. Ich werde Eure Tiere ordentlich trockenreiben und striegeln, damit es ihnen gut ergeht.«

Auf Baldurs Gesicht erschien ein Lächeln. »Ich sehe, wir verstehen uns«, sagte er in einem Tonfall, als unterhielte er sich mit einem Gleichberechtigten, was den Jungen sichtlich erfreute und ihn veranlassen würde, die Wünsche der Reisenden gewissenhaft zu erfüllen. »Sattel die Pferde ab, und bring unser Gepäck anschließend in die Taverne nebenan. Ich denke, dort werden wir wohl zwei Zimmer für die anstehende Nacht finden, oder?«

»Aber gewiß, Herr. Dort gibt es mehrere Gästezimmer, die meist nicht genutzt werden. Es gibt nicht viele Fremde, die hierherkommen.«

Baldur nickte. »Das habe ich mir gedacht.«

Er verließ zusammen mit Boromir die Stallung und begab sich durch den strömenden Regen zur nahen Schenke.

Als sie den Wirtsraum betraten, verstummten sämtliche Gespräche. Alle Augenpaare wandten sich den Ankömmlingen zu.

Boromir und Baldur blieben am Eingang stehen, schlugen die Kapuzen ihrer Umhänge zurück und ließen ihre Blicke durch den Raum schweifen. In einem offenen Kamin brannte ein großes Feuer, das wohlige Wärme verströmte, und in der Luft lag Bratenduft. Es waren gut ein Dutzend Gäste anwesend. An ihrem Äußeren und den einfachen Gewändern, die sie trugen, war zu erkennen, daß es sich durchweg um Leute aus dem Ort oder Bauern von umliegenden Gehöften handelte, die sich hier im Trockenen versammelt hatten, um diesen ungemütlichen Tag bei einem Schluck Wein oder Bier ausklingen zu lassen. Keiner von ihnen trug eine Waffe bei sich. Alles machte einen friedlichen Eindruck.

Der Wirt, ein gemütlich aussehender Mann mit Vollbart und einer fleckigen Schürze vor dem dicken Bauch, eilte auf sie zu.

»Willkommen in meinem bescheidenen Haus«, begrüßte er sie. »Darf ich fragen, was Euch hierher führt?«

»Die Hoffnung auf ein stärkendes Mahl und eine trockene Unterkunft für die heutige Nacht«, antwortete Baldur.

»Wenn es das ist, was Ihr sucht, so seid Ihr bei mir ganz richtig.«

»Und mir ist nach dem beschwerlichen Weg nach einem kräftigen Schluck zumute«, ergänzte Boromir.

»Auch das kann ich Euch bieten. Ich habe ein selbstgebrautes Bier, das Euch sicherlich munden wird. Man sagt, es wäre das beste der ganzen Umgebung.« Der Wirt deutete mit einer weitausholenden Geste hinter sich. »Sucht Euch einen Platz. Es sind noch genügend frei.«

Sie wählten einen Platz in einer kleinen Nische nahe am Kamin, von wo aus sie den gesamten Gastraum überblicken konnten. Noch immer ruhten alle Augen interessiert auf ihnen, und ein wenig Unruhe machte sich breit, als sie die schweren Umhänge abnahmen und darunter ihre Bewaffnung zum Vorschein kam. Um jeglichen Argwohn der Dorfbewohner zu zerstreuen, schnallten Boromir und Baldur demonstrativ ihre Waffengurte ab und legten sie zu den Umhängen.

Kaum hatten sie sich gesetzt, kam der Wirt an ihren Tisch und brachte ihnen zwei gutgefüllte, irdene Bierkrüge. Das Gebräu schmeckte überraschend gut, wie sie erfreut feststellten. In anderen abgelegenen Ortschaften hatten sie früher schon Bekanntschaft mit recht abscheulichen Eigengebräuen machen müssen. Nicht jeder Brauherr war ein Meister seines Fachs. Derjenige, der vor ihnen stand, schien sein Handwerk jedoch zu verstehen und war sichtlich zufrieden, als er ihre anerkennenden Mienen sah.

»Ich habe Euch hier noch nie zuvor gesehen«, sprach er sie an. »Darf ich Euch fragen, woher Ihr kommt?«

»Aus Vinsalt«, sagte Baldur.

»Und was bringt zwei Reisende wie Euch dazu, unserem abgelegenen Ort einen Besuch abzustatten? Bitte versteht mich nicht falsch. Ich will nicht neugierig klingen oder in Euch dringen. Aber es kommen nur selten Fremde hierher.«

»Wir sind lediglich auf der Durchreise«, antwortete Boromir leichthin.

»Auf der Durchreise?« wiederholte der Wirt irritiert.

»Ja«, bestätigte Boromir. »Wir sind vom Yaquir-Tal hier heraufgekommen und sind froh, bei diesem Wetter eine menschliche Ansiedlung gefunden zu haben.«

»Aber wohin wollt Ihr denn von hier aus weiterreisen? Der Weg, der aus dem Yaquir-Tal kommt, endet hier. Von unserem Dorf aus führen nur ein paar schmale Pfade weiter, und die meisten davon sind schon nach ein paar Meilen nicht mehr zu Pferde zu passieren. Im Norden erwarten Euch nur die steilen Hänge des Eisenwaldes.«

Boromir begriff, daß er sich mit seinen vorschnell gewählten Worten in eine Falle begeben hatte.

»Nun«, sagte er schnell, »vermutlich sind wir in dem Unwetter vom Weg abgekommen. Wir suchen nämlich ...« Er verstummte, als Baldur ihm unauffällig die Hand auf den Unterarm legte.

»Das hat Zeit bis später«, erklärte Baldur und sah dem Wirt in die Augen. »Auf jeden Fall können wir Euch versichern, daß Ihr von uns nichts zu befürchten habt. Wir sind nicht hier, um Unruhe zu stiften oder uns in Eure Angelegenheiten einzumischen. Uns geht es vor allem um eine trockene Unterkunft für die Nacht. Zwei Zimmer. Und morgen früh werden wir weiterreisen. Wir haben unsere Pferde im Stall nebenan gelassen und dem Stallburschen gesagt, er solle unser Gepäck auf die Zimmer bringen.«

»Der Stallbursche?« Der Wirt schien einen Augenblick lang verwirrt, dann hellte sich sein Gesicht auf. »Ach so, Ihr meint Robak, meinen Sohn. Es stimmt, ich habe ihn in den Stall geschickt, damit er sich um die Tiere kümmert. Ja, natürlich, er wird das Gepäck auf Eure Zimmer bringen.«

»Schön.« Baldur hob den Kopf und sog den würzigen Bratenduft ein, der in der Luft lag. »Und jetzt ist uns nach einem kräftigen Mahl zumute. Was habt Ihr zu bieten?«

Rübeneintopf und Hasenbraten standen zur Wahl, und die Gefährten entschieden sich für einen Braten.

»Was ist los?« erkundigte Boromir sich flüsternd, als der Wirt sich entfernt hatte. »Warum hast du mich am Weiterreden gehindert? Ich habe ihn doch nur nach Orgon fragen wollen? Dann wüßten wir wenigstens gleich, woran wir sind und ob es sich gelohnt hat, den weiten Weg hierher zu machen.«

Baldur blickte sich unauffällig um. Das Interesse der Bauern an den Neuankömmlingen war merklich abgeflaut. Überall widmeten sich die Leute wieder ihren eigenen Gesprächen, wenngleich sich ein Teil davon gewiß auch mit den Reisenden beschäftigte, wie an den gelegentlichen verstohlenen Blicken zu ersehen war.

Baldur wandte sich wieder Boromir zu. »Weil es unnötig ist, daß du nach Orgon fragst.«

Boromir runzelte die Stirn. »Wie meinst du das?«

»Nun, ich weiß bereits, ob wir ihn hier finden werden oder nicht. Auf jeden Fall scheint es klug gewesen zu sein, sich bei der Wahl des Weges auf dein Spielerglück zu verlassen.«

Boromir blickte verständnislos drein. Er sah sich ratlos um. »Ich kann hier niemanden erkennen, der Orgon im geringsten ähnlich sieht. Wie kommst du darauf, daß er sich in diesem Ort befindet?«

Ein feines Lächeln legte sich auf Baldurs Lippen. »Du magst zwar gute Augen haben, aber du hältst nach den falschen Dingen Ausschau. Warum siehst du zur Abwechslung nicht mal dort drüben zur Theke?«

Boromir blickte in die angegebene Richtung, und seine Augen weiteten sich überrascht, als er erkannte, was dort hinter der Theke an der Wand befestigt war.

»Orgons Barbarenbeil!« stieß er gedämpft hervor. »Kein Zweifel, das ist es. Ich würde es unter tausend anderen wiedererkennen.«

Das beinahe fünf Fuß lange, doppelschneidige Beil mit dem lederumwickelten Griff hing als Zierde an der Wand. Da überall in der Taverne ähnlicher Zierat verteilt war – Felle, Geweihe oder bunte Stoffe –, war es bislang Boromirs Aufmerksamkeit entgangen.

»Ja, genau«, bestätigte Baldur. »Und das bedeutet, daß wir Orgon hier finden werden.« Und nach einer kurzen Pause fügte er düster hinzu: »Oder auch nicht, weil er bereits unter der Erde liegt.«

»Ich weiß, was du meinst. Orgon hätte sich nie von seinem Beil getrennt. Jedenfalls nicht freiwillig. Du hast recht. Entweder ist er hier – oder tot.« Boromir sah seinen Gefährten fragend an. »Aber wenn wir wissen wollen, wo wir ihn finden können, wird uns trotzdem nichts anderes übrigbleiben, als jemanden nach ihm zu fragen.«

»Warte noch. Ich hab da so ein Gefühl ...«

»Was für ein Gefühl?«

»Hm. Wenn es wirklich stimmt, was die Schmiedin

erzählt hat und er so sehr dem Wein zuspricht, brauchen wir ihn vielleicht gar nicht zu suchen, sondern er wird zu uns kommen.«

»Verstehe«, sagte Boromir nach kurzer Überlegung. »Du meinst, weil diese Taverne der einzige Ort ist, an dem man hier etwas zu trinken bekommt, wird er früher oder später auch hier auftauchen?«

»Genau. Also laß uns noch ein wenig warten.«

Boromir hob die Schultern. »Ganz wie du meinst.«

Wenig später trat eine junge Magd mit zwei Holztellern an ihren Tisch. Sie war höchsten vierzehn, fünfzehn Götterläufe alt. Ihre Gesichtszüge erinnerten stark an die des Wirtes, obgleich sie sehr viel zarter und lieblicher waren. Es mußte sich um seine Tochter handeln. Baldur hatte bereits bemerkt, daß die männlichen Gäste sich ihr gegenüber – anders als in ähnlichen Schenken – sehr respektvoll verhielten. Niemand versuchte, sich ihr in ungebührlicher Weise zu nähern oder einen derben Scherz mit ihr zu treiben. Vielleicht lag es daran, daß der Wirt sie stets im Auge behielt – auch jetzt, als sie die reichlich mit Fleisch und Brot gefüllten Teller vor Boromir und Baldur abstellte.

Das Mädchen nutzte die Gelegenheit, die Reisenden ebenso verstohlen wie interessiert zu mustern. Sie tat es mit der Unschuld eines Kindes, das etwas Neues entdeckt. Besonders die so unterschiedliche Kleidung der beiden Männer schien sie zu faszinieren.

»Celissa!« erklang da die mahnende Stimme ihres Vaters. »Hier gibt es noch mehr zu tun.«

Sie wandte zögernd ihren Blick ab und zog sich wieder zurück.

Baldur und Boromir machten sich mit Heißhunger über das Essen her und genossen die wohltuende Wärme des Kaminfeuers, die ihre durchnäßten Kleider allmählich trocknete.

Während der Mahlzeit öffnete sich zweimal die Eingangstür, und neue Gäste betraten die Schenke. Auch sie machten große Augen, als sie die beiden Fremden entdeckten, die etwas versteckt saßen, setzten sich dann aber an andere Tische.

»Wie hat es Euch gemundet?« erkundigte sich der Wirt, als er die leeren Teller abräumte.

Boromir lehnte sich zurück und strich über seinen Bauch. »Nun, ich muß sagen, daß ich auf meinen vielen Reisen schon sehr viel erlesenere Gerichte genossen habe«, sagte er gedehnt, und als der Wirt schon ein erschrockenes Gesicht machte, fügte er hinzu: »Aber das war in Restaurants, wo man allein für einen Krug Bier mehr auf den Tisch des Hauses legen muß, als hier für ein siebengängiges Mahl. Ich hoffe, das beantwortet Eure Frage.«

Baldur bedachte die umständliche Ausdrucksweise seines Gefährten mit einem spöttischem Lächeln. »Es war köstlich«, bestätigte er schlicht.

»Darf es noch etwas zu trinken sein?«

»Ja, für mich noch ein Bier«, sagte Boromir und trank den Rest aus seinem Krug, um ihm dem Wirt gleich mit auf den Weg zu geben.

Baldur schüttelte auf dessen fragenden Blick hin den Kopf. Er hatte kaum die Hälfte seines ersten Kruges geleert, während Boromir schon den Inhalt zweier durch seine Kehle hatte rinnen lassen.

»Du solltest nicht soviel trinken«, sagte Baldur, als der Wirt ihren Tisch verlassen hatte, um das Gewünschte zu bringen. »Allein schon deiner Gesundheit zuliebe.«

»Kümmer dich um deine eigene Gesundheit!« gab Boromir ungehalten zurück. »Vielleicht solltest auch du etwas mehr trinken, damit du endlich deine Steifheit und Besserwisserei überwindest! Weißt du überhaupt noch, was Lebensfreude ist?«

Baldur wirkte nachdenklich, und es dauerte lange, ehe er antwortete.

»Vielleicht hast du recht«, sagte er milde.

Boromir war von diesem Zugeständnis überrascht. Er schien nicht recht zu wissen, ob Baldur es ernst meinte oder ob er sich insgeheim nur über ihn lustig machte. Dann entspannte er sich. »Welchen Sinn hat es denn, sich Gedanken um unsere Gesundheit zu machen? Wer weiß, wie viele – oder besser gesagt: wie wenige Tage uns überhaupt noch bleiben?«

»Wir werden es schon schaffen.«

Boromir sah seinen Gefährten erstaunt an. »Was bringt dich zu dieser plötzlichen Zuversicht?«

Baldur neigte leicht den Kopf. »Ich weiß nicht recht. Es ist nur so ein …«

»Ein Gefühl?«

»Ja, vielleicht.«

»Wirklich nur ein Gefühl?« Boromirs Blick wurde bohrender. »Oder weißt du etwas, das ich auch wissen sollte?«

Baldur schien es ganz recht zu sein, daß der Wirt Boromirs Bier brachte und er sich mit seiner Antwort Zeit lassen konnte, bis sie wieder allein waren. Er beugte sich etwas vor.

»Als Wissen würde ich es nicht bezeichnen«, flüsterte er. »Aber in all den zurückliegenden Jahren habe ich mich viel mit Zauberschriften beschäftigt. Mag sein, daß wir, sobald wir unseren Zielort erreicht haben, aus den …«

Er unterbrach sich, als die Tür zur Taverne abermals aufging, und er den Mann erblickte, der hereinkam.

Er stieß Boromir leicht an. »Da! Kein Zweifel. Das ist er.«

Boromir wandte sich unauffällig um. »Du hast recht«, flüsterte er erregt. »Das ist Orgon.«

Der Mann, der hereingekommen war, war von kräftiger, fülliger Gestalt, doch genauso wie damals wirkte er eher muskulös denn dick. Auch schienen seine Körperkräfte noch kaum nachgelassen zu haben. Über seinem Rücken trug er einen schweren Sack, den Baldur oder

Boromir allein wohl kaum hätten heben können. Gekleidet war er in ein mehrfach geflicktes Gewand aus einfachem Stoff, und an den Füßen trug er schlammbedeckte Schnürstiefel.

Obwohl Baldur und Boromir ihn sofort wiedererkannten, hatte er sich dennoch auf augenfällige Weise verändert. Der Orgon, den sie von früher kannten, wäre in aufrechter, selbstbewußter Haltung und mit erhobenem Kopf hier hereinmarschiert, doch dieser schleppte sich vornübergebeugt durch die Tischreihen und hielt den Blick zu Boden gesenkt. Auch seine ehemaligen Gefährten gewahrte er nicht. Er schien seine Umgebung kaum wahrzunehmen, sondern war einzig auf seinen Weg konzentriert. Sein einst so volles Haupthaar war ihm bis auf einen Haarkranz ausgefallen, der ebenso wie sein Vollbart in wirren Strähnen herabhing. Was vom Gesicht zu sehen war, wirkte fahl und aufgedunsen, und unter den Augen hatte er große dunkle Ränder.

Baldur und Boromir tauschten einen kurzen Blick. Sie spürten beide, daß ihr Gefährte ein gebrochener Mann war. Er schleppte den schweren Sack zum Tresen, hinter dem er ihn absetzte. Dann wandte er sich dem Wirt zu, ohne jedoch den Blick zu heben.

»Hier«, sagte er. »Das sind die trockenen Holzscheite für das Feuer. Ganz wie Ihr es gewünscht habt. Ich habe mir Mühe gegeben, damit sie bei dem Regen nicht allzu feucht wurden.«

Der Wirt nickte unbillig. »Hoffen wir, daß es so ist. Wie steht es mit den Latrinen und dem Pferdestall? Hast du beides saubergemacht?«

»Noch nicht. Aber ich werde es gleich tun. Ich ... ich ...«

»Worauf wartest du noch? Geh, und kümmer dich um deine Arbeit! Du weißt doch, was du zu tun hast.«

Orgon hob zum erstenmal den Blick. Baldur, der aus der Distanz Orgons Augen sehen konnte, erschrak. Sie waren fahl und glanzlos, und der Blick fuhr fahrig umher, als brächte Orgon nicht den Mut auf, den Wirt direkt anzusehen. Seine Hände, die er bittend vorstreckte, zitterten stark.

»Ich … ich werde es tun«, versicherte Orgon. »Aber … bitte gebt mir zuvor etwas Wein. Ich brauche einen Schluck. Danach werde ich die Arbeit ganz bestimmt um so gewissenhafter erledigen.«

Der Wirt verzog das Gesicht. »Du kennst unsere Abmachung. Erst die Arbeit, dann der Wein.«

»Ja, ja, gewiß, ich kenne unsere Abmachung. Und ich bin Euch dankbar dafür. Aber ich bitte Euch … Gebt mir erst einen Schluck. Ich … ich brauche das jetzt.«

Der Wirt schüttelte den Kopf. »Das sagst du fast jeden Tag. Warum, glaubst du, sollte ich heute von der Regel abweichen?«

»Weil … weil …«, stotterte Orgon. »Weil Ihr ein gütiger und gerechter Mann seid. Ihr werdet mich nicht leiden lassen. Nein, das werdet ihr nicht!«

Baldur und Boromir verfolgten das unwürdige Schauspiel aufmerksam.

»Das reicht jetzt«, schnaufte Boromir empört. »Ich kann mir das nicht länger mit ansehen. Egal, was aus ihm geworden ist, er hat es nicht verdient, so behandelt zu werden. Ich werde diesem Spiel jetzt ein Ende bereiten. Er war immerhin einmal unser Gefährte.«

»Nein!« zischte Baldur ihm leise, aber bestimmt zu. »Warte noch!«

Boromir sah ihn fragend an, aber dieser hatte keinen Blick mehr für ihn übrig, sondern verfolgte, wie es hinter dem Tresen weiterging.

Der Wirt seufzte ergeben, dann wandte er sich an seine Tochter Celissa.

»Also gut«, sagte er. »Füll ihm einen Krug. Aber nur einen kleinen.«

Orgon bedankte sich überschwenglich, während das Mädchen der Anweisung nachkam.

»Schon gut«, wehrte der Wirt die Dankensbezeugungen ab und reichte ihm den Wein. »Hier, trink! Und dann sieh zu, daß du mit deiner Arbeit vorankommst. Es gibt für dich noch viel zu erledigen heute abend.«

»Ich weiß, ich weiß«, versicherte Orgon. Er ergriff den Krug mit zitternden Händen und trank in gierigen Zügen, wobei ihm ein Teil des Weines über den Bart lief, obwohl er sich sicherlich Mühe gab, nichts zu verschütten. Aber seine Hände zitterten einfach zu stark.

Boromir kniff die Lippen zu einem dünnen Strich zusammen. Er hatte den früheren Weggefährten als jemanden im Gedächtnis, der ebenso wie er selbst einen guten Tropfen Wein nie verschmäht hatte. Doch jetzt erlebte er ihn als jemanden, der sich an den Wein klammerte wie ein Ertrinkender an einen Strohhalm, und das bereitete ihm schmerzliches Unbehagen.

Als Orgon den geleerten Krug auf den Tresen zurückstellte, hatte das Zittern seiner Hände ein wenig nachgelassen. Mit der wohligen Wärme, die sich in seinem Magen ausbreitete, hatte er offenbar auch wieder etwas von seiner Selbstsicherheit zurückgewonnen. Er wischte sich mit dem Ärmel über den Mund.

»Das tat gut«, sagte er zufrieden.

»Schön«, erwiderte der Wirt. »Aber glaub nicht, daß ich jeden Tag so großzügig sein werde. Und nun geh und erledige endlich deine Arbeit!«

»Ja, ja, gewiß«, erwiderte Orgon schuldbewußt und senkte seinen Blick erneut. Er wollte sich gerade anschicken, der Anweisung nachzukommen, als die Eingangstür abermals aufgestoßen wurde – diesmal mit einem Fußtritt und so heftig, daß sie beinahe aus den Angeln geflogen wäre.

Für die Episode mit Orgon und dem Wirt hatte niemand der Gäste in der Taverne einen Blick übrig gehabt, weil es sie nicht interessierte oder weil sie es schon gewohnt waren. Nun jedoch verstummten alle

Gespräche, und sämtliche Blicke wandten sich wiederum der Tür zu.

Vier Gestalten in schwarzen, feucht glänzenden Regenumhängen betraten den Schankraum. Sie blieben in herausfordernder Haltung stehen und sahen sich betont langsam um. Jedermann spürte sofort die Bedrohung, die von ihnen ausging. Keiner der Gäste wagte sich zu rühren. Denn als die vier ihre Umhänge zurückschlugen, kamen schwere Waffen zum Vorschein: Schwerter und Beile; zudem trugen sie Kettenhemden.

Bei den vier Ankömmlingen handelte es sich um drei Männer und eine Frau. Sie alle, auch die Frau, waren von stämmiger und kräftiger Gestalt und hatten grobschlächtige, einfältige Gesichter. Keiner von ihnen mochte mehr als fünfundzwanzig Götterläufe zählen. Der kräftigste von ihnen, dessen lange schwarze Mähne am Hinterkopf zu einem Zopf gebunden war, trat ein Stück vor.

Der Wirt eilte auf die Neuankömmlinge zu und verneigte sich beflissen.

»Willkommen in meinem bescheidenen Haus«, rief er. »Was verschafft mir die Ehre Eures Besuches?«

Derjenige, der vorgetreten war, schien der Anführer des Haufens zu sein. Er sah den Wirt mit stechendem Blick an. »Wir sind hier, weil wir jemanden suchen. Und wir hoffen, daß wir den verflucht langen Weg in dieses gottverdammte Kaff nicht umsonst gemacht haben. Denn dann könnten wir recht ungehalten werden.« Er warf den Kopf zurück und lachte seinen Gefährten zu, die daraufhin gehässig grinsten. Dabei offenbarten sie den schlechten Zustand ihrer Zähne. Bei jedem waren etliche Zahnlücken zu erkennen.

»Ganz recht«, rief die Frau. »In eurem Nachbardorf, in dem wir gestern waren, fand sich in der Schenke kein heiler Schemel mehr, nachdem wir sie verlassen hatten!«

Diese Behauptung war vielleicht übertrieben, aber sie

verfehlte ihren Eindruck nicht. Das Gesicht des Wirts verlor deutlich an Farbe.

»Das sind die vier, von denen uns gestern die Schmiedin erzählt hat«, flüsterte Boromir.

Baldur nickte stumm.

»Ich bitte Euch!« Der Wirt hob beschwichtigend die Hände. »Unser Ort ist ein friedlicher Ort, und dies hier ist eine Stätte der Entspannung und des gemütlichen Beisammenseins. Wir suchen hier keinen Streit.«

Der Anführer blickte verächtlich über die Gästeschar hinweg und stemmte die Arme in die Hüften. »Das sehe ich. Und ich würde Euch auch nicht raten, das zu tun.«

Im Schankraum erklang hier und dort empörtes Schnauben, doch niemand wagte es, etwas zu erwidern.

Baldur und Boromir verhielten sich ebenfalls ruhig. Sie hatten aufgrund ihrer Erfahrung erkannt, daß die Bewaffnung der vier eher den Eindruck vermittelte, als wäre sie flüchtig zusammengestellt – oder zusammengeraubt –, als daß sie sorgsam auf die Fähigkeiten der jeweils einzelnen Leute zugeschnitten wäre. Um Kämpfer, die das Kriegshandwerk von Grund auf erlernt hatten, handelte es sich mit Sicherheit nicht, eher um bessere Raufbolde und Halunken. Darauf deutete auch der für ein erfahrenes Auge offensichtlich vernachlässigte Zustand ihrer Ausrüstung und Bewaffnung hin. Die Scharten in den Klingen waren nicht nachgeschliffen, an den Kettenhemden und sogar an einer der Streitäxte waren Rostflecken zu erkennen. Gute Krieger hätten ihr Handwerkszeug besser gepflegt. Und außerdem hätten sie nicht so sehr mit ihrer angeblichen Überlegenheit geprahlt.

»Wie gesagt«, sprach der Anführer der vier weiter, »wir sind hier, weil wir jemanden suchen. Vielleicht kennt ihr ihn.« Er sah grinsend in die Runde. »Für euer Wohl hoffen wir, daß ihr ihn kennt, denn sonst könnten wir sehr böse werden! Sein Name ist Orgon.«

Die Stille, die sich nach dem Eintreffen der Halunken in der Schenke ausgebreitet hatte, schien sich noch mehr zu vertiefen. Ein paar Augenblicke lang war lediglich das leise Knistern und Prasseln der Flammen im Kamin zu hören.

Niemand in der Taverne antwortete, auch der Wirt nicht. Doch das war auch nicht nötig. Die vielen Blicke, die zu dem an der Theke stehenden Orgon wanderten, waren Antwort genug.

Die vier hatten mit diesem Ergebnis anscheinend nicht gerechnet. Erstaunt sahen sie Orgon an, der mit gesenktem Kopf dastand, als ginge ihn die ganze Sache nichts an.

Der Anführer trat auf ihn zu.

»Stimmt es?« herrschte er ihn an. »Bist du Orgon?«

»Der bin ich«, erwiderte dieser, ohne aufzusehen. Er hörte sich nicht ängstlich an, sondern vielmehr desinteressiert. »Das ist mein Name.«

Der Anführer warf seinen Gefährten einen kurzen triumphierenden Blick zu. »Gut, das zu hören. Wir haben einen langen Weg zurückgelegt, um dich zu finden. Weißt du, wie viele Tage wir schon auf der Suche nach dir sind?«

Orgon hob den Kopf. Zum erstenmal schien er den vor ihm stehenden Mann überhaupt wahrzunehmen, obwohl seine Augen weiterhin unstet umherschweiften. »Warum sollte mich das interessieren? Ich habe mit niemandem eine Rechnung offen.«

»Das vielleicht nicht. Aber wir sind hier, um eine neue Rechnung aufzumachen.«

»Was wollt ihr von mir?«

Der Mann lachte lauthals. »Meine drei Begleiter wollen gar nichts von dir. *Ich* bin es, der etwas von dir will!«

»Und das wäre?«

»Ganz einfach.« Er grinste häßlich. »Ich bin hier, um dich zu töten!«

Damit trat er einen Schritt zurück und legte eine Hand auf den Knauf seines Schwertes.

Die Gäste hielten den Atem an.

Der Anführer wirkte verunsichert, als Orgon nicht im geringsten auf seine Worte reagierte.

»Was ist?« rief er. »Warum tust du nichts?«

»Was sollte ich tun?« fragte Orgon gleichgültig. »Ich habe Euch noch nie zuvor gesehen, und ich habe Euch nichts getan. Warum also solltet Ihr den Wunsch verspüren, mich zu töten?«

»Das will ich dir verraten: damit ich behaupten kann, daß ich den einst so berühmten Orgon im Kampf überwunden habe. Es stimmt doch, daß du früher einmal ein berühmter Held warst?«

Orgon hob die Schultern. »Das ist lange vorbei.«

»In Punin haben wir jemanden von dir erzählen hören«, fuhr der Anführer fort. »Vor ein paar Monden. Er sagte, daß du einst einem Heldenquartett angehört hättest und es niemanden geben würde, der mit dem Beil oder der Streitaxt besser umzugehen verstünde als du. Und genau das hat mich hergeführt. Denn diese Behauptung kann ich nicht auf mir sitzen lassen.« Er löste mit einer Hand den Verschluß an seinem Hals und streifte den Umhang ab. Darunter kam eine große Streitaxt zum Vorschein, die er sich um den Rücken gebunden hatte. »Denn *ich* bin derjenige, der am besten mit dieser Waffe umzugehen weiß, und wer immer etwas anderes behauptet, der bekommt meine Klinge zu spüren.« Er hob die Stimme und schleuderte Orgon entgegen: »Und deshalb fordere ich dich hier und jetzt zum Kampf auf!«

»Dieser jemand in Punin warst nicht zufällig du?« flüsterte Baldur.

Boromir zuckte zusammen. »Punin, Punin«, überlegte er flüsternd. Ein schuldbewußter Zug legte sich auf sein Gesicht. »Ja, da war ich vor ein paar Monden. Aber ich kann mich nicht daran erinnern, ausdrücklich von Orgon erzählt zu haben. Nun ja, vielleicht doch ... Da gab es so einen bestimmten Abend in einer der Schenken. Aber diese vier waren bestimmt nicht unter den Gästen. Sonst würde ich mich mit Sicherheit an sie erinnern.«

»Tja, manche Geschichten machen eben schnell die Runde. Vor allem, wenn sie gut erzählt sind.«

Boromir sah Baldur erstaunt an und fragte sich, ob das nun ein Lob war, doch dieser verfolgte das weitere Geschehen.

Orgon zeigte sich von der Herausforderung unbeeindruckt.

»Ich fürchte, Ihr habt den langen Weg umsonst gemacht«, sagte er. »Denn ich werde nicht gegen Euch kämpfen.«

»Hast du nicht gehört, was ich gesagt habe?« rief der Anführer wutentbrannt. Seine Stimme überschlug sich fast. Die ganze Sache schien nicht so zu laufen, wie er es erwartet hatte. »Ich habe dich gerade zum Kampf herausgefordert, und du glaubst, mich abweisen und stehenlassen zu können wie einen räudigen Hund? Wenn du meine Herausforderung nicht annimmst, müßte ich ja glauben, du wärst lediglich ein fettes, feiges Schwein und alles, was man über deine angeblichen Heldentaten erzählt, wäre erstunken und erlogen.«

»Wenn das Eure Meinung ist, so kann ich sie nicht ändern.« Orgon bückte sich und griff nach einem halbgefüllten Wassereimer, auf dessen Rand ein Wischlappen hing. »Aber mein Entschluß steht fest. Ich werde nicht gegen Euch antreten.«

Er wollte an dem Anführer vorbeigehen, doch dieser fauchte wütend und stieß ihm mit dem Fuß den Eimer aus der Hand, der daraufhin über den Boden kullerte und in der Nähe des Tisches mit Boromir und Baldur liegenblieb. Das Wasser floß über den Boden.

»Stell dich einem Duell!« brüllte der Anführer, als Orgon sich noch immer nicht provozieren ließ. Er zog sein Schwert aus der Scheide und erhob es. »Und benimm dich nicht wie ein feiges Schwein. Sonst steche ich dich gleich jetzt und hier ab.«

Orgon zeigte sich ungerührt. Er bückte sich und schickte sich an, Lappen und Eimer aufzuheben, wobei er dem Anführer den Rücken zuwandte. »Wenn Ihr zustechen wollt, so stecht zu«, sagte er dabei in so gleichgültigem Tonfall, als bedeutete ihm sein Leben tatsächlich nichts. »Wenn Ihr glaubt, daß die Kunde, jemanden getötet zu haben, der Euch keine Gegenwehr geleistet hat, zu Eurem Ruhm beitragen wird, dann führt den Streich aus. Ich werde Euch nicht daran hindern.«

Orgon hätte jetzt nur den Kopf heben müssen, um geradewegs in die Gesichter seiner ehemaligen Gefährten zu schauen, die direkt vor ihm saßen, doch er hielt seinen Blick nach wie vor zu Boden gesenkt.

Dafür blickte der Anführer über Orgon hinweg, und sein grimmig verzogenes Gesicht erstarrte zu einer Maske, als er die beiden Männer entdeckte, die dort in der Nische neben dem Kamin saßen und seiner Aufmerksamkeit bislang vollkommen entgangen waren. Er erkannte auf den ersten Blick, daß sie nicht aus diesem Ort stammten. Das lag nicht nur an ihrer Kleidung, nein, auch ihre Haltung war eine gänzlich andere als die der übrigen Leute in der Taverne. Denn sie saßen aufrecht da, zeigten keinerlei Anzeichen von Furcht und sahen ihn mit festem Blick an. Verwirrt musterte er sie, als wolle er erkunden, ob sie ihm Ärger bereiten würden. Doch die beiden ließen nicht erkennen, ob sie gewillt waren, sich in diese Angelegenheit einzumischen. Außerdem hatten Boromir und Baldur beim Eintreten der vier Gesellen unauffällig ihre Umhänge über die Waffen gezogen, so daß diese nicht zu sehen waren.

Orgon erhob sich wieder. »Und wenn nicht«, sagte er an den Anführer gewandt, »dann laßt mich jetzt bitte meine Arbeit erledigen. Ich habe noch viel zu tun.«

Damit ließ er ihn stehen und ging in Richtung Ausgang, geradewegs auf die drei Begleiter zu, die von dem Verlauf der Dinge ebenfalls überrascht waren und nicht zu wissen schienen, ob sie Orgon aufhalten sollten oder nicht.

»Nein!« brüllte der Anführer wütend und stampfte wie ein kleines Kind mit dem Fuß auf. »Bleib stehen! So leicht kommst du mir nicht davon.«

»Gebt Euch keine Mühe«, sagte Orgon, ohne im Schritt innezuhalten. »Wie ich Euch schon sagte, ich kämpfe nicht mehr. Und es gibt nichts, was mich von diesem Entschluß abbringen könnte.«

Er hatte die drei vor dem Eingang erreicht und blieb vor ihnen stehen, als erwartete er, daß sie ihm Platz machten und ihn durchließen. Doch das taten sie nicht.

»So? Das werden wir ja sehen!« Der Anführer sah sich mit wutverzerrtem Gesicht in der Taverne um, und die Tochter des Wirtes zuckte erschrocken zusammen, als sie sah, wie sein Blick an ihr hängenblieb. Er gab seinen Gefährten einen Wink. »Velia! Los!«

Celissa sah mit ängstlich geweiteten Augen, wie die grobschlächtige Frau auf sie zueilte, und schrie auf, als diese sie rabiat an den Haaren packte und hinter dem Tresen hervorzog. Einen Augenblick später hatte sie der Tochter des Wirtes ein Messer an die Kehle gesetzt.

»Nein, ich bitte Euch, tut das nicht!« rief der Wirt und wollte seiner Tochter zu Hilfe eilen. »Sie ist meine einzige Tochter, und ich ...«

Er erstarrte, als der Anführer zu ihm herumfuhr und ihm seine Schwertspitze vor den Bauch hielt.

»Halt!« warnte der Anführer. »Keinen Schritt weiter! Sonst schlitze ich dir deinen fetten Wanst auf!«

Der Wirt blieb schluckend stehen und sah hilflos zu seiner Tochter.

Alle einheimischen Gäste in der Taverne waren aufgesprungen und hatten sich in eine Ecke zurückgezogen. Einigen der Männer und Frauen war anzusehen, daß sie sich am liebsten davongemacht hätten, doch die beiden Männer, die den Weg zum Eingang blockierten, verhinderten, daß irgend jemand ernsthaft erwog, diesen Gedanken in die Tat umzusetzen.

Der Anführer grinste breit, als er sich Orgon zuwandte. »Und?« fragte er herausfordernd. »Was ist nun? Trittst du jetzt gegen mich an, oder soll ich meiner Begleiterin erst die Anweisung geben, diesem hübschen Mädchen die Kehle durchzuschneiden, damit du deine Meinung änderst? Kannst du das verantworten? Willst du schuld an ihrem Tod sein? Es wäre doch jammerschade um das niedliche Ding.«

Orgon wirkte unsicher. Sein Blick pendelte zwischen Celissa und dem Anführer hin und her. In den Wangenmuskeln unter seinem wirren Bart zuckte es.

Der Wirt starrte Orgon flehend an.

»Laßt sie los!« sagte Orgon. »Sie hat mit dieser Sache nichts zu tun.«

»O doch. Sie hat. Und zwar, weil ich es so will. Denn wenn du dich nicht zum Kampf stellst, wirst du ihren Tod auf dem Gewissen haben.«

Orgon sagte nichts. Nur seine Wangenmuskeln zuckten weiterhin.

»Du glaubst wohl, daß ich nicht ernst machen würde«, rief der Anführer. »Aber da täuschst zu dich. Velia!«

Die grobschlächtige Frau grinste, packte das Mädchen noch fester an den Haaren, zog seinen Kopf zurück und ritzte ihm mit der Spitze ihres Dolches einen Fingerbreit die Haut neben dem Kehlkopf auf. Ein paar Blutstropfen rannen aus der Wunde hervor.

Celissa schrie auf, wagte aber nicht, sich gegen den Griff zu wehren, aus Angst, sich dabei noch mehr zu verletzen.

Ihr Vater stand hilflos dabei. Man sah ihm an, daß er ihr am liebsten zu Hilfe geeilt wäre, aber die nach wie vor auf seinen Bauch gerichtete Schwertspitze zeigte ihm zu deutlich, was ihn in diesem Fall erwartete. Sein

Blick wanderte abermals zum Eingang und blieb auf Orgon haften.

»Orgon, bitte!« rief er flehend. »Tu irgend etwas! Du weißt, ich habe dich noch nie um etwas gebeten. Aber wenn dieser Mann mit dir kämpfen will, dann kämpfe mit ihm. Nicht für mich, sondern für sie! Ich werde dir auch dein Beil zurückgeben.«

Orgons Blick zuckte ganz kurz zu dem Barbarenbeil, das hinter der Theke an der Wand angebracht war. Dabei schien sein Blick für einen kurzen Moment so klar zu werden wie in früheren Zeiten. Dann schüttelte er entschieden den Kopf.

»Nein«, sagte er. »Ich habe mir geschworen, dieses Beil nur in einem einzigen Fall wieder anzufassen. Und dieser Tag ist heute noch nicht gekommen.«

»Ich weiß zwar nicht, von welchem Beil und Tag hier die Rede ist«, sagte der Anführer, dem Orgons kurzer Blick entgangen war, »aber du solltest die Bitte dieses Fettwanstes erfüllen. Andernfalls stirbt das Mädchen. Und außerdem ist dieser Abend ohnehin dein letzter.«

Orgon war keine Regung anzusehen.

»Aber unser Kampf soll nicht daran scheitern, daß du keine Waffe hast«, sagte der Anführer mit einem kalten Lächeln und sah einen seiner Männer an, der daraufhin verschmitzt zurückgrinste. »Wir werden dir ein Beil stellen – eines, das dem meinen ebenbürtig ist, damit niemand sagen kann, daß es ein ungerechter Kampf gewesen sei.« Und dann fügte er hinzu: »Denn du selbst wirst nach dem heutigen Abend ganz gewiß keine Gelegenheit mehr dazu haben, dich zu beklagen!«

Einer seiner Begleiter zog unter seinem Umhang eine ähnliche Streitaxt wie die seines Anführers hervor.

Orgon betrachtete sie unschlüssig.

»Was ist nun?« erreichte ihn die Stimme des Anführers. »Wirst du kämpfen? Oder sollen wir das Mädchen erst in Borons Reich schicken?«

Orgon seufzte schwer. »Nein, das braucht Ihr nicht«,

sagte er mit matter Stimme. Er ließ die Schultern noch ein Stück tiefer hängen. »Ich werde gegen Euch antreten.«

»Gut.« Der Anführer zeigte abermals grinsend seine Zahnlücken. »Ich wußte, daß du zur Vernunft kommen würdest. Es kommt eben immer darauf an, die besseren Argumente zu haben.«

Bei den letzten Worten sah er sich herausfordernd in der Taverne um, als wolle er erkunden, ob es jemand wagte, Widerspruch anzumelden. Doch nichts dergleichen geschah.

Sein Blick verweilte erneut nachdenklich auf Boromir und Baldur. Auf diese beiden Männer konnte er sich nach wie vor keinen rechten Reim machen. Sie hatten die bisherigen Geschehnisse zwar interessiert beobachtet, schienen sich jedoch nicht einmischen zu wollen. Ob er sie sich vorknöpfen sollte, um herausfinden, um wen es sich bei diesen ungewöhnlichen Vögeln handelte? Doch dann sagte er sich, daß die beiden ihm egal sein konnten, solange sie ihm nicht in die Quere kamen. Vielleicht würde er sie sich später vornehmen, wenn ihm nach dem Kampf noch der Sinn danach stand.

»Dann laß meine Tochter jetzt frei«, bat der Wirt.

Velia sah ihren Anführer fragend an, doch dieser schüttelte den Kopf.

»Was soll das?« fragte Orgon. »Ihr habt, was Ihr wolltet! Ich stelle mich Euch zum Kampf. Also laßt Celissa frei!«

»Nein«, beschied der Anführer. »Die Kleine bleibt unser Pfand, bis der Kampf entschieden ist. Sie ist unsere Garantie, daß du weder fliehst noch andere Tricks versuchst. Velia, laß das Messer, wo es ist. Und falls sie wegzulaufen versucht, schneidest du ihr die Kehle durch!«

Die Angesprochene nickte mit einem gehässigen Grinsen. Sie spürte die Angst des Mädchens, und es schien ihr Freude zu bereiten.

Der Wirt sah sorgenvoll zu seiner Tochter. Er begriff, daß sie noch längst nicht in Sicherheit war.

»Wo soll der Kampf stattfinden?« fragte er.

»Draußen auf der Dorfstraße. Hier drinnen ist es zu eng für einen Beilkampf. Meinst du nicht auch, Orgon?«

»Mir ist es gleich.«

»Gut, dann laß uns hinausgehen und es hinter uns bringen.«

»Wartet!« rief der Wirt. »Orgon, ich werde dir vorher noch einen Krug Wein geben. Ich glaube, der wird dir guttun.« Er sah verunsichert zum Anführer hinüber. »Das werdet Ihr doch erlauben?«

»Warum nicht?« erwiderte dieser großzügig. »Einen guten Schluck Wein. Ja, das ist vor diesem Kampf eine gute Idee. Gib mir auch einen Krug!«

Der Wirt tat, wie ihm geheißen. Orgon leerte seinen Krug in einem Zug, und der Wirt sorgte beflissen dafür, daß sofort ein zweiter für ihn bereitstand, der beinahe genauso schnell in seiner Kehle verschwand.

Danach atmete Orgon tief durch, und es schien, als wäre ein Teil seiner Lebensgeister zurückgekehrt. Auch das Zittern seiner Hände hatte spürbar nachgelassen. Doch noch immer war seine Haltung die eines Menschen, der längst mit dem Leben abgeschlossen hatte. Er schien sich in das Unvermeidliche zu fügen.

»Wir sollten ihm helfen«, flüsterte Boromir leise. Seine Hand tastete nach dem Griff des unter dem Umhang verborgenen Floretts. »Der Augenblick ist günstig.«

»Ich weiß«, flüsterte Baldur zurück. »Aber wir warten noch.«

Boromir sah seinen Gefährten irritiert an. »Worauf denn noch?«

Doch Baldur antwortete ihm abermals nicht, sondern widmete sich mit ganzer Aufmerksamkeit dem Geschehen an der Theke. Boromir tat es ihm mißmutig gleich.

Der Anführer hatte seinen Wein ausgetrunken,

wischte sich mit dem Ärmel über den Mund und grinste.

»Also denn!« rief er. »Laßt uns endlich nach draußen gehen!«

Zusammen mit seinen Leuten, die die Tochter des Wirtes mitschleiften, verließ er die Taverne. Orgon schloß sich ihnen wortlos an.

Erst danach strömten die Gäste zögernd hinterher. Jetzt hätten sie zwar die Möglichkeit gehabt, sich aus dem Staub zu machen, doch ihre Neugierde war stärker. Niemand wollte sich diesen Kampf entgehen lassen.

Die Zuschauer drängten sich unter das hölzerne Vordach der Veranda. Obwohl der Sturzregen mittlerweile nachgelassen hatte, war die Dorfstraße ein einziges Schlammfeld.

Die vier Halunken hatten sich an den äußersten Rand der Veranda zurückgezogen, gut drei Schritt weit von den Dorfbewohnern entfernt. Die Distanz war durchaus beiderseits gewollt. Die vier Halunken wollten nicht, daß ihnen die an Zahl weit überlegenen Dorfbewohner zu nahe kamen, und von diesen wiederum hatte niemand Interesse daran, sich in die Reichweite der Waffen zu begeben.

Der Anführer gab seinem Begleiter einen Wink. »Los, gib ihm das Beil!«

Orgon nahm es entgegen und betrachtete es prüfend.

Dann wanderte sein Blick zu der Frau, die Celissa im Griff hatte. Man sah, was er erwägte.

»Versuch es erst gar nicht«, knurrte der Anführer. »Velia ist verflucht schnell mit dem Messer. Die Kleine wäre tot, ehe du die beiden erreicht hättest.«

Orgon sah ein, daß er auf diese Weise nichts ausrichten konnte. Er trat von der Veranda auf die Straße und wog die Axt prüfend in der Hand. Es wirkte steif und unbeholfen.

Baldur und Boromir hatten den Schankraum als

letzte verlassen und sich an den anderen Zuschauern vorbeigeschoben, bis sie nur noch zwei Schritt von den vier Halunken entfernt standen. Sie hatten ihre Regenumhänge angelegt, um dadurch ihre Waffen zu verdecken.

Boromir brachte seinen Mund an Baldurs Ohr. »Das wird schlimm ausgehen«, flüsterte er. »Gegen diesen jungen Burschen hat er keine Chance. Der ist zwar ganz bestimmt kein erstklassiger Kämpfer, und der Orgon, den wir von früher her kannten, hätte ihm gewiß mit einem Schlag den Schädel gespalten, aber diesen Orgon gibt es nicht mehr.«

Baldur antwortete nicht.

»Ihr wißt, was ihr zu tun habt, wenn ich in Bedrängnis gerate«, hörten sie da den Anführer seinen beiden männlichen Kumpanen zuflüstern.

»Was soll schon passieren?« tuschelte einer von ihnen zurück. »Er hat das präparierte Beil. Ganz wie du es vorhattest. Und außerdem, schau ihn dir doch an! Willst du sagen, daß du mit so einem Säufer, der sich kaum auf den Beinen halten kann, nicht fertig wirst?«

»Ich will damit gar nichts sagen«, zischte der Anführer beleidigt zurück. »Ich wollte mich nur vergewissern, daß ich mich auf euch verlassen kann.«

Seine beiden Kumpanen nickten.

Der Anführer schien zu bemerken, daß er etwas laut geworden war, und blickte sich mißtrauisch um, um zu sehen, ob jemand seine Worte gehört hatte. Stirnrunzelnd ließ er seinen Blick auf den beiden Fremden verweilen, die ihnen am nächsten standen. Irgend etwas an ihnen gefiel ihm nicht. Doch wie es schien, hatten die beiden nichts mitgehört. Ihre gesamte Aufmerksamkeit war offenbar auf Orgon gerichtet, der noch immer unschlüssig seine Axt prüfte.

Achselzuckend gab sich der Anführer damit zufrieden. Er legte sein Schwert ab und stapfte ebenfalls auf die Straße hinaus.

»Diese Halunken haben das Beil manipuliert«, flüsterte Boromir erregt. »Die spielen mit gezinkten Karten.«

»Etwas anderes war von solchen Gestalten wohl auch nicht zu erwarten«, erwiderte Baldur. Er sah seinen Gefährten ernst an. »Du weißt, was du zu tun hast?«

Boromir brauchte einen Moment, um zu begreifen, was Baldur meinte, dann nickte er und zog sich in die Taverne zurück – was niemand bemerkte, da alle nur Augen für die Kontrahenten hatten, die sich auf der Dorfstraße gegenüberstanden.

»Also dann!« rief der Anführer laut. »Bist du bereit?«

Orgon nickte.

»Gut, dann stirb hier und jetzt!« rief der Anführer, stapfte mit hocherhobener Streitaxt auf Orgon zu und ließ das Beil auf ihn herabsausen.

Orgon wehrte die ersten Schläge mehr schlecht als recht ab, wobei ihm die Axt mehrmals beinahe aus den Händen gerissen worden wäre.

Unsicher wich er zurück und hatte Mühe, auf dem rutschigen Grund das Gleichgewicht zu halten.

Der Anführer grinste, als er merkte, daß ihm sein Gegner kaum etwas entgegenzusetzen hatte. Die nächsten Schläge führte er nur mit halber Kraft aus, als wolle er seine Überlegenheit genießen und den Kampf in die Länge ziehen.

Doch allmählich wurde er nachlässig. Orgon nutzte eine Pause zwischen zwei Hieben, um zum Gegenangriff überzugehen.

Sein Schlag kam überraschend, doch der Anführer sah das Verhängnis im letzten Moment kommen und sprang geistesgegenwärtig zur Seite.

Orgon wurde vom Schwung des eigenen Schlages zu Boden gerissen und landete bäuchlings im Schlamm.

Der Anführer sah abschätzig auf ihn herab. Jetzt hätte er die Gelegenheit gehabt, dem Kampf ein schnelles Ende zu bereiten, doch statt dessen stieß er ein verächtliches Lachen aus, mit dem er sicherlich auch seinen Schrecken überspielen wollte, weil er beinahe aus Nachlässigkeit einen schweren Treffer hätte einstecken müssen.

Er ließ großzügig zu, daß Orgon wieder auf die Füße kam und sich den Schlamm aus dem Gesicht wischte, ehe er erneut angriff.

Diesmal jedoch war der Anführer entschlossen, sich keine Blöße mehr zu geben. Er führte jeden seiner Schläge nun mit voller Kraft und Aufmerksamkeit aus.

Orgon konnte sich des Ansturmes nur mit Mühe erwehren. Jeder der Schläge trieb ihn weiter zurück. Dennoch handhabte er die Streitaxt nun ein wenig sicherer als zu Beginn des Kampfes und schien allmählich etwas zu seiner alten Geschicklichkeit zurückzufinden.

So gelang es ihm, mehrfach sein Leben zu retten, doch seine Kräfte reichten nicht aus, um seinen Gegner in Verlegenheit zu bringen. Im Gegenteil, dieser setzte ihm bald immer heftiger zu.

Einen der Schläge konnte Orgon nur halb abwehren. Das gegen ihn geführte Beil glitt an seiner abwehrend erhobenen Klinge ab und schnitt ihm einen Fingerbreit tief durch die linke Schulter.

Der Anführer grinste triumphierend, als er sah, wie sich das Gewand seines Gegenübers rot verfärbte. Dann drosch er um so verbitterter auf Orgon ein.

Die beiden Kämpfer näherten sich langsam der Veranda.

Zwei, drei fürchterliche Schläge konnte Orgon gerade noch abwehren, doch als er seine Streitaxt dann gegen den vierten Schlag stemmte, brach der Schaft seiner Waffe plötzlich mit einem trockenen Knacken entzwei. Die Klinge flog in hohem Bogen durch die Luft und landete vor den Brettern der Veranda im Schlamm.

Aus der Zuschauermenge erklang ein vielstimmiger Aufschrei, als Orgon unbewaffnet dastand. Er blickte auf das gebrochene Ende seiner Streitaxt, dann wanderte sein Blick zu dem vor ihm stehenden Anführer.

Einen Augenblick lang sahen sich die beiden Kontrahenten in die Augen, dann verzog sich das Gesicht des Anführers zu einem gehässigen Grinsen, und er griff erneut an.

Orgon sprang zurück und schaffte es gerade noch, den ersten Schlägen auszuweichen. Doch dann glitt er aus und stürzte abermals zu Boden.

Der Anführer war sofort über ihm.

»Stirb!« stieß er hervor und hob seine Axt zum letzten Schlag.

»Orgon, hier!« erscholl da ein Ruf von der Veranda her.

Der Anführer hielt irritiert inne, und als sein Kopf sich umwandte, sah er verdutzt, wie von der Veranda her in hohem Bogen ein mächtiges Beil durch die Luft geflogen kam.

Orgon fing es fast spielerisch mit seiner rechten Hand auf, als hätte er sein Leben lang nichts anderes getan. Einen kurzen Augenblick sah er ungläubig auf das Barbarenbeil in seiner Hand, das die letzten Jahre die Wand hinter der Theke geschmückt hatte.

Mehr Zeit hatte er nicht, denn der Anführer hatte seine Überraschung überwunden und vollführte den Schlag, zu dem er angesetzt hatte.

Doch Orgon sprang blitzschnell auf, schnellte zurück und entging der Klinge um Haaresbreite.

Der Anführer blickte ärgerlich drein, als er sah, daß sein Schlag ins Leere gegangen war.

Orgon war ein paar Schritte zurückgewichen und ließ das Beil ein paarmal spielerisch in seinen Händen kreisen. Mit einem Male wirkten seine Bewegungen gänzlich anders. Nun lagen nicht mehr Steifheit oder Unbeholfenheit darin, sondern Sicherheit und Entschlossenheit, die den Anführer zu einem ungläubigen

Blinzeln veranlaßten. Zum ersten Male wirkte er leicht verunsichert.

Dann stürmte er um so wütender auf Orgon los.

Doch diesmal bereitete es diesem kaum Mühe, die Schläge abzuwehren. Er führte sein Beil mit leichter Hand, und selbst die Verletzung an der Schulter schien ihn kaum zu behindern.

Die Attacken des Anführers verloren an Wucht, als er merkte, daß er Orgon immer weniger in Bedrängnis zu bringen vermochte. Mehr noch, bald setzte dieser zum Gegenangriff an, und er mußte sich nun selbst seiner Haut erwehren.

Auf der Veranda wurden angesichts dieser überraschenden Wendung des Kampfes erstaunte Rufe laut. Hier und da kamen sogar Anfeuerungen auf.

Die drei Kumpanen des Anführers bedachten die Dörfler mit beunruhigenden Blicken. Sie merkten, daß die Stimmung zu ihren Ungunsten umzuschlagen begann.

Orgon trieb den Anführer nun seinerseits vor sich her, dessen Kräfte unter den wuchtig vorgetragenen Hieben zusehends erlahmten. Die Schläge prasselten von allen Seiten auf ihn ein, und bald zeigten sich unter seinem Kettenhemd erste blutige Flecken. Dann rutschte er aus und fiel rücklings hin. Schnell hielt er die Axt mit beiden Armen über sich, um Orgons nächsten Schlag abzuwehren.

Doch dieser hieb ihm von unten her gegen die Waffe und fegte ihm das Beil aus der Hand, so daß es etliche Schritt entfernt in den Schlamm klatschte.

Der Anführer starrte mit aufgerissenen Augen zu dem über ihm stehenden Orgon empor. Er wollte sein Messer aus dem Gürtel ziehen, schrie jedoch sogleich schmerzgepeinigt auf, als Orgon ihm so kräftig auf die Hand trat, daß zwei seiner Finger barsten.

»Verflucht, was ist?« rief er seinen Kumpanen in Todesangst zu. »Warum kommt ihr mir nicht zu Hilfe?«

Doch die beiden Männer standen nur steif und reglos wie zwei zu Stein erstarrte Statuen da.

Der eine spürte an seiner Kehle plötzlich die kühle Spitze eines Floretts, und hinter ihm zischte eine Stimme: »Nur ganz ruhig, mein Junge, dann lebst du länger!« Der andere hatte sein Schwert ziehen wollen, als sich eine fremde Hand auf die seine legte und er eine Messerspitze in seinem Rücken spürte, knapp oberhalb der Hüfte. Langsam und ganz vorsichtig wandte er seinen Kopf und blickte in die klaren, grauen Augen eines Mannes mit kurzgeschnittenen weißen Haaren, der dicht hinter ihm stand und mit einem nachsichtigen Lächeln den Kopf schüttelte.

»Versuch's erst gar nicht«, sagte Baldur leise, und es klang wie ein gutgemeinter Rat.

Das reichte aus, um den beiden Burschen jegliche Ambitionen zu rauben, ihrem Anführer beizustehen.

Dieser stieß einen wütenden Schrei aus, als er sich von seinen Begleitern im Stich gelassen sah, und blickte erneut zu Orgon empor.

»So«, sagte dieser schwer atmend. »Wer von uns, sagst du, ist nun der bessere Kämpfer?«

Der Anführer antwortete nicht. »Was ist?« keuchte er statt dessen. »Warum schlägst du nicht zu?«

»Vielleicht sollte ich das tun«, entgegnete Orgon verächtlich. »Aber mir liegt nichts daran, dich zu töten. Du hast deinen Kampf gehabt. Und jetzt halte dein Wort und gib die Tochter des Wirtes frei! Es sei denn, du willst, daß ich dir doch den Kopf spalte!«

Der Anführer wandte den Kopf. »Velia! Du hast gehört, was er gesagt hat. Laß sie los!«

Die Angesprochene blickte hektisch zwischen ihm und ihren beiden Gefährten hin und her, die sich noch immer nicht zu rühren wagten. Langsam begriff sie, daß das seltsame Verhalten ihrer Kumpanen daher rührte, daß diese von den beiden dicht hinter ihnen stehenden Männern in Schach gehalten wurden. Und sie bemerkte, wie die Dorfbewohner, die sich bislang so ängstlich gezeigt hatten, langsam in drohender Haltung näher rückten.

Sie zerrte das Mädchen von der Veranda und wich ein paar Schritt auf die Straße zurück.

»Nein!« rief sie aus. »Das werde ich nicht tun. Wenn ich sie freilasse, werden sie uns erst recht alle umbringen.«

»Velia!« kreischte der Anführer, als Orgon sein Beil drohend hob, um seiner Forderung Nachdruck zu verleihen. »Mach schon, laß sie los!«

»Nein!« beharrte Velia. »Sie ist unser einziges Pfand.«

»Das ist leider sehr kurzsichtig gedacht«, erklärte da Baldur mit ruhiger Stimme.

Sie sah ihn mit wildem Blick an. »Wie meinst du das?«

»Nun, weil hier ein Leben gegen drei steht«, sagte Baldur. »Wenn du das Mädchen nicht freiläßt, werden deine Kumpanen ganz gewiß sterben, und danach werden wir uns dich vornehmen, gleichgültig, ob du sie nun umgebracht hast oder nicht.«

»Das wagt ihr nicht!«

»Wir beide sind nicht von hier, und uns ist ihr Leben egal«, sagte Baldur. Er sah den Wirt empört nach Luft schnappen und bedeutete ihm mit einer knappen Geste, die die Frau nicht sehen konnte, daß er sich heraushalten solle. »Du kannst ihr die Kehle durchschneiden, aber das wird dich nicht retten. Überleg es dir also gut. Wenn du sie freigibst, habt ihr wenigstens eine Chance, lebend von hier zu entkommen. Andernfalls wird Boron euch bald alle in seine Arme schließen.«

Sie dachte angestrengt nach.

»Aber laß dir nicht zu lange Zeit«, riet Baldur ihr. »Ich bin nicht sehr geduldig.«

Bei diesen Worten drückte er dem vor ihm stehenden Mann das Messer in den Rücken, bis dieser gepeinigt das Gesicht verzog, es aber dennoch nicht wagte, sich zu wehren.

»Mach schon, Velia!« stieß das Opfer ächzend hervor.

»Ja, Velia!« schrie der Anführer. »Du mußt es tun!«

Sie verzog grimmig das Gesicht, dann stieß sie das Mädchen von sich, das schluchzend in die Arme seines Vaters floh.

»So, und nun legt alle eure Waffen ab«, befahl Baldur.

Sie kamen der Anweisung unverzüglich nach.

Orgon gab den Anführer frei, der wie ein geprügelter Hund zu seinen Kumpanen schlich und dabei wimmernd seine Hand mit den gebrochenen Fingern hielt.

Die Dorfbewohner gingen auf die vier los, sobald diese waffenlos waren, doch Baldur stellte sich ihnen mit erhobener Hand in den Weg.

»Nein!« rief er. »Laßt sie gehen.«

»Warum sollten wir?« rief einer der Dorfbewohner grimmig. Jetzt, da die vier Fremden keine große Gefahr mehr darstellten, brach aus den Dörflern der Zorn hervor, den sie bislang aus Angst vor den Waffen unterdrückt hatten. »Sie sind hierhergekommen, um Ärger zu bekommen, also sollen sie ihn auch haben!«

»Ja, genau«, pflichtete ein anderer ihm bei. »Wir sollten sie am nächsten Baum aufknüpfen!«

Ein paar Männer traten vor, um das Vorhaben sogleich in die Tat umzusetzen, doch Baldur zog sein Schwert und stellte sich ihnen entgegen.

»Ich habe gesagt, daß wir sie gehen lassen«, wiederholte er mit scharfer Stimme und sah die Männer nacheinander eindringlich an. »Sie sind hergekommen, weil sie ein Duell wollten, und das haben sie bekommen. Und wenn jemandem von euch der Sinn danach steht, seinen Mut abzukühlen, so drücke ich ihm gerne ein Schwert in die Hand, und er soll gegen mich antreten! Also, was ist nun?«

Die Männer blickten betreten zu Boden.

Baldur nickte zufrieden und wandte sich den Halunken zu. »So, und nun besteigt eure Pferde und laßt euch hier nicht wieder sehen. Das nächste Mal werden wir nicht so nachsichtig sein.«

»Ihr wollt uns ohne unsere Waffen wegschicken?« fragte einer der Männer. »Und wo sollen wir heute überna ...?«

Der Anführer stieß ihn mit der gesunden Hand in die Seite. »Komm schon, du Trottel, und sei still! Hauptsache, wir sind erst mal weg von hier.«

»Genau«, sprach Baldur. »Und was euer Nachtlager angeht, so wird euch schon was einfallen.«

Die vier gingen zu ihren Pferden, wobei sie den einen oder anderen scheuen Blick auf die Dorfbewohner warfen, auf deren Gesichtern Mordlust lag.

»Wartet«, rief Baldur, als der erste von ihnen den Fuß in den Steigbügel setzte; sie hielten inne.

»Was ist noch?« fragte der Anführer.

»Ihr werdet eines eurer Pferde hierlassen.«

»Ja, aber – warum?«

Baldur lächelte. »Ganz einfach. Weil wir noch eines brauchen und ich es so will.«

Der Anführer sah ihn verärgert an. »Was soll das? Seid Ihr nun ein Krieger oder ein Räuber? Ihr habt uns schon unsere Waffen abgenommen, und nun wollt Ihr auch noch ein Pferd? Mit welchem Recht? Es war schließlich ein gerechter Kampf!«

»Nein, war es nicht«, sagte Boromir. Er war näher getreten und hielt die abgebrochene Klinge hoch, die zu dem Beil gehörte, das sie Orgon zur Verfügung gestellt hatten. »Der Schaft war angefeilt. Hier! Es ist deutlich zu sehen. Das Beil mußte zwangsläufig früher oder später brechen.«

Der Anführer starrte Boromir wütend an, sagte aber nichts.

Baldur deutete auf einen braunen Wallach, das kräftigste der Reittiere. »Wir nehmen den da«, sagte er gelassen. »Los, und nun verschwindet endlich von hier.

Seid froh, daß ihr am Leben geblieben seid! Oder soll ich euch lieber den Dorfbewohnern überlassen?«

Die vier stiegen auf, wobei sich einer der Männer den Sattel mit Velia teilte. Dann gaben sie den Tieren die Sporen und preschten aus dem Ort hinaus.

Die Leute riefen ihnen hinterher, bis sie aus ihren Blicken entschwunden waren. Dann eilte die eine Hälfte von ihnen auf die am Boden liegenden Waffen der Halunken zu, um sie – nachdem man sich mit einem fragenden Blick zu Baldur vergewissert hatte, daß dieser nichts dagegen hatte – unter sich aufzuteilen.

Die andere Hälfte der Leute eilte auf Orgon zu, der mitten auf der Dorfstraße in die Knie gegangen war und mit gesenktem Kopf auf die Waffe in seinen Händen starrte. Von dem, was rings um ihn herum vorgegangen war, nachdem er den Anführer der Halunken freigegeben hatte, schien er nichts mitbekommen zu haben. Auch auf die Glückwünsche zu seinem Sieg, die von allen Seiten auf ihn einprasselten, reagierte er nicht.

»Ich habe meinen Schwur gebrochen«, flüsterte er statt dessen mit schwerer Stimme. Fast klang es, als wäre es ihm lieber gewesen, er hätte im Kampf sein Leben verloren. »Ich hätte diese Waffe nicht in die Hand nehmen dürfen.«

Der Wirt, der zu den Gratulanten gehörte, hob die Hände, um den anderen zu bedeuten, still zu sein. Dann beugte er sich zu Orgon. »Was sagst du da?«

»Ich sagte, daß ich dieses Beil nicht in die Hand hätte nehmen dürfen. Nicht bevor jener Tag gekommen ist.«

Der Wirt schüttelte den Kopf. »Ich verstehe nicht, wovon du redest. Du hast meine Tochter gerettet, und dafür werde ich dir ewig dankbar sein.« Er blickte verächtlich in die Richtung, in die die vier Halunken verschwunden waren. »Und du hast dieses Großmaul besiegt. Niemand kann dir daraus einen Vorwurf machen.«

»Doch, *ich* selbst. Denn dadurch, daß ich meine Waffe in die Hand genommen habe, habe ich meine Ehre verloren. Ich habe mir geschworen, sie nie wieder anzufassen, bevor jener Tag gekommen ist.«

»Was ist das für ein Tag, von dem du da die ganze Zeit redest?« fragte der Wirt verwirrt. »Ich weiß nur, daß du mir das Beil damals bei deiner Ankunft als Pfand hinterlegt hast, dafür, daß ich dir Unterkunft gewähre. Und ich habe nichts dagegen, wenn du es nun benutzt hast, um meiner Tochter das Leben zu retten.«

Orgon schüttelte seinen Kopf. »Nein, das ist es nicht. Hier geht es um meine Vergangenheit. Ich hatte mir einst geschworen, dieses Beil nur noch in einem Fall wieder zur Hand zu nehmen. Und heute habe ich diesen Schwur gebrochen.« Er sah angeekelt auf seine Waffe herab. »Ich habe es benutzt, allein um mein Leben zu retten. Dadurch habe ich meine Ehre verloren.«

Er seufzte tief und wollte zum Weiterreden ansetzen, als ihn plötzlich eine Stimme unterbrach: »Du brauchst dir keine Sorgen zu machen, deinen Schwur gebrochen zu haben. Denn der Tag, an dem du dein Beil wieder in dic Hand nehmen darfst, ist gekommen.«

Orgon stieß ein kurzes, freudloses Lachen aus, ohne den Kopf zu heben. »Was weißt *du* denn schon?« fragte er mitleidig.

»Alles, Orgon«, antwortete seine Stimme in sanftem Tonfall. »Alles. Schließlich war ich dabei.«

Die Worte brachten Orgon dazu aufzusehen. Ungläubig blickte er auf die schwarzgekleidete Gestalt, die direkt vor ihm inmitten der Dorfbewohner stand. Er blinzelte ein paarmal, als könne er nicht recht glauben, wen er da erblickte, und hinter seiner hohen, schlammverschmierten Stirn arbeitete es.

»Baldur?« fragte er unsicher.

Auf den Lippen des Angesprochenen erschien ein dünnes Lächeln. Er nickte. »Genau der.«

In Orgons Gesicht regte sich lange Zeit kein Muskel. Er starrte einfach nur stumm zu Baldur empor, während ihm der Regen ins Gesicht tropfte und den Dreck von seiner Haut spülte. Auch von den Dorfbewohnern wagte niemand, etwas zu sagen. Sie begriffen, daß die beiden Fremden Orgon weder aus Mitleid noch aus Gerechtigkeitsempfinden zu Hilfe gekommen waren.

»Dann ist es also soweit?« fragte Orgon mit schwerer Stimme.

Baldur nickte abermals. »Ja. Wir sind hier, um dich zu holen.«

»*Wir ...?*«

Hinter Baldurs Rücken trat eine zweite Gestalt hervor. »Ja, wir!«

»Boromir, du?«

Boromir schmunzelte. »Niemand anders.«

Orgon verzog die Mundwinkel. »Du hast dich kaum verändert.«

Boromir strich über seinen Bauch und lächelte geschmeichelt. »Oh, danke.«

»Nur dicker bist du geworden.«

Boromirs Lächeln erstarb.

»Was ist mit Thorben?« fragte Orgon.

»Wir sind auf dem Weg zu ihm«, erklärte Baldur. »Er wird der letzte sein, den wir holen.«

Orgon nickte. Wieder schwieg er eine Zeitlang.

»Ihr solltet mich hierlassen«, sagte er dann schwermütig. »Wie könnte ich euch schon von Nutzen sein? Seht mich an. Ich bin ein alter, lebensüberdrüssiger Mann.« Er blickte auf seine Hände, in denen er immer noch das Beil hielt und die nun wieder stärker zitterten. Dann fügte er verächtlich hinzu: »Ein Säufer.«

»Ich *habe* dich gesehen. Und es scheint mir, als wärest du jemand, der das Beherrschen seines Handwerks zwar verdrängt, aber nicht gänzlich vergessen hat.« Baldur wandte sich an Boromir: »Was meinst du?«

Boromir zögerte kurz, ehe er antwortete: »Ich bin ganz deiner Meinung. Ich muß zugeben, anfangs hätte ich nicht geglaubt, daß er es schafft, sich gegen diesen Rabauken durchzusetzen. Aber als er erst einmal sein eigenes Beil in der Hand hatte … *Das* war beinahe der Orgon, den wir von früher kennen.«

Orgon schüttelte den Kopf. »Trotzdem. Ihr solltet mich hierlassen. Ihr braucht mich nicht.«

»Doch, wir brauchen dich«, erwiderte Baldur. »Du weißt, daß wir diese Sache nur zu viert erledigen können.«

»O nein. Das stimmt nicht. Ihr braucht nicht *mich*. Ihr braucht nur meinen Ring.«

Baldur neigte den Kopf zur Seite. »Ja, wir brauchen den Ring. Aber wir brauchen auch dich. Wir wissen es, und du weißt es. Und außerdem muß ich dich doch nicht erst an unseren Schwur erinnern. Wir haben uns geschworen, einander beizustehen, wenn das Böse zurückkehrt, egal wie lange es auch dauern mag.«

Orgon erwiderte nichts.

»Wir haben geschworen, erneut dagegen anzutreten«, fuhr Baldur fort und hob die Stimme. »Und diesmal werden wir es besiegen. Und zwar endgültig.«

Diese Worte schienen den Ausschlag zu geben.

Orgon atmete ein paarmal tief durch, dann erhob er sich. Er starrte seine ehemaligen Gefährten fest an.

»Ich weiß nicht, ob ich froh darüber sein soll, daß ihr hier aufgetaucht seid«, sagte er bedächtig. »Auf jeden Fall bewahrte es mich vor der Schande, meine Ehre verloren zu haben. Denn nachdem wir damals auseinandergegangen sind, habe ich noch einen zweiten Schwur geleistet, ich ganz allein: mein Beil niemals wieder anzufassen, es sei denn für diesen einen Fall, daß wir wieder zusammenkommen.«

Baldur nickte. »Das habe ich mir gedacht, als ich deine Worte hörte.«

»Ich hatte den Wunsch, ein normales Leben ohne

Streit und Kampf zu führen, so wie Thorben, wenn ihr versteht, was ich meine.« Orgon hob hilflos die Schultern. »Aber dafür tauge ich wohl nicht, wie ihr seht. Wahrscheinlich habe ich mir die ganze Zeit über etwas vorgemacht. Wenn ich ehrlich bin, muß ich zugeben, daß ich all die letzten Jahre eigentlich nur in Erwartung dieses einen Tages gelebt habe, an dem einer von euch auftaucht und mir sagt, daß es soweit ist. Ich habe versucht, diesen Gedanken aus meinem Kopf zu verdrängen, aber trotzdem hat er mich Tag für Tag verfolgt. Vielleicht war das der Grund, warum mir auf meinem Weg kein Erfolg beschieden war.«

Baldur und Boromir nickten mitfühlend.

»Vielleicht sollte ich mich auch freuen, daß ihr hier seid«, sprach Orgon weiter. »Denn egal, was kommen wird und wie es enden mag – damit wird dieser Teil meines Lebens endgültig abgeschlossen sein.«

Baldur trat vor und legte Orgon wie zur Bestätigung dieser Worte die Hand auf die Schulter.

Der Wirt erfaßte als erster, daß damit zwischen den Gefährten alles ausgesprochen war.

»Kommt! Laßt uns wieder hineingehen!« rief er. »Auf diesen Schrecken spendiere ich allen ein Getränk. Und du, Orgon, kannst heute abend soviel trinken, wie du willst. Das ist das mindeste, womit ich dir danken kann.« Er wandte sich suchend nach seiner Tochter um. »Und du, Celissa, kümmerst dich darum, daß seine Schulter verbunden wird. Und beeil dich! Er hat dir schließlich das Leben gerettet.«

Seine Tochter eilte sogleich mit Orgon davon, während die Dorfbewohner in die Taverne zurückströmten. Baldur hielt den Wirt, der ihnen folgen wollte, noch einmal zurück und wies auf das Pferd, das die vier Halunken hatten zurücklassen müssen. »Sorg dafür, daß es einen Platz im Stall bekommt und gut verpflegt wird. Es ist für Orgon bestimmt.«

»Wie Ihr wünscht.« Der Wirt wollte sich entfernen, zögerte dann aber und sah Baldur fragend an. »Orgon wird mit Euch gehen?«

»Ja, wir sind hier, um ihn zu holen.«

»Aber wofür braucht Ihr ihn? Ich meine, womit könnte Euch so jemand …?« Der Wirt unterbrach sich, als ihm klarwurde, daß er im Begriff war, eine Beleidigung auszusprechen.

Baldur maß ihn mit erhobener Augenbraue. »Orgon und wir haben früher einmal Seite an Seite gekämpft. Aus dieser Zeit haben wir noch eine Rechnung offenstehen. Und nun ist die Zeit gekommen, sie zu begleichen.«

Der Wirt nickte ergeben. Ihm war anzusehen, daß er noch eine Menge weiterer Fragen auf der Zunge hatte, aber er begriff, daß Baldur nur unwillig darauf reagieren würde. So wandte er sich nach einem Augenblick des Zögerns zum Gehen.

Baldur und Boromir folgten ihm und kehrten – von allen Seiten mit respektvollen Blicken bedacht – zu ihren Plätzen in der Nische neben dem Kamin zurück. Bald schon brachte der Wirt jedem von ihnen einen Krug seines selbstgebrauten Bieres.

Auch die übrigen Gäste wurden versorgt. Überall wurden die Krüge erhoben, und man stieß auf die erfolgreiche Rettung der Wirtstochter an. Viele schauten immer wieder zu Baldur und Boromir hinüber, nickten und prosteten ihnen einladend zu, doch da die beiden nicht darauf reagierten, sondern nur mit ernstem Gesicht dasaßen, brachte niemand den Mut auf, an ihren Tisch zu gehen und sie in die fröhliche Runde miteinzubeziehen.

Wenig später erschien Orgon, der sich den Schlamm abgewaschen und trockene Kleidung angezogen hatte. Seine Schulter war in einen Verband gehüllt, und in der Hand trug er noch immer sein Barbarenbeil. Kaum trat er in den Schankraum, wurde er von einer Menschentraube umringt. Man drückte ihm einen vollen Krug in die Hand und versuchte, mit ihm auf seinen erfolgreichen Kampf anzustoßen. Doch er schob die Leute mit freundlicher Entschiedenheit zur Seite und gesellte sich zu Baldur und Boromir.

Sein großes Barbarenbeil legte er auf den Tisch, dann nahm er einen tiefen Zug aus seinem Krug.

»Wie geht es deiner Schulter?« fragte Boromir.

»Nicht weiter schlimm. Ein Kratzer.«

»Die Wunde wird dich also nicht beim Reiten behindern?« fragte Baldur.

Orgon verzog verächtlich den Mund, als lohne es nicht, darauf überhaupt eine Antwort zu geben. »Wann brechen wir auf?«

»Gleich morgen früh.«

»Lebt Thorben immer noch auf seinem Hof in der Nähe von Angbar?«

»Es ist jedenfalls das letzte, was ich von ihm gehört habe«, sagte Baldur. »Und warum sollte er seinen Hof verlassen haben? Schließlich lebt er mit seiner Familie dort.«

»Ja«, meinte Boromir. »Er ist der einzige von uns, dem es vergönnt war, Weib und Kind zu haben.«

Baldurs Gesicht verdüsterte sich, als er an jene Nacht zurückdenken mußte, in der er seine Familie verloren hatte. Ja, Thorben war zu beneiden. Ihm war es als einzigem von ihnen gelungen, sein persönliches Glück zu finden.

Doch gleich fing Baldur sich wieder. »Das bedeutet, wir müssen nach Norden. Gibt es einen Pfad, auf dem wir von hier aus nordwärts wieder hinunter zum Yaquirtal kommen?« fragte er mit fester Stimme.

Orgon nickte. »Ja, es gibt einen. Er ist zwar schwer passierbar, und wir werden die Pferde anfangs einige Male zu Fuß weiterführen müssen, aber früher haben wir weit schwereres Gelände bewältigt.«

Baldur sah auf Orgons Hände, die von den vielen

Jahren harter Arbeit gezeichnet waren. »Du warst der einzige von uns, der den Ring nicht angesteckt hat.«

»Ja«, stieß Orgon aus. »Und nichts wird mich dazu bringen, dieses dem Namenlosen geweihte Ding je anzufassen!«

»Hast du den Ring noch?«

Orgon nickte.

»Und? Wo ist er?«

Zum ersten Male, seitdem sie ihn wiedergesehen hatten, erschien auf Orgons Gesicht so etwas wie die Andeutung eines Lächelns. Er ließ sich Zeit mit der Antwort und genoß es, sie hinauszuzögern, bis er sein Bier in langen Zügen ausgetrunken hatte.

Dann blickte er vielsagend auf das Barbarenbeil vor ihnen auf dem Tisch.

»Du meinst ...?« entfuhr es Boromir.

Orgon nickte. »Genau.«

Er wollte nach dem Beil greifen, hielt dann aber inne, als der Wirt vorbeikam, den leeren Krug wegnahm und ihm ohne weitere Aufforderung einen gefüllten vorsetzte, nicht ohne sich vergewissert zu haben, daß Baldurs und Boromirs Krüge noch halb gefüllt waren.

»Beantwortet mir bitte eine Frage«, sagte Baldur zu dem Wirt. »Ihr sagtet vorhin, daß Orgon sein Beil bei Euch als Pfand hinterlegt habe. Welche Summe verlangt Ihr denn, um es wieder auszulösen?«

Der Wirt runzelte die Stirn. Darüber schien er noch nicht nachgedacht zu haben. Nach einer Weile sah er Orgon an. »Was soll ich schon dafür verlangen? Es war als Pfand für deine Unterkunft gedacht, und da du mein Bett und meine Speisen jetzt nicht mehr brauchst, wenn du von hier aufbrichst, erhältst du es einfach zurück.«

»Aber ich schulde Euch doch noch Geld für Getränke«, sagte Orgon.

»Vergiß es!« beschied der Wirt, großzügig schmunzelnd. »Du hast heute meiner Tochter das Leben gerettet. Das ist mir mehr wert als ein paar Münzen. Außerdem hast du deine Arbeit immer zuverlässig erledigt. Na ja, meistens jedenfalls. Was also sollte ich dir in Rechnung stellen?«

Bevor Orgon eine Antwort geben konnte, hatte sich der Wirt schon auf den Weg zum Tresen gemacht.

Orgon sah ihm erstaunt hinterher. Von dieser Seite hatte er den Wirt noch nicht kennengelernt.

»Der Ring«, erinnerte Baldur ihn.

Orgon nickte und griff nach dem Beil. Er schob ein kleines Metallstück, das sich am Beschlag des Schaftendes befand und wie eine Verzierung aussah, zur Seite; dahinter befand sich ein kleiner Hohlraum.

Orgon kippte das Beil zur Seite, woraufhin ein kleiner, in ein Stoffstück eingewickelter Gegenstand auf die Tischplatte rollte. Vorsichtig zupfte er den Stoff auseinander, bis ein Ring zum Vorschein kam. Es war ein ebensolcher, wie Boromir und Baldur sie unter ihren Handschuhen an der Rechten trugen. Der dunkelrote Edelstein in der Fassung funkelte düster.

»Paß auf!« zischte Boromir, als Orgon den Stoff mit seiner zitternden Hand anstieß und der Ring ein Stück über den Tisch kullerte. »Sonst berührst du es noch.«

Orgon nahm den Ring vorsichtig mit dem Stoffstück wieder auf, wickelte ihn darin ein und verbarg ihn in dem Versteck im Schaft des Beils.

»Jetzt wißt ihr, warum ich mich nie von meinem Beil getrennt habe«, erklärte er.

Sie verfielen in brütendes Schweigen. Der kalte Hauch, der beim Anblick von Orgons Ring nach ihren Herzen gegriffen hatte, schien ihnen, obwohl sie alle sich mehr oder minder daran gewöhnt haben sollten, mit einem Male sämtlichen Gesprächsstoff geraubt zu haben.

Schließlich war es Boromir, der seine Stimme erhob. »Ich denke, wir sollten die Gelegenheit nutzen, um mit den Leuten hier auf Orgons Sieg anzustoßen. Bis nach

Angbar hinauf ist es ein weiter Ritt, und da kann ein wenig Geselligkeit nicht schaden.«

»Mach, was du willst«, erwiderte Baldur. »Mir steht nicht der Sinn danach.«

»Mir auch nicht«, sagte Orgon.

Boromir sah die beiden kopfschüttelnd an, dann erhob er sich mit einem Schulterzucken, nahm seinen Bierkrug und ließ sie allein. Die Gäste, zu denen er sich gesellte, nahmen ihn freudig in ihre Runde auf, waren sie doch alle recht neugierig, was es mit den Fremden auf sich hatte.

»Stimmt es, daß ihr früher einmal zusammen gekämpft habt?« fragte einer, der ihr Gespräch auf der Dorfstraße mitangehört hatte.

Boromir nickte. »Ja, wir waren vier Gefährten, und wir haben damals so manche Heldentat vollbracht. Es gibt da Dinge, die ich Euch erzählen könnte ...« Diese Andeutung reichte aus, um von allen Seiten Fragen auf ihn einstürmen zu lassen. Schnell gesellten sich weitere neugierige Zuhörer zu ihnen.

Boromir leerte seinen Krug.

»Ich würde euch gerne davon berichten«, sagte er und bedachte seinen leeren Krug mit einem bedauernden Blick. »Aber meine Kehle ist trocken, und ich fürchte, ich ...«

»Wartet!« fiel ihm einer der Umherstehenden ins Wort. »Ich werde Euch sofort einen neuen Krug holen. Nur fangt nicht eher mit dem Erzählen an, bevor ich wieder zurück bin.«

Er eilte davon, um seine Ankündigung in die Tat umzusetzen.

Boromir genoß es, seine Zuhörer auf die Folter zu spannen. Er wartete, bis er den gefüllten Krug in der Hand hielt, dann nahm er einen langen Zug, wischte sich den Mund trocken, ehe er in die Runde sah und endlich fragte: »Soll ich euch vielleicht erzählen, wie wir damals einen Basilisken besiegten?«

Es fand sich niemand, der etwas dagegen einzuwenden hatte.

»Also gut«, begann Boromir. »Ich glaube, es war in der Gegend von Winhall. Ich erinnere mich noch daran, als wäre es gestern gewesen. Es war ein stürmischer, regnerischer Tag, und wir …«

4. Kapitel

Früh am nächsten Morgen brachen sie auf. Orgon zeigte ihnen den Pfad, der durch die Ausläufer des Eisenwaldes hinunter ins Yaquirtal führte.

Sie erreichten den großen Strom am frühen Nachmittag. Bald fanden sie am Ufer eine Anlegestelle und reisten mit einem Kahn weiter, der sie binnen eines Tages nach Ragath brachte. Vielleicht wären sie zu Pferde schneller vorangekommen, doch Baldur hatte den Tieren angesichts des langen Rittes und der Strapazen, die ihnen in den nächsten Tagen noch bevorstanden, etwas Schonung gönnen wollen. Die Regenwolken hatten sich mittlerweile vollständig verzogen, und das Wetter war nun wieder so sonnig und warm, wie man es von einem Tag im Praios erwarten konnte. Die Pflanzenwelt ringsum hatte die Regengüsse der vergangenen Tage gierig in sich eingesogen und erstrahlte nun in um so kräftigeren Farben.

Von Ragath aus ritten sie nordwärts weiter. Eine Zeitlang folgten sie dabei der gepflasterten und gutausgebauten Reichsstraße 2, die bis nach Gareth, der Hauptstadt des Neuen Reiches, führt und von dort aus weiter bis hinauf zum Neunaugensee verläuft. Zwei Tagesreisen vor Gareth verließen sie die Reichsstraße wieder und ritten querfeldein in nordwestlicher Richtung weiter. Während sie bislang stets in Herbergen am Rande der Reichsstraßen übernachtet hatten, mußten sie nun eine Nacht unter freiem Himmel verbringen, ehe sie auf die Reichsstraße 6 stießen.

Die meiste Zeit der Reise ritten sie schweigend nebeneinander her und wechselten nur dann ein Wort, wenn es unbedingt nötig war. Am ersten Tag hatten Boromir und Orgon noch des öfteren miteinander geredet, doch dann war ihnen bald der Gesprächsstoff ausgegangen. Ihr Leben war die ganze Zeit über eintönig gewesen – bei jedem von ihnen auf eigene Art und Weise –, und im Rückblick erschien es, als hätte seit ihrer Trennung ein Tag dem anderen geglichen.

Von der lockeren Stimmung ihrer früheren Reisen war nun nichts mehr zu spüren. Es war, als hätte jeder genug damit zu tun, seinen eigenen trüben Gedanken nachzuhängen.

Baldur, der sich am verschlossensten gab, bemerkte zufrieden, daß Boromir, je länger die Reise dauerte, immer weniger Schwierigkeiten im Sattel hatte, während Orgon von Anfang an gut mit dem Reiten zurechtkam. Im Gegensatz zu Boromir hatte er sein Leben mit körperlicher Arbeit verbracht und war an derlei Anstrengungen gewohnt. Und falls er dennoch steife Knochen haben sollte, so half ihm der Schnaps darüber hinweg. Da er selbst kein Geld hatte, hatte Baldur ihm zu Beginn der Reise ein paar Silbertaler in die Hand gedrückt, damit er sich unterwegs selbst mit dem versorgen konnte, was er brauchte. Vorwürfe machte Baldur sich deswegen nicht. Er sah es nicht als seine Aufgabe an, Orgon von einem Laster zu befreien, sondern es kam ihm nur darauf an, daß ihr Gefährte bei dem Kommenden an ihrer Seite stand. Und wenn Orgon dafür etwas zu Trinken brauchte, war das seine Sache. Meist führte er in den Satteltaschen seines Pferdes einen großen Schlauch mit Trollzacker Obstbranntwein oder Balihoer Bärentod, einem Roggenbranntwein, mit sich, die er in den Herbergen erstand, an denen sie Rast machten. Er schien wegen seiner Trunksucht ein schlechtes Gewissen zu haben, denn jedesmal wenn ihm nach einem Schluck zumute war, ließ er sich mit seinem

Pferd ein paar Dutzend Schritt zurückfallen, bevor er den Schlauch verstohlen hervorholte und an seine Lippen führte.

Baldur fand diese Heimlichtuerei überflüssig. Schließlich war nur zu offensichtlich, weswegen Orgon sich dann und wann zurückfallen ließ, und außerdem waren sie doch zu vertraut miteinander, um sich voreinander genieren zu müssen. Doch er enthielt sich jeden Kommentars. Wenn Orgon es unbedingt so wollte – warum nicht?

Im Gegensatz zu Boromir, der des Abends, wenn sie an einer Herberge Rast machten, auch gerne einen Schluck trank, um seine Stimmung zu heben, brauchte Orgon den Alkohol in erster Linie, um das Zittern in seinen Gliedern zu beruhigen und die Taubheit in seinem Kopf zu verscheuchen. Eine aufheiternde oder gar berauschende Wirkung schien er trotz der Mengen, die er trank, kaum zu verspüren – nur manchmal, besonders gegen Ende der Tage, saß er ein wenig schwankend im Sattel oder brummte etwas Unverständliches vor sich hin.

In Ferdok endete die Reichsstraße 6. Dort setzten Baldur, Boromir und Orgon über die Ange und ritten am Ufer des Flußes entlang einen Tag lang nordwärts. Sie kamen am Angbarer See vorbei, der sich lange Zeit zu ihrer Linken erstreckte, dessen Oberfläche spiegelglatt dalag und im gleißenden Licht des Praiosauges glitzerte.

Am späten Nachmittag des nächsten Tages erreichten sie endlich die Gegend, in der Thorbens Gehöft lag. Sie folgten einem unbefestigten Weg durch die hügelige und bewaldete Landschaft.

Thorben hatte bereits einige Jahre vor ihrer Trennung geheiratet und das Gehöft erstanden. Trotzdem hatte er sie noch eine Zeitlang auf ihren Reisen begleitet. Seine junge Frau Leira war über die langen Zeiten der Trennung natürlich nicht begeistert. Doch er hatte seinen

Entschluß damit begründet, daß er mit der Beute, die sie bei ihren Streifzügen machten, und dem Lohn für heikle Aufträge, die sie übernahmen, den Hof erweitern könnte. In der Tat hatte er dabei genug verdient, um sogar ein Gesindehaus bauen zu können.

Dennoch war Leira mit der Situation nicht zufrieden gewesen, ganz besonders als Thorben eines Tages von seinen drei Begleitern mehr tot als lebendig, mit einem schweren Wundfieber, auf das heimatliche Gehöft zurückgebracht worden war. Vier Wochen lang hatte er mit dem Tode gerungen. Während dieser Zeit hatte Leira die anderen drei bei sich beherbergt, die alles taten, um Medizin für ihren erkrankten Gefährten zu besorgen.

Leira war entsetzt, als ihr Mann anschließend erneut auf Reisen ging. Und als schließlich ein knappes Jahr später ihre erste Tochter geboren wurde, hatte sie um so nachdrücklicher gefordert, daß Thorben auf dem Hof blieb. So war es ihm zunehmend schwerer gefallen, seine Gefährten zu begleiten, denn er liebte seine Frau von ganzem Herzen. Und als die vier sich nach den Vorfällen in Andergast vor fünfzehn Götterläufen getrennt hatten, hatte Thorben den Entschluß gefaßt, sich endgültig auf seinen Hof zurückzuziehen.

Obgleich ihnen die Umgebung zunehmend bekannter vorkam, brachten Baldur, Boromir und Orgon des öfteren ihre Pferde zum Stehen und sahen sich unsicher um. Viel hatte sich während der letzten anderthalb Jahrzehnte geändert, so etwa war der Wald sehr viel dichter geworden.

Sie waren sich erst wieder ganz sicher, auf dem richtigen Weg zu sein, als sie eine Wegkreuzung erreichten, an der früher einmal ein kleines Holzhäuschen Reisenden Unterschlupf vor Wind und Wetter geboten hatte. Die verkohlten Überreste dieses Häuschen, die am Wegesrand aufragten und schon halb vom Unterholz überwuchert waren, zeugten davon, daß sie ihre Erinnerung nicht getrogen hatte.

»Wir müssen dort entlang.« Baldur deutete geradeaus. »Nicht mehr als ein, zwei Stunden, dann sind wir da.«

Sie ritten weiter, und in Erwartung des baldigen Wiedersehens mit ihrem Weggefährten trieben sie ihre Pferde ein wenig schneller an als es nötig gewesen wäre. Man konnte nicht sagen, daß sie sich auf das Wiedersehen gefreut hätten – dafür war man sich zu fremd geworden und der Anlaß zu ernst –, aber dennoch ließ die Aussicht auf ein Treffen mit Thorben ihre Herzen schneller schlagen.

Nach gut einer Stunde erreichten sie eine Weggabelung, an der sie stehenblieben.

»Diese Abzweigung habe ich gar nicht in Erinnerung«, sagte Baldur ratlos.

Boromir und Orgon erging es nicht anders.

»Es ist seit damals viel Zeit ins Land gegangen«, sagte Orgon. »Da kommt mitunter auch der eine oder andere Weg dazu.«

Doch selbst für ihre geübten Augen war nicht erkennbar, welcher der vor ihnen liegenden Wege der ältere war.

»Wohin jetzt? Links oder rechts?« Baldur sah Boromir an.

Dieser hob abwehrend die Hände. »O nein, nicht schon wieder die Glücksspielmethode! Ich finde, wir sollten Phex nicht überstrapazieren. Oder besser gesagt: *mein* Glück. Wer weiß, wann ich es noch einmal brauchen werde.«

»Irgendeine Entscheidung müssen wir treffen.«

»Also ich …«, begann Boromir, als Orgon ihm ins Wort fiel.

»Warum fragen wir nicht einfach nach?« sagte er und deutete auf den rechten der Wege.

Dort erblickten nun auch Baldur und Boromir in einigen hundert Schritten Entfernung eine rothaarige Gestalt mit einer hellen Tunika, die am Wegesrand stand und ihnen den Rücken zuwandte. Es war nicht zu erkennen, was sie da machte. Eben noch war sie dort nicht zu sehen gewesen, dessen war Baldur sich sicher. Sie mußte gerade erst aus einem kleinen Wäldchen gekommen sein.

»Eine junge Frau«, stellte er fest. »Was die wohl allein hier draußen macht?«

»Egal«, meinte Boromir. »Hauptsache, sie weiß, wo wir Thorbens Hof finden.« Er gab seinem Pferd die Sporen und ritt los.

Baldur und Orgon folgten ihm.

Die junge Frau wandte sich um, als sie hinter sich den Hufschlag hörte. Man sah ihr selbst aus der Entfernung deutlich den Schrecken über das Auftauchen der drei fremden Reiter an.

Dann lief sie los – direkt auf den Wald zu, aus dem sie gekommen sein mochte. In dem dichten Unterholz dort, wohin sie ihr zu Pferde nicht hätten folgen können, wäre sie den Fremden mit Sicherheit ohne große Mühe entkommen.

Doch Boromir trieb sein Pferd zu einem scharfen Galopp an und schnitt ihr den Weg ab.

Sie blieb kurz stehen, als sie erkannte, daß sie ihr Ziel nicht rechtzeitig erreichen würde. Dann drehte sie sich um und floh in die andere Richtung. Dabei blickte sie immer wieder gehetzt über ihre Schulter und mußte sehen, daß die drei Reiter immer näher kamen.

Sie schlug einen Haken und eilte wieder auf den Waldweg zu.

Boromir ahnte, was sie vorhatte. Er gab seinen Gefährten ein kurzes Handzeichen.

Sie fächerten auseinander und nahmen die junge Frau in die Mitte. Sie versuchte es noch ein paarmal mit Hakenschlagen, doch kurze Zeit später hatten sie sie gestellt.

Als das Mädchen sah, daß es nicht mehr entkommen konnte, blieb es stehen und hob die Arme.

»Schon gut, schon gut!« rief es kurzatmig und blickte halb ängstlich, halb angespannt zu ihnen empor. »Ihr habt mich. Wer seid ihr, und was wollt ihr von mir?«

Die drei Weggefährten hatten zum erstenmal Gelegenheit, es eingehender zu mustern. Es war schätzungsweise sechzehn oder siebzehn Götterläufe alt. Sein rotes Haar war schulterlang. Ein paar Strähnen hingen ihm in das schmale Gesicht, aus dem zwei wache, graue Augen blickten. Die knielange Tunika, die es trug, war aus einfachem Stoff, brachte jedoch seine schlanke Figur vorteilhaft zur Geltung. Seine weiblichen Formen waren nicht gerade üppig, aber unter dem Stoff hoben und senkten sich zwei wohlgeformte, feste Brüste, während es nach Atem rang. Seine Füße schließlich steckten in Schnürsandalen.

Es war vielleicht nicht ganz das, was man eine Schönheit nennen würde, dennoch haftete ihm etwas Besonderes an – eine gewisse Form der Eleganz, jedoch keine solche, wie man sie bei wohlerzogenen Frauen aus vornehmerem Hause findet, sondern eine, die aus einer Mischung von Wildheit und Anmut bestand.

»Keine Angst«, sagte Baldur beschwichtigend. »Du brauchst dich nicht vor uns zu fürchten. Wir wollen dir nichts antun.«

»So, was wollt ihr dann?« stieß es hervor. Dabei warf es einen kurzen Blick über ihre Schulter zum Wegesrand.

»Uns geht es nur um eine Auskunft«, sagte Boromir.

»Und deshalb habt ihr mich gejagt?« fragte es mit leichter Empörung in der Stimme. »Hättet ihr mich da nicht einfach *fragen* können?«

»Wie denn, wenn du Hals über Kopf wegrennst?« meinte Boromir unwirsch.

»Ach ja?« rief es ebenso unfreundlich zurück. »Was

hättet ihr denn an meiner Stelle getan – wenn drei fremde Reiter plötzlich auf einen zukommen?«

Boromir holte tief Luft, doch ihm fiel offensichtlich keine angemessene Erwiderung ein – etwas, das, wie Baldur wußte, nur sehr selten vorkam. Er unterdrückte ein Schmunzeln. Die forsche Art der jungen Frau gefiel ihm. Natürlich war unübersehbar, daß sie auch Angst hatte, aber sie versuchte, sie so weit wie möglich zu unterdrücken. Andere an ihrer Stelle hätten vor Furcht nur so gezittert.

Boromir flüchtete sich in ein mißmutiges Grummeln.

»Wie gesagt«, erklärte Baldur. »Uns geht es nur um eine Auskunft. Ist dies hier der Weg zu Thorbens Hof?« Er deutete nach vorne, den Pfad entlang. »Oder müssen wir den anderen Weg nehmen?«

Sie blinzelte ihn mißtrauisch an. »Was wollt ihr denn dort? Und wer seid ihr? Ihr kommt nicht aus unserer Gegend.«

»Sind wir etwa verpflichtet, dir über alles Auskunft zu erteilen?« fauchte Boromir wütend. »Sag uns endlich, welcher der richtige Weg zu Thorbens Hof ist! Wir wissen, daß es einer von diesen beiden sein muß.«

»Ach ja!« rief sie abermals und stemmte die Arme in die Hüfte. »Und weshalb bin *ich* verpflichtet, euch Auskunft zu geben?«

Boromir preßte die Lippen zusammen und schnaufte vernehmlich. Es war deutlich, daß er seine Wut nur mühsam unterdrücken konnte.

»Ich glaube, du schätzt deine Lage etwas falsch ein«, brachte er in warnendem Tonfall hervor. »Du bist hier nicht diejenige, die die Fragen stellt.«

Er drückte seinem Pferd die Fersen in die Seiten und ließ es ein paar Schritte auf die junge Frau zutänzeln.

»Du sagst uns jetzt sofort, wie wir zu diesem Hof kommen«, knurrte er dabei, »oder …«

Weiter kam er nicht, denn plötzlich war sie mit zwei,

drei weiten Sprüngen bei ihm angelangt und trat dem Pferd vor die Brust.

Boromir stieß einen erschrockenen Schrei aus, als das vollkommen überraschte Tier mit einem protestierenden Wiehern auf die Hinterläufe stieg, und ehe er sich festhalten konnte, rutschte er rücklings vom Sattel. Unsanft stürzte er zu Boden, während das Pferd wiehernd floh.

Die junge Frau setzte mit einem behenden Sprung über ihn hinweg und eilte zum Wegesrand. Dort bückte sie sich kurz, und als sie sich wieder aufrichtete, hatte sie ein leichtes Schwert in den Händen. Sie umklammerte den Griff mit beiden Händen und hielt den dreien die knapp einen Schritt lange, zweischneidige Klinge entgegen.

»Kommt mir nicht zu nahe!« rief sie. »Ich warne euch.«

Boromir zog sich ächzend wieder in die Höhe und rieb sich sein schmerzendes verlängertes Rückgrat.

»Dieses verfluchte Biest!« stieß er hervor, und sein wütender Blick wanderte zu der jungen Frau. »Dir werde ich zeigen, daß man so etwas mit einem Boromir von Olean nicht machen kann!«

Er trat auf sie zu, worauf sie zurückwich und das Schwert noch fester packte. »Halt! Ich warne euch! Versucht nicht, mich anzufassen!«

»Von wegen!« brummte Boromir. »Ich werde dir gründlich den Hintern versohlen.« Er griff nach seinem Florett. »Und ich …«

»Boromir!« erreichte ihn da Baldurs scharfer Ruf. »Nicht!«

Boromir blieb stehen, drehte sich um und sah verständnislos zu seinem Weggefährten. »Aber dieses kleine Biest hat mich gerade …«

»Ich weiß«, meinte Baldur ungeduldig. »Aber wir sind nicht hier, um kleinen Mädchen den Hintern zu versohlen!«

»Kleinen Mädchen?« rief die junge Frau empört.

Baldur sah sie durchdringend an. »Ganz recht. Ein kleines Mädchen. Oder glaubst du, du könntest uns mit deiner Waffe beeindrucken?«

»Laßt mich einfach nur in Ruhe!«

»Das werden wir. Und nun sag uns, ob wir auf dem richtigen Weg sind oder nicht. Ich habe langsam die Nase voll von irgendwelchen Spielchen.«

Sie sah ihm an, daß er es ernst meinte. Sie zögerte kurz, dann deutete sie mit dem Kopf zu der Weggabelung zurück. »Dieser endet auf einer Lichtung. Wenn ihr zu Thorbens Hof wollt, müßt ihr den anderen nehmen.«

»Ist das auch wirklich wahr?« fragte Boromir mißtrauisch. Orgon hatte sein Pferd eingefangen und am Zügel zu ihm zurückgeführt.

Die junge Frau funkelte ihn wütend an. »Glaubt ihr etwa, ich würde lügen?«

Boromir wollte erwidern, daß er das für sehr gut möglich hielt, aber Baldur gebot ihm Einhalt.

»Komm! Laß sie in Frieden. Wir haben erfahren, was wir wollten. Das reicht.«

Boromir war anzusehen, daß er durchaus nicht derselben Meinung war, aber er ließ es gut sein und stieg auf sein Pferd, nachdem er sich noch einmal den Hintern gerieben hatte. Mit einem bösen Blick auf die junge Frau wandte er sein Roß und ritt hinter seinen Gefährten her.

Die rothaarige junge Frau ließ ihr Schwert erst sinken, als sie sicher war, daß die Drei sie tatsächlich in Ruhe ließen. Sie starrte ihnen nach, bis sie hinter der Weggabelung ihren Blicken entschwunden waren. Dann wandte sie sich um und lief schnell den Weg hinunter, auf dem sie sich befand.

»Dieses verfluchte Biest«, schimpfte Boromir und blickte auf die Steilwand, die vor ihnen aufragte. »Ich habe gewußt, daß sie uns belogen hat!«

Sie waren dem Weg, den ihnen die junge Frau gewiesen hatte, eine knappe Stunde lang gefolgt und mußten nun feststellen, daß er in einer kleinen Schlucht endete. Vor ihnen deuteten Spuren darauf hin, daß hier früher eine Zeitlang mit bescheidenen Mitteln Bergbau betrieben worden war.

»Scheint ganz so«, gab Baldur ihm recht.

»Du hättest mir doch erlauben sollen, sie mir näher vorzuknöpfen«, sagte Boromir vorwurfsvoll. »Dann hätte sie uns ganz bestimmt nicht in die Irre geschickt.«

Orgon nahm auf diesen Mißerfolg einen kräftigen Schluck aus dem Schlauch – diesmal ohne es vor seinen Kameraden zu verbergen –, und meinte brummig: »Hinterher weiß man immer mehr.«

Boromir nickte zustimmend. »Aber ihr dürft euch sicher sein: Dieses Miststück werde ich mir vornehmen, falls ich es noch einmal zu Gesicht bekomme!«

Ihnen blieb nichts anderes übrig, als den gesamten Weg zurückzureiten, bis sie wieder an die Gabelung kamen. Diesmal nahmen sie die andere Abzweigung. Von der jungen Frau war nichts mehr zu sehen, was die Drei wenig überraschte: Es wäre auch zu erstaunlich gewesen, wenn das Mädchen hier auf ihre Rückkehr gewartet hätte, nachdem es sie zuvor in die Irre geschickt hatte. Dennoch war Baldur achtsamer als sonst, als sie den Weg entlangritten. Er behielt die Wälder links und rechts beständig im Auge. Nicht, daß er einen Überfall oder etwas Ähnliches erwartete, aber er wurde aus dem Verhalten der jungen Frau nicht klug. Weshalb hatte sie ihnen den falschen Weg genannt? Nur aus Trotz? Oder hatte eine andere Absicht dahintergesteckt?

Doch seine erhöhte Wachsamkeit erwies sich als überflüssig.

»Da!« stieß Orgon einige Zeit später hervor und deutete nach vorne. »Dort ist Thorbens Gehöft!«

Der Weg mündete in einem grasbedeckten Talkessel,

und der Anblick der Holzhäuser vor ihnen ließ Erinnerungen an früher aufsteigen. Seit damals hatte sich nicht viel verändert. Das Gehöft setzte sich aus mehreren zweistöckigen Gebäuden zusammen, die um einen geräumigen Innenhof herum gruppiert waren, den man durch ein großes Tor erreichen konnte. Sobald dieses Tor geschlossen war, verwandelte sich das Gehöft in eine wehrhafte Feste, die für herumziehende Räuberbanden nicht leicht einzunehmen war.

Baldur zügelte sein Pferd, als sie sich dem Hoftor näherten, das zur Hälfte offenstand. Er blickte sich um. »Irgend etwas stimmt hier nicht.«

Orgon runzelte die Stirn. »Wie kommst du darauf? Es ist doch alles ruhig.«

»Ja, eben. Zu ruhig. Wo sind die ganzen Menschen? Und die Tiere? Es ist Sommer. Hier müßte doch mehr Betrieb herrschen.«

Boromir nickte zustimmend, rückte sich im Sattel zurecht und schlug seinen Umhang zurück, um jederzeit seine Waffe ziehen zu können. Auch Orgon vergewisserte sich vorsorglich, daß sein Beil griffbereit war, als sie langsam auf das Tor zuritten.

Baldur bildete die Spitze. Er lenkte sein Pferd durch das Tor. Auch der Innenhof war menschenleer. Dafür liefen in einer Ecke ein paar Hühner umher, und aus dem Stall tönte das Blöken von Schafen. Also war das Gehöft keineswegs verlassen.

»He da!« rief Baldur mit lauter Stimme. »Ist hier jemand?«

Niemand antwortete ihm.

»So was!« meinte Boromir. »Hier muß doch jemand sein.«

Sie fuhren herum, als hinter ihnen das Hoftor mit einem lauten Krachen ins Schloß fiel. Sie sahen, wie ein junger Bursche im Bauerngewand eilig den Riegel vorlegte. Sie kamen nicht dazu, sich um ihn zu kümmern, denn im selben Augenblick strömten von überallher plötzlich mit Heugabeln, Sensen oder Knüppeln Bewaffnete hervor. Sie alle trugen bäuerliche Kleidung. Es waren gut zwei Dutzend Männer und Frauen, die sich ihnen drohend näherten.

Boromir und Orgon hielten sofort ihre Waffen in den Händen und schauten sich nach allen Seiten um, nur Baldur ließ sein Schwert in der Scheide stecken. Er hob die Arme.

»Halt!« rief er in die Runde. »Es besteht kein Grund für eine Auseinandersetzung! Wir kommen in friedlicher Absicht!«

Die Leute blieben stehen, starrten ihnen aber weiterhin mit grimmiger Miene entgegen.

»So?« erscholl da herausfordernd eine ihnen wohlbekannte weibliche Stimme. »Dann sagt, was Ihr wollt! Oder verschwindet wieder von hier!«

Als sie die Köpfe in die Richtung wandten, aus der die Stimme gekommen war, sahen sie mitten in der Menge die junge rothaarige Frau auftauchen, die ihnen den falschen Weg gewiesen hatte. Sie hatte ihr Schwert dabei, dessen Spitze sie jedoch zu Boden gesenkt hielt, als wäre es angesichts all der Bewaffneten ringsumher unnötig, ihnen ebenfalls zu drohen. Und damit hatte sie durchaus recht.

Boromir atmete schnaufend durch, als er sie sah, war aber klug genug, sich jeglichen Kommentars zu enthalten.

»Wir suchen Thorben«, sagte Baldur. »Wir wollen mit ihm sprechen.« Er bemerkte, wie sich ringsum eine seltsame Erstarrung breitmachte, als hätte er etwas Lästerliches über die Zwölfe gesagt.

»Thorben?« wiederholte die junge Frau gedehnt, als hätte sie diesen Namen noch nie zuvor gehört.

»Ja, Thorben«, bestätigte Boromir. »Dies ist doch sein Gehöft, oder?«

Es dauerte ein paar Augenblicke, ehe sie antwortete. »Ja, dies ist sein Gehöft.«

»Na also«, meinte Boromir. »Wo ist er dann?«

»Sagt mir erst, was ihr von meinem Vater wollt!«

»Mit ihm sprechen. Wir haben eine Nachricht für ...« Boromir unterbrach sich und starrte die rothaarige Frau mit aufgerissenen Augen an. *»Dein Vater?«*

»Ja, ganz recht. Ich bin seine Tochter.«

»Ja, aber, dann ... dann bist du ja ... dann bist du ...« Er kramte in seiner Erinnerung nach ihrem Namen, aber er wollte ihm nicht einfallen.

»Fianna!« hallte da eine andere Frauenstimme durch den Innenhof. »Was ist denn hier los?«

»Mach dir keine Sorgen, Mutter! Wir haben alles unter Kontrolle. Diese drei Fremden da behaupten, Thorben sprechen zu wollen!«

»Thorben? Aber wer ...?«

Die Frau, die sich durch die Reihen der Knechte und Mägde geschoben hatte, blieb stehen und sah zu den Reitern empor. Sie war von schlanker, aufrechter Gestalt und trug ein einfaches Bauernkleid. Obwohl ihr Haar nicht mehr ein solch kräftiges Rot wie früher zeigte, sondern von grauen Strähnen durchzogen war und sich ihre Gesichtszüge verhärtet hatten, erkannten die drei in ihr sofort Thorbens Frau wieder.

»Baldur? Boromir? Orgon?« flüsterte sie überrascht.

»Ganz recht, Leira«, antwortete Baldur, wobei seine Stimme fast zärtlich klang.

Fianna sah zwischen ihrer Mutter und den Reitern hin und her. »Du kennst diese drei?«

»Natürlich.« Leira wandte sich an die Umstehenden. »Schon gut, Leute. Das sind Freunde von Thorben. Es besteht kein Anlaß zur Besorgnis. Ihr könnt an eure Arbeit zurückkehren.«

Die Leute ließen ihre behelfsmäßigen Waffen sinken und zerstreuten sich langsam. Auch Boromir und Orgon hatten ihre Waffen wieder weggesteckt.

Nachdem sie abgestiegen waren, begrüßte Leira jeden mit einer herzlichen Umarmung. »Es ist so lange her«, sagte sie. »Ich hätte kaum geglaubt, daß ich euch noch einmal wiedersehen würde.«

Fianna war nicht zusammen mit den Männern weggegangen, sondern war interessiert näher gekommen. »Wer sind diese Männer, Mutter?«

Leira lächelte. »Das sind die früheren Gefährten deines Vaters.«

Fianna sah die drei mit geweiteten Augen an. »Das sind ...«, begann sie, dann stockte sie. »Du meinst, *das* da sind die anderen Helden, mit denen Vater früher unterwegs war. Das ist der Rest der *Heroischen Vier?*«

»Ja«, sagte Leira lächelnd. Sie schien sich ehrlich über das Wiedersehen zu freuen.

Fianna kräuselte die Nase und musterte die Neuankömmlinge ebenso skeptisch wie enttäuscht. Es war offensichtlich, daß sie sich unter den Gefährten ihres Vaters eher drei strahlende breitschultrige Helden vorgestellt hatte. »Mit *denen* will er all diese Heldentaten begangen haben, von denen du mir erzählt hast?« fragte sie ihre Mutter.

Boromir hob drohend den Zeigefinger. »Nicht so hochnäsig, junges Fräulein. Du solltest nicht über Dinge urteilen, von denen du nichts verstehst. Und außerdem haben wir ohnehin noch ein Wörtchen miteinander zu reden.«

Sie zog einen Schmollmund. »Ich wüßte nicht, worüber.«

»Zum Beispiel darüber, daß du uns den falschen Weg gewiesen hast! Deinetwegen haben wir einen unnützen Umweg machen müssen.«

»Ihr hättet mir gleich sagen können, daß ihr die früheren Gefährten meines Vaters seid. Oder erwartet ihr etwa, daß ich drei bewaffneten Fremden bereitwillig Auskunft gebe, wo unser Hof liegt, damit sie uns überfallen können? Ich wollte, daß wir auf euren Besuch vorbereitet sind. Woher hätte ich denn wissen sollen, daß ihr mit freundlichen Absichten kommt?«

»Sei nicht so unhöflich, Fianna! Die drei haben deinem Vater mehr als einmal das Leben gerettet und verdienen deinen Respekt.« Leira wandte sich ihnen zu. »Ihr müßt ihr verzeihen. Sie führt ein loses Zünglein, aber sie meint es nicht so.« Sie deutete einladend auf den Eingang zum Haupthaus. »Und nun laßt uns erst einmal hineingehen. Ihr seid nach der weiten Reise sicher hungrig und durstig.«

»Ja, das kann man wohl sagen«, bestätigte Boromir, und mit einem vorwurfsvollen Seitenblick auf Fianna fügte er hinzu: »Ganz besonders nach dem langen Umweg.«

»Dann tretet ein.«

»Warte, Leira«, hielt Baldur sie zurück. »Zuvor noch eines: Wo ist Thorben? Warum ist er nicht hier?«

Sie sah sie nacheinander mit traurigen Augen an. »Ihr wißt nichts davon?«

»Wovon wissen wir nichts?« fragte er.

»Wenn ihr mit Thorben sprechen wollt, kommt ihr zu spät.« Sie nahm ihre verständnislosen Blicke wahr und seufzte bedrückt. »Thorben ist tot«, erklärte sie. »Schon seit über zwei Götterläufen.«

Baldurs Gesichtszüge erstarrten. Wie gerne hätte er ausgerufen, daß das nicht sein konnte. Doch er kannte Leira gut genug, um zu wissen, daß sie die Wahrheit sagte. Und der Ausdruck in ihren Augen gab ihm recht.

Langsam und wie betäubt wandte Baldur sich zu Boromir und Orgon um, in deren Gesichtern dieselbe Erkenntnis wie in dem seinen geschrieben stand:

Ihre Mission war gescheitert – noch bevor sie überhaupt das Ziel ihrer Reise erreicht hatten.

5. Kapitel

Wie ist Thorben ums Leben gekommen?« fragte Boromir, als sie im Wohnraum des Haupthauses mit Leira zusammensaßen. Sie hatte außer ihrer Tochter Fianna noch zwei weitere Kinder, beides Jungen, die jedoch noch nicht älter als zehn Götterläufe waren, und so hatte Leira sie nach einer kurzen Vorstellung wieder hinausgeschickt, um in Ruhe mit den ehemaligen Weggefährten ihres Mannes sprechen zu können. »Ist er im Kampf gestorben?«

»Nein«, sagte sie. »Es war ein schrecklicher Unglücksfall.«

»Ein Unglücksfall?« fragte Baldur mit düsterer Miene.

»Ja. Es geschah vor zwei Götterläufen im Winter. Beim Holzfällen. Thorben war zusammen mit ein paar Männer unten am See ein paar Bäume schlagen. Dabei löste sich bei einem der anderen Männer mitten im Schwung die Klinge und flog so unglücklich durch die Luft, daß sie Thorben am Hinterkopf traf. Ich selbst war nicht dabei, aber die Männer, die ihn hierher zurückbrachten, haben es mir erzählt. Es traf ihn zwar nicht die Klinge, sondern nur die Breitseite, so daß er bis auf eine tiefe Rißwunde keine äußerliche Verletzung aufwies, aber er war ohne Besinnung und blutete stark aus Ohren und Nase.«

Boromir, Baldur und Orgon senkten ihren Kopf. Sie hatten während ihrer Kämpfe des öfteren Verletzungen dieser Art gesehen, und kaum einer der Betroffenen hatte überlebt.

»Ich habe natürlich sofort einen Medicus aus Angbar herbeirufen lassen«, erzählte Leira weiter. »Aber der hat gesagt, daß er in solchen Fällen nicht viel zu tun vermag. Thorben solle sich so wenig wie möglich bewegen, und ansonsten seien Gebete an die Götter das beste Heilmittel. Es dauerte eine Woche, ehe er überhaupt das Bewußtsein wiedererlangte und wir zu hoffen wagten, er könne wieder gesund werden. Doch selbst nachdem er wieder erwacht war, schien er nicht richtig bei sich zu sein. Er hatte Schwierigkeiten beim Sprechen, lag die meiste Zeit einfach nur teilnahmslos da und stierte an die Decke. Er war zu schwach, um aufzustehen, aber von nun an konnte er wenigstens ein wenig Nahrung zu sich nehmen. Es hat Wochen gedauert, ehe er in der Lage war, sich zum erstenmal von seinem Krankenlager zu erheben, und in dieser Zeit ist er fast um die Hälfte seines Gewichts abgemagert.«

»Was geschah dann?«

»Nachdem er wieder aufstehen konnte, wurde er zu meiner Freude bald ein wenig kräftiger. Aber noch immer hatte er Schwierigkeiten beim Sprechen, so als würde ihm seine Zunge nicht mehr gehorchen. Und genauso war es mit seinen Beinen. Er brauchte einen Stock, um sich beim Gehen darauf zu stützen, und selbst dann mußte er noch bedächtig einen Fuß vor den anderen setzen, um nicht zu stürzen. Zum Glück wurde das mit der Zeit ein wenig besser, und ich hatte schon Hoffnung, daß er vielleicht irgendwann wieder ganz genesen würde – zumindest körperlich. Denn was mir die meisten Sorgen bereitete, war, daß er noch immer merkwürdig abwesend war. Er war nicht mehr der fröhliche und tatendurstige Thorben von früher. Ihr kennt ihn ja und wißt, wovon ich rede … Doch nun bewegte er sich wie ein Schlafwandler, und ich hatte oft das Gefühl, als sähe er mich nicht mehr wirklich an, sondern durch mich hindurch. Manchmal saß er einen halben Tag lang einfach nur da und starrte vor sich hin.« Leira seufzte. »Wenn ich jetzt darüber nachdenke, erscheint es mir fast so, als hätte Boron damals bereits einen Teil von ihm zu sich geholt, und er ließ sich nicht sehr lange Zeit, auch den Rest an sich zu bringen.«

Eine Zeitlang saß sie traurig und gedankenverloren da, ehe sie weiterredete. »Es geschah vollkommen unerwartet. Am Morgen habe ich noch mit ihm am Küchentisch gesessen und darüber geredet, was auf den Feldern alles zu erledigen sei. Ich weiß noch, wie sehr ich mich darüber gefreut hatte, daß er wirklich daran interessiert war und sich nicht einfach nur anhörte, was ich zu sagen hatte, wie es so oft geschah. Selbst arbeiten konnte er nicht mehr, aber wenn es ihm sehr gutging, besuchte er manchmal die Knechte und Mägde auf den nahegelegenen Feldern. Er kam sehr langsam voran, aber er war ausdauernd ... Wie gesagt, sofern es ihm gutging, was leider selten genug vorkam. Aber jener Tag war ein solcher, ein guter Tag. Er verließ das Haupthaus zur Praiosstunde, und es dauerte nicht lange, ehe einer unserer Männer aufgeregt zu mir gelaufen kam. Er sagte mir, daß Thorben nur ein paar hundert Schritt vom Gehöft entfernt plötzlich wie vom Blitz gefällt zusammengebrochen wäre und kein Lebenszeichen mehr von sich gäbe. So war es dann auch. Als wir ihn endlich erreicht hatten, atmete er nicht mehr. Boron hatte ihn endgültig zu sich geholt.« Bei ihren letzten Worten war sie immer leiser geworden. Und nach einer abermaligen Pause fügte sie hinzu: »Manchmal glaube ich sogar, daß es so besser für ihn war, als sein Leben weiterhin in diesem Zustand zu fristen.«

Eine Zeitlang herrschte Schweigen. Jeder hing seinen Gedanken nach.

»Ein unwürdiges Ende für einen so großen und mutigen Kämpfer wie ihn«, sagte Boromir ehrfürchtig. »Er hätte es wahrlich verdient, im Kampf zu sterben.«

Leira warf ihm einen entsetzten Blick zu. »Wie bitte?

Als ob das eine Rolle spielen würde! Es ist doch vollkommen gleichgültig, wie und wann jemand stirbt! Einzig entscheidend ist, daß Thorben tot ist. Und daß ihn niemand zurückholen kann!«

Boromir war von ihrer heftigen Reaktion überrascht. »Verzeih mir«, sagte er betroffen. »Ich wollte dich nicht verletzen.«

Die Witwe atmete tief durch und seufzte. »Ach, schon gut. Ich glaube, ich habe es nur noch immer nicht ganz überwunden. Und die Arbeit hier nimmt mich sehr mit. Seit Thorbens Tod liegt es an mir, das Gehöft zu führen.«

»Aber du hast doch tatkräftige Unterstützung?« sagte Baldur. »Wir haben draußen jede Menge wackerer Frauen und Männer gesehen.«

»Ja, das ist richtig. Und es sind gute Leute. Sie sind sehr zuverlässig. Aber für mich bleibt trotzdem noch mehr als genug zu tun. Schließlich trage ich jetzt die Verantwortung für das alles hier.«

»Hilft Fianna dir nicht?«

»Nun ja, meistens. Ich kann nicht unzufrieden sein – abgesehen von den Flausen, die sie im Kopf hat.«

Baldur musterte Fianna mit einem scharfen Blick. »Flausen? Was für Flausen?«

»Nun, schon früher, aber besonders seit Thorbens Tod ...«

»Mutter!« rief Fianna scharf. »Ich denke, das interessiert hier keinen.«

Nur widerwillig lenkte ihre Mutter ein. »Nun gut ... Du hast recht.« Und an Baldur gewandt, fragte sie: »Weswegen seid ihr hierhergekommen? Ihr werdet den langen Weg doch nicht einzig deshalb gemacht haben, um mit Thorben zu sprechen.«

»Nein«, bestätigte Baldur. »Wir sind zu euch gekommen, um ihn abzuholen. Da gibt es eine Sache aus unserer Vergangenheit, die uns eingeholt hat. Wir hatten damals einander geschworen, uns wieder zusammenzutun – falls es nötig sei. Denn nur zu viert können wir dieser einen Gefahr entgegentreten.«

Leira nickte. »Thorben hat davon erzählt, daß ihr vielleicht eines Tages hier auftauchen würdet und daß er dann noch einmal mit euch reiten würde. Ein letztes Mal, wie er gesagt hat. Aber dazu wird es ja nun nicht mehr kommen.« Sie sah Baldur, Boromir und Orgon nacheinander an. »Was werdet ihr jetzt machen?«

Niemand der drei antwortete.

»Du erinnerst dich doch sicher noch an den Ring, den Thorben an seiner rechten Hand getragen hat«, sagte Baldur schließlich. »So einen wie diesen hier.« Er zog seinen Handschuh ab und ließ sie den Ring sehen. Fianna beugte sich interessiert vor, und er stülpte den Handschuh wieder über, ehe sie zu lange in den Edelstein sah.

»Ja, natürlich erinnere ich mich. Er hat diesen Ring nie abgenommen, und selbst als er auf seinem Krankenlager fürchterlich abgemagert war, saß das Schmuckstück immer noch so fest, als sei es angegossen.«

Boromir nickte düster. »Ich weiß, was du meinst.«

»Wo ist dieser Ring jetzt?« fragte Baldur.

Leira hob die Schultern. »Ich ... nun, wir haben ihn Thorben nicht abgenommen, als wir ihn beerdigt haben. Er hat ihn mit ins Grab genommen. Das war sein Wunsch. Er hat mir das sogar noch nach seiner schweren Kopfverletzung gesagt – in einem Moment, in dem er noch einmal vollkommen klaren Geistes war. Er gab mir Anweisungen, wo er – falls er sterben sollte – einmal begraben werden wollte und wie lange er aufgebahrt werden sollte. Und er verpflichtete mich ausdrücklich, ihn mit dem Ring an seiner Hand Sumus Leib zu übergeben.«

Baldur nickte gedankenverloren. »Hat er eine angemessene letzte Ruhestatt bekommen?«

»Ja, der Platz ist sehr schön. Er ist ein Stück weit von hier entfernt, am Ufer eines kleines Sees. Von dort aus hat man einen herrlichen Blick über die umliegenden Felder und Hügel. Er hat diesen Ort früher schon immer besonders gern gemocht. Und dort haben wir beide manchmal auch …« Sie brach ab, errötete ein wenig und senkte den Kopf.

»Schon gut«, sagte Baldur mitfühlend. »Ich würde mir den Platz gerne einmal ansehen.«

»Fianna kann euch hinführen«, sagte Leira. »Aber das hat Zeit bis morgen. Es wird schon bald dunkel, und es ist Zeit für das Abendessen. Ihr bleibt doch über Nacht? Ich habe schon eure Lagerstätten herrichten lassen.«

Die drei Gefährten nickten.

Leira erhob sich. »Dann werde ich mich jetzt um das Essen kümmern. Und du, Fianna, kommst mit in die Küche, um mir zu helfen.«

»Aber ich würde viel lieber hier bleiben«, protestierte sie, »und mehr erfahren.«

»Das kann ich mir vorstellen, aber unsere Gäste bleiben ja noch ein wenig hier. Nun komm schon! Ich denke, nach diesen Neuigkeiten werden sie erst einmal ein paar Worte untereinander wechseln wollen.«

Baldur bedachte Leira mit einem kurzen anerkennenden Blick. Wie feinfühlig sie war! Das hatte er schon damals an ihr gemocht.

Fianna erhob sich zögernd, wobei sie die drei Gäste in der augenscheinlichen Hoffnung ansah, einer von ihnen möge sie einladen zu bleiben, aber als niemand von ihnen das tat, sah sie ein, daß ihre Mutter recht hatte. Sie folgte Leira nach draußen.

Nachdem die drei Gefährten alleine waren, verging eine endlos lange Zeit, in der niemand von ihnen etwas sagte.

Schließlich war es Boromir, der als erster das Wort ergriff: »Das war's dann wohl.«

Baldur hob seinen Blick. »Wie meinst du das?«

»So wie ich es gesagt habe. Und du weißt genau, was

ich damit meine. Das war's! Damit ist der Schwur, den wir damals geleistet haben, hinfällig geworden.«

»Meinst du?«

»Du etwa nicht?« Boromir runzelte die Stirn. »Wir haben uns geschworen, daß wir vier wieder Seite an Seite stehen würden, wenn das Böse erneut erwacht. *Wir vier!* Aber uns vier gibt es jetzt nicht mehr. Thorben ist gestorben, und jetzt werden wir niemals mehr Seite an Seite stehen. Oder siehst du das anders?«

Baldur war nicht anzusehen, was er dachte. »Und was sollen wir deiner Meinung nach jetzt tun?«

»Was wir tun sollen?« Boromir lachte bitter auf. »Jedem von uns steht wieder vollkommen frei zu tun, was immer er will. Mit Thorbens Tod ist der Schwur erloschen. Das heißt, wir sind uns nicht mehr verpflichtet.«

Baldur nickte bedächtig. »Und wie siehst du das, Orgon?«

Orgon stierte unverwandt auf die Tischplatte herab. Ein brummiges »Hm« war alles, was er von sich gab.

Wieder herrschte Schweigen.

»Und was ist mit dem Unsäglichen?« fragte Baldur. »Es wird stärker und stärker werden.«

Boromir machte eine verächtliche Handbewegung. »Wenn ich ehrlich bin, muß ich sagen, daß … *er* mir mal den Buckel runterrutschen kann. Ich habe noch von damals genug. Haltet mich deswegen nicht für einen Feigling, aber ihr wißt ja …« Er ließ den Rest unausgesprochen.

»Wir haben uns aber auch geschworen, erneut dagegen anzutreten.«

»Zu viert, wohlgemerkt«, erinnerte Boromir. »Und dieser Schwur ist erloschen.« Er stieß Orgon mit dem Ellenbogen an. »Oder wie siehst du das? Jetzt sag doch auch mal etwas.«

Orgon atmete tief durch, ehe er sich Boromir zuwandte. »Ich denke, du hast recht.«

»Na, siehst du«, sagte Boromir. »Er ist meiner Meinung.«

»Aber wir wissen, daß nur wir es besiegen können«, sprach Baldur.

»Aber dazu müßten wir zu viert sein.« Boromir schüttelte den Kopf. »Es hat doch keinen Sinn, noch länger darüber zu diskutieren. Wir drehen uns nur im Kreis.«

»O nein, tun wir nicht«, widersprach Baldur. »Denn in einem Punkt irrst du. Wir müssen nicht zu viert sein. Wir bräuchten nur alle vier Ringe.«

Boromir war anzusehen, daß ihm dieses Argument ganz und gar nicht gefiel. Aber er mußte einsehen, daß Baldur recht hatte. »Aber wie willst du an Thorbens Ring kommen? Der liegt zusammen mit ihm unter der Erde.«

»Wir werden sehen«, antwortete Baldur ausweichend. In seinen Wangenmuskeln zuckte es.

Boromir sah seinen Gefährten durchdringend an, ohne eine Antwort zu erhalten.

»Und was sollten wir *deiner* Meinung nach nun also tun?« fragte er.

»Wir lassen uns Zeit, die ganze Sache zu überschlafen. Morgen ist auch noch Zeit, sich zu entscheiden.«

»Gut.« Boromir reckte sich. »Dann sollten wir jetzt nachsehen, ob das Essen schon fertig ist. Ich habe einen Bärenhunger.«

Sie erhoben sich, als wie auf ein Stichwort hin Fianna zur Tür hereinkam. Sie hielt den Blick gesenkt und trug eine etwas schuldbewußte Miene zur Schau. »Mutter schickt mich. Sie bittet Euch, in die Küche zu kommen. Das Essen ist fertig.«

»Na, wer sagt's denn?« rief Boromir. »Manchmal gehen Wünsche gleich in Erfüllung.«

Sie folgten Fianna, und auch Orgon war der Appetit anzusehen. Nur Baldur fragte sich, warum das Mädchen eben so schuldbewußt dreingeblickt hatte.

Das Mahl war einfach, aber schmackhaft und reichhaltig. Mit am Tisch saßen auch Leiras beiden kleineren Söhne, für die die drei Fremden eine aufregende Sache waren. Auf ihre kindlich respektlose Art löcherten sie die Gäste mit allerlei Fragen, so daß Leira ihnen das eine oder andere Mal Einhalt gebieten mußte, um die drei Gefährten ihres Mannes zum Essen kommen zu lassen.

Aber im Grund beantworteten die Männer diese Fragen gern, besonders Boromir, und auch Orgon zeigte sich von seiner freundlichen Seite. Nachdem das Mahl beendet war und sie noch zusammensaßen, ließ er den kleineren der Jungen sogar auf seinem Oberschenkel sitzen. Beide Kinder hatten die gleichen braunen Augen wie ihr Vater. Baldur gab sich den Kleinen gegenüber distanzierter und unterhielt sich zumeist mit Leira. Fianna saß die ganze Zeit mehr oder minder stumm daneben, doch ihre umherhuschenden Augen zeigten, daß sie alles aufmerksam verfolgte.

Die distanzierte, trübsinnige Stimmung, die den allergrößten Teil ihrer Reise gekennzeichnet hatte, war in dieser Umgebung mit einem Male vollkommen verflogen – und das trotz der unerbaulichen Nachrichten, die sie erfahren hatten. Doch Baldur hütete sich, daraus voreilige Schlüsse zu ziehen. Denn diese Ausgelassenheit zeigte sich nur der Familie ihres ehemaligen Gefährten gegenüber. Untereinander wechselten sie trotz der lockeren Stimmung nach wie vor kaum ein Wort.

Leira räumte zusammen mit Fianna und den beiden Kindern einen Großteil des Geschirrs ab, bevor sie die Kleinen ins Bett schickte. Natürlich trennten sich die Buben nur ungern von den Gästen und hatten plötzlich tausenderlei Ausreden und Gründe, warum sie ausgerechnet heute noch etwas länger aufbleiben mußten, aber schließlich setzte sich ihre Mutter durch.

Mit einem zufriedenen Seufzen, als hätte sie eine schwere Arbeit vollbracht, wandte Leira sich an ihre

Gäste. »Sagt, ist euch nach einem Schluck Wein zumute?«

Boromir strich sich wohlig über den Bauch und erhob sich. »Ein gutes Angebot, aber ich denke, ich werde mir lieber ein wenig die Beine vertreten. Leira, gibt es drüben im Gesindehaus noch immer einen Platz, wo sich die Leute des Abends auf einen guten Schluck treffen und den Tag bei einem kleinen Glücksspiel beschließen?«

Sie lächelte verständnisvoll. Sie kannte Boromir noch von früher und begriff, daß ihm jetzt nach einer etwas anderen Art von Gesellschaft zumute war – was ihr durchaus recht war. »Ich weiß, was du meinst. Geh nur rüber. Man wird dich sicher gern in der Runde aufnehmen.«

»Ich werde ihm den Weg zeigen«, erbot Fianna sich eilfertig.

Boromir sah sie belustigt an und fragte sich, was es an einem Weg, der nur ein paar Schritte weit quer über den Innenhof führte, großartig zu zeigen gab. Dann nickte er. Orgon erhob sich ebenfalls. »Ich werde mich euch anschließen. Mir ist auch nach einem Schluck zumute.«

»Ja, geht nur«, sagte Leira. »Und viel Spaß.«

Nachdem die drei verschwunden waren, räumte sie den Rest des Geschirrs ab. Baldur half ihr dabei.

Keiner von ihnen redete dabei ein Wort, und die meiste Zeit ging Leira mit gesenktem Kopf an ihrem Besucher vorbei. Dann, als sie mit dem Aufräumen fast fertig waren, blieb sie plötzlich vor ihm stehen, und auch er hielt inne.

Sie hob ihren Blick ganz langsam, fast so, als sähe sie ihn zum erstenmal und hätte Angst, ihm ins Gesicht zu blicken. Doch nachdem sich ihre Augen erst einmal getroffen hatten, standen Baldur und Leira sich lange gegenüber und sahen einander einfach nur schweigend an. Und dieser Blick drückte viel mehr aus als alle Worte, die sie bislang miteinander gewechselt hatten.

»Weiß sie es?« fragte Baldur mit sanfter Stimme.

Leira schüttelte den Kopf. »Nein.«

»Wußte *er* es?«

Sie schüttelte abermals den Kopf. »Nein, ich habe es ihm nie gesagt. Dazu hatte ich nicht den Mut.«

Sie sah ihn zaghaft an, als erwarte sie, daß er darauf irgendwie reagierte – sie rügte oder Verständnis zeigte –, doch in seinem Blick lag keinerlei Urteil, sondern nur Wärme.

Leira fiel in seine Arme, und sie hielten sich fest umschlungen.

»Ach, Baldur, ich freue mich, daß du da bist«, flüsterte sie in sein Ohr. »Ich habe so sehr gehofft, dich wiederzusehen. In den Jahren, in denen Thorben noch lebte, hatte ich natürlich auch Angst davor. Aber nun freue ich mich einfach nur.«

Sie löste sich ein wenig von ihm, blieb aber in seinen Armen. Erneut sahen sie sich an, und Baldur stellte fest, daß, obwohl sich in ihrem Gesicht die ersten Falten zeigten und ihr Haar hier und da bereits ergraute, er in ihr immer noch die strahlende Schönheit sah, die er aus der fernen Vergangenheit kannte – und der er in jenen Tagen, als Thorben mit Wundfieber auf dem Krankenbett gelegen hatte, näher gekommen war, als sie es beide vorgehabt hatten.

Ihre Lippen trafen sich zu einem langen Kuß, dann bettete sie ihren Kopf an seiner Brust.

»Ich wünschte, du könntest hierbleiben«, flüsterte sie.

Er strich ihr sanft über das Haar, während sein Blick in unendliche Fernen schweifte.

»Ja«, sagte er leise. »Das wünschte ich auch.«

Die Männer und Frauen im Gesindehaus nahmen Boromir und Orgon freudig in Empfang und luden sie in ihre Runde ein. Natürlich hatte es sich bereits herumgesprochen, daß es sich bei ihnen um ehemalige Gefährten des Hofbesitzers handelte.

Boromir brauchte das Thema gar nicht erst auf ihre früheren Abenteuer zu lenken. Thorben hatte sich, was seine Heldenjahre anging, meist in Schweigen gehüllt, und so war jedermann begierig darauf zu erfahren, was ihr Hofbesitzer früher erlebt hatte.

»Ja, natürlich erzähle ich euch gerne davon«, sagte Boromir. »Aber das meiste sind lange Geschichten, und ich denke ...«

»Aber ja, natürlich!« rief sofort einer der Männer aus. »Ihr braucht etwas Wein, um Euren Gaumen feucht zu halten.«

Boromir lächelte zufrieden. »Ihr sprecht mir aus der Seele.«

Wenig später hatten er und Orgon einen Becher mit Wein vor sich stehen.

»Und was ist mit mir?« fragte Fianna. Sie hatte auf einem Hocker in der Nähe Platz genommen.

Der Mann, der Boromir und Orgon bedient hatte, sah sie erstaunt an. »Wie bitte?«

»Wein. Gebt mir auch einen Becher.«

Er zögerte, dann kam er der Aufforderung nach. Der Becher, den sie erhielt, war kleiner als die der beiden Gäste, was Fianna mit mißmutiger Miene zur Kenntnis nahm, und als sie sah, wie Orgon und Boromir einen großen Schluck nahmen, tat sie es ihnen gleich. Einen Wimpernschlag später hüstelte sie und schnappte nach Luft, als hätte sie etwas Scharfes gegessen, nahm aber sogleich den nächsten Schluck und sah danach unschuldig in die Runde, wobei ihr Tränen in den Augen standen.

Boromir quittierte es mit einem amüsierten Lächeln. Offenbar kam es nicht allzuoft vor, daß sie dem Wein zusprach. Sie bemerkte seinen Blick und machte ein beleidigtes Gesicht.

Boromir wandte sich den Männern zu. »Was soll ich euch erzählen?«

»Erzählt uns einfach von Eurem gefährlichsten Abenteuer«, bat einer der Männer.

»Genau«, stimmte eine Frau zu. »Was war das gefährlichste, das Ihr je erlebt habt?«

Boromir lehnte sich gemütlich zurück. »Ach, wißt ihr, gefährliche Abenteuer haben wir zuhauf erlebt. Zu sagen, was da das Allergefährlichste war, fällt schwer. Wenn man wie wir lange unterwegs gewesen ist, immer auf der Suche nach neuen Herausforderungen, gewöhnt man sich schließlich so sehr an die Gefahr, daß man sie gar nicht mehr wahrnimmt.«

»Hm«, brummte Orgon.

Boromir warf ihm einen überraschten Blick zu, doch als dieser nichts weiter von sich gab, wandte er sich wieder den Männern zu, die ihn erwartungsvoll ansahen. Mit bedeutungsvoller Miene blickte er in die Runde. »Soll ich euch vielleicht erzählen, wie wir einen Basilisken besiegt haben?«

»Ein Basilisk!« rief einer der Männer ehrfürchtig aus. »Einen leibhaftigen Basilisken?«

»Aber ja doch«, bestätigte Boromir süffisant. »Natürlich einen leibhaftigen.«

»Aber verzaubert der einen denn nicht zu Stein, wenn man ihn nur ansieht?«

Boromir nickte. »Das ist ja gerade das Schwierige, wenn man einen Basilisken besiegen will. Sonst wäre die Sache ja ganz einfach. Kopf ab und Schluß. Aber so ...« Er nahm noch einen großen Schluck Wein.

Fianna tat es ihm gleich und mußte leicht aufstoßen.

»Nun erzählt schon«, baten die Männer. »Wie kann man denn etwas besiegen, was man nicht einmal ansehen kann?«

»Nein, laßt ihn die Geschichte von Anfang an erzählen«, sagte ein anderer.

»Ja, genau.«

Boromir wartete, bis sich die Unruhe wieder gelegt

hatte und alle ihm lauschten. »Also gut, dann erzähle ich euch also, wie wir den Basilisken besiegt haben.«

»Ich glaube, mein Vater hat mir einmal etwas davon erzählt«, sagte Fianna, doch keiner der Männer beachtete sie. Nur Boromir warf ihr einen kurzen Blick zu, ehe er weitersprach.

»Also gut«, begann er. »Ich glaube, es war in der Gegend von Winhall. Ich weiß es noch, als wäre es erst gestern geschehen. Es war ein ...«

»In der Gegend von Winhall?« fragte Fianna verwundert. »Aber ist die Sache mit dem Basilisken nicht in der Nähe des Galembra-Flusses passiert?«

Die Zuhörer bedachten sie mit mißbilligenden Blicken. Auch Boromir tat das.

»Hm, wenn ich jetzt so genau darüber nachdenke, könnte es auch beim Galembra-Fluß gewesen sein«, antwortete er. Er schüttelte den Kopf. »Aber ist es nicht unwichtig, wo genau es passiert ist? Schließlich sind wir viel rumgekommen in Aventurien. Da kann man sich eben nicht alles merken. Aber wie wir den Basilisken besiegt haben, das weiß ich noch genau.«

»Nun redet schon weiter!« forderte man ringsumher. »Laßt Euch nicht aufhalten.«

»Nun gut. Wir waren also in der Gegend des Galembra-Flusses, auf der westlichen Seite der Koschberge. Es war ein stürmischer, regnerischer Tag, und es schüttete wie aus Kübeln, als wir ...«

»Stürmisch und regnerisch?« warf Fianna verwundert ein. »Wenn ich mich recht erinnere, hat mein Vater mir erzählt, daß es damals der heißeste und trockenste Sommer seit Jahren gewesen sein soll. Überall war das Wasser knapp, und ihr wart auf der Suche nach einer Quelle.«

Boromir wandte sich ihr zornig zu. »Vielleicht kannst du das Erzählen mal mir überlassen!« brachte er mühsam beherrscht hervor.

Ein paar der Männer wurden unruhig und sahen irritiert zwischen Fianna und Boromir hin und her.

»Was war es denn nun?« fragte einer. »War es nun heiß und trocken oder stürmisch und regnerisch?«

»Ja, und war es wirklich in der Gegend des Galembra oder nicht?« schloß sich ein anderer verunsichert an.

»Natürlich war es in der Gegend vom Galembra-Fluß!« donnerte Boromir ärgerlich. »Und es *hat* gestürmt und geregnet an jenem Tag! Das weiß ich genau, ganz gleich, was gewisse andere Leute sagen.« Damit sah er abermals wütend zu Fianna. »Oder willst du etwas anderes behaupten? Ich war ja schließlich dabei. Du nicht! Oder irre ich da?«

»Schon gut.« Fianna hob abwehrend die Hände, fast so, wie sie es getan hatte, als die Gefährten sie auf dem Feldweg gestellt hatten. »Ich sage ja schon gar nichts mehr.« Sie hob die Schultern. »Es ist nur so, weil mein Vater mir das etwas anders erzählt hat. Und ich glaube, es war auch gar kein Basilisk, den ihr da erlegt habt, sondern nur ein …«

»Verdammt noch mal!« fluchte Boromir. »Erzählst *du* hier die Geschichte oder ich? Wenn du es tun willst, nur zu!«

»Nun, *so* genau weiß ich das alles natürlich nicht«, erwiderte sie kleinlaut.

»Schön, dann halt den Mund und hör zu! Und unterbrich mich nicht nach jedem halben Satz!«

Die Zuhörer murmelten zustimmend. Da Fianna die älteste Tochter der Hofbesitzerin war, wagten sie nicht, ihr Mißfallen deutlicher zu äußern. Man wollte aus erster Hand berichtet bekommen, was damals geschehen war.

Als Fianna merkte, daß weitere Einwände unerwünscht waren, zog sie einen Schmollmund und sah Boromir blasiert an, als wüßte sie überhaupt nicht, warum er nicht weiterredete.

Boromir sah sie noch einmal warnend an, dann begann er seufzend ein weiteres Mal mit der Erzählung, und es dauerte nicht lange, bis er sämtliche Zuhörer in seinen Bann gezogen hatte. Selbst Orgon hörte ihm aufmerksam zu und ein paarmal sah er Boromir – insbesondere wenn dieser wortreich und blumig besonders gefährliche Situationen schilderte, die sie durchgestanden hatten – regelrecht erstaunt an, als könne er sich gar nicht mehr daran erinnern und kaum glauben, was sie damals alles zustande gebracht hatten.

Fianna fiel Boromir kein weiteres Mal ins Wort. Sie saß auf ihrem Platz und lauschte schweigend, wobei ein feines Lächeln ihre Lippen umspielte.

Fianna führte Baldur, Boromir und Orgon am Mittag des nächsten Tages zu Thorbens Grab. Es lag einen kurzen Fußmarsch vom Hof entfernt, der durch einen kleinen, dichten Wald führte. Dahinter öffnete sich eine Landschaft, die sich zu einem kleinen See hin senkte.

Fianna zeigte den Gefährten einen Grabhügel, an dessen einem Ende sich ein großer Stein befand, auf dem unter einem Boronsrad Thorbens Namenszug eingemeißelt war. Die Buchstaben waren zwar etwas grob geschlagen, aber durchaus nicht kunstlos geschwungen.

»Das ist das Werk unseres Hofschmiedes«, erklärte Fianna. »Er hat den Stein zu Thorbens Gedenken angefertigt.«

Baldur sah auf das Grab, dann ließ er seinen Blick über die weite Landschaft schweifen. Thorben hatte seine letzte Ruhestatt in der Tat gut ausgewählt. Dies hier war ein außerordentlich schöner Platz – und er paßte zu dem Leben, das er nach seinem Heldendasein geführt und nach dem er sich schon immer gesehnt hatte. Nun ruhte er in dem Fleckchen Erde, mit dem er sich besonders verbunden gefühlt hatte.

»Werdet Ihr wieder zu einem Abenteuer aufbrechen?« fragte Fianna.

Baldur sah sie erstaunt an. »Wie kommst du darauf?«

»Mein Vater hat mir erzählt, daß Ihr eines Tages wieder gemeinsam fortreiten würdet.«

»Er scheint dir überhaupt recht viel über uns erzählt zu haben«, meinte Boromir in Anspielung auf den gestrigen Abend. Er mußte sich allerdings eingestehen, daß das Mädchen sich nach den ersten Wortgeplänkeln recht vernünftig verhalten hatte – sah man einmal davon ab, daß sie nach dem dritten Becher Wein recht redselig und ausgelassen geworden war. Der Wein, an den sie offenbar nicht gewöhnt war, hatte seine Wirkung auf sie nicht verfehlt. Als sie am Ende des Abends schließlich zum Haupthaus zurückkehrten, hatte Boromir sie mit aller Entschlossenheit, zu der er flüsternd fähig gewesen war, angehalten, nicht zu laut zu sein, und ihr klargemacht, daß sie sich jetzt besser leise in ihre Kammer stehlen sollte, statt ihrer Mutter in diesem angeheiterten Zustand unter die Augen zu treten. Schmollend hatte sie sich gefügt.

Heute morgen beim Frühstück hatte sie einen recht übernächtigten Eindruck gemacht und bei jedem lauten Geräusch schmerzhaft das Gesicht verzogen. Aber sie versuchte tapfer , sich nichts anmerken zu lassen. Leira hatte zwar gemerkt, wie es um ihre Tochter stand, und kannte sicherlich auch die Ursache für den Zustand, aber sie hatte geschwiegen.

Jetzt, einige Stunden später, ging es Fianna schon bedeutend besser.

»Das eine oder andere«, antwortete sie ausweichend. »Aber er hat mir nie gesagt, worüm es bei dieser einen Sache geht.«

»Das ist auch besser so«, sagte Baldur düster. »Wieso fragst du?«

»Ganz einfach.« Sie sah zu Boden. »Ich will Euch begleiten. Laßt mich mit Euch ziehen!«

»Wie bitte?« entfuhr es Baldur überrascht, und auch Boromir und Orgon sahen sie entgeistert an.

»Ihr habt mich schon richtig verstanden.«

»Aber warum?« fragte Boromir. »Wie kommst du auf einen solchen Gedanken?«

»Nun ...«, begann sie gedehnt und trat von einem Fuß auf den anderen, ehe sie den Kopf hob und es aus ihr heraussprudelte: »Es war schon immer mein Wunsch, genauso wie mein Vater durch die Welt zu ziehen und Heldentaten zu vollbringen. Nach seinem Tod ist dieser Wunsch immer stärker geworden, und jetzt, da Ihr hier seid, scheint es mir eine gute Gelegenheit zu sein, ihn in die Tat umzusetzen.«

»Wenn das schon immer dein Wunsch war, warum hast du dich dann nicht zur Kriegerin ausbilden lassen?« fragte Boromir. »Was haben ausgerechnet wir damit zu tun?«

»Ich hätte schon gern eine Kriegerakademie besucht, aber Mutter war dagegen, und ich wollte sie hier auf dem Hof nicht im Stich lassen.«

»Jetzt aber willst du es!« stellte Baldur sachlich fest.

»Außerdem«, sprach sie ungerührt weiter, »entspricht es wohl eher meinem Temperament, frei umherzuziehen. Und bei wem könnte ich das besser lernen als bei Euch? Ihr seid die Gefährten meines Vaters gewesen. Euch kann ich vertrauen.«

Baldur sah sie scharf an. »Da wäre ich mir an deiner Stelle nicht so sicher!« Er schüttelte den Kopf. »So langsam verstehe ich, was deine Mutter gestern mit Flausen meinte.«

»Sie versteht mich nicht«, rief Fianna. »Aber Ihr – Ihr werdet mich doch verstehen!« Sie sah die drei Männer nacheinander an und las auf ihren Gesichtern nur Ablehnung. Dann atmete sie tief durch und stellte eine überlegene Miene zur Schau. »Wie dem auch sei – Ihr braucht mich!«

»Wie meinst du das?« fragte Baldur mißtrauisch.

»Nun, ganz einfach. Gegen das, was Ihr bezwingen

wollt, könnt Ihr nur zu viert antreten. Mein Vater ist tot, also braucht Ihr jemanden, der seinen Platz einnimmt. Und das bin ich! Als seine Tochter habe ein Recht darauf, ihn zu vertreten.«

»Kommt überhaupt nicht in Frage!« beschied ihr Baldur barsch, der ihren Worten mit gerunzelter Stirn gelauscht hatte. »Was du da sagst, ist so dumm wie Seelemer Sauerbrot. Schlag dir diesen Gedanken aus dem Kopf!«

»Ja, aber ...«

»Kein aber! Wir lassen nicht mit uns handeln. Und nun Schluß damit!«

»Bin ich Euch etwa nicht gut genug?« rief Fianna empört und baute sich vor ihm auf. »Glaubt Ihr, das alles wäre nur ein Wunschgedanke von mir?«

»Genau dafür halte ich es!« sagte Baldur heftig.

»Da täuscht Ihr Euch aber. Ich habe all die letzten Jahre mit dem Schwert geübt. Glaubt mir, ich kann damit umgehen.«

»Ach ja?« meinte Boromir ironisch. »Und mit wem hast du geübt? Hast du sehr erfahrene Lehrmeister gehabt? Ich habe gestern abend im Gesindehaus niemanden gesehen, der mir wie ein Kämpfer vorgekommen wäre.«

»Ich habe meist allein geübt«, bekannte sie ein wenig kleinlaut.

»Allein. So! Verstehe!« Boromir nickte mit Kennermiene. »Da muß man natürlich schon aufpassen, daß einen der andere nicht verletzt.«

»Ihr macht Euch über mich lustig. Dabei habe ich wirklich viel geübt. Einer der Männer aus dem Gesinde hat mir die wichtigsten Hiebe, Paraden und Finten beigebracht. Er diente früher in der Kaiserlichen Armee, bevor er seinen Arm verlor.«

»Das zeichnet ihn natürlich als guten Krieger aus«, sagte Boromir spöttisch.

Fianna blitzte ihn wütend an. »Kommt mit zurück zum Gehöft. Da habe ich mein Schwert. Und dann werde ich Euch zeigen, daß ich damit umgehen kann. Wer von Euch will als erster gegen mich antreten?«

Baldur lächelte mitleidig. »Uns steht nicht der Sinn nach solchen Spielereien. Und sie beeinflussen unsere Entscheidung nicht.«

»Reiten kann ich auch«, fügte sie rasch hinzu. »Richtig gut sogar. Es macht mir auch nichts aus, im Freien zu übernachten. Und Angst habe ich auch nicht. Wenn Ihr mich mitnehmt, werde ich bestimmt alles tun, was Ihr mir sagt. Ihr könnt euch fest darauf verlassen.« Bei den letzten Worten sprach sie immer schneller, so als wolle sie gegen Baldurs beständiges Kopfschütteln anreden.

»Gib dir keine Mühe«, sagte er.

Sie blickte ihn an und öffnete den Mund, um etwas zu sagen, aber ihr fiel offensichtlich nichts mehr ein, was sie hätte vortragen können.

»Hör mal, kleines Fräulein ...«, begann Boromir erklärend.

»Ich bin kein kleines Fräulein!«

»O doch, das bist du. Das merkt man ganz deutlich an den romantischen Vorstellungen, die du vom Heldenleben hast. Die meiste Zeit ist es ein mühsames Gewerbe. Und bei dem, was wir vorhaben, können wir dich nun wirklich nicht gebrauchen. Das ist nämlich kein Spiel, sondern tödlicher Ernst! Es kann sein, daß wir dabei alle ... daß wir dabei alle unser ...« Er brach ab, unsicher, ob er es aussprechen sollte.

»Daß was?« fragte Fianna.

»Egal.« Baldur machte eine entschlossene Handbewegung. »Es gibt nichts weiter zu bereden. Du wirst uns unter gar keinen Umständen begleiten, und damit Schluß! Aus! Fertig!« Er sah sie scharf an. »*Verstanden?*«

Ein paar Augenblicke standen Baldur und Fianna sich wie zwei Kämpfer gegenüber, die im nächsten

Augenblick aufeinander losgehen wollten. Dann senkte das Mädchen den Kopf, aus dem bislang so viel Feuer gesprüht war.

»Macht doch, was Ihr wollt!« stieß sie beleidigt hervor und wandte sich ab. »Ihr werdet schon sehen, was ihr davon habt.«

Darauf eilte sie in Richtung des heimatlichen Gehöftes davon.

Baldur sah ihr kopfschüttelnd nach. »Das war so ziemlich der dümmste Einfall, der mir seit langem begegnet ist.«

»Es kommt nicht oft vor«, sagte Boromir, »aber diesmal bin ich vollkommen deiner Meinung. Sie und uns begleiten, pah!« Er neigte den Kopf. »Obwohl – ich glaube, genügend Mut und das Herz am rechten Fleck hätte sie schon! Und etwas junges Blut täte uns auch nicht schlecht. Vielleicht sollten wir sie ja doch ...«

Baldurs Kopf ruckte herum. Er sah seinen Gefährten durchdringend an. »*Wie bitte?*«

»Schon gut.« Boromir lächelte. »War nur ein Scherz.«

Baldurs Miene blieb düster. »Bei solchen Dingen ist mir gar nicht nach Scherzen zumute.«

»Reg dich ab! Seit wann bist du so empfindlich?«

Baldur antwortete nicht. Sein Blick wanderte zu Thorbens Grab. »Und?« fragte er, ohne den Kopf zu bewegen. »Wie habt ihr euch entschieden? Reiten wir zu dritt weiter?«

Lange Zeit schwiegen die Gefährten.

»Der Schwur bindet uns nicht mehr«, sagte Boromir schließlich. »Soviel ist sicher.«

»Das hatten wir gestern bereits besprochen. Also, was ist?«

Boromir gab keine Antwort.

»Und was ist mit dir, Orgon?«

Orgon brummte etwas Unverständliches, ehe er sagte: »Ich bin mir nicht sicher. Alles in mir sagt, daß ich jenen Ort nie wiedersehen möchte. Mir reicht es, einmal dem Bösen gegenübergetreten zu sein. Nach einem zweiten Mal habe ich kein Verlangen.«

»Das heißt, du kommst nicht mit?« fragte Baldur.

»Das habe ich nicht gesagt.«

»Mir geht es ähnlich«, bekannte Boromir. »Auch ich würde die damaligen Dinge am liebsten aus meinem Gedächtnis streichen. Warum sollen wir uns ohne Verpflichtung noch einmal mit ihnen auseinandersetzen? Vergessen wir das Ganze doch einfach und genießen unser Leben!«

»Weil wir die einzigen sind, die es aufhalten können«, sagte Baldur.

»Solange wir nicht alle vier Ringe beisammen haben, stellt sich uns diese Frage gar nicht«, sagte Boromir. »Uns fehlt Thorbens Ring.«

»Thorbens Ring ist das geringste Problem.«

»Wie meinst du das?«

Baldurs Blick wanderte zu dem kleinen, länglichen Erdhügel. »Wir wissen schließlich, wo er ist.«

Boromir sah Baldur mit großen Augen an. »Du willst doch nicht etwa …?«

»Was bleibt uns anderes übrig? Wir brauchen den Ring! Mehr als einen oder anderthalb Schritt tief kann er nicht sein.«

»Es bringt Unglück, ein Grab zu schänden«, meldete Orgon sich zu Wort. »Wer so etwas macht, zieht den Fluch der Götter auf sich.«

Baldur lachte trotzig. »Den Fluch der Götter?« meinte er bitter. »Seht uns doch an – was wir erreicht haben und was aus uns geworden ist! Der Fluch der Götter verfolgt uns seit jenem Tag.« Sein Tonfall wurde versöhnlicher. »Außerdem wäre es auch in Thorbens Sinne. Es wundert mich, daß er keine Vorkehrungen für den Fall seines Todes getroffen hat. Warum hat er nicht dafür gesorgt, daß der Ring für uns hinterlegt wird?«

»Vermutlich war seine geistige Umnachtung der

Grund dafür«, sagte Boromir. »Denkt daran, was Leira über sein Ende erzählt hat.«

»So könnte es gewesen sein.«

Boromir sah Baldur an. »Wann willst du es tun?«

»Heute um Mitternacht. Ich möchte nicht, daß irgend jemand aus dem Gehöft etwas davon mitbekommt und uns Böses unterstellt. Ihr wißt, wie schnell man unser Vorhaben mißverstehen könnte.«

»Und was geschieht, wenn wir den vierten Ring haben?«

»Dann ist es wohl an der Zeit, daß jeder von uns seine Entscheidung trifft.«

Sie machten sich auf den Rückweg zum Gehöft.

»Du hast uns noch nicht gesagt, wie *du* dich entschieden hast«, sagte Boromir zu Baldur, als sie in den kleinen, dichten Wald eintauchten. »Wirst du weitermachen?«

Baldur blieb stehen, sah seine beiden Weggefährten ernst an. »Ja«, sagte er. »Ich werde es zumindest versuchen.«

»Dazu bräuchtest du alle vier Ringe.«

»Meinen könntest du haben«, erbot Orgon sich. »Ich kann ihn dir mitgeben. Ihr wißt ja, daß ich ihn als einziger von uns nicht angesteckt habe.«

»Würde also nur noch deiner fehlen, Boromir.«

Der Angesprochene hob die rechte Hand und sah auf seinen Ring. »Ja, und ich wünschte, ich hätte ihn mir nie angesteckt. Aber wie hätte ich damals wissen sollen, daß er regelrecht mit der Hand verschmilzt und sich danach nicht mehr lösen läßt!«

»Niemand von uns hat das gewußt«, sagte Baldur. »Aber wir wissen, daß es eine Möglichkeit gibt, sie wieder loszuwerden. Aber erst, nachdem wir mit ihnen das Unsägliche aufgehalten haben. Der Zauberer hat es so vorausgesagt.«

»Ja, aber er hat uns damals auch jede Menge anderer Dinge erzählt, die sich als falsch herausgestellt haben.«

»Dafür hat er dann ja auch mit seinem Leben bezahlt.«

Boromir nickte und sah erneut auf den Ring an seiner Hand. »Ich weiß nicht, ob es mir die Aussicht, dieses verfluchte Ding loszuwerden, wert ist, mich wieder dem Bösen zu stellen.«

»Es gäbe noch eine andere Möglichkeit, mir den Ring mitzugeben«, deutete Baldur an.

Boromir blickte erst verständnislos drein, und dann, als er begriff, verzog er entsetzt das Gesicht. Vehement schüttelte er den Kopf. »O nein! Ich weiß, was du denkst, und ich sage dir, das kommt nicht in Frage. Ich gebe ja zu, ich habe im Laufe der Jahre auch schon daran gedacht, den Ring auf diesem Wege loszuwerden, aber wie ihr seht, war mir mein Finger zu schade dafür. Und so bleibt es auch!«

»Sieht demnach aus, als müßtest du auf jeden Fall mitgehen, wenn ihr Erfolg haben wollt«, sagte Orgon.

Boromir reagierte verstimmt. »Verlaßt euch lieber nicht darauf«, knurrte er. Darauf ging er weiter.

Baldur und Orgon folgten ihm.

»Also heute um Mitternacht«, sagte Baldur. »Ihr habt ausreichend Zeit, eure Entscheidung zu treffen. Ich warte vor dem Hoftor. Wer mitkommen will, soll kommen, und wer nicht, der …« Er sprach nicht weiter, sondern hob nur die Schultern.

Boromir blieb abrupt stehen und gab den anderen mit einem Handzeichen zu verstehen, ebenfalls anzuhalten. Er spähte seitlich ins Unterholz, das eine undurchdringliche Mauer aus dichten Farnen, Büschen und Sträuchern bildete.

»Was ist?«

»Ich glaube, da hat sich gerade etwas bewegt«, flüsterte Boromir.

Baldur und Orgon folgten Boromirs Blick, sahen jedoch nichts Verdächtiges.

»Bist du dir sicher?«

»Klar, da war irgend was.« Boromir, der als einziger seine Waffe bei sich trug, glaubte so nahe am Gehöft kaum an die Gefahr, sich gegen wilde Tiere zur Wehr setzen zu müssen –; er zog sein Florett und stiefelte ein paar Schritte in das Unterholz hinein, das er mit der Klinge behutsam zur Seite schob.

Er schrak zusammen, als vor ihm plötzlich ein Miauen zu hören war. Einen Augenblick später schoß eine kleine, rotbraune Hauskatze aus dem Unterholz, schlüpfte zwischen seinen Beine hindurch und flüchtete in weiten Sprüngen über den Weg in die Richtung des Gehöftes. Boromir mußte sich den Spott seiner Gefährten anhören, als er wieder zurückkam und seine Waffe wegsteckte.

»Du hast wirklich gute Augen, Boromir«, lachte Orgon. »Nur gut, daß du das kleine Tier nicht erstochen hast. Bei deinem Anblick muß es ohnehin halb zu Tode erschrocken sein.«

Boromir verzichtete auf eine Antwort. Als sie weitergingen, warf er über seine Schulter noch einmal einen mißtrauischen Blick zu der Stelle, wo er nachgesehen hatte. Verärgert schüttelte er den Kopf.

Wenig später erreichten die Gefährten das Gehöft.

Baldur wartete wie angekündigt um Mitternacht draußen vor dem Hoftor. Er hatte eine Öllampe dabei, die er aber mit einem dicken Tuch abgedeckt hatte, damit der Lichtschein ihn nicht verriet, solange er sich noch nahe beim Gehöft aufhielt. Er trug Schaufel und Spaten über die Schulter, die er aus einer Scheune geholt hatte.

Es war eine mondlose Nacht, in der nur die Sterne ihr fahles Licht spendeten. Nach kurzer Zeit jedoch hatten Baldurs Augen sich an die Dunkelheit gewöhnt.

Er hatte den größten Teil des Abends im vertraulichen Gespräch mit Leira verbracht, während Orgon und Boromir sich erneut ins Gesindehaus begeben hatten. Über ihr nächtliches Vorhaben hatten sie den gesamten Tag über kein Wort mehr verloren. Baldur hatte ein schlechtes Gewissen Leira gegenüber – schließlich handelte es sich um das Grab ihres Ehemannes, das sie antasten wollten, aber da er nicht wußte, wie sie reagieren würde, hatte er entschieden, sie nicht einzuweihen.

Von Fianna war kaum etwas zu sehen gewesen. Nach der deutlichen Abfuhr, die sie am Grab ihres Vaters erhalten hatte, mied sie dessen drei ehemaligen Weggefährten so gut es ging. Nur beim gemeinsamen Essen war sie in der Küche erschienen, aber selbst da hatte sie kaum ein Wort mit ihnen gewechselt und weitestgehend jeden Blickkontakt vermieden. Und auch im Gesindehaus hatte sie sich des Abends nicht blicken lassen. Baldur war es einerlei. Hauptsache, sie hatte begriffen, daß sie nicht mitziehen konnte!

Baldur war bereits dabei, die Hoffnung aufzugeben, daß einer seiner beiden Gefährten sich noch blicken lassen würde, als er vom Innenhof her Schritte nahen hörte. Kurz darauf trat eine füllige Gestalt nach draußen.

»Orgon?« flüsterte Baldur überrascht. Mit ihm hatte er am wenigsten gerechnet. »Du?«

»Ja«, gab Orgon ebenso leise zurück. »Ich habe es mir überlegt. Ich werde dich begleiten.«

»Was hat dich zu diesem Entschluß gebracht? Du könntest mir doch einfach deinen Ring mitgeben.«

»Das schon, ich weiß. Aber darauf kommt es nicht an. Was getan werden muß, muß getan werden. Du hattest recht, als du sagtest, daß wir eine Verpflichtung haben. Nur wir können dem Bösen Einhalt gebieten. Davor davonzulaufen wäre, als würde man vor sich selbst davonlaufen. Und das habe ich in den letzten Jahren schon zur Genüge getan.«

Baldur nickte und dachte an seine Jahre auf Burg Vahrenfels zurück. »Ich weiß genau, was du meinst.«

»Und außerdem, was hätte ich davon, wenn ich in mein früheres Leben zurückkehren würde? Was hat es mir denn schon geboten? Nichts, also werde ich dich begleiten.«

»Und ich werde es ebenfalls tun«, sagte da eine andere Stimme hinter ihnen.

Sie drehten sich um. Sie waren so in das Gespräch vertieft gewesen, daß sie keine Schritte gehört hatten.

»Boromir!«

»Ja, ich. Ich komme ebenfalls mit. Vorausgesetzt, wir finden Thorbens Ring.«

»Das werden wir ganz bestimmt«, sagte Baldur. Er spürte, wie ihn eine unbestimmte Zuversicht erfüllte. Er hatte zwar gehofft, daß seine Gefährten ihn nicht im Stich lassen würden, aber er war sich dessen keineswegs sicher. Er hätte es durchaus verstanden, wenn sie sich der erneuten Konfrontation mit dem Bösen entzogen hätten, schließlich hatte der Entschluß ihn selbst auch große Überwindung gekostet. Aber er hatte nicht anders gekonnt, als sich so zu entscheiden. In gewisser Weise ging es ihm da wie Orgon: Er würde kein ausgeglichenes, fröhliches Leben führen können, solange er diese Sache nicht hinter sich gebracht hätte. Das war eine Erkenntnis, die tief in seinem Innern ruhte. Und seinen Gefährten ging es genauso.

Boromirs Worte bestätigten Baldurs Annahme. »Ach, wißt ihr, mir ist klar geworden, daß ich in all den Jahren nach unserer Trennung nur noch in der Vergangenheit gelebt habe. Ich habe Geschichten von unseren Heldentaten erzählt – von solchen, die wir tatsächlich begangen haben, und von solchen, die wir durchaus hätten begehen können –, aber mir kommt es so vor, als hätte ich seitdem nicht mehr wirklich gelebt. Ich denke, es wird Zeit, endlich wieder einmal etwas zu *tun*. Ich weiß, daß ich nur dann wieder richtig lebendig werden kann. Sofern es überhaupt ein Nachher gibt. Aber darauf kommt es nicht an. Man kann tot sein und leben, und man kann tot sein und ruhen. Wo ist da der Unterschied?«

»Der Unterschied ist die Angst«, sagte Baldur. »Die Angst vor dem Sterben, obwohl man im Innern längst tot ist.«

»Ganz genau. Und Angst habe ich lange genug verspürt.«

»Ich verstehe zwar nicht ganz, worüber ihr da redet, aber ich denke, wir sollten langsam aufbrechen«, meldete sich Orgon zu Wort.

Sie nahmen Schaufel und Spaten und machten sich auf den Weg. Ihre Augen hatten sich mittlerweile so gut an die Dunkelheit gewöhnt, daß es nicht schwierig war, den Weg zu dem kleinen Wäldchen zu finden. Umgeben von nächtlichem Gezirpe und allerlei anderen Nachtgeräuschen durchquerten sie das Dickicht. Im Unterholz beiderseits des Weges raschelte es – vermutlich kleinere Tiere auf Beutesuche.

Dann traten sie aus dem Wäldchen heraus und hatten keine Mühe, das Grab ihres ehemaligen Gefährten wiederzufinden. Baldur enthüllte die Lampe und stellte sie auf den Felsstein mit der Inschrift, so daß der Lichtschein den gesamten Erdhügel umfaßte. Er packte den Spaten.

»Nun denn«, sagte er, spuckte in die Hände und begann mit der Arbeit.

Orgon half ihn von der anderen Seite des Grabhügels her mit der Schaufel.

»Wir hätten drei Werkzeuge mitnehmen sollen«, sagte Boromir, der tatenlos daneben stand und ihnen zusah. »Dann hätte ich auch was tun können.«

»Du kommst noch früh genug dran«, sagte Baldur. »Ruh dich noch ein bißchen aus. Außerdem brauchen wir jemanden, der die Lampe hält, falls wir den Grabstein entfernen müssen.«

»Ha, sehr komisch«, sagte Boromir. Er schlang die Arme um den Körper, so als fröre er, und sah sich unbehaglich um. »Ich hoffe, uns sieht niemand bei dem, was wir hier machen. Wenn jemand aus dem Gehöft das mitbekommt, knüpfen die uns glatt am nächsten Baum auf.«

»Hör auf, Panik zu machen«, sagte Baldur. »Leira würde uns bestimmt davor bewahren. Sie würde verstehen, warum wir Thorbens Ring brauchen. Und außerdem – wer sollte sich jetzt schon hier draußen herumtreiben?«

Seine rein rhetorische Frage wurde schneller beantwortet, als ihm lieb war.

»Ihr könnt euch die Arbeit sparen«, erklang da eine vertraute Stimme. »Dort werdet Ihr nicht finden, wonach Ihr sucht!«

»Fianna!« rief Baldur in einer Mischung aus Überraschung und Verärgerung. »Was bei allen Göttern machst du hier?«

»Dasselbe könnte ich Euch fragen!« kam es aus dem Dunkeln zurück. »Findet Ihr nicht auch?«

Sie starrten in die Richtung, aus der die Stimme kam, ohne Fianna in der Dunkelheit ausmachen zu können. Der helle Lichtschein der Lampe blendete ihre Augen zu sehr, als daß sie ringsum viel hätten erkennen können.

»Wie kommst du darauf, daß wir hier etwas suchen?« rief Boromir – was angesichts der Tätigkeit, bei der Fianna sie ertappt hatte, nicht besonders überzeugend klang –, um sich schon im nächsten Satz selbst zu widersprechen: »Und wieso glaubst du, daß wir es hier nicht finden werden?«

»Ganz einfach«, lautete die Antwort. »Deshalb!«

In der Dunkelheit vor ihnen glomm plötzlich ein dunkelroter Punkt auf, der ihnen wie das Auge eines Dämons entgegenfunkelte. Sie alle spürten den Schauer, der nach ihren Herzen griff, und er brachte ihnen die Gewißheit, daß dies tatsächlich Thorbens Ring war.

»Fianna!« rief Baldur entsetzt. »Vorsicht! Du darfst ihn nicht anfassen!«

Ein spöttisches Lachen erklang. »Ich weiß. Ihr haltet mich wohl noch immer für ein kleines Mädchen.«

Keiner von ihnen antwortete.

Fianna trat in den Lichtschein der Lampe und blieb in einiger Entfernung vor ihnen stehen. Sie sahen, daß sie Thorbens Ring mit einem Stück Tuch hielt.

»Woher wußtest du, daß wir hierherkommen würden?« fragte Boromir.

»Wenn drei Männer um Mitternacht mit Spaten und Schaufel losziehen, auf der Suche nach Thorbens Ring sind und ich ihnen tags zuvor dessen Grab gezeigt habe«, zählte Fianna lakonisch auf, »was sollten sie Eurer Meinung nach dann wohl vorhaben?«

Baldur runzelte die Stirn. »Um Mitternacht?« wiederholte er, um dann Fianna scharf anzusehen. »Woher weißt du, daß es genau Mitternacht war?«

Das Mädchen antwortete nicht.

»Du hast uns belauscht!« begriff Boromir. »*Du* hast im Unterholz gesteckt, als wir durch den Wald zurückgegangen sind!«

Sie hob die Schultern und setzte eine unschuldige Miene auf. »Na und? Wenn Ihr auch so laut redet! Bin ich da etwa verpflichtet wegzuhören?«

»Du kleines ...«, begann Boromir wütend.

Baldur legte ihm die Hand auf den Arm. »Bleib ruhig!« Und an Fianna gewandt, fragte er: »Wieso hast du uns nicht erzählt, daß du den Ring hast?«

»Und wieso hätte ich das tun sollen – solange Ihr mich wie ein kleines Kind behandelt?« kam als störrische Antwort.

»Wie kommt es überhaupt, daß du den Ring hast? Ich dachte, Thorben wäre mit ihm an der Hand beerdigt worden?«

Fiannas Gesicht wurde ernst. »Nein«, sagte sie mit trüber Stimme. »Ich habe ihn mir geholt, in der Nacht vor der Beerdigung, als mein Vater noch aufgebahrt lag.

Da er in ein Tuch gehüllt war, ist der Verlust gar nicht aufgefallen.«

»Wie meinst du das: du hast ihn dir geholt?« fragte Boromir.

»Was soll das schon heißen?« fauchte sie. »Ich habe mir ein scharfes Messer genommen, bin nachts rausgeschlichen und habe mich an der Leiche meines Vaters zu schaffen gemacht! Was ist? Willst du es in allen Einzelheiten hören?«

Baldur verstand ihre heftige Reaktion. Damals mochte sie noch keine fünfzehn Götterläufe gezählt haben. Es mußte eine schlimme Erfahrung für sie gewesen sein. »Was hat dich dann veranlaßt, den Ring zu ... nehmen? Deine Mutter hat uns erzählt, daß Thorben ihr aufgetragen hätte, mit dem Ring beerdigt zu werden?«

»Ja, aber mir hat er etwas anderes gesagt. Nachdem er seine Verletzung erlitten hatte, hat er mit mir in einem klaren Augenblick darüber gesprochen, und ich bin mir ganz sicher, daß er genau wußte, was er sagte. Er hat mir aufgetragen, es so zu tun und den Ring aufzuheben, bis Ihr drei kommen würdet.«

»Also hat Thorben doch Vorkehrungen getroffen«, sagte Boromir.

»Von ihm weiß ich auch, daß man ihn auf keinen Fall anfassen oder gar über den Finger streifen soll. Ich sollte ihn nur aufbewahren. Er hat gesagt, daß Ihr eines Tages hier auftauchen und den vierten Ring brauchen würdet.« Sie machte eine kurze Pause, ehe sie etwas leiser hinzufügte: »Und er hat mir gesagt, daß ich mit Euch gehen soll, um seine Stelle einzunehmen.«

»Unsinn!« rief Baldur. »Das hätte Thorben nie getan.«

»Woher willst du das wissen?«

»Ich weiß es«, beharrte Baldur. »Dessen bin ich mir ganz sicher.«

Fianna verzog ärgerlich das Gesicht. »Na und? Selbst wenn du recht hast – ich werde Euch trotzdem begleiten.«

»Wie kommst du darauf, daß wir unseren Entschluß geändert haben könnten?«

»Ganz einfach. Wenn Ihr mich nicht mitgehen laßt, bekommt Ihr den Ring nicht.«

Ein paar Augenblicke lang verschlug es den drei Gefährten die Sprache.

»Das ist Unsinn«, sagte Baldur schließlich. »Los, gib uns den Ring! Glaub mir, das ist das beste für dich.«

»Ihr bekommt ihn nur, wenn Ihr mich mitnehmt.«

»Das werden wir ja sehen«, schnaufte Boromir wütend. »Du gibst uns jetzt sofort den Ring, oder …« Er stampfte drohend ein paar Schritte auf Fianna zu.

Sie wich etwas zurück. »Halt!« rief sie. »Komm nicht näher!«

»Ach nein?« meinte er. »Was willst du denn dann tun?«

Sie hielt den Ring wie schützend vor sich. »Das wirst du schon sehen!«

»Damit kannst du mich nicht erschrecken«, sagte Boromir unbeeindruckt. »Ich trage bereits einen Ring. Ich kann einen anderen ohne Risiko anfassen.« Er schritt weiter auf sie zu.

Fianna wich bis an den äußersten Rand des Lichtscheins zurück und sah gehetzt zwischen dem Ring in ihrer Hand und dem langsam, aber entschlossen näher kommenden Boromir hin und her.

»Bleib stehen!« rief sie. »Bleib sofort stehen!«

Doch er hörte nicht.

»Na schön!« rief sie grimmig. »Ihr habt es ja nicht anders gewollt.«

Darauf zog sie die Hand mit dem Ring zu sich heran.

Baldurs Augen weiteten sich, als er das Unheil ahnte.

»Nein, nicht!« schrie er und stürmte nach vorne, aber da war es schon zu spät.

Fianna hatte sich den Ring über den Ringfinger ihrer rechten Hand geschoben und hielt diese triumphierend in die Höhe.

Boromir, der sie fast erreicht hatte, prallte erschrocken zurück, als er sah, was sie getan hatte.

Auf Fiannas Gesicht zeigte sich Erstaunen, als sie merkte, wie sich die Fassung des Ringes, der für ihre schlanken Finger viel zu groß war, verengte, bis sie sich nahtlos an ihre Haut schmiegte.

»Nimm ihn ab! Schnell, ehe es zu spät ist! Nimm ihn ab!« Baldurs Stimme überschlug sich beinahe, während er weiter auf sie zustürmte, doch im nächsten Augenblick prallte auch er zurück.

Ein rötliches Feuer glühte plötzlich auf, umhüllte Fiannas Hand und einen Augenblick später ihren gesamten Unterarm. Kleine Blitze umzuckten knisternd die Haut. Ihr Körper zuckte wie unter einem heftigen Peitschenhieb zusammen, und ihr langgezogener, gepeinigter Aufschrei hallte durch die Nacht. Das übernatürliche Feuer um ihren Arm hüllte ihr schmerzverzerrtes Gesicht in einen rötlichen Schein. Ihr Mund stand offen, und ihr Blick klammerte sich verzweifelt an Baldur, der das Geschehen mit schreckgeweiteten Augen verfolgte. Er wußte, daß er ihr nicht mehr helfen konnte. Es war dasselbe wie damals vor fünfzehn Götterläufen, als sie auf dem Weg zu ihrem Ziel gewesen waren.

Dann – übergangslos – erlosch das übernatürliche Feuer.

Fianna stand noch einen Lidschlag lang wie erstarrt da, dann stürzte sie schwer zu Boden und blieb reglos liegen.

Baldur war der erste, der bei ihr war. Er kniete neben ihr nieder und stellte erleichtert fest, daß sie noch atmete. Aber sie war ohne Bewußtsein. Er versuchte, sie mit ein paar leichten Ohrfeigen aus ihrer Ohnmacht zurückzuholen, jedoch vergebens.

»Ich hätte nie gedacht, daß sie das tun würde«, sagte Boromir wie betäubt. »Daß sie so weit gehen würde.«

»Niemand von uns hätte das gedacht.« Baldur sah mit bitterer Miene auf das Mädchen herab und schüttelte den Kopf. »Aber wir hätten damit rechnen müssen.«

»Jetzt ist es zu spät.«

Baldur nahm Fiannas Hand und betrachtete den Ring, der ihm dämonisch rot entgegenfunkelte. »Ich fürchte, du hast nur allzu recht.«

»Was machen wir jetzt mit ihr?« fragte Orgon.

Baldur überlegte kurz. »Wir schaffen sie zurück zum Gehöft«, entschied er dann. »Dort ist sie am besten aufgehoben.«

Leira kam die Treppe herab, als sie Geräusche von unten hörte. Sie riß entsetzt die Augen auf, als sie sah, wie die drei Männer ihre bewußtlose Tochter ins Haupthaus brachten und sie dort im Wohnraum auf eine Bank legten. Leira hatte sich eine Decke über die Schultern geworfen, und ihr ungeordnetes Haar zeigte, daß sie geradewegs aus dem Bett kam.

»Was ist mit ihr?« fragte sie besorgt. Sie eilte herbei und sah auf ihre Tochter herab. Halb erleichtert, halb beunruhigt bemerkte sie, daß diese keine sichtbaren Verletzungen aufwies.

»Mach dir keine Sorgen!« versicherte Baldur. »Mit ihr ist alles in Ordnung. Sie ist nur ohnmächtig. Aber ich denke, sie wird bald wieder erwachen.«

»Was ist passiert?« fragte Leira. »Wieso ist sie bewußtlos? Und wo kommt Ihr überhaupt um diese Zeit her? Ich dachte, Ihr liegt im Bett.« Als ihr niemand antwortete, blickte sie die drei Männer reihum fragend an. »Baldur! Sag wenigstens du mir, was geschehen ist!«

Der Angesprochene kniff die Lippen zusammen. »Das ist eine etwas längere Geschichte. Aber du wirst sie erfahren. Hole jetzt erst einmal kaltes Wasser und einen Lappen, damit wir Fianna wieder ins Bewußtsein zurückholen können.«

Leira zögerte, aber Baldurs Blick sagte ihr, daß es das beste sei, seine Anweisung zu befolgen. Sie verschwand und kehrte kurz darauf mit einem halbgefüllten Eimer und einem Tuch zurück. Sie tauchte den Stoff in das Wasser und betupfte damit das blasse Gesicht ihrer Tochter, als ihr plötzlich der Ring an deren rechter Hand auffiel. Verwirrt blickte sie Baldur an. »Aber ... das ist doch Thorbens Ring! Wieso trägt Fianna ihn plötzlich? Ich dachte, er wäre mit ihm begraben ...« Sie brach ab. »Baldur, was hat das alles zu bedeuten?«

Als Baldur Leiras besorgtes, verwirrtes Gesicht sah, fühlte er eine schwere Bürde auf seiner Seele lasten. Er wurde einstweilen einer Antwort enthoben, denn Fianna begann sich stöhnend zu regen. Leira betupfte ihr noch einmal das Gesicht und sprach beruhigend auf sie ein.

Dann schlug Fianna die Augen auf. Sie blinzelte und sah sich verwirrt um. »Was ist passiert?« kam es schwach über ihre Lippen. Erstaunt sah sie die Umstehenden an, die allesamt auf sie herunterschauten. »Wie bin ich hierhergekommen?«

»Die drei haben dich hergebracht«, erklärte Leira. »Wo wart Ihr denn? Was hast du angestellt?«

Fianna runzelte nachdenklich die Stirn, und dann, als sie sich wieder erinnern konnte, zuckte sie noch einmal wie unter Qualen zusammen. Sie hob den Kopf und sah auf den Ring an ihrer Hand.

»Der Ring«, hauchte sie. Es klang matt, aber ein zufriedener Unterton lag in ihrer Stimme. Sie ließ den Kopf wieder zurücksinken. »Jetzt werde ich Euch begleiten! Nun *müßt* Ihr mich mitnehmen.«

»Euch begleiten?« wiederholte Leira verwirrt. »Ja, aber ... Was hat das zu bedeuten?«

Sie sah flehentlich zu Baldur, der wie betäubt dastand, und langsam schien sie zu begreifen.

»Baldur!« rief sie verzweifelt. »Sag mir, daß das nicht wahr ist! Sag, daß das nicht stimmt!«

Sein Schweigen war Antwort genug.

Um Fiannas Lippen spielte ein feines Lächeln. »Seht

Ihr?« sagte sie leise. »Ihr hättet mich gleich mitnehmen sollen.«

»Wer sagt dir, daß wir das jetzt tun werden?« knurrte Boromir böse.

»Ganz einfach. Jetzt, wo ich den Ring trage, braucht Ihr mich.«

»Wir brauchen nicht dich, sondern den Ring. Und den können wir auch auf anderem Wege mitnehmen.« Er blickte sie scharf an und fügte gefährlich leise hinzu: »Erinnerst du dich nicht mehr, wie du ihn dir geholt hast?«

Sie wurde noch bleicher, als sie es ohnehin schon war. »Das wagt Ihr nicht!« stieß sie tonlos hervor.

Sie sah zu Boromir, und als sich in dessen finsterem Gesicht kein Muskel regte, wanderte ihr Blick zu Baldur.

»Ich habe doch recht?« fragte sie unsicher. »Das würdet ihr nicht wagen. Oder?«

Ein Schankbursche eilte herbei und erkundigte sich nach ihren Wünschen. Sie bestellten einen kräftigen Eintopf.

»Was für einen Wein gibt es hier?« fragte Boromir.

»Wein wird hier selten verlangt, Herr. Die Gäste trinken zumeist Bier oder Schnaps. Der einzige Wein, den wir führen, ist ein teurer Aranischer Schlauchwein.«

»Ein guter Gedanke. Heute ist vielleicht die letzte Gelegenheit vor unserem Ziel, einen solch edlen Tropfen zu genießen.« Er vergewisserte sich mit einem kurzen Blick, daß Baldur und Orgon genauso dachten, dann bestellte er drei große Krüge.

»Vier«, korrigierte Fianna.

Baldur sah sie mit unwillig herabgezogenen Augenbrauen an. Der Schankbursche nickte bestätigend und wollte gehen, doch Baldur hielt ihn zurück. »Nein. Nur drei Wein. Und einen Apfelmost.«

Der Bedienstete nickte und entfernte sich.

Fianna schnaufte wütend. »Ihr behandelt mich schon wieder wie ein kleines Kind.«

»Wir entscheiden nur, was das beste für dich ist«, sagte Baldur.

»Genau das meine ich ja. Ich kann schon meine eigenen Entscheidungen treffen.«

»Sag mal, hast du uns am Grab deines Vaters nicht versichert, daß du alles tun würdest, was wir dir sagen?« fragte Boromir.

Sie dachte kurz nach. »Ja«, erwiderte sie dann. »Schon. Aber das war, als ich Euch noch darum *gebeten* habe, mich mitzunehmen. Ich finde, jetzt, nachdem Ihr keine andere Wahl hattet, haben sich die Dinge geändert. Ich bin ein vollwertiges Mitglied unserer Gruppe.«

Boromir lachte. »Das siehst aber auch nur *du* so.«

Seine Reaktion ärgerte sie. »Wie auch immer. Ich hole mir jetzt einen Wein.«

»Versuch es«, sagte Baldur. »Aber ich werde nicht dafür bezahlen. Du kannst den Wirt ja fragen, ob er dich als Gegenleistung die Küche putzen läßt. Das heißt, wenn dir nach dem heutigen Ritt noch danach zumute ist.«

Sie verzog das Gesicht. »Dein Geld brauche ich nicht.« Damit zog sie aus dem Täschchen, das sie seit Reisebeginn am Gürtel ihrer Tunika trug, ein kleines Lederbeutelchen hervor. »Ich habe selbst welches.«

»Woher?«

»Leira hat es mir mitgegeben. Glaubt Ihr etwa, wir wären so arm, daß wir kein Geld hätten?« Sie stand auf. »Und wenn Ihr mich jetzt entschuldigen würdet. Ich werde mir einen Wein holen. Und Ihr dürft sicher sein, daß ich ihn auch gleich bezahlen werde.«

Damit verschwand sie in Richtung der Theke.

Baldur seufzte.

»Scheint, als hätte sie dich ausgetrickst«, meinte Boromir trocken. Er warf Fianna einen kurzen Blick hinterher. »Bisweilen finde ich sie gar nicht so übel.«

»Wie bitte? Dabei warst du es doch immer, der sie als Biest bezeichnet hat. Und genau das ist sie auch.«

Boromir lehnte sich zurück und zwirbelte genüßlich eines seiner Schnurrbartenden mit Daumen und Zeigefinger. »Es gibt auch nette kleine Biester.«

Baldur sah ihn mit säuerlicher, wenig begeisterter Miene an. »Sieh nur zu, daß sie dir auf deine alten Tage nicht den Kopf verdreht.«

»Keine Bange. Zu der Sorge besteht kein Anlaß.«

»So? Meinst du?«

»Ich meine nur, daß sie sich auf jeden Fall Mühe gibt. Oder hast du sie nur einmal klagen gehört? Auf einem Pferd wie dem ihren war der Ritt heute kein Zuckerschlecken. Und bislang hat sie uns noch keinerlei Probleme bereitet, oder?«

In der anderen Ecke der Wirtsstube wurde es laut.

»Laß mich los!« schallte Fiannas empörte Stimme durch den Raum.

»Komm schon, zier dich nicht so!« antwortete eine

tiefe männliche Stimme mit schwerer Zunge. »Setz dich zu uns! Wir können eine Menge Spaß miteinander haben.«

Der Aufruhr stammte von einem Tisch, an dem mehrere derb aussehende Männer – offenbar Tagelöhner – zusammensaßen und schon reichlich dem Schnaps zugesprochen hatten. Baldur sah, wie einer von ihnen Fianna an den Hüften gepackt hatte. Sie wehrte sich gegen den Griff, doch er lachte nur und zog sie zu sich heran.

Baldur verzog das Gesicht. Wenn Fianna in solchen Dingen etwas erfahrener gewesen wäre, hätte sie natürlich den Weg an diesem Tisch vorbei gemieden. Doch wo und wann auf dem elterlichen Gehöft hätte sie eine solche Erfahrung machen sollen?

»Da hast du dein Problem«, sagte er trocken zu Boromir und stand auf.

»Laß mich endlich los«, rief Fianna und versuchte vergeblich, sich den Händen des Mannes zu entwinden.

Ihr Widerstand reizte ihn nur noch mehr. »Sei nicht so zickig! Du wirst schon sehen, daß du auch deinen Spaß haben wirst.«

Bei diesen Worten griff er ihr mit der einen Hand unter den Saum der Tunika.

Sie kreischte entsetzt auf, als sie seine Hand auf ihrem Schenkel spürte, und versetzte ihm eine schallende Ohrfeige.

Einen Augenblick lang starrte er perplex drein, ohne sie loszulassen. Dann verfinsterte sich sein Gesicht. »Na warte!« rief er wütend. Er stand auf und packte sie noch fester, was sie schmerzerfüllt aufschreien ließ. »Das hast du nicht umsonst getan! Das wirst du bereuen!«

Fianna sah ängstlich auf sein wutverzerrtes Gesicht, und ihr verzweifelter Versuch sich zu befreien, schlug fehl.

Der Mann holte zum Schlag aus.

»Das würde ich an deiner Stelle nicht tun«, warnte ihn da eine Stimme.

Er hielt mit erhobener Hand inne und sah irritiert zu Baldur, der vor ihm aufgetaucht war. »Was willst du? Ich wüßte nicht, was dich das angeht!«

»Laß die Frau los!« sagte Baldur entschlossen.

Der Mann schüttelte ärgerlich den Kopf. »Kümmer dich um deine eigenen Angelegenheiten, und laß mich in Ruhe!«

Damit zog er Fianna wieder zu sich heran und schmiegte sein stoppeliges Kinn an ihre Wange, worauf sie mit Widerwillen reagierte und ihren Kopf zurückdrehte, ohne sich jedoch befreien zu können.

»Ich habe gesagt, du sollst die Frau loslassen!« Baldurs Stimme wurde schärfer.

»Hast du mich nicht richtig verstanden?« fauchte der Mann. »Oder suchst du etwa Ärger? Scher dich zum Namenlosen. Du siehst doch, daß deine Anwesenheit hier nicht erwünscht ist. Diese Sache geht dich nichts an.«

»O doch. Denn diese junge Frau ist eine Gefährtin von uns.«

»Genau«, bestätigte Boromir, der neben Baldur trat.

Der Mann musterte die beiden von oben bis unten und grinste, als er sah, daß sie unbewaffnet waren. Sie hatten ihre Waffen auf den Zimmern gelassen – ein Fehler, wie sich jetzt herausstellte. Doch mit dieser Art von Ärger hatten sie nicht gerechnet.

»So? Und was, wenn ich keine Lust habe, sie loszulassen?« höhnte der Mann. »Bekomme ich es dann mit Euch zu tun?«

Boromir sah ihn grimmig an. »Wir freuen uns immer, wenn wir jemandem begegnen, der so feine Andeutungen versteht!«

Der Mann packte Fianna mit der einen Hand am Oberarm, mit der anderen zog er aus dem Gürtel hinter seinem Rücken ein großes Messer hervor. Er hielt es ihnen drohend entgegen und starrte sie herausfordernd an.

»Na, dann kommt doch!« rief er. »Kommt, wenn Ihr wollt, daß ich Euch Eure Wämse aufschneide!«

Im gleichen Augenblick wuchs Orgons stämmige Gestalt hinter ihm auf. Mit der einen Hand umklammerte er das Handgelenk des Mannes, das das Messer hielt, mit der anderen packte er ihn am Haar, riß ihn erst nach hinten und stieß ihn dann mit dem Gesicht zweimal kurz hintereinander auf die schwere hölzerne Tischplatte.

Der dumpfe Aufprall ließ den Tisch leben. Als Orgon den Mann losließ, löste sich erst das Messer aus dessen Hand und fiel polternd zu Boden, ehe ihm der erschlaffte, langsam von der Tischplatte rutschende Körper folgte. Mit dem Gesicht nach oben blieb er reglos auf dem Boden liegen, um eine gebrochene Nase und eine tiefe Platzwunde an der Stirn reicher.

Die anderen Tagelöhner, die mit am Tisch gesessen hatten – sechs an der Zahl – waren aufgesprungen und standen in gespannter Haltung da.

Orgon blickte grimmig in die Runde. »Noch jemand, der etwas von unserer Gefährtin will und Lust auf eine kleine Abkühlung hat?«

Die Tagelöhner blieben weiterhin angespannt stehen und sahen ihre Gegner abwägend an, als überlegten sie, ob es sich lohne, gegen sie vorzugehen, oder ob es besser sei, eine Auseinandersetzung zu vermeiden.

Fianna war an Baldurs und Boromirs Seite geflüchtet.

»Die junge Frau gehört zu uns«, erklärte Baldur. »Und wir suchen keinen Ärger. Laßt sie einfach in Ruhe, dann gibt es keinen Streit.«

Einer der Männer nickte schließlich einvernehmlich.

»So soll es sein.« Er deutete auf den am Boden liegenden Tischgenossen. »Was geschehen ist, war allein seine Sache. Er wollte Streit, und er hat ihn bekommen. Was schert das uns? Also nimm deine Tochter, und kehr an deinen Tisch zurück.«

Bei diesen Worten entspannten sich die anderen

Tagelöhner ebenfalls wieder. Der Mann, der gesprochen hatte, schien so etwas wie ihr Anführer zu sein.

Baldur zog die Stirn in Falten. »Meine Tochter? Wie kommst du darauf?«

Der Mann sah zwischen Baldur und Fianna hin und her. »Nun, man sieht, daß ihr dieselben Augen habt. Und auch die Gesichtszüge sind recht ähnlich.« Er machte eine verächtliche Handbewegung. »Wie auch immer, ob sie nun deine Tochter ist oder nicht, scher dich weg und laßt uns in Ruhe, bevor wir es uns anders überlegen!«

Baldur zog Fianna am Arm mit sich. »Komm, wir gehen!«

Sie hatten ihren Tisch fast erreicht, als Fianna stehenblieb und sich gegen Baldurs Griff sträubte. »Halt! Ich habe meinen Wein noch nicht bekommen.«

Baldur sah sie kopfschüttelnd an. »Wir werden ihn am Tisch bestellen, wenn das Essen gebracht wird. Das ist sicherer. Wer weiß, was du sonst noch alles anstellst!«

»Ich konnte wirklich nichts dafür. Ich wollte nur an dem Tisch vorbeigehen, da hat der Kerl mich einfach gepackt.«

»Du hättest dir vorher genau angucken müssen, an was für Leuten du vorbeigehst. Dann hättest du den häßlichen Vorfall vermeiden können.«

»Wie bitte?« rief sie aufgebracht. »Du gibst *mir* die Schuld?«

»Komm, setz dich!« entgegnete Baldur. »Das gehört zu dem, was du alles noch zu lernen hast.« Sie nahmen wieder Platz. »Morgen wirst du Gelegenheit haben, mir zu zeigen, was du schon kannst«, fügte er hinzu.

Fianna sah ihn überrascht an. »Wie meinst du das?«

»Ich will wissen, wie gut du mit dem Schwert umgehen kannst. Und andere Kleidung und eine Scheide für dein Schwert müssen wir dir auch noch besorgen. Ich hoffe, daß es an der Grenze ein paar Handelsposten gibt, wo wir so etwas erstehen können.«

»Ich werde Euch drei nicht enttäuschen«, versicherte sie mit leuchtenden Augen. »Darauf könnt Ihr Euch verlassen.«

»Wir werden sehen.«

Der Wirt kam persönlich an den Tisch und entschuldigte sich wortreich für den Zwischenfall mit dem Tagelöhner. Ein Freigetränk als Entschädigung erhielten sie dafür jedoch nicht – ein Hinweis darauf, daß derlei Zwischenfälle hier keine Seltenheit waren.

Wenig später wurde das Essen gebracht, und auch Fianna bekam ihren Krug Wein.

»Hm, köstlich«, sagte sie, nachdem sie einen ersten Schluck getrunken hatte. Sie sah die drei an. »Sagt mal, stimmt das, was Ihr da vorhin gesagt habt?« fragte sie leise. »Daß ich Eure Gefährtin bin?«

Die drei Männer hielten im Essen inne.

»Bild dir nur nichts darauf ein!« sagte Boromir betont unwirsch. »Es bedeutet bloß, daß du mit uns unterwegs bist. Mehr nicht.«

Fianna nickte kleinlaut, doch um ihre Lippen spielte ein feines Lächeln.

»Weißt du noch, was der Mann drüben am Tisch vorhin gesagt hat?« fragte sie später an Baldur gewandt. Sie lachte. »Er hat mich für deine Tochter gehalten. Ist das nicht komisch?«

»Ich kann mir gar nicht vorstellen, wie er darauf kommt«, erwiderte Baldur mürrisch.

»Dabei stimmt es schon.« Boromir musterte Baldur prüfend. »Eine gewisse Ähnlichkeit ist durchaus vorhanden. Eure Augen haben dieselbe Farbe, und auch bei den Gesichtszügen ...«

»Unsinn!« rief Baldur ärgerlich. »Das bildest du dir nur ein!«

»Also, jetzt, wo Boromir es sagt, fällt es mir auch auf«, meldete Orgon sich stichelnd zu Wort.

»Schluß jetzt mit der Diskussion! Ich habe keine Lust, noch länger darüber zu reden. Das ist vollkommen abwegig.«

»Finde ich auch«, meinte Fianna mit vollem Munde. Sie hatte das Wortgefecht der drei mit amüsiertem Gesichtsausdruck verfolgt. »Dieser Gedanke ist unsinnig. Als ob ich so aussehen würde wie du.« Sie schüttelte ihr schulterlanges rotes Haar. »Das fehlte ja gerade noch!«

Baldur sah sie kurz, aber durchdringend an, dann senkte er seinen Kopf und widmete sich wieder dem Essen.

Bald hatten sie das Mahl beendet. Orgon und Boromir gönnten sich noch einen zweiten Krug Wein, Baldur und Fianna hingegen hielten sich zurück, obwohl dem Mädchen der Wein sichtlich mundete. Überhaupt schien sie sich recht wohl zu fühlen. Sie hatte die Fersen auf die Kante ihrer Holzbank gesetzt und umschlang ihre angewinkelten Knie mit den Armen.

»Was ist damals eigentlich geschehen?« fragte sie. »Bevor Ihr Euch getrennt habt. Und was ist das für eine Sache, die Ihr noch erledigen müßt?«

Die Frage brachte die drei zum Erstarren.

»Hat dir Thorben nichts darüber erzählt?« fragte Boromir.

»Nein. Mein Vater hat mir zwar einiges über Eure früheren Reisen und Taten erzählt, bevor er seinen Unfall hatte, aber darüber hat er nie ein Wort verloren. Ich hatte den Eindruck, als wolle er nicht daran erinnert werden.«

»Das kann ich gut verstehen«, sagte Boromir.

»Ja, aber … warum? Was ist damals so Schreckliches geschehen?«

»Du willst also sagen, daß du dich uns angeschlossen hast, ohne überhaupt zu wissen, worauf du dich da einläßt?« fragte Baldur fassungslos.

»Nun, äh …« Sie hob die Schultern. »Ja.«

»Hätte sie's gewußt, wäre sie bestimmt nicht mitgekommen«, brummte Orgon.

Sie blickte von dem einen zum anderen.

»Nun redet schon!« forderte sie. »Was ist damals geschehen?«

»Das läßt sich schlecht mit Worten beschreiben«, sagte Baldur. »Das kann niemand verstehen, der nicht dabei war.«

»Aber ihr werdet mir doch wenigstens *irgend etwas* darüber sagen können!«

Baldur, Boromir und Orgon sahen sich an.

»Ich finde, sie hat ein Recht darauf, es zu erfahren«, sagte Boromir.

Baldur überlegte, dann nickte er. »In Ordnung.«

»Schön.« Fianna trank einen Schluck Wein und sah den dreien erwartungsvoll entgegen. Als keiner sprach, hob sie fragend die Augenbrauen. »Was ist?«

»Wer soll es ihr erzählen?« fragte Boromir.

»Mach du es!« sagte Baldur.

»Ich?«

»Ja, du.«

»Wieso ausgerechnet ich?«

»Weil du das am besten kannst. Oder was hast du in den letzten Jahren schon groß anderes getrieben?«

Boromir machte ein Gesicht, als wüßte er nicht, ob er wütend reagieren sollte oder nicht. Dann gaben seine erschlaffenden Schultern zu erkennen, daß er sich dem Unvermeidlichen ergab. Er nahm noch einen tiefen Schluck Wein und dachte daran, daß er sich bei dieser Erzählung im Gegensatz zu sonst strikt an die Wahrheit halten müßte – etwas, das ihm die Sache nicht gerade einfacher machte.

»Also gut, ich will es versuchen. Ich hoffe, daß ich mich noch genau an alles erinnern kann ...« Er hielt inne, als ihm bewußt wurde, daß schon dieser erste Satz nicht der Wahrheit entsprach, denn die damaligen Ereignisse hatten sich unauslöschlich in sein Gedächtnis eingebrannt.

Fianna ahnte nichts von seinen inneren Qualen und beugte sich interessiert ein Stück vor. Im Gegensatz zu seinen sonstigen Erzählungen, sprach Boromir diesmal leise und stockend.

»Wie du weißt, liegen diese Geschehnisse fünfzehn Götterläufe zurück. Wo soll ich anfangen? Damals zogen wir mit deinem Vater durch die Gegend von Winhall, als uns die Kunde erreichte, daß der König von Andergast eine große Belohnung für diejenigen ausgeschrieben hatte, die ihm bei der Beseitigung eines Problems helfen würden. Im Norden seines Königreiches, in den östlichen Ausläufern des Steineichenwaldes, war eine uralte, dämonische Kraft erwacht, die weite Gebiete seines Reiches in Mitleidenschaft zog.«

»Was soll das heißen?«

»Das wußten wir damals, als wir aufbrachen, auch nicht so genau. Man erzählte uns irgend etwas von Unwettern und Stürmen und daß alle Menschen aus jenen Gegenden flohen. Genaueres vermochte uns der Überbringer der Kunde nicht zu sagen. Dafür aber hatte er sich um so besser gemerkt, welche Belohnung der König von Andergast ausgeschrieben hatte: Man konnte sich entweder in den Adel erheben lassen oder aber eine beträchtliche Anzahl Dukaten einstreichen. Angesichts der Armut des Landes ließ sich ermessen, daß dem Königreich wirklich eine große Gefahr drohen mußte. Da auch unsere Geldbeutel vollkommen leer waren, erschien uns das durchaus verlockend.«

»Wie kam es, daß Ihr kein Geld hattet? Ich dachte, Eure Dienste wären sehr gefragt gewesen.«

»Das waren sie auch. Aber ... äh ... nun ... also, wir hatten unsere gesamte Barschaft kurz zuvor durch ... ähm ... recht unglückliche Umstände verloren.« Boromir bedachte Orgon mit einem kurzen Seitenblick.

Fianna hob interessiert die Augenbrauen. »Was für Umstände?«

Boromir nahm noch einen Schluck Wein, stellte fest, daß es der letzte gewesen war und winkte einem Bediensteten zu, ihm einen neuen Krug zu bringen. »Wir waren damals in Winhall in einem gewissen ... äh ... nun ja, in einem gewissen Haus, um uns ein wenig Zerstreuung und Spaß zu gönnen.«

Sie blickte verwirrt drein. »Was denn für ein Haus?«

Boromir suchte nach Worten. »Nun, eben so ein Haus«, wand er sich.

Es dauerte einen Augenblick, ehe Fianna begriff und leicht errötete.

»Oh!« entfuhr es ihr.

»Also, wir waren dort und hatten unser gesamtes Geld Orgon anvertraut. Aber dann kam da diese schwarzhaarige, dämonisch gutaussehende Halbelfe, die uns ...«

»Boromir!« unterbrach Baldur.

»Ja?«

»Ich glaube, das gehört nicht hierher.«

Boromir dachte kurz nach, dann nickte er. Er überlegte, ob er womöglich deshalb abgeschweift war, weil er nicht über die eigentlichen Ereignisse reden wollte. Er war froh, als der Schankbursche ihm einen neuen Krug Wein brachte.

»Wie auch immer«, fuhr er fort. »Wir machten uns also auf den Weg. Da wir ohnehin kein festes Ziel hatten, war eines so gut wie das andere. Auf dem Weg nach Andergast erfuhren wir schon einiges über die Art der Bedrohung, und als wir die Stadt schließlich erreichten, sahen wir die Auswirkungen mit eigenen Augen: Der ganze Himmel über Andergast war Tag und Nacht mit düsteren Wolken verhangen. Ununterbrochen zuckten Blitze, und das Donnergrollen ließ niemals nach. Sogar leichte Erdstöße waren zu spüren, aber sie richteten glücklicherweise keinen großen Schaden an. Die Menschen, die aus den schlimmer betroffenen Gebieten in die Hauptstadt geflohen waren, erzählten uns, daß je näher man der Quelle des Unheils käme, man desto mehr von einer Stimmung der Angriffslust und Wut befallen würde. Viele, die nicht rechtzeitig geflohen waren, sollen sich gegenseitig erschlagen haben. Einige Leute berichteten sogar von dämonischen Wesen, die durch die Lüfte flogen und auf jedes menschliche Wesen herabstießen, dessen sie ansichtig wurden. Doch sie kannten die Geschichten nur vom Hörensagen – mit eigenen Augen gesehen hatte diese Wesen niemand.«

»Dann gab es sie also gar nicht?« fragte Fianna.

»Wart es ab! Auf jeden Fall war klar, daß die Ursache der Ereignisse keine natürliche sein konnte. Hier mußte Magie im Spiel sein. Wir baten um eine Audienz beim König und erfuhren, daß sich in den Wochen zuvor schon viele Freiwillige, meist Abenteurer wie wir oder auch Söldner, durch die großzügige Belohnung angelockt, losgezogen waren, um das Übel zu bekämpfen. Aber keiner von ihnen kehrte je wieder zurück, und niemand vermochte zu sagen, ob sie gestorben oder geflohen waren. Die Stürme und Gewitter jedenfalls ließen nicht nach. Im Gegenteil, sie wurden von Woche zu Woche schlimmer, und der König befürchtete schon, bald seine Hauptstadt räumen lassen zu müssen. Schon jetzt hatte er Probleme mit der Unterbringung der vielen Flüchtlinge. Bereits zu Beginn der Bedrohung hatte er zwei Dutzend seiner besten Gardisten ausgeschickt, um nach der Quelle des Übels zu suchen. Doch nur einer von ihnen war zurückgekehrt, und der war nicht mehr in der Lage gewesen, über irgend etwas Auskunft zu erteilen. Er hatte vollkommen den Verstand verloren und gebärdete sich wie ein wildes Tier, weshalb man ihn in den Kerker gesperrt hatte. Wir haben ihn uns angesehen, und er bot einen bemitleidenswerten Anblick. Aus ihm war kein vernünftiges Wort mehr herauszubekommen, aber seine Augen sagten, daß er etwas grenzenlos Schreckliches erlebt haben mußte.«

»Und trotzdem seid ihr losgezogen?« fragte Fianna ehrfürchtig.

Boromir nickte.

»Habt ihr gar keine Angst gehabt?«

»Natürlich«, sagte Baldur. »Aber das ist nicht entscheidend. Angst ist in vielen Situationen durchaus nützlich. Sie hilft einem, nicht zu übermütig zu werden. Aber sie sollte nicht zum einzigen Ratgeber werden.«

»Das verstehe ich nicht«, bekannte Fianna. »Was hat das mit eurer Entscheidung zu tun, euch der Bedrohung zu stellen?«

»Was ich sagen will, ist: Wir haben uns zugetraut, selbst zu entscheiden, wie weit wir gehen könnten und wann es besser wäre, sich zurückzuziehen. Man muß nicht alles, was man beginnt, erfolgreich abschließen. Man muß auch seine Grenzen genau kennen. Und das ist etwas, das du noch lernen mußt. *Das* meinte ich vorhin, als ich sagte, daß du der Auseinandersetzung mit dem Mann hättest entgehen können.«

Erstaunlicherweise nickte sie diesmal einsichtig.

»Aber bevor wir losgezogen sind, kam alles doch ein bißchen anders, als wir es uns vorgestellt hatten. Zu jener Zeit wurde nämlich noch jemand anders beim König vorstellig, der sich erbot, gegen die Gefahr anzutreten und sie zu beseitigen. Es war ein Zauberer aus Brabak, der behauptete, er wisse aus alten Schriften genau, wie man das Übel bekämpfen könne.«

»Brabak?« fragte Fianna. »Das liegt im Süden, oder?«

»Ja, ganz im äußersten Südwesten Aventuriens«, erklärte Baldur. »Dort gibt es die sogenannte ›Dunkle Halle der Geister‹, eine berüchtigte Magierakademie, die sich vor allem mit Dämonologie beschäftigt. Sie ist dafür berüchtigt, auch Magier mit äußerst zweifelhaftem Ruf zu beschäftigen. Ihr Hauptsitz ist ein riesiger dunkler Granitbau.«

»Man erzählt sich auch, daß dort viele Bücher und Folianten aus früheren Epochen aufbewahrt werden, in denen magisches Wissen enthalten ist«, ergänzte Boromir. »Aus solch einem Buch wollte der Zauberer erfahren haben, wie die Gefahr zu besiegen sei. Seinen Angaben nach wurde sie von einem Dämon verursacht, der einst in uralten Zeiten beschworen worden war und sich nun seinen Weg in diese Welt zu bahnen versuchte. Daß das gerade jetzt geschah, war kein Zufall, sondern hatte mit der Konstellation der Gestirne zu tun. Er behauptete auch, daß er deshalb schon lange im voraus vom Erwachen der dunklen Kräfte gewußt habe. Er habe sich deshalb bereits auf den weiten Weg nach Andergast gemacht, noch bevor er überhaupt von der ausgeschriebenen Belohnung erfahren hatte.«

»Was ihn natürlich nicht davon abhielt, diese trotzdem für sich zu beanspruchen, falls er Erfolg hätte«, fügte Orgon hinzu.

»Aber des Erfolges war er sich ganz sicher«, erzählte Boromir weiter. »Leider ist ihm bei der Berechnung des Zeitpunkts des Erwachens ein kleiner Fehler unterlaufen, und außerdem wurde er auf seiner Reise aufgehalten, sonst wäre er schon früher aufgetaucht. Nun aber war er bereit, die Gefahr zu beseitigen.«

»Ich erinnere mich noch genau an ihn«, sagte Orgon. »Sein Name war Daswadan. Ob das sein richtiger Name war, wissen wir nicht, er nannte sich jedenfalls so. Er schien norbardischer Abstammung zu sein, ein recht absonderlicher Mann, leicht bucklig, mit einer ausgeprägten Hakennase, wie sie sonst nur Tulamiden haben, pechschwarzem, wildem Haar und stechendem Blick. Und gekleidet war er in eine schwarze Robe, die schon bessere Zeiten gesehen hatte. Insgesamt machte er einen recht verschlagenen Eindruck – niemand, dem man hätte trauen wollen.«

»König Wendolyn war trotzdem recht angetan von Daswadans Angebot und trug ihm auf, die Gefahr zu beseitigen«, führte Boromir den Faden weiter. »Er war froh, daß ihm endlich jemand die Ursache für die unheimliche Bedrohung seines Reiches nennen konnte. Nun, viel mehr, als daß es um einen Dämon aus der Vergangenheit ging, hat Daswadan eigentlich nicht erzählt ...«

»Und was war mit Euch?« unterbrach Fianna. »Wart Ihr damit nicht überflüssig geworden?«

»Nein, durchaus nicht. Denn der Zauberer behauptete, daß er seine Mission nicht alleine erfolgreich abschließen könne, sondern dazu unbedingt vier Begleiter bräuchte. Er bat den König, ihm eine entsprechende Zahl an Gardisten mitzugeben, doch dieser hatte bereits genügend Soldaten verloren, und so lehnte er das Ansinnen ab. Statt dessen bat er uns, den Zauberer zu begleiten. Von dieser Entscheidung war keiner begeistert, weder wir noch Daswadan. Wir mochten ihn nicht – es war Abneigung auf den ersten Blick –, und ich glaube, ihm ging es ähnlich. Er bat den König, vier andere Freiwillige zu suchen – zumal er für ihren Schutz garantieren könne –, doch der König blieb bei seinem Entschluß.«

»Und so seid Ihr also zusammen mit diesem ... diesem Daswadan losgezogen?«

»Ja.« Baldur nickte geistesabwesend. »Und er war uns Fluch und Hilfe zugleich.«

»Wie meinst du das?«

»Nun, ohne ihn hätten wir den Weg bis an unser Ziel ganz gewiß nicht geschafft«, antwortete Baldur. »Doch als wir es erst einmal erreicht hatten ... aber ich will den Geschehnissen nicht vorgreifen.«

Boromir nahm die Bemerkung als Aufforderung fortzufahren. »Also ritten wir los. Am Anfang kamen wir recht gut voran, auch wenn der Zauberer ein miserabler Reiter war. So unbeholfen, wie er auf dem Roß saß, gab er eine recht komische Figur ab. Aber nach Lachen war uns immer weniger zumute, je näher wir dem Übel kamen. Die düsteren Wolken machten den Tag zur Nacht. Nur die Blitze rissen die Dunkelheit immer wieder auf. Sämtliche Naturgewalten schienen sich uns entgegenzustemmen und am Weiterkommen hindern zu wollen. Aber das war nicht das eigentlich Schlimme. Nein, das war etwas anderes: Wir bemerkten plötzlich, daß wir irgendwann zu streiten begannen und damit nicht wieder aufhören konnten.«

»Worüber habt Ihr Euch denn gestritten?« wollte Fianna wissen.

»Im Grunde waren es nur Kleinigkeiten. Winzige Fehler, die lange zurücklagen. Oder Eigenheiten, die man an dem anderen nicht mochte und deren Erwähnung verletzt. Und darum ging es im Grunde auch: zu verletzen. Ja, das haben wir fleißig getan. Ich denke damals, an jenem Tag, wurde der Grundstein für unsere spätere Trennung gelegt. Denn nach all dem konnten wir nicht mehr so fortfahren wie früher – nicht, nachdem solche Worte gefallen waren, selbst wenn wir von einer dämonischen Macht dazu getrieben worden waren.«

Baldur und Orgon nickten stumm.

»Aber das wußten wir zu jenem Zeitpunkt noch nicht. Richtig klar geworden ist es uns erst, als wir beinahe eine Handvoll unschuldiger Leute grundlos getötet hatten. Uns kam ein Ochsenkarren entgegen, auf dem eine fliehende Bauernfamilie ihr gesamtes Hab und Gut transportierte. Natürlich litten auch diese Leute unter der Zwietracht säenden Aura. Eigentlich haben wir uns nur nach etwas erkundigen wollen, aber das Oberhaupt der Familie, eine grauhaariger älterer Mann, erwies sich als äußerst störrisch. Schnell ergab ein Wort das andere, und bald drohte er uns mit einer Mistgabel. Wie gesagt, der Anlaß war nichtig, aber das führte dazu, daß wir irgendwann mit erhobenen Waffen dastanden und bereit waren, diese Leute zu töten, nicht nur deren Oberhaupt, sondern sie alle, Männer, Frauen und Kinder.«

In Erinnerung daran schwieg er betroffen, und die Stimmung, in der er sich befand, schien auch Fianna zu erfassen. Sie saß stumm und ergriffen da, bis er weitersprach.

»Erst im letzten Augenblick kamen wir zur Besinnung und begriffen, was wir da gerade tun wollten. Wir haben die Leute natürlich weiterziehen lassen. Aber der Aura, die uns erfaßt hatte, konnten wir uns nicht entziehen. Bis … ja, bis Daswadan uns die Ringe gab.«

»Die Ringe, richtig!« rief Fianna.

»Den Zauberer hatten wir zuletzt überhaupt nicht mehr beachtet. Wir waren viel zu sehr mit uns selbst beschäftigt. Ihm schien die Aura, die soviel Zwietracht unter uns säte, nichts anhaben zu können. Er mochte auf dem Pferd zwar eine komische Figur abgeben, aber neben uns vier Streithälsen ritt er würdevoll dahin und kümmerte sich nicht darum, was wir taten. Selbst der Auseinandersetzung mit der Bauernfamilie hatte er teilnahmslos beigewohnt, als wäre es ihm egal, ob wir die Leute umbrachten oder nicht. Wir hatten den Pferden gerade eine Rast gegönnt, als er ein Tuch hervorzog, in dem sich die vier Ringe befanden. Er sagte, daß sie uns vor der damönischen Aura schützen würden. Und von nun an würde diese so stark werden, daß wir ohne die Ringe den Verstand verlieren oder uns unweigerlich gegenseitig zerfleischen würden.«

»Und? Haben sie Euch geschützt?«

Boromir nickte. »Ja, und sie werden es wieder tun.«

Fianna betrachtete den Ring an ihrem Finger, als sähe sie ihn nun mit ganz anderen Augen. »Woher hatte er die Ringe?«

»Zwei davon wären in der ›Dunklen Halle der Geister‹ zusammen mit den Schriften aufbewahrt worden, behauptete er. Und um die beiden anderen zu finden, hätte er buchstäblich sein halbes Leben zugebracht. Er hatte schon befürchtet, sie nicht rechtzeitig zusammenzubekommen, denn aufgrund der Prophezeiungen in den alten Schriften hatte er ja errechnen können, wann der Dämon erwachen würde. Schließlich ist es ihm jedoch gelungen, den vierten Ring in einem Echsen-Tempel in Selem zu finden.«

»So ein Aufwand, nur um Euch zu schützen?« wunderte Fianna sich.

»Nein. Wie er uns erklärte, waren diese Ringe der Schlüssel, um die dämonische Kräfte ein für allemal zu beseitigen. Sie waren in uralten Zeiten angefertigt und bei der Zeremonie benutzt worden, mit der der Dämon gebannt worden war. Und nur, wenn sie alle zugleich von ihren Trägern in eine bestimmte Vorrichtung gesteckt werden, würde er wieder in seine Sphäre zurückkehren. Ansonsten würde er sich unweigerlich seinen Weg in diese Welt bahnen.«

»Eines verstehe ich nicht«, bemerkte Fianna. »Wieso verbringt ein Zauberer aus dem äußersten Süden sein halbes Leben damit, sich darauf vorzubereiten, irgendwann einmal eine dämonische Gefahr im Norden zu beseitigen? Und das alles nur, weil er davon gelesen hat! Weshalb diese Mühe?«

Baldur warf ihr einen anerkennenden Blick zu.

»Ja, du hast recht«, bestätigte Boromir. »Das hätte uns auch mißtrauisch machen müssen. Aber wir gaben uns damit zufrieden, daß er irgend etwas von einer inneren Berufung erzählte, und machten uns keine weiteren Gedanken. Vielleicht war das ein Fehler, nein, ganz gewiß war das ein Fehler, aber wir waren damals nicht in der Verfassung nachzudenken. Die Stunden der Zwietracht und des Streites hatten uns ausgelaugt, mehr noch als der beständige Kampf gegen die Elemente.«

»Weshalb hat er Euch die Ringe denn nicht schon vorher gegeben?«

Boromir hob die Schultern. »Keine Ahnung. Vielleicht *wollte* er, daß wir nicht richtig zum Nachdenken kommen. Oder er wollte, daß wir seine Gabe auch richtig zu schätzen wissen. Und das taten wir auch, nachdem wir die Ringe erst einmal angesteckt hatten. Wir waren ihm wirklich dankbar dafür.«

»Ist bei Euch das gleiche geschehen wie bei mir?«

»Ja. Auch wir haben durch die Schmerzen im ersten Augenblick beinahe das Bewußtsein verloren. Aber dann schien alles plötzlich in bester Ordnung zu sein. Du mußt dir das so vorstellen, als würdest du aus einem Ort, wo Riesenhämmer auf noch größere Amboße schlagen, plötzlich in ein tiefes Tal der Ruhe und der Stille eintauchen. So etwa fühlten wir uns. Die tausend gehässigen Gedanken, die kaum kontrollierbare Wut in unserem Innern – all das war mit einem Male befriedet und ruhig. Zumindest kam es uns so vor. Wenn man eine Hand zuerst in kaltes und dann in warmes Wasser taucht, kommt einem das letztere auch zuerst heißer vor, als es in Wirklichkeit ist. Wir haben uns nicht einmal Sorgen gemacht, als wir entdeckten, daß die Ringe mit unserer Haut verschmolzen und sich nicht mehr entfernen ließen.«

Fianna wandte sich an Orgon. »Nur du hast den Ring nicht aufgesetzt. Von meinem Vater weiß ich, daß du ihn dennoch immer bei dir trägst. Warum hast du ihn nicht aufgesetzt?«

Orgon wiegte seinen Kopf leicht. »Das vermag ich nicht einmal genau zu sagen. Es war nur so ein Gefühl – ein Gefühl, es lieber nicht zu tun, zumindest nicht sofort, sondern ich wollte erst einmal sehen, was mit den anderen geschieht. Das hatte mit Angst nichts zu tun, es war etwas anderes. Aber was, das kann ich dir nicht sagen. Ich hatte schon immer eine Abneigung gegen magische Dinge. Vielleicht lag es daran.«

»Hat der Ring dich denn trotzdem vor dieser Aura beschützt?«

»Zumindest so weit, daß sie einigermaßen zu ertragen war. Ich hielt den Ring die meiste Zeit in ein Tuch eingewickelt am Körper, und solange ich das gemacht habe, ging es.«

»Und der Zauberer? Was hat er dazu gesagt, daß du ihn nicht angesteckt hast?«

»Er war wütend. Er forderte sogar, ich solle ihm den Ring zurückgeben. Aber ich dachte gar nicht daran. Eine Zeitlang sah es so aus, als wolle er ihn mir mit Gewalt wieder wegnehmen, vielleicht unter Einsatz seiner magischen Kräfte, aber Baldur, Boromir und dein Vater machten ihm klar, daß er auf ihre Begleitung verzichten müsse, wenn er das täte. Da er uns aber alle brauchte, um sein Vorhaben auszuführen, willigte er schließlich ein, mir den Ring zu überlassen. Er gestand sogar ein, daß es gar nicht unbedingt nötig sei, den Ring am Finger zu tragen, wenn man ihn in die dafür vorgesehene Fassung drückte.«

»Fühltet Ihr Euch da nicht hintergangen?«

»Er hat uns versichert, daß sie sich wieder lösen würden, sobald sie ihrer Bestimmung zugeführt seien, und so kümmerte es uns nicht allzusehr«, antwortete Boromir. »Außerdem waren wir durch sie sehr viel besser vor der unheilvollen Aura geschützt. Dasselbe galt auch für die dämonischen Wesen, denen wir kurz vor dem Ziel begegneten.«

»Dann gab es die fliegenden Wesen also doch?«

»Das ist gut möglich. Aber am Himmel haben wir keine davon gesehen. Diejenigen, mit denen wir es zu tun bekamen, griffen vom Boden aus an. Es läßt sich schwer beschreiben, wie sie aussahen. Denn jede hatte eine andere Form. Manche sahen aus wie unförmige Fladen, andere erinnerten an geflügelte oder gehörnte Tiere. Einige waren langsam und plump, andere hingegen äußerst wild und angriffslustig. Ihnen allen war jedoch gemein, daß sie aus einer grauen, nebelartigen Substanz zu bestehen schienen. Sie wirkten fast unwirklich, wie Alptraumgestalten, aber dennoch waren sie äußerst real. Selbst wenn wir nicht direkt mit ihnen in Kontakt kamen, weil uns der Zauberer gegen sie schützte und sie vertrieb.«

»Diesmal werden wir ohne seine Hilfe zur Ruinenstadt kommen müssen«, sagte Orgon mit düsterer Stimme.

»Wir werden es schaffen«, sagte Baldur.

»Woher nimmst du diese Zuversicht?« fragte Orgon.

Baldur erwiderte nichts darauf.

»Was ist mit dieser Ruinenstadt?« wollte Fianna wissen.

»Sie war das Ziel unserer Reise, und sie wird es wieder sein«, sagte Boromir. »Sie ist die Stätte, an der sich das Böse befindet. Der Zauberer erzählte uns, daß sie noch aus der Zeit vor der Ersten Dämonenschlacht stamme. Damals sei ein Dämon in einem eigens für ihn errichteten Tempel gebannt worden. Die Stadt sei danach von ihren Bewohnern verlassen und später bei einem Erdbeben untergegangen. Nun jedoch lag sie wieder frei da, als hätte ein neues Erdbeben sie ausgespuckt. Kurz bevor wir den Ort erreichten, fanden wir den halbverwesten Leichnam eines der Gardisten, die von König Wendolyn ausgeschickt worden waren. Aus seiner Haltung ging hervor, daß er sich selbst das Schwert in den Leib gestoßen hatte. Er muß ein guter und sehr pflichtbewußter Mann gewesen sein, daß er es trotz der Aura so weit geschafft hatte, aber selbst wenn er die Stätte erreicht hätte, hätte er nichts ausrichten können. Ihm fehlten die Ringe.«

»Was geschah dann in der Ruinenstadt?«

»Daswadan führte uns zu dem Tempel, in dem der Dämon gebannt war«, erzählte Boromir. »Das Gebäude lag halb an einem Berghang vergraben, aber dafür, daß es vor anderthalbtausend Götterläufen von der Erde verschluckt und dann wieder ausgestoßen worden war, war es erstaunlich gut erhalten. Auch dafür mußten magische Kräfte verantwortlich sein. Der ganze Ort war von böser Magie durchdrungen. Auf dem Weg ins Innere des Tempels gab es sogar noch intakte Fallensysteme, die der Zauberer jedoch erkannte und ein für allemal unschädlich machte.« Boromir holte tief Luft. »Und dann hatten wir das Zentrum des Tempels erreicht«, sagte er mit schwerer Stimme. »Das Zentrum des Bösen.«

Er sah erst Baldur und Orgon kurz an, die beide stumm und mit versteinerter Miene dasaßen, und dann Fianna, die ihm mit halb geöffnetem Mund anstarrte und darauf wartete, daß er weitersprach. Doch erst nachdem er einen tiefen Schluck genommen hatte, tat er das.

»Dort befand sich eine große Halle, so groß wie zwei Ballsäle zusammen. Im Zentrum davon war eine Art Becken tief in den Boden eingelassen, über das in der Mitte eine geschwungene Steinbrücke zur gegenüberliegenden Seite führte. Und in dem Becken ...« Seine Stimme schwankte. »In dem Becken befand sich eine abgrundtief schwarze Masse, die das Licht unserer Fackeln regelrecht zu verschlucken schien. Und sie bewegte sich. Ständig liefen kleine Wellen über die Oberfläche. Daswadan erklärte uns, daß diese Masse der Dämon sei, gebunden mit einem Bann, der ihn in diesem formlosen Zustand hielt.«

»Dort in der Halle, das waren die schlimmsten Augenblicke meines Lebens«, sagte Orgon.

»Wieso?« fragte Fianna verständnislos. »Was war daran so schlimm?«

Boromir suchte nach Worten.

»Man kann es nicht verstehen, wenn man es nicht am eigenen Leibe gespürt hat«, erklärte Baldur an seiner Stelle. »Es ist einfach nur die Aura, die diesen Raum durchdringt. Und vor der konnten uns auch die Ringe nicht schützen. In uns stieg auch nicht abermals Aggression oder Streitlust auf. Nein, das, was uns dort erfüllte, war einfach nur ...«

»*Böse*«, ergänzte Orgon.

»Ja.« Baldur nickte. »Und es drang in unsere Köpfe ein. Nicht daß es uns zu beeinflussen versucht hätte. Es durchdrang uns sozusagen nur, doch das war schlimmer als alles andere, was wir je erlebt hatten. Es war so, als ob du in einen mit Wasser gefüllten Becher noch eine ganze Amphore hineingießt. Er wird danach zwar immer noch voll sein, aber es wird kaum noch etwas von dem ursprünglichen Wasser darin enthalten sein. Ich glaube, dieses Bild beschreibt am besten das Gefühl dabei.« Er sah Fianna ernst an. »Und du wirst diese Erfahrung auch machen müssen, wenn wir unser Ziel erreicht haben.«

Sie sah auf einmal gar nicht mehr so selbstsicher und tatendurstig aus. Sie schluckte trocken.

»Auf der anderen Seite der Brücke befand sich ein in die Wand eingelassenes Portal, das mit zwei schweren Steintüren verschlossen war«, erzählte Boromir weiter. »Mit Körperkraft allein ließen sie sich keinen Fingerbreit bewegen, aber Daswadan öffnete sie mit einem Zauber. Dahinter befand sich eine Art kleiner Schrein – und darin eine Steinplatte mit vier kleinen Aussparungen, in die die Ringe gedrückt werden mußten, um den Dämon in seine Sphären zurückzuschicken. Doch noch war es nicht soweit. Daswadan erklärte, daß er zuvor eine bestimmte Zeremonie ausführen müßte. Allein die Vorbereitungen nahmen mehr als eine Stunde in Anspruch. Er zeichnete in der Mitte der Brücke mit Kreide magische Zeichen auf die Steinplatten, stellte an bestimmte Stellen angezündete Kerzen, die er mitgebracht hatte, setzte sich dann daneben und verfiel in wiegende Bewegungen, während er leise vor sich hin sang. Irgendwann gab er uns das Zeichen, daß die Zeit nun gekommen wäre und wir uns in die Nähe der Steinplatte begeben sollten.«

»Was ist passiert, nachdem ihr die Ringe in die Fassung gedrückt habt?« wollte Fianna wissen.

»Dazu kam es erst gar nicht. Denn plötzlich ging mit dem Zauberer eine seltsame Veränderung vor. Wir konnten nicht erkennen, was genau geschah, denn er trug seine schwarze Robe und hatte die Kapuze weit über das Gesicht gezogen. Wir hörten hinter unserem Rücken nur einen unheimlichen Laut von ihm, wie das tiefe Knurren eines Tieres. Als wir uns umwandten, hatte er sich erhoben, und plötzlich streckte sich sein Körper unter der Robe. Er wuchs vielleicht zwei, drei Handbreit ...«

»Ja«, bestätigte Orgon. »Und er wirkte nun nicht mehr länger leicht bucklig und verschlagen, sondern kräftig und bedrohlich.«

»Auch seine Stimme hatte sich vollkommen verändert. Sie war tief und keuchend und erinnerte nun eher an die eines Tieres als an die eines Menschen. Es schien, als wäre es der Dämon selbst, der aus ihm sprach. Wir wissen bis heute nicht, ob dem so war, aber wir glauben, daß Daswadan während der Zeremonie auf geistigem Wege mit dem Dämon verbunden war und dieser ihn dann überwältigte. Ein Teil seiner Worte scheint das zu bestätigen. Er fauchte uns an, von der Steinplatte wegzubleiben und daß er uns keine Gelegenheit mehr geben würde, unser Vorhaben zu vollenden. Statt dessen sollten wir als Menschenopfer dienen, die dem Dämon ermöglichen sollten, sich endgültig in dieser Welt zu manifestieren. Wir versuchten natürlich, die Steinplatte dennoch zu erreichen, aber Daswadan oder wer immer er nun war, griff uns mit seinen magischen Kräften an. Aus seinen Händen zuckten Blitze, die uns zurückwarfen. Deinen Vater hätte es fast von der Brücke hinunter in die schwarze Masse geschleudert, doch er konnte sich im letzten Augenblick am Rand der Brüstung festklammern. Während er hilflos dort hing, griffen wir anderen den Zauberer von verschiedenen Seiten an, um ihn davon abzuhalten, Thorben endgültig hinunterzuschleudern. Das war gar nicht leicht, aber es gelang uns. Trotzdem setzte Daswadan uns stark zu. Er konnte uns nicht nur zurückschleudern, sondern uns auch mit einer Handbewegung tiefe Schnitte, so wie von einem Schwertstreich, beibringen, ohne uns dabei zu berühren. Und wenn es einem von uns dennoch gelang, in seine Nähe zu kommen, dann wehrte er unsere Schläge, Stiche oder Hiebe mit ausgestreckter Handfläche ab. Unsere Waffen trafen dann jedesmal dicht vor seinem Körper auf eine harte Barriere, als hätte man auf Stein geschlagen. Aber unser Einsatz wurde belohnt. Thorben konnte sich wieder nach oben ziehen, und er war es, der dem Zauberer schließlich den ersten wirksamen Treffer beibrachte. Er schleuderte ihm sein Wurfmesser direkt ins Auge. Das heißt, wir wissen nicht, ob das Messer tatsächlich eines von Daswadans Augen traf, denn noch immer bedeckte die Kapuze sein Gesicht, aber die Art und Weise, wie es feststeckte, ließ darauf schließen. Offenbar hatte Daswadan nicht mehr mit einem Angriff Thorbens gerechnet, sonst hätte er den Wurf sicherlich ebenso abgewehrt wie unsere Attacken. Während er versuchte, sich das Messer aus dem Gesicht zu ziehen, hatten wir Gelegenheit, ihm weitere Treffer beizubringen. Schnell änderte sich das Kampfglück, und es war schließlich Orgon, der ihm mit einem wuchtigen, waagerechten Beilhieb den halben Kopf samt Kapuze vom Körper trennte. Der Zauberer hatte sich vor unserem Ansturm bis an den Rand der Brücke zurückgezogen, und die Wucht des Schlages warf ihn über das Geländer nach unten – direkt in die dämonische Masse hinein. Langsam versank er darin.«

Boromir hielt erschöpft inne, als hätte ihn das lange Reden ausgelaugt.

Doch Fianna gönnte ihm keine Ruhepause. »Was geschah dann?«

Er ließ sie noch einen Schluck Wein lang auf die Antwort warten. Ungeduldig sah sie zu Baldur und Orgon, als wolle sie sie auffordern, an Boromirs Statt zu reden, doch sie warteten, bis ihr Gefährte fortfuhr.

»Es war noch nicht vorbei. Denn während der Zauberer versank, fauchte er uns zu, daß mit seinem Tod ebenfalls die Bedingung eines Menschenopfers erfüllt wäre. Baldur reagierte als erster und wischte die magischen Zeichen, die Daswadan auf den Boden der Brücke gemalt hatte, mit dem Stiefel weg und trat die Kerzen aus. Ich glaube, es geschah gerade noch rechtzeitig. Sofort lief ein Beben durch die Halle, und das gesamte Gebäude wurde erschüttert. Vereinzelt lösten sich sogar Steinquader aus der Decke und fielen in die schwarze Masse. Von dort hörten wir ein tierisches, gepeinigtes Brüllen, aus dem unendliche Enttäuschung sprach. Dann schallte plötzlich wieder die ursprüngliche Stimme des Zauberers nach oben. Ich weiß nicht, wie er nach Orgons Schlag überhaupt noch zu sprechen fähig war, aber es war so. Wir sahen, daß er schon fast bis zur Gänze in der schwarzen Masse verschwunden war. Er flehte uns an, sofort die Ringe in die Aussparungen zu drücken, aber zu unserem Entsetzen mußten wir feststellen, daß sich die Steintüren des Portals unbemerkt wieder geschlossen hatten. Die Erschütterungen wurden immer stärker. Der Zauberer rief uns zu, daß wir fliehen sollten, denn die Stadt würde wieder im Erdboden verschwinden. Aber sie würde wieder auftauchen, in nicht allzuferner Zeit, und dann sollten wir zurückkehren, um unser Werk zu vollenden, denn aufgrund der Ringe, wären wir die einzigen, die das könnten. Kurz darauf versank er endgültig. Da es für uns nichts mehr auszurichten gab, flohen wir so schnell wie möglich aus dem Tempel und der Ruinenstadt. Keinen Augenblick zu früh. Denn kaum hatten wir sie hinter uns gelassen, setzte ein fürchterliches Erdbeben ein. Wir wurden hin und her geschleudert wie Spielzeugpuppen, und jeder von uns trug seine Blessuren davon. Orgon brach sich sogar einen Arm. Dann aber, irgendwann, war es vorüber, und die Natur beruhigte sich wieder. Als wir zurückgingen und nach der Ruinenstadt Ausschau hielten, entdeckten wir zwar noch die Spuren des aufgebrochenen Tals, in der sie sich befunden hatte, aber von ihr selbst war nichts mehr zu sehen. Sie war wieder restlos vom Leib Sumus verschluckt worden. Kurze Zeit später begann sich der Himmel aufzuklaren, und binnen ein paar Stunden waren die bedrohlich dunklen Wolken vom Himmel verschwunden. Orgon sagte uns, daß auch die unheimliche Aura der Aggression verschwunden sei. Wir drei anderen konnten das aufgrund unserer Ringe nicht spüren. Als wir in Andergast eintrafen, wurden wir wie Helden gefeiert, und ich denke, irgendwie waren wir das wohl auch. Zu unseren Ehren wurde in der gesamten Stadt drei Tage lang ein Fest veranstaltet, dann erhielten wir unseren Lohn. Baldur entschied sich dafür, in den Adelsstand erhoben zu werden. Wir anderen drei nahmen lieber die Dukaten. Daß der Zauberer fehlte, schien König Wendolyn nicht weiter zu beunruhigen. Für ihn war nur wichtig, daß die Gefahr gebannt war.«

»Habt Ihr ihm gesagt, daß sich das Übel wieder erheben wird?« fragte Fianna.

»Nein, natürlich nicht! Dann hätte er womöglich die Belohnung zurückbehalten! Aber wir versprachen ihm, jederzeit zur Verfügung zu stehen, falls er wieder Hilfe brauchen sollte.«

Fianna atmete tief durch. Ihr war anzusehen, daß sie noch zu verarbeiten versuchte, was sie da alles erfahren hatte. »Nun kenne ich also die Geschichte.«

»Fast«, entgegnete Boromir. »Denn eines fehlt noch. Bevor wir Andergast verließen, haben wir uns gegenseitig geschworen, wieder Seite an Seite zu kämpfen, falls das Böse wieder erwachen sollte. Es geschah an einem Ort, an dem ein großer Findling aus dem Boden aufragt. Von den Einheimischen dort wird er Kaiserstein genannt. Keine Ahnung, warum. Wir haben auch nicht weiter danach gefragt. Am Kaiserstein jedenfalls haben wir jenen Schwur geleistet, der uns heute wieder zusammengeführt hat. Kurze Zeit später haben wir uns dann getrennt.«

»Warum eigentlich?«

»Es liegt an dem, was wir in jenen Tagen durchgemacht haben«, erklärte Baldur. »Es war nicht nur die Tatsache, daß wir im Grunde versagt hatten, denn das war uns nicht zum erstenmal widerfahren. Auch die seelischen Verletzungen, die wir uns während unserer Streitigkeiten zugefügt hatten, waren nicht der Grund. Nein, es war etwas anderes, etwas, das wir auf irgendeine Art und Weise von der Ruinenstätte mit uns genommen hatten. Und wir fühlten, daß es uns unser Leben lang anhaften würde, bis wir Gelegenheit erhalten würden, unseren Makel zu tilgen. Vielleicht war es so etwas wie ein Fluch für unser Versagen, den jeder von uns auf seine eigene Weise zu tragen hatte. Auf jeden Fall spürten wir, daß das, was uns früher einmal miteinander verbunden hatte, nun zerbrochen war.«

»Und wenn das der Fall ist, dann ist für Kämpfer der Zeitpunkt gekommen, sich zu trennen«, fügte Orgon hinzu.

»Wer weiß«, sagte Baldur an Fianna gewandt, »wenn wir unser Ziel erst einmal erreicht haben, wird es dir mit uns vielleicht ebenso ergehen.«

Sie sah die Männer zweifelnd an, dann schüttelte sie vehement den Kopf. »Nein, das kann ich mir nicht vorstellen. Dazu mag ich Euch zu sehr!«

Die drei schienen nicht recht zu wissen, was sie von dieser Sympathiebekundung zu halten hatten.

»Wir mochten uns vor jenen Ereignissen auch«, sagte Baldur düster.

»Und jetzt nicht mehr?« fragte sie.

Die Antwort bestand aus nachdenklichem Schweigen.

»Darauf kommt es nicht an«, sagte Baldur schließlich. »Es kommt einzig darauf an zu tun, was getan werden muß. Das ist alles.«

7. Kapitel

Wie Baldur gehofft hatte, fanden die Gefährten am nächsten Vormittag an der Grenze zwischen Andergast und dem Neuen Reich ein paar Händler, die rings um die Grenzstation ihre Waren feilboten. Die Auswahl war für jemanden von Fiannas Statur nicht sehr reichhaltig, aber es fanden sich für sie ein Paar wadenlange Stiefel, eine Scheide für ihr Schwert, ein Waffengurt und ein regenfester Umhang, der ihre Ausrüstung vervollständigte.

Als sie weiterritten, zupfte und zerrte Fianna im Sattel mehrfach mit mißmutigem Gesicht an dem ledernen Harnisch herum, als würde er sie drücken. Andererseits schien sie sich darin gleich viel mehr wie eine richtige Kriegerin zu fühlen.

Hinter der Grenze wurde die Straße schlechter. Stellenweise war das Pflaster aufgerissen, und niemand hatte sich darum gekümmert, die fehlenden Steine zu ersetzen. Man merkte, daß man in einen ärmeren Teil Aventuriens gekommen war. Die Gegend wurde waldiger. Die vier folgten der Straße bis zum Thuran-See. Am Nachmittag erreichten sie ihn. Von dort aus ging es auf verschlungenen, kaum befestigten Wegen durch die tiefen Wälder nach Norden weiter.

Die Gefährten waren sich darüber einig, daß es vertane Zeit gewesen wäre, bis zur Hauptstadt weiterzureiten, denn das hätte einen Umweg von mindestens einer Tagesreise bedeutet, und so steuerten sie die westlichen Ausläufer des Steineichenwaldes gleich auf direktem Wege an.

Am späten Nachmittag machten sie auf einer ausgedehnten Lichtung Rast. Sie hatten die Pferde angepflockt, die grasten, während sie sich selbst im Schatten der Bäume niederließen und Proviant zu sich nahmen.

»Ich schätze, wenn alles reibungslos verläuft, werden wir spätestens übermorgen unser Ziel erreicht haben«, sagte Boromir mit einem Blick nach Norden, wo sich am Horizont ein düsteres Band dunkler Wolkenmassen erstreckte. »Genießen wir die letzten Sonnenstrahlen.«

Nachdem sie gegessen hatten, forderte Baldur Fianna auf, ihr Schwert zu nehmen und mit ihm auf die Lichtung hinauszukommen.

»So, nun wirst du mir zeigen, was du kannst«, sagte er und zog seine eigene Waffe.

Eine gute Stunde lang beschäftigte er sich mit Fianna. Zuerst ließ er sie spielerisch gegen sich antreten, wobei es ihm keine große Mühe machte, ihre zwar eleganten, aber einfaltslosen Angriffe zu parieren. Anschließend versuchte er, ihr ein paar Attacken und Paraden beizubringen. Natürlich war ihm klar, daß er aus ihr in einer Stunde keine gute Schwertkämpferin würde machen können, aber das eine oder andere würde ihr im Kampf sicherlich nützlich sein.

Immer wieder ließ er sie ein paar Grundübungen ausführen, bis sie irgendwann schweißüberströmt ihr Schwert sinken ließ.

»Was soll das?« rief Baldur ungehalten. »Das war noch längst nicht ausreichend. Du bist immer noch viel zu sehr darauf bedacht, deinen Gegner zu treffen, anstatt dich selbst zu schützen. Dabei kommt es viel mehr darauf an, sich erst einmal um seine Deckung zu kümmern, ehe man selbst angreift. Wenn du jemanden besiegen willst, nützt es dir nicht viel, wenn du gleich nach dessen erstem Angriff tot am Boden liegst! Und außerdem habe ich dir gesagt, daß du deinen linken Fuß etwas weiter nach vorne stellen sollst, wenn mein

Angriff von vorn kommt. Du bist Rechtshänderin, und deshalb …«

»Ja, ja«, fiel sie ihm trotzig ins Wort. »Das hast du mir jetzt schon hundertmal erklärt.«

»Richtig! Und wieso machst du es dann nicht?«

»Ich gebe mir ja alle Mühe, aber …« Sie schüttelte ärgerlich den Kopf. »Ist doch auch egal! Ich kann ja sowieso machen, was ich will. Nichts, was ich tue, ist dir recht. Pausenlos meckerst du an mir herum. Also behalt deine Weisheiten für dich! Und beibringen brauchst du mir auch nichts. Ich kann schon gut genug mit dem Schwert umgehen!«

»Ach ja?« fragte er höhnisch. »Glaubst du das wirklich?«

»Und ob!« Sie blitzte ihn wütend an und preßte die Lippen zusammen. »Ich kann dir's ja zeigen.«

»Nur zu!«

»Aber glaub nicht, daß ich mich jetzt so zurückhalte wie vorhin!«

»Ich auch nicht.«

Wenige Augenblicke später klirrten ihre Schwerter wieder aufeinander.

Fianna stürmte wütend auf Baldur los und deckte ihn mit Schlägen ein, die er jedoch alle parierte, wobei er ein paar Schritte zurückwich. Das schien sie zu ermutigen, und nun schlug sie noch ungestümer auf ihn ein. Bei jedem Schlag verzog sich ihr Gesicht vor Anspannung.

Baldur wehrte ihre Angriffe ab und registrierte anerkennend, daß ihre Hand trotz der langen Übungen kaum lahmer wurde. Trotzdem entschied er, daß es an der Zeit sei, ihr eine Lektion zu erteilen. Er änderte seine Taktik und ging zum Angriff über.

Fianna war überrascht, als er genau ihre Schwäche traf. Sie schaffte es, ein paar Schläge abzuwehren und brachte sich schnell aus seiner Reichweite, als sie merkte, daß sie in Schwierigkeiten kam.

Um Baldurs Mundwinkel zuckte es. Flink auf den Beinen war sie immerhin. Er setzte nach. Ein paar Dutzend Schläge standen sie sich gegenüber, ohne daß einer von ihnen zurückgewichen wäre. Fiannas Gesicht hatte sich vor Entschlossenheit und Wut verzerrt. Sie hatte Mühe, mit Baldurs Aktionen Schritt zu halten, war aber nicht bereit, auch nur einen Schritt Boden herzugeben.

Doch Baldurs ruhig und kraftvoll vorgetragenen Angriffen konnte sie nicht standhalten. Abermals mußte sie zurückweichen, doch er setzte wiederum sogleich nach, ohne ihr auch nur die kleinste Erholung zu gönnen. Zwischen zwei Angriffen, die auf ihren Oberkörper zielten, schlug er ihr mit der breiten Seite seiner Waffe blitzschnell gegen die Waden.

»Du mußt mehr auf deine Beine achten«, belehrte er sie, ohne im Angriff innezuhalten. »Auch darauf kann man zielen.«

Fianna geriet mehr und mehr in Bedrängnis, und ihr Arm begann zu erlahmen. Baldur setzte ihr um so wuchtiger zu. Sie schaffte es nicht mehr, seine Schläge noch richtig zu parieren, und er hätte bereits den einen oder anderen Treffer landen können. Er lenkte seine Schläge jedoch bewußt so, daß sie ihre Klinge trafen. Jeder davon ließ ihren Schwertarm erzittern.

Auf ihrem Gesicht machte sich Verzweiflung und Erniedrigung breit, als sie merkte, daß sie ihm hoffnungslos unterlegen war. Ihr schweißverklebtes Haar hing ihr ins Gesicht.

Ein starker Hieb fegte ihr die Waffe aus der Hand, und einen Augenblick später hatte sie Baldurs Schwertspitze am Kinn.

Er führte sie so schnell auf sie zu, daß sie zurückzuckte, ins Stolpern kam und zu Boden fiel.

Sie stützte sich mit den Ellbogen auf und wollte sich ganz aufrichten, als seine Schwertspitze abermals auf ihren Hals zielte. Fianna hielt inne und starrte erschrocken zu Baldur empor.

»Laß dir das eine Lehre sein!« fuhr er sie wütend an. »Wenn ich ein echter Gegner gewesen wäre, wärst du jetzt tot! Ach was, ich hätte dir schon viel früher den entscheidenen Streich verpassen können!«

»Warum hast du's dann nicht getan!« entgegnete sie ebenso wütend. Sie starrte auf die Schwertspitze. »Was ist? Willst du zustechen?«

Er verzog das Gesicht und zog sein Schwert zurück. »Ich wollte dir lediglich beibringen, daß ...«

»Laß mich in Ruhe!« fauchte sie. Sie hatte sich erhoben und machte eine abfällige Handbewegung. »Dir ist's doch ohnehin egal, ob ich tot oder lebendig bin.«

»Fianna!«

»Du warst von Anfang an dagegen, daß ich mitkomme. Und an allem hast du etwas auszusetzen!« In ihrem Gesicht zuckte es. »Es verging kaum ein Augenblick, in dem du nicht an mir herumgemeckert hast. Du ... du ...«

Sie starrte ihn auf der Suche nach einem passenden Wort mit wütend funkelnden Augen an. Dann, als es in ihrem Gesicht abermals zu zucken begann, drehte sie sich abrupt um und marschierte auf die Bäume zu.

»Fianna!« rief er. »Bleib hier!«

Doch sie hörte nicht. Er vermeinte noch ein Schluchzen zu vernehmen, dann war sie zwischen den Bäumen verschwunden.

Baldur schüttelte den Kopf und ging zu seinen Gefährten zurück, die noch immer am Rand der Lichtung am Fuß eines Baumes saßen und den Kampf beobachtet hatten.

»Und du bist dir ganz sicher, daß dein Ring auch wirklich noch funktioniert und du nicht schon unter dem Einfluß der unheilvollen Aura stehst?« fragte Boromir lakonisch.

Baldur sah ihn mit finsterer Miene an. »Wie meinst du das? Du weißt doch genau, daß wir dazu noch zu weit entfernt sind.«

»Ich meine, du hast unsere Kleine ganz schön rangenommen. War das unbedingt nötig?«

»Ich habe ihr nur gezeigt, daß sie sich nicht überschätzen soll. Das ist alles!«

»Das ist alles?« fragte Boromir. »Wirklich? Hast du schon mal darüber nachgedacht, wie du mit ihr umgehst? Du behandelst sie, als wäre sie überflüssiger Ballast.«

»Verflucht, sie *ist* ...«, begann Baldur, hielt dann aber inne, als er merkte, was er zu sagen im Begriff war.

»Sicherlich, es wäre uns allen lieber, wenn sie nicht dabei wäre. Aber sie hat den vierten Ring, und deshalb gehört sie in gewisser Weise jetzt zu uns. Denk daran, daß sie womöglich nur noch kurze Zeit zu leben hat, falls wir scheitern. Was macht es da für einen Sinn, sie herumzukommandieren und ihr jegliches Selbstvertrauen zu rauben?«

»Davon hat sie, wie ich finde, immer noch mehr als genug«, beharrte Baldur, hörte sich dabei aber schon viel nachdenklicher an.

»So? Meinst du? So sah mir das gerade aber gar nicht aus. Ist dir eigentlich schon mal aufgefallen, daß du seit unserer ersten Begegnung und erst recht seit unserem Aufbruch von Thorbens Hof noch kein einziges freundliches Wort zu ihr gesagt hast?«

Baldur starrte Boromir so perplex an, als wäre das etwas, was gänzlich außerhalb aller seiner Vorstellungen lag.

»Es stimmt, was Boromir sagt«, pflichtete Orgon seinem Gefährten bei. »Du behandelst sie wirklich nicht gut. Wenn du mit uns so umgehen würdest, in Ordnung. Aber bei ihr solltest du ein wenig behutsamer sein. Sie hat sich schließlich dafür entschieden, notfalls gemeinsam mit uns zu sterben, und daher sollten wir sie als unsere Gefährtin respektieren.«

Baldur stand mit versteinertem Gesicht da. Nur seine

zuckenden Wangenmuskeln verrieten, wie sehr es in ihm arbeitete.

Als er nicht antwortete, erhob Boromir sich. »Ich werde mal nach ihr schauen. Ich könnte mir vorstellen, daß sie jetzt ein paar ermutigende Worte braucht.«

Baldur trat ihm in den Weg und hob die Hand. »Nein. Warte. Laß mich das machen.«

Der versöhnliche Klang seiner Stimme ließ Boromir nicken. »Na schön. Wie du willst.«

Baldur ging dorthin, wo Fianna im Wald verschwunden war.

Er rief ein einige Male nach ihr, ohne Antwort zu bekommen. Nach kurzer Suche fand er sie ein paar hundert Schritt entfernt. Sie hockte auf einer großen, aus dem Boden ragenden Baumwurzel und wandte ihm den Rücken zu. Obwohl sie ihn kommen hörte, drehte sie sich nicht um, sondern blickte unverwandt zu Boden – auch als er sich neben sie setzte.

Er sah, daß sie geweint hatte. Er spürte den Drang, ihr tröstend den Arm um die Schulter zu legen, hob auch schon seine Hand, ließ sie dann jedoch wieder sinken und flüchtete sich in ein verlegenes Räuspern.

»Ich habe dich gerade wohl etwas ungerecht behandelt«, sagte er, ohne sie anzusehen und darum bemüht, seiner Stimme einen neutralen Klang zu geben.

Sie reagierte nicht.

»Es ging mir nicht darum, dir weh zu tun oder dich zu verletzen, sondern nur darum, daß du deine Grenzen kennen und beachten lernst. Das ist wichtig für dich.«

»Ach ja?« Ihr Stimme hörte sich noch immer etwas erstickt an. »Und war es dazu unbedingt notwendig, mich vor den anderen so bloßzustellen?«

Er sah sie überrascht an. Er hätte nie gedacht, daß ihr das etwas ausmachen könnte.

Sie blickte noch immer zu Boden.

»Ich habe doch schon gesagt, daß ich etwas ungerecht zu dir war«, sagte er leicht ungeduldig.

»Etwas? Das nennst du etwas? Seitdem wir aufgebrochen sind, hast du kein einziges gutes Wort für mich gehabt. Statt dessen hast du mich immer nur rumkommandiert. Mit Orgon und Boromir machst du das nicht.«

»Schon gut«, sagte er in besänftigendem Ton. »Du hast ja recht. Es ... es tut mir leid.«

Sie hob den Kopf und sah ihn aus geröteten Augen erstaunt an. »Meinst du das wirklich ehrlich?«

Er nickte.

Er hatte noch etwas sagen wollen, als er plötzlich merkte, daß er seinen Arm um ihre Schultern gelegt hatte. Er hatte es gar nicht bewußt getan. Es war wie von selbst geschehen. Fianna wehrte sich nicht dagegen, sondern rückte an ihn heran und legte den Kopf an seine Schulter.

Baldur war über diese Vertraulichkeit überrascht und starrte aus den Augenwinkeln zu den roten Haaren an seiner Schulter und roch ihren Duft. Er wandte die Augen wieder geradeaus.

»Wenn ich etwas grob zu dir war, geschah das nur aus Sorge um dich«, erklärte er. »Das, worauf, wir uns einlassen, ist nicht ungefährlich. Es kann sein, daß nicht alle von uns es überstehen. Vielleicht sogar keiner.«

»Das ist mir seit eurer Erzählung auch klar geworden«, entgegnete Fianna und bewegte ihren Kopf ein wenig, um eine bequemere Haltung zu finden.

Baldur saß kerzengerade da. »Bereust du es, mitgekommen zu sein?«

Sie überlegte einen Augenblick. »Darüber habe ich mir gestern abend noch lange Gedanken gemacht. Aber ich bereue es nicht.« Sie legte ihre offene Hand zwischen ihre Brüste auf den Harnisch. »Denn irgend etwas hier drinnen sagt mir, daß es das ist, was ich will.«

Abermals bewegte sie sich. Baldur spürte ihre Haare an seiner Wange. Dann hauchte ihre Stimme ganz nah an seinem Ohr.

»Und es gibt noch etwas anderes, das ich will.«

Seine Augenbrauen ruckten in die Höhe, als er ihre Lippen an seiner Wange spürte und fühlte, wie sie ihm mit der Zungenspitze über die Haut strich.

Er löste sich abrupt von ihr und stieß sie von sich. Es war nicht allzu heftig, aber da sie nicht darauf gefaßt war, wäre sie beinahe hintenüber von der Wurzel gefallen und hatte Mühe, ihr Gleichgewicht zu wahren.

»Was machst du denn da?« rief er aufgebracht. »Was soll das?«

Sie sah ihn an. »Gefiel es dir etwa nicht?«

»Ich … äh … nun …« Er suchte verzweifelt nach Worten.

»Warum sträubst du dich dann?« Sie rückte ein Stückchen näher, und er wich in gleichem Maße von ihr zurück. »Was ist los? Was hast du?«

Er schüttelte den Kopf. »Ich … äh … ich … Nein, das geht nicht. Das können wir nicht machen. Das ist vollkommen ausgeschlossen.«

Fianna blickte verwundert drein. »Wieso? Die anderen können uns hier doch nicht sehen. Und du hast selbst gesagt, daß wir nicht wissen, ob wir morgen überhaupt noch leben. Wenn das so ist, was spricht dann dagegen, jetzt und hier …«

»Nein!«

Fianna kniete auf der Wurzel, stützte sich mit ausgestreckten Armen auf ihre offenen Handflächen und wandte sich ihm zu. »Bin ich dir vielleicht zu jung?«

»Nein, das nicht. Das ganz bestimmt nicht.«

»Oder glaubst du vielleicht, ich hätte es noch nicht getan?«

Er blickte sie sprachlos an.

»Ich bin nicht so unerfahren, wie du vielleicht denkst.

Es gibt da auf unserem heimatlichen Hof jemanden, der mir eine Menge beigebracht hat.«

»Du hast ... mit jemandem auf dem Hof?«

»Ja«, erwiderte sie stolz. »Und einmal in Angbar auf dem Jahrmarkt, da hab ich einen Gaukler getroffen, mit dem ich in seinem Wagen ...«

»Schon gut, schon gut. Das will ich gar nicht alles hören. Es bleibt bei meinem Nein.«

Fianna zog die Augenbrauen zusammen. »Dann sag mir wenigstens, warum!«

Ihre Frage traf ihn wie ein Stich. Er fühlte, wie ihm das Blut in den Kopf schoß. »Nun, das hat gar nichts mit dir zu tun. Oder beziehungsweise doch. Aber eigentlich mehr mit mir. Es ist nämlich so, mußt du wissen, daß ich ... daß ich ... ich bin nämlich ...«

Sie hatte seinem Stottern verwirrt gelauscht. »Schüchtern?« versuchte sie ihm zu helfen.

Er fuchtelte mit seinen Händen umher. »Nein, nein, das meine ich nicht. Ich bin nur ... nur ...«

»Gehemmt?«

Er ließ seine Schultern hängen und gab seine Erklärungsversuche auf.

»Gefalle ich dir denn überhaupt nicht?« fragte Fianna mit einem enttäuschten Augenaufschlag.

»O doch, natürlich«, beeilte sich Baldur zu versichern. »Das schon. Du bist wirklich sehr anmutig.«

»Vielleicht mußt du ja erst etwas mehr von mir sehen, damit du ...« Sie ließ den Rest unausgesprochen, richtete ihren Oberkörper auf und machte sich an den seitlichen Verschlüssen ihres Lederharnisches zu schaffen.

Baldur riß die Augen auf. »Was machst du denn da?« rief er entsetzt.

»Ich ziehe mich aus«, erwiderte sie unschuldig.

Er sprang auf und streckte abwehrend die Arme aus. »Nein, hör auf damit. Mach das nicht!«

Sie hielt verwirrt inne. »Wieso nicht!«

»Weil … weil …« Er deutete mit dem Daumen hinter sich. »Weil wir jetzt aufbrechen müssen. Ja, genau, wir müssen jetzt weiterreiten. Jetzt sofort. Boromir und Orgon warten sicherlich schon auf uns. Wir müssen zusehen, daß wir heute noch ein gehöriges Stück Weg schaffen.«

»Aber das hätten wir doch auch anschließend noch gekonnt«, wandte sie ein.

»Wir müssen uns beeilen«, sagte er lakonisch. »Sonst finden wir für die Nacht keine Unterkunft mehr.«

Damit drehte er sich um, ließ sie stehen und beeilte sich, aus dem Wald herauszukommen.

Fianna sah ihm ratlos hinterher. Enttäuscht schloß sie die Schnallen an ihrem Harnisch, dann folgte sie ihm. Auf der Lichtung nahm sie ihr Schwert auf, das er ihr aus der Hand geschlagen hatte.

Als sie die drei Männer erreichte, standen diese bereits neben den Pferden und waren zum Aufbruch bereit. Während sie auf ihr Pferd stieg, warf sie Baldur ein paar fragende Blicke zu, aber dieser reagierte nicht darauf.

Während des Rittes verloren sie beide kein Wort mehr über das, was sich im Wald ereignet hatte.

Irgendwann lenkte Boromir sein Pferd neben das von Baldur.

»Scheint, als hättet ihr euch versöhnt«, meinte er mit forschendem Unterton. »Ihr seid ja auf einmal so friedlich zueinander.«

Baldur wandte seinen Kopf nicht, sondern sah stur geradeaus. »Das täuscht«, knurrte er.

Baldurs Argument, daß sie sich beeilen mußten, um für die Nacht noch eine Unterkunft zu finden, erwies sich als durchaus zutreffend, obwohl er es in jenem Augenblick nur so dahergesagt hatte. Er hätte nahezu alles gesagt, um der Situation zu entfliehen. Ein wenig ärgerte er sich darüber, daß er nicht den Mut aufgebracht hatte,

Fianna die Wahrheit zu gestehen. Irgendwann würde er nicht umhinkönnen, es zu tun. Aber ›irgendwann‹ konnte zum Glück auch in weiter Ferne liegen.

Sie waren noch keine Stunde aufgebrochen, als sie in das Land unter den dunklen Wolkenmassen eintauchten. Es dauerte nicht lange, bis über ihnen die ersten Blitze am Himmel zuckten. Regen setzte ein, und sie hüllten sich in ihre wetterfesten Umhänge. Der Weg wurde schlammiger, während die Welt um sie herum in Dunkelheit versank. Es war nicht auszumachen, wieviel der Finsternis auf die einsetzende normale Dämmerung zurückzuführen war und wieviel auf die unnatürlichen Wolkenmassen. Wenn sie zurückblickten, konnten sie dort jedenfalls noch einen mäßig erhellten Streifen Himmel sehen, der jedoch zunehmend kleiner wurde und bald ganz verschwand.

Von nun an würde es bis zu ihrem Ziel einerlei bleiben, ob es Nacht oder Tag war. Sie würden sich durch eine permanente, nur von Blitzen unterbrochene Dunkelheit voranbewegen.

Sie hatten schon Sorge, die Nacht im Freien verbringen zu müssen, als vor ihnen an einer Weggabelung eine kleine Herberge auftauchte. Das Gebäude machte einen etwas heruntergekommenen Eindruck, doch bei diesen Wetterbedingungen war ihnen jede trockene Unterkunft recht.

Der Schankraum war überfüllt und laut, die Stimmung der Gäste von Streitlust geprägt. Baldur vermutete, daß es sich bei den meisten von ihnen um Flüchtlinge aus den nördlicheren Gebieten handelte.

Sie arbeiteten sich zur Theke durch, wo sie den Wirt fanden.

»Zimmer?« Er schüttelte den Kopf. »Nein, die sind alle belegt. Das einzige, was ich Euch bieten kann, ist ein Platz im Pferdestall.«

Notgedrungen nahmen sie das Angebot an. Eine Zeitlang mußten sie warten, ehe Plätze frei wurden. Ein paar andere hatten die freien Plätze ebenfalls erspäht. Es handelte sich um finster dreinblickende, kräftige Männer, vermutlich Holzfäller. Drohend umringten sie die Gefährten, aber nachdem sie einen Blick auf deren Bewaffnung geworfen hatten, zogen sie sich langsam in eine andere Ecke des Raumes zurück.

»Ist das schon eine Auswirkung der Aura?« fragte Baldur Orgon leise. »Spürst du schon etwas?«

Orgon nickte. »Ja. Noch ist sie recht schwach, aber sie ist zweifelsohne vorhanden.«

Baldur hatte bereits bemerkt, daß Orgons Stimmung gedrückter geworden war, seitdem sie in das Unwettergebiet eingetaucht waren. »Bald wird der Zeitpunkt kommen, da du deinen Ring besser wieder am Leib trägst.«

Orgon nickte.

Baldur sah sich in der Gaststube um. Überall an den Tischen wurde lautstark und erregt diskutiert, und hinten in einer Ecke gab es sogar eine handgreifliche Auseinandersetzung zwischen zwei Männern, die jedoch schnell von anderen Gästen beendet wurde. Den Blicken, die die beiden sich zuwarfen, war zu entnehmen, daß diese Angelegenheit zwischen ihnen noch lange nicht beendet war.

»Nach Norden?« fragte der Wirt überrascht, als er an den Tisch der Gefährten trat und von ihrer Reiserichtung erfuhr. Er hatte ihnen natürlich angesehen, daß sie nicht aus dieser Gegend stammten, und gefragt, wohin sie wollten. »Das kann ich Euch nicht empfehlen.« Er zeigte zur Decke. »Ihr seht ja, was für ein fürchterliches Unwetter hier wütet. Und nach Norden hin wird es noch schlimmer. Jenseits des Ingvals hält sich niemand mehr auf, der noch recht bei Sinnen ist. Schon seit Wochen liegt dieser verfluchte Sturm über dem Land, und er rückt beständig weiter vor. Noch vor vier Wochen hatte man hier an dieser Stelle noch den freien Himmel sehen können. Und nun …«

»Kennt Ihr die Ursache für dieses Unwetter?« fragte Boromir.

»Man erzählt sich, daß es von einer alten Ruinenstadt weit im Norden kommt. Dort soll ein dämonisches Wesen mit seinen Kräften wüten. Vor etlichen Götterläufen hat es schon einmal das Land bedroht. Ich selbst lebte damals noch nicht hier, aber ich habe die Leute davon erzählen hören.«

»Habt Ihr sie auch darüber reden hören, wie die Gefahr damals gebannt wurde?« erkundigte sich Boromir.

»Ja.« Der Wirt überlegte. »Soweit ich mich erinnere, sollen vier Helden ausgezogen sein und den Dämon besiegt haben. Anschließend soll in Andergast einen ganzen Tag lang gefeiert worden sein.«

»Drei«, flüsterte Boromir.

»Wie bitte?«

»Es waren drei Tage.«

»Nun denn, meinetwegen.« Der Wirt sah ihn erstaunt an. »Ihr wißt davon?«

»Ach, nichts Genaueres«, wehrte Boromir ab. In seinen Augen funkelte es. »Was wißt *Ihr* denn noch über diese Helden von damals?«

»Ach, nicht sehr viel. Die Dinge, die erzählt werden, sind ziemlich widersprüchlich. Einige der Leute hier glauben sogar daran, daß die vier wieder auftauchen und erneut gegen den Dämon antreten werden. Könnt ihr Euch das vorstellen? Aber das sind natürlich nur Hirngespinnste. Die Leute brauchen halt etwas, woran sie sich halten können – selbst wenn es die abwegigste Hoffnung ist!«

Das Funkeln in Boromirs Augen erlosch. »Wie kommt Ihr denn darauf, daß diese Hoffnung so abwegig ist?«

»Aus welchem Grund sollten die Helden von damals denn noch einmal auftauchen?« gab der Wirt zurück. »Wer weiß, ob sie überhaupt noch leben! Und falls ja, dann haben sie bestimmt schon weißes Haar, längst keine Zähne mehr und sind froh, wenn sie allein ihre Notdurft verrichten können.« Er lachte.

Fianna war empört und wollte zu einer Antwort ansetzen, doch Baldur legte ihr die Hand auf den Arm und hielt sie davon ab.

Boromir war anzusehen, daß es ihn in den Fingern juckte, den Wirt darüber aufzuklären, wen er da vor sich hatte – was er zu jedem früheren Zeitpunkt gewiß auch getan hätte, allein schon um keine Gelegenheit zu versäumen, eine ihrer Heldengeschichten zum besten geben zu können. Doch danach verspürte er jetzt kein Verlangen.

»Macht Ihr Euch gar keine Sorgen über dieses Unwetter?« fragte er statt dessen. »Ihr habt selbst gesagt, daß es sich beständig ausweitet.«

»Ach, wißt ihr, ich bin niemand, der sich über zukünftige Dinge allzuviel Gedanken macht. Ich nehme die Dinge immer so, wie sie kommen. Und im Augenblick ist dieser Sturm das beste, was mir passieren konnte. Ich hatte noch nie so viele Gäste.«

»Habt Ihr gar keine Furcht, Eure Herberge aufgeben und diesen Ort verlassen zu müssen, wenn der Sturm noch schlimmer wird?«

Der Wirt hob die Schultern. »Selbst wenn! Ich habe einen Vetter in Joborn, der dort ebenfalls eine Herberge betreibt. Notfalls könnte ich zu ihm ziehen und dort arbeiten. Aber bis dahin werden meine Geldsäcke gut gefüllt sein.«

Boromir wünschte ihm im stillen, daß ihm zuvor keiner der bis dahin mit Sicherheit noch sehr viel aggressiver werdenden Gäste die Kehle durchschnitt.

Der Wirt merkte, daß ihr Interesse an einer Unterhaltung erloschen war und erkundigte sich nach ihren Wünschen, ehe er sich entfernte.

Es dauerte lange, bis sie ihr Essen bekamen, das aus einem harten Stück Brot und sehnigem Fleisch bestand. Auch das Bier schmeckte abgestanden und bitter, und so stellte Fianna ihren Krug schon nach dem ersten Schluck zurück und schob ihn angewidert weg.

Für Speis und Trank verlangte der Wirt einen unverschämt hohen Preis, desgleichen für die Unterkunft. Baldur zahlte den Betrag ohne zu murren. Er hatte keine Lust wegen solch nichtiger Dinge zu streiten.

Je weiter der Abend fortschritt und je mehr Bier floß, desto lauter und aggressiver wurde die Stimmung. Mehr als einmal flogen die Fäuste. Baldur drängte seine Gefährten, die Stätte zu verlassen, ehe sie in irgendeinen Streit hineingezogen wurden.

Sie begaben sich durch den strömenden Regen zum Pferdestall, wo sie über eine Leiter auf den Heuboden hinaufstiegen. Das Dach war nicht überall dicht, und an mehreren Stellen tropfte es. Sie fanden dennoch einen halbwegs trockenen Platz, an dem sie sich niederlegten.

Fianna hatte sich ihren Platz direkt neben Boromir gesucht. Nach den Anstrengungen des Tages schlief sie trotz des ständigen Donnergrollens schnell ein. Baldur sah, daß sie sich dicht an Boromir gedrückt hatte, der sie mit einem Arm umschlungen hielt.

Mißtrauisch spähte er durch die Dunkelheit zu den beiden. »Was machst du denn da?«

»Ich?« lautete die unschuldige Antwort. »Nichts. Und selbst wenn – ich wüßte nicht, was dich das angeht!«

Baldur hüstelte. Er beschloß, sich nicht weiter um die beiden zu kümmern, und bemühte sich einzuschlafen, was ihm kurz darauf auch gelang.

Ihr Schlaf wurde mitten in der Nacht unterbrochen, als ein paar grölende Gäste aus dem Wirtshaus in den Stall kamen. Auch ihnen hatte der Wirt hier eine Unterkunft gegeben.

Die meisten von ihnen begaben sich torkelnd und bierselig sofort auf ihre Schlafplätze, nur zwei von ihnen kamen herbei, als sie sahen, daß es auf dem Heuboden noch andere Schlafgäste gab – insbesondere als sich einer davon als eine junge, rothaarige Frau entpuppte.

Sie gaben erst Ruhe, nachdem Orgon einen der beiden mit einem kräftigen Kinnhaken ins Reich der Träume geschickt hatte. Und angesichts Orgons kräftiger Gestalt beschloß der andere, sich lieber zu seiner Schlafstatt zurückzuziehen. Seinen Begleiter schleifte er dabei mit sich.

Der Rest der Nacht verlief ruhig. Trotzdem vermochte Baldur keinen rechten Schlaf mehr zu finden. Er fürchtete, daß der Niedergeschlagene womöglich mit einem Messer zurückkäme, um sich für die erlittene Schmach zu rächen. Doch sehr viel wahrscheinlicher war, daß er sich längst ebenfalls wie seine Kumpanen im Tiefschlaf befand. Jedenfalls drang von der anderen Seite des Heubodens ein mehrstimmiges, kräftiges Schnarchen herüber, das selbst vom Prasseln des Regens nicht übertönt wurde.

Baldur blickte im Dunklen zum Dach hinauf. Tausend Gedanken gingen ihm durch den Kopf – an Fianna, an Leira und vor allem an den morgigen Tag.

8. Kapitel

Als sie am nächsten Tag aufstanden und ihre Pferde sattelten, war es draußen genauso dunkel und stürmisch wie am Abend zuvor. Nichts deutete auf die Tageszeit hin, aber Baldurs Zeitgefühl besagte, daß nun überall sonst in Aventurien das Praiosschild über dem Horizont aufstieg. Doch dessen helle und wärmende Strahlen reichten nicht bis hierher.

Die Gefährten versuchten, in der Herberge ein Frühstück zu bekommen, obwohl zu vermuten war, daß es kaum besser ausfallen würde als das Abendmahl. Der Wirtsraum war um diese Zeit noch verlassen. In der Luft lag ein schaler, säuerlicher Geruch. Auf den Tischen stand überall noch das Geschirr vom Vorabend. Nicht alles war heil geblieben, und auch einige zerbrochene Stühle ließen erkennen, daß es in der Nacht noch zu einigen Schlägereien gekommen war.

Sie verzichteten darauf, den Wirt aus seinem Bett zu holen. Statt dessen nahmen sie etwas von ihrem mitgeführten Proviant zu sich und brachen auf.

Nach wie vor zuckten Blitze am Himmel und rissen die Dunkelheit lidschlag- oder sekundenlang auf. Noch immer regnete es ununterbrochen. Es war kein solch starker Sturzregen wie derjenige, in den Baldur und Boromir auf dem Weg zu Orgon geraten waren, aber was ihn besonders unangenehm machte, waren die starken Windböen, die den vieren das Wasser immer wieder schmerzhaft ins Gesicht peitschten. Es war anstrengend, die Augenlider fast beständig halb zugekniffen zu halten.

Trotzdem kamen sie verhältnismäßig gut voran und erreichten bald den Ingval. Dieser Fluß durchzog ganz Andergast und Nostria, bis er rund sechzig Meilen weiter westlich ins Meer mündete. Hier, nahe an seiner Quelle, war er noch recht schmal.

Zumindest normalerweise.

Jetzt jedoch hatte der ununterbrochene Regen, der das gesamte Gebiet seit Wochen tränkte und längst nicht mehr vom Boden aufgenommen werden konnte, ihn mächtig anschwellen lassen. Das vom Wind aufgepeitschte Wasser wälzte sich brodelnd talabwärts.

Sie brachten ihre Pferde nebeneinander zum Stehen und sahen auf das Hindernis vor ihnen. Mit diesem Problem hatten sie vor fünfzehn Götterläufen nicht zu kämpfen gehabt. Damals waren sie von Andergast aus gleich nördlich des Ingvals losgeritten.

»Was jetzt?« brummte Orgon mißmutig. »Wir müssen irgendwie auf die andere Seite.«

Baldur richtete sich im Sattel auf. Als die nächsten Blitze das Dunkel zerrissen, blickte er rechts und links den Ingval hinunter. Dann entdeckte er, wonach er Ausschau gehalten hatte. Er deutete flußaufwärts.

»Dort entlang.«

In ein paar hundert Schritt Entfernung fanden sie das, was Baldur erspäht hatte: eine Fährstation. Er hatte gleich vermutet, daß der zwar unbefestigte, aber recht breite Weg, auf dem sie hergeritten waren, nicht einfach vor dem Fluß im Nirgendwo enden würde.

Ringsum war niemand zu sehen. Die Fährstation lag verlassen da. Sie bestand aus einer kleinen Hütte diesseits und zwei hölzernen Anlegestellen zu je beiden Seiten des Flusses. Dazwischen war ein dickes Tau gespannt, das fast über die gesamte Länge ins Wasser herabhing und durch die Strömung stark flußabwärts gezogen wurde.

Baldur und Boromir stiegen ab und betraten den diesseitigen Anlegesteg.

Ein paar angeschwemmte Baumstämme krachten dagegen und ließen ihn in seinen Grundfesten erbeben. Das Holz unter ihren Füßen knarrte und knisterte bedrohlich, hielt aber. Es war überhaupt erstaunlich, daß beide Stege bis jetzt heil geblieben waren. Sie waren nicht dafür konstruiert, derart gewaltigen Wassermassen standzuhalten.

Baldur und Boromir mußten entdecken, daß ihnen das Glück nicht hold war. Denn die Fähre selbst befand sich auf der anderen Seite, und das Zugseil, mit dem man sie hätte herüberziehen können, war gerissen.

»Und nun?« meinte Boromir ratlos. »Was machen wir jetzt?«

Baldurs Antwort ging in dem ohrenbetäubenden Donner eines Blitzes unter, der nur fünfzig Schritt entfernt zuckend in den Ingval einschlug und in den aufgewühlten Wassermassen eine Gischtfontäne aufspritzen ließ. Doch Boromir kannte seinen Gefährten gut genug, um an dessen Mimik ablesen zu können, daß er ebenfalls ratlos war.

Baldur dachte daran, daß wer immer die Fähre zuletzt benutzt hatte, damit auf erstaunliche Weise von hier auf die andere Seite übergesetzt war. Eigentlich wäre vielmehr zu erwarten gewesen, daß sich die Fähre am diesseitigen Ufer befunden hätte, weil beispielsweise Flüchtlinge sie benutzt hatten, um dem Wüten der unheimlichen Kräfte zu entkommen.

Doch dieser Gedanke änderte nichts an den Tatsachen. Die Fähre befand sich drüben, und wie es aussah, gab es nichts, was sie tun konnten, um das zu ändern. Sie kehrten zu ihren Pferden zurück und erzählten Orgon und Fianna von dem Problem.

»Was ist, wenn sich einer von uns ein Seil um die Hüften bindet und sich an dem Tau entlang zur anderen Seite hangelt?« schlug Orgon vor. »Dann könnten wir die Fähre rüberziehen.«

»Theoretisch wäre das möglich«, meinte Baldur und

blickte auf die reißenden Fluten. »Aber ich glaube nicht, daß man sich lange gegen die Strömung behaupten kann. Man würde es nicht weiter als höchstens bis zur Mitte schaffen, ehe der Fluß einen mitreißt.«

»Und ein Hinüberschwimmen ist erst recht ausgeschlossen«, brummte Orgon.

»Ich schätze, uns wird nichts anderes übrigbleiben, als den Fluß auf gut Glück in eine der beiden Richtung entlangzureiten, bis wir eine andere Fährstation finden, bei der wir mehr Erfolg haben«, sagte Boromir.

»Wer weiß, wie lange wir dazu brauchen«, gab Baldur zu bedenken. »Und ob wir überhaupt eine zweite intakte finden.«

Schweigend starrten sie auf das Hindernis, jeder in seine Gedanken versunken.

»Hm«, erklang es da von Fianna.

Boromir sah sie an. »Was heißt ›hm‹?«

»Vielleicht wäre es doch möglich, zur Fähre hinüberzuschwimmen.«

»Bei *der* Strömung? Unmöglich. Schon nach ein paar Schritt wäre man um ein Mehrfaches der zurückgelegten Strecke abgetrieben.«

»Eben deshalb müßte man ja nicht von hier aus, sondern von weiter flußaufwärts losschwimmen. Dann sollte es möglich sein, die andere Seite zu erreichen. Jedenfalls für einen geübten Schwimmer.«

»Und wenn er die Fähre da drüben verpaßt?« fragte Boromir. »Wer weiß, ob es weiter flußabwärts überhaupt einen Platz gibt, wo er sich ans Ufer ziehen kann. Wenn er das Ziel verpaßt, müßte er höchstwahrscheinlich ertrinken.«

»Und außerdem«, bemerkte Orgon, »ist keiner von uns ein guter Schwimmer.«

»Dafür kann ich recht gut schwimmen«, sagte sie. »Ich würde es mir zutrauen, bis auf die andere Seite zu kommen, wenn ich nur weit genug flußaufwärts starte.«

Baldur blickte abermals auf die reißende Strömung, in der immer wieder Äste oder ganze Holzstämme mitgeschwemmt wurden. Jeder davon konnte einem Schwimmer zum Verhängnis werden, genauso wie die Blitze, die von Zeit zu Zeit direkt in den Fluß einschlugen. Insgeheim bewunderte er Fiannas Mut, sich auf solch ein waghalsiges Unternehmen einlassen zu wollen. Oder war es einfach nur Selbstüberschätzung und ein Verkennen der wirklichen Gefahr?

»Das würde uns trotzdem nicht weiterhelfen«, sagte er. »Du vergißt, daß es nicht allein ausreicht, wenn einer von uns das andere Ufer erreicht. Er müßte auch ein Seil mit nach drüben nehmen. Und ein solch langes, das er den gesamten Weg mit sich ziehen könnte, haben wir nicht.«

Auch dafür hatte sie sofort eine Lösung parat. Sie deutete flußaufwärts. »Es ginge, wenn jemand das andere Ende an seinem Sattelknauf befestigt und auf diesem Ufer genau in der Geschwindigkeit der Strömung neben mir herreitet.«

Baldur blickte ebenfalls flußaufwärts. Am Rande des Flusses war für einen Reiter durchaus Platz.

»Und falls ich den Steg drüben verpasse, kann er mich mit dem Seil wieder hier herüberziehen. Es kann also nicht viel passieren.«

»Das sagst *du*«, meinte Baldur. »Mir fallen gleich ein Dutzend Dinge ein, die schiefgehen können. Und jedes davon kann dich das Leben kosten.«

»Mir hat nie jemand versprochen, daß ich ewig leben würde«, entgegnete sie. »Was ist nun? Oder hast du einen besseren Vorschlag?«

Baldur runzelte die Stirn. Ihm gefiel diese Sache nicht – ganz und gar nicht sogar. Aber eine andere Idee hatte er auch nicht.

Also willigte er ein.

»Wer von uns soll Fianna sichern?« fragte Boromir.

»Ich«, erklärte Baldur mit Bestimmtheit. »Ich werde das übernehmen.«

Zusammen mit Fianna und Boromir ritt er flußaufwärts am Ufer entlang. Eine Weile sah alles recht gut aus. Zwischen den Wassermassen des Flusses und den Bäumen verlief ein kleiner Grünstreifen, der Platz genug für einen Reiter bot. An zwei, drei Stellen war es etwas eng, weil ein Baum dichter am Ufer stand, aber Baldur war im Sattel geübt genug, um sie zu passieren.

Wenige hundert Schritt weiter versperrte ein mächtiger Baum den weiteren Weg. Er ragte halb in die Wassermassen hinein, die seinen Stamm auf der einen Seite umflossen. Hier gab es kein Weiterkommen mehr. Baldur konnte mit dem Seilende am Sattel schlecht auf der Uferseite am Stamm entlangreiten. Er blickte zurück.

»Das ist zu knapp«, urteilte er. »Wir sind noch zu dicht bei der Fährstation. Von hier aus kommst du nie rechtzeitig zur anderen Seite.«

Fianna zeigte an dem Baum hinauf, von dem aus in drei Schritt Höhe eine starker seitlicher Ast über das Wasser hinausragte. »Nicht, wenn ich von dort oben aus starte. Das macht diesen Nachteil wieder wett.«

Baldur sah ebenfalls hinauf und hatte ein flaues Gefühl im Magen. »Es wird trotzdem knapp werden.«

»Einen Versuch ist es wert.«

Baldur und Fianna stiegen ab, während Boromir im Sattel blieb. Er war nur mitgekommen, um Fiannas Pferd wieder zur Fährstation zurückzuführen.

Baldur nahm ein mitgeführtes Seil aus den Satteltaschen und befestigte dessen Ende am Sattelknauf. Mit dem anderen Ende in der Hand wandte er sich dann Fianna zu.

»Hier. Das mußt du um deine Hüften …« Er brach mit offenem Mund ab, als ein Blitz die Dunkelheit zerriß und er sah, daß Fianna aus den Stiefeln geschlüpft und gerade dabei war, auch die Tunika abzulegen, die sie unter dem Harnisch getragen hatte.

Als der nächste Blitz zuckte, stand sie vollkommen nackt vor ihm. Der fahle Schein des Lichts ließ ihren regennassen Körper unnatürlich bleich aussehen. Er wirkte dadurch sehr verletzlich, wie Baldur fand.

»Was ist?« fragte sie. »Was schaust du mich so an? Glaubst du etwa, ich würde in voller Kleidung in den Fluß springen?« Es lag keinerlei Anzüglichkeit in ihrer Stimme. An den gestrigen Zwischenfall im Wald schien sie keinen Gedanken mehr zu verschwenden. Sie wirkte voll und ganz auf die vor ihr liegende Aufgabe konzentriert.

Baldur drückte ihr das Seilende in die Hand und wandte sich verlegen ab. Dabei traf sein Blick Boromir, der den Ellbogen auf den Sattelknauf und sein Kinn auf seine Handfläche gestützt hatte und Fianna verträumt lächelnd betrachtete.

»Sieh gefälligst weg!« forderte Baldur.

Boromir machte ein unschuldiges Gesicht, ohne seinen Blick abzuwenden. »Warum?«

»Na, weil … weil …« Baldur winkte ab. Er bückte sich, nahm Fiannas Stiefel und Kleidung und reichte sie Boromir, der sie in Empfang nahm, ohne hinzusehen. »Weil du hier bist, um ihre Sachen und ihr Pferd zurückzubringen. Also mach dich auf den Weg!«

»Ja, gleich. Wozu die Eile?«

»Boromir! Jetzt starr sie nicht so lüstern an!«

»Das tue ich keineswegs. Aber im Gegensatz zu dir vermag ich mich an einem schönen Anblick durchaus zu erfreuen. Wieso bist du auf einmal so prüde? Das warst du früher doch nicht.«

»Wir sind auch nicht mehr so jung wie früher!«

»Ja.« Er grinste. »*Wir* nicht!«

Baldur gab es auf. Als er sich wieder Fianna zuwandte, hatte sie das Seil um ihre Hüften gebunden, so daß es zwar fest saß, aber sie nicht in die Haut schnitt.

»Alles klar?« fragte er.

Sie nickte. Sie sah kurz an Baldur vorbei zu Boromir,

und über ihr Gesicht huschte ein halb verlegenes, halb geschmeicheltes Lächeln.

»Na, dann los!« rief Baldur und machte eine ungeduldige Handbewegung. Und an Boromir gewandt, fügte er wesentlich schärfer hinzu: »Dasselbe gilt auch für dich.«

Boromir wußte, wann es an der Zeit war, sich auf die wesentlichen Dinge zu konzentrieren. Er nahm Fiannas Pferd am Zügel und ritt mit ihm im Schlepptau davon, nachdem er beiden noch einmal viel Glück gewünscht hatte.

Baldur blieb allein mit Fianna zurück.

Sie balancierte auf bloßen Sohlen vorsichtig über den rutschigen Boden bis zum Baum.

»Worauf wartest du?« Sie deutete zu dem Ast empor. »Du mußt mir helfen. Allein komme ich da nicht hoch.«

Er sah, daß sie recht hatte. Er trat zu ihr neben den Stamm und faltete die Hände vor seinem Körper, um ihr eine Trittfläche zu bieten.

Fianna legte ihm die Hände auf die Schulter und stieg auf seine Hände. Er hob sie ein bißchen an, damit sie von dort aus besser auf seine Schultern steigen konnte, und als sie das tat, hatte er für einen kurzen Augenblick – von einem Blitz taghell erleuchtet – das Dreieck ihres spärlichen Schamhaares direkt vor Augen.

Wenig später hatte sie seine Schultern erklommen, von wo aus sie den Ast erreichen und sich zu ihm hinaufziehen konnte. Baldur atmete – aus mehrerlei Gründen – erleichtert auf, als sie endlich rittlings auf dem Ast saß. Er nahm das Seil in die Hände und sah zu ihr empor.

»Noch kannst du dir's überlegen«, rief er ihr zu.

Sie schüttelte den Kopf.

»Dann viel Glück!«

Da das Holz regennaß und glitschig war und zusätzlich starke Windböen an ihr zerrten und ihr nasses Haar wehen ließen, bewegte sie sich vorsichtig auf dem Ast vorwärts. Nachdem sie ein paar Schritt weit hinausgeklettert war, wurde er allmählich zu dünn, um sie weiterhin zu tragen. Sie gab Baldur ein Zeichen, daß er sich bereitmachen solle. Er stieg auf sein Pferd und hielt das zusammengerollte Ende des Seiles so, daß er ständig mehr Spiel geben konnte. Dann nickte er ihr zu.

Fianna versuchte, sich aufrecht auf den Ast zu stellen, um mit einem Sprung ein paar weitere Schritt gutmachen zu können.

Dabei passierte das Unglück.

Baldur konnte nicht genau erkennen, ob eine Windböe Fianna erfaßt und aus dem Gleichgewicht gebracht hatte oder ob sie einfach auf dem glitschigen Holz ausrutscht war, auf jeden Fall fiel sie plötzlich, prallte mit dem Becken hart auf den Ast und stürzte sich überschlagend in die Fluten. Sofort zog die Strömung das untergetauchte Seilende mit sich.

Baldur war so überrascht, daß er erst zu handeln begann, als bereits zwei, drei Schlingen des aufgerollten Seiles durch seine Finger geglitten waren. Schnell hieb er seinem Pferd die Fersen in die Flanken und ritt los.

So sehr er auch dorthin spähte, wo das Seil in den Fluten verschwand, er konnte Fianna nirgends ausmachen. Sie mußte immer noch unter Wasser sein.

Womöglich – schoß es ihm durch den Kopf – hatte sie bei dem Sturz das Bewußtsein verloren und war am Ertrinken. Er überlegte schon, ob er das Seil einholen sollte, um sie aus dem Wasser zu ziehen, als er im Schein eines Blitzes sah, wie sie prustend an die Oberfläche kam. Sie befand sich sogar schon nahe der Flußmitte, was hieß, daß sie ein gehöriges Stück weit getaucht sein mußte.

Und auch nach dem Auftauchen arbeitete sie sich sofort mit schnellen Schwimmbewegungen weiter. Schnell gab er ihr mehr Seil.

Sie war gut, das mußte er neidlos anerkennen, während er am Ufer nebenher ritt und zusah, wie sie sich Stück für Stück auf die andere Seite kämpfte. Schon hatte sie es etwas über die Mitte des Flusses hinaus geschafft.

Doch ein Blick auf die vor ihnen liegende Fährstation, die viel zu schnell näher kam, sagte ihm, daß sie es trotzdem nicht schaffen würde. Er hatte es im Grunde bereits gewußt, als sie vom Ast gestürzt war. Wenn sie den Sprung geschafft hätte – ja, dann vielleicht. Aber nach diesem unglücklichen Start war es nicht mehr zu schaffen.

Er sollte mit seiner Befürchtung recht behalten.

Sie befanden sich nur noch vierzig, fünfzig Schritt vor der Fährstation, und Fianna hatte noch immer gute zehn Schritt zurückzulegen, um in der Höhe der am Steg festgemachten Fähre zu landen. Sie sah es selbst im Schein eines in der Nähe einschlagenden Blitzes und bot noch einmal alle ihre Kräfte auf. Doch sie reichten nicht.

In Höhe des Anlegesteges war sie noch immer gute fünf Schritt von der Fähre entfernt – fünf Schritt, die ebensogut fünf Meilen hätten sein können, wie Baldur bitter dachte. Es hätte keinen Unterschied gemacht.

Baldur brachte sein Pferd direkt vor dem diesseitigen Steg zum Stehen. Er schlang sich das Ende des Seils einmal um den rechten Unterarm, ehe er in Erwartung des Rucks, mit dem Fiannas Körper daran zerren würde, fest zupackte.

Doch der Ruck blieb aus.

Verblüfft sah Baldur auf das immer noch locker gespannte Seil in seinen Händen. Nur das normale Ziehen des Wassers war daran zu verspüren.

»Da!« schrie Boromir aufgeregt, der zusammen mit Orgon auf dem Steg stand. Er deutete auf die andere Seite.

Als der nächste Blitz die Dunkelheit erhellte, konnte Baldur erkennen, daß Fianna es geschafft hatte, sich an dem Tau festzuklammern, das zwischen beiden Fährstationen gespannt war und an dem auch der Kahn hing.

Die Fluten zerrten heftig an ihr und umspülten sie zu beiden Seiten mit mächtig aufgetürmten Wellen. Fianna lag fast waagerecht im Wasser und hielt das Tau fest mit beiden Ellbogenwinkeln umklammert. Sie hatte Mühe, ihren Kopf über Wasser zu halten, aber sie ließ nicht los. Fassungslos sah Baldur, wie sie sich mit schier unglaublicher Energie Stück für Stück vorankämpfte, bis sie schließlich die Seite der Fähre erreicht hatte und mit einem Arm bereits nach der Bordwand greifen konnte.

»Sieh nur!« brüllte Orgon begeistert. »Sie schafft es!«

»Ich habe es gewußt!« rief Boromir.

Baldur hielt sich mit einem Freudenausbruch noch etwas zurück und beobachtete bange, wie Fianna sich die Bordwand hinaufhangelte. Er befürchtete, daß sie jetzt noch – im Gefühl, ihr Ziel bereits erreicht zu haben – einen Fehler machen könnte. Doch sie schaffte es tatsächlich, die Bordwand zu erklimmen. Sie ließ sich ins Boot fallen und blieb eine Zeitlang verschwunden, dann sahen die Männer im Licht eines Blitzes, wie sie ihnen erschöpft, aber sichtlich zufrieden zuwinkte. Sie befestigte das Seil so an der dafür vorgesehenen Vorrichtung, daß Baldur und die anderen die Fähre ans andere Ufer hinüberziehen konnten.

Sie selbst blieb gleich auf der anderen Seite, während Baldur, Orgon und Boromir mit vereinten Kräften an dem Seil zogen.

Ein mächtiger mitangeschwemmter Baumstamm prallte auf ihren Anlegesteg und erschütterte ihn heftig. Ein paar der Planken und Bretter, die der Stamm getroffen hatte, brachen. Einen kurzen Augenblick lang sah es so aus, als würde der gesamte Steg abbrechen, aber er hielt.

Wenig später hatten sie die Fähre ganz herübergezogen und brachten die Pferde an Bord. Fiannas unerfahreneres Tier scheute, aber es gelang ihnen, es zu beruhigen. Nachdem sie alle an Bord waren, zogen sie den Kahn an dem Tau entlang zur anderen Seite.

Es war eine äußerst schwankende Angelegenheit, und der Boden der Fähre wurde des öfteren von den Wassermassen überspült, aber schließlich schafften sie es, wohlbehalten am andern Ufer anzukommen. Sie alle – die Tiere eingeschlossen – waren froh, wieder festen Boden unter den Füßen zu haben.

Fianna hatte sich auf einem kleinen Flecken Rasen von den Anstrengungen erholt, während die anderen übergesetzt hatten. Jetzt erhob sie sich und blickte ihnen entgegen. Sie wirkte noch immer sehr erschöpft, und als Baldur an ihr herabschaute, bemerkte er dort, wo sie mit der Hüfte auf den Ast geprallt war, eine große Schürfwunde. Das Mädchen hinkte auch ein wenig, schien ansonsten aber unversehrt zu sein.

Baldur reichte ihr ihre Sachen. Einem plötzlichen Impuls folgend legte er ihr die Hand auf die Schulter. »Gut gemacht«, sagte er mit warmer Stimme.

Sie antwortete nicht, aber in ihren Augen blitzte stolze Freude.

Auch Boromir und Orgon beglückwünschten Fianna zu ihrer Leistung. Als man weiterritt, schien es Baldur, als säße sie weitaus aufrechter im Sattel als zuvor. Aber da konnte er sich ebensogut täuschen.

Das Unwetter nahm an Stärke noch zu, während sie ihrem Ziel näher kamen. Auf ihrem Weg begegneten sie nur noch zweimal anderen Menschen.

Das erste Mal geschah es noch recht nahe des Ingvals. Sie durchquerten gerade einen kleinen, tiefen Forst, als sie im Licht der Blitze einen Mann mit Umhang erkannten, der in einiger Entfernung mit einer Holzfälleraxt durch den Wald lief. Er erschrak, als er sie entdeckte, drehte sich um und lief weg. Kurz darauf hatten sie ihn aus den Augen verloren. Sie kümmerten sich nicht weiter um ihn, sondern setzten ihren Weg fort.

Die zweite Begegnung ereignete sich Stunden später. Sie befanden sich in einem Gebiet, in dem die Aura bereits sehr stark war, wie ihnen Orgon versicherte. Er hatte darunter sichtlich zu leiden, obwohl er den Ring unter seinem Hemd dicht am Körper trug. Vor ihnen erstreckte sich eine kleine, baumfreie Talmulde, in deren Mitte sie einen kleinen Ochsenkarren erkennen konnten, der mit allerlei Säcken, Kisten und hölzernen Truhen beladen war. Doch statt eines Ochsen befand sich vorne an der Deichsel ein Mann, der mit aller Gewalt daran zog, ohne den Wagen bewegen zu können.

Der Mann trug ein zerrissenes Bauerngewand, und sein regennasses Haar hing ihm wirr ins Gesicht. Es war offensichtlich, daß der Wagen viel zu schwer beladen war und die Räder viel zu tief im Schlamm steckten, als daß ein Mensch ihn alleine hätte weiterbewegen können, aber der Mann gab sein aussichtsloses Unterfangen nicht auf. Im Gegenteil, wie ein Verrückter zerrte und zog er an der Deichsel herum, lief mal nach hinten, um es mit Schieben zu probieren, mal nach vorne, um es erneut mit Ziehen zu versuchen. Er wirkte wie ein aufgeregt umherlaufendes Huhn.

Baldur hatte keine Ahnung, wie der Mann es geschafft hatte, den Wagen überhaupt bis hierher zu bekommen. Entweder war vorher ein Ochse angespannt gewesen, oder aber er hatte menschliche Helfer gehabt. Doch von beidem war weit und breit nichts zu sehen.

Der Mann war so sehr auf sein Tun konzentriert, daß er die Reiter erst bemerkte, als sie schon sehr nahe gekommen waren.

Mit weit aufgerissenen Augen, aus denen Wahnsinn sprach, starrte er sie sekundenlang an, ehe er sich umdrehte, zum Wagen lief und unter der Ladung ein armlanges Schwert hervorholte. Mit erhobener Waffe und hochrotem Kopf stürmte er auf sie zu, während er mit einer Stimme, die mehr an ein Tier denn einen Menschen erinnerte, unverständliche Laute ausstieß.

Baldur glaubte, darin ein-, zweimal den Namen einer der Zwölf Götter zu erkennen, aber sicher war er sich nicht. Er gab den anderen einen Wink, ehe der Mann sie erreicht hatte.

»Los! Weiter! Damit haben wir nichts zu schaffen.«

Zusammen mit Fianna und Boromir ritt er weiter, nur Orgon blieb zurück und sah dem heranstürmenden Mann grimmig entgegen. Er hatte seine Streitaxt bereits in der Hand, und ihm war anzusehen, daß es in ihm brodelte. Doch dann steckte er seine Waffe wieder weg und folgte seinen Gefährten.

Der Mann mit dem Schwert verfolgte sie noch eine Zeitlang brüllend, aber schließlich blieb er zurück. Nicht, weil er die Sinnlosigkeit seines Tuns eingesehen hätte, sondern weil sie das Tempo verschärften, um ihn abzuschütteln.

Das Unwetter war noch stärker geworden. Der Donner rollte nun fast ununterbrochen aus allen Richtungen, so daß sie sich, selbst wenn sie dicht nebeneinander ritten, nur noch schreiend verständigen konnten. Der Sturm bedrängte sie von allen Seiten, und es kostete viel Kraft, sich ihm entgegenzustemmen.

Auch den Tieren fiel das Vorankommen immer schwerer. Die Hufe versanken oft tief im schlammigen Grund. Auch die Aura machte ihnen zu schaffen. Vor fünfzehn Götterläufen hatte Daswadan, der Zauberer, ihre Pferde mit einer Zauberformel beruhigt. Diesmal hatten sie einen solchen Vorteil nicht. Besonders Fiannas Pferd, das nicht so gut ausgebildet war wie die anderen, wurde immer unruhiger und scheute häufig. Fianna hatte es zum Teil kaum noch in der Gewalt. Boromir mußte es schließlich am Zügel mitführen.

Die Gegend wurde allmählich gebirgiger, als sie die östlichen Ausläufer des Steineichenwaldes erreichten, die noch weiter im Osten in der unwirtlichen Messergrassteppe endeten.

Schließlich schwanden ihnen im beständigen Kampf gegen die tobenden Elemente, genauso wie den Tieren, die Kräfte. Baldur schätzte, daß sie allerhöchstens seit sechzehn Stunden unterwegs waren, aber diese kamen ihm wie drei ganze Tage vor.

In der Nähe wurde ein Baum von einem Blitz getroffen, und ein großer Teil der Krone stürzte krachend zu Boden. Fiannas Pferd scheute, und Boromir hatte Mühe, die Zügel in der Hand zu halten.

»Ruhig!« rief Fianna vornübergebeugt in beschwörendem Tonfall. »Ruhig!«

Doch anstatt dem zu folgen, bäumte sich das Tier plötzlich auf. Boromir wurden die Zügel aus der Hand gerissen, wobei er sich fast die Schulter verrenkte. Fianna versuchte sich festzuhalten, doch vergeblich. Sie rutschte vom Sattel, fiel zu Boden und hatte Glück, nicht von den Hufen des Pferdes getroffen zu werden, als dieses heftig nach ihr austrat und dann haltlos wegstürmte.

Boromir ritt ebenfalls los und versuchte, es einzuholen. Nach kurzer Zeit kehrte er unverrichteter Dinge zurück.

»Nichts zu machen!« rief er. »Es rennt, als wären sämtliche Dämonen der Welt hinter ihm her. Und so wird es wahrscheinlich weiterlaufen, bis es tot umfällt.«

»Lassen wir es laufen«, rief Baldur. »Es ist nur schade um die Ausrüstung in den Satteltaschen.«

Baldur ließ Fianna bei sich aufsitzen. Schließlich war er deutlich schlanker und leichter als Boromir und Orgon. Das Pferd reagierte dennoch unwillig auf die doppelte Belastung, und er sah ein, daß er den Tieren bald eine längere Rast gönnen mußte.

Die Gelegenheit dazu ergab sich, als in einem geschützten Winkel vor einem Felshang ein kleines Bauerngehöft auftauchte, das aus einem einzelnen Haus samt windschiefer Scheune bestand. Alles wirkte sehr verlassen. Sämtliche Fensterläden waren verriegelt, und niemand ließ sich blicken, als sie näher kamen.

Vor dem Bauernhaus stiegen sie ab und banden ihre Pferde an. Baldur und Boromir näherten sich langsam der offenstehenden Tür, die von den Windböen in den Angeln hin und her geworfen wurde. Sie stellten sich mit erhobenen Waffen zu beiden Seiten des Eingangs auf und verständigten sich mit einem kurzen Blick, ehe sie gleichzeitig ins Haus eindrangen. Kurze Zeit später kamen sie wieder heraus und winkten Fianna und Orgon zu, ihnen zu folgen.

»Alles in Ordnung. Es ist niemand hier.«

Fianna verzog angewidert die Nase, als sie das Haus betrat. Ein süßlicher Verwesungsgeruch lag in der Luft. Es war stockdunkel, und das Licht der Blitze, das aufgrund der nahegelegenen Felswand nicht direkt hierherreichte, beleuchtete nur kurz einen kleinen Abschnitt hinter der Tür.

Baldur zog aus einem wasserfestem Beutel einen Feuerstein und trockene Holzspäne hervor und machte sich ans Werk. Kurz darauf züngelte eine kleine Flamme auf. Er sah sich suchend um, fand im schwachen Schein der Flamme eine kleine Öllampe und zündete den Docht an.

Als er den Docht höher drehte und die Flamme so hell wurde, daß sie den gesamten Raum erhellte, schrie Fianna erschrocken auf.

Sie starrte auf zwei halbverweste Leichen. Noch immer war zu sehen, wie die beiden Männer ums Leben gekommen waren. Der eine hielt den Hals des anderen mit beiden Händen umklammert, der andere den Griff eines Messers, das dem ersten in der Brust steckte. Sie hatten sich gegenseitig umgebracht.

Baldur warf einen besorgten Blick auf Orgon, der beide Arme an den Körper gepreßt hielt und sehr angespannt wirkte.

»Ist die Aura sehr stark?«

»Ja. Weitaus stärker als früher.«

»Hältst du es noch aus?«

Orgon nickte verkrampft.

»Willst du deinen Ring nicht doch lieber anstecken?« fragte Baldur.

»Nein, verflucht noch mal!«

Baldur nahm es hin und drang nicht weiter in ihn. Orgon mußte selbst wissen, was das beste für ihn war.

Sie schafften die Leichen ins Freie und brachten ihre Pferde in den Stall, der ebenfalls verlassen war. Sie fanden sogar noch etwas Futter für die Tiere und brachten die Sättel hinüber ins Bauernhaus.

Dort öffneten sie zuerst sämtliche Fensterläden. Der Sturm fegte wild durch das Haus, ohne dabei jedoch den Verwesungsgeruch vertreiben zu können, wie sie feststellten, als sie die Läden wieder schlossen. Der süßliche Duft haftete allem an und lag nach kurzer Zeit wieder in der Luft. Da sie nichts daran ändern konnten, mußten sie es hinnehmen.

Das Haus war nur spärlich möbliert. Fianna ließ sich auf einen Stuhl sinken, streckte die Beine aus und rieb sich die schmerzende Hüfte. Sie machte einen sehr erschöpften Eindruck. »Wie lange bleiben wir hier?« Die Frage war an Baldur gerichtet.

»Bis wir uns einigermaßen erholt haben«, antwortete Baldur. »Es hat keinen Zweck, die Ruinenstadt vollkommen abgekämpft zu erreichen. Wir werden unsere Kräfte noch brauchen. Und auch die Pferde benötigen eine Ruhepause. Vielleicht sollten wir sogar ein wenig schlafen. Bei diesem Sturm ist es gänzlich einerlei, zu welcher Tages- oder Nachtzeit wir ans Ziel kommen.«

»Schlafen?« wiederholte Fianna. »Das hört sich gut an.« Sie strich sich eine Strähne ihres regennassen Haares aus der Stirn.

»Was schätzt du, wie weit es noch bis zur Ruinenstadt ist?« fragte Boromir.

Baldur hob die Schultern. »Knapp zwei Stunden vielleicht.«

Als sie ihre Satteltaschen leerten, erwies sich, daß der beständige Regen auch ihre Decken durchnäßt hatte. So mußten sie weiterhin ihre nassen Kleider tragen.

Nach einem kurzen Mahl begaben sie sich zur Ruhe. Sie überließen Fianna die einzige Pritsche, die es gab, und legten sich selbst auf den Boden. Baldur drehte den Docht so weit herunter wie es ging, um das wenige Öl in der Lampe zu sparen, ließ die Flamme aber brennen.

Die Tür ließ sich fest verriegeln, weswegen sie darauf verzichteten, Wachen einzuteilen. Bald waren alle eingeschlafen.

»Baldur!« weckte sie irgendwann Fiannas aufgeregter Ruf. »Boromir! Orgon! Wacht auf!«

Baldur richtete sofort den Oberkörper auf, griff nach seinem Schwert und blickte sich nach allen Seiten um. Nirgendwo konnte er etwas Bedrohliches erkennen.

»Was ist los?« fragte er.

Fianna saß kerzengerade auf ihrer Pritschte. Sie hob den Zeigefinger. »Ich habe da gerade etwas gehört. Etwas an der Tür!«

»Was denn?« fragte Boromir. Auch er hatte seine Waffe in der Hand.

Sie wollte gerade etwas sagen, als plötzlich alle es hörten. Es war ein Schaben und Kratzen. Irgend etwas strich von außen über das Holz der Tür.

Und wie es sich anhörte, war es etwas ziemlich Großes!

Zusätzlich wehte ein Laut herein, der an ein tiefes Stöhnen gemahnte.

Im selben Augenblick erklang ein ähnlicher Laut auch hinter ihnen, und sofort setzte an einem der Fensterläden in ihrem Rücken ein Schaben und Kratzen ein.

Sie drehten ihre Köpfe in die betreffende Richtung.

Es war nichts zu sehen.

Das Scharren am Fenster wurde stärker, und die geschlossenen Flügel der Fensterläden klapperten in ihrer Halterung. Dann erklang das gleiche Geräusch auch noch von einer dritten Stelle her, und kurz darauf sogar vom Dach.

Es war, als tastete irgend jemand – oder irgend *etwas* – das gesamte Haus auf der Suche nach einem Weg hereinzukommen ab.

Sie standen längst alle vorbereitet da, mit aufgerichteten Nackenhärchen und den Waffen in den Händen.

Das Scharren an der Tür wurde zu einem Poltern, das das Holz in der Fassung erzittern ließ.

»Was ist das nur?« rief Fianna mit panischer Stimme.

»Keine Ahnung«, sagte Baldur.

»Ob das die dämonischen Wesen sind, von denen ihr erzählt habt?«

»Möglich«, lautete Baldurs knapper Kommentar.

Er hielt sein Schwert schlagbereit und sah mißtrauisch auf die Tür, als sich das Poltern noch verstärkte.

»Wollen wir denn gar nichts unternehmen?« fragte Fianna nervös.

»Was sollen wir denn tun?« fragte Boromir lakonisch. »Willst du vielleicht rausgehen und nachsehen, worum es sich handelt?«

Sie sah ihn wütend an, begriff aber, daß er recht hatte.

Sie wußten nicht, wie lange sie so dastanden, immer wieder von dem einen zum anderen Geräuschherd blickend und beständig in der Erwartung, daß das, was sich dort draußen befand – was auch immer es war – sich jeden Augenblick seinen Weg in die Hütte bahnte.

Dann nahmen die Geräusche auf einmal vollkommen überraschend schnell an Stärke ab, und bald darauf war überhaupt nichts mehr zu hören.

Die vier Gefährten blieben trotzdem noch eine Zeitlang angespannt stehen und warteten mißtrauisch lauschend ab, ob es wieder losgehen würde. Doch alles blieb ruhig.

Baldur war der erste, der sich wieder regte. Er entspannte sich und legte sein Schwert ab. »Scheint, als wäre der Spuk vorüber.«

»Vielleicht sollte jetzt jemand rausgehen und nachsehen, was es war«, schlug Fianna vor.

»Wenn du darauf scharf bist – bitteschön, dann sieh doch nach!« sagte Boromir. »Ich habe kein Verlangen danach. Mir reicht es, daß es wieder still ist.«

Fianna blickte fragend zu Baldur und Orgon, deren Mienen ausdrückten, daß sie derselben Meinung waren.

Sie legten sich wieder zur Ruhe, diesmal jedoch nicht, ohne Wachen eingeteilt zu haben. Baldur erklärte sich bereit, die erste zu übernehmen.

Er hatte anfangs vorgehabt, Boromir nach einiger Zeit als nächsten zu wecken, blieb aber dann doch fast die gesamte Zeit über selbst wach. Mehrfach sah er dabei zu Fianna, und einmal stand er sogar auf und beugte sich ganz dicht über sie, um ihr Gesicht in aller Ruhe zu betrachten. Dabei atmete er ganz vorsichtig, um sie nicht durch seinen Atem auf ihrer Haut zu wecken.

Als er so auf sie herabsah, verspürte er ein tiefes Gefühl von Zufriedenheit – und Stolz.

Er begab sich wieder auf seinen Schlafplatz, dachte noch eine Zeitlang nach, und schließlich übermannte ihn doch der Schlaf.

Als seine Gefährten ihn irgendwann weckten, machte ihm niemand einen Vorwurf daraus, daß er eingeschlafen war. Außerdem war es den Rest der Nacht ja ruhig geblieben, so daß es nicht darauf ankam.

Baldur fühlte sich unendlich alt und müde, als er sich erhob und streckte. Die Kleidung war noch immer feucht und klamm, und der Gedanke, jetzt wieder in den Sturm und Regen hinausgehen zu müssen, bereitete ihm Unbehagen.

Sie beruhigten ihre knurrenden Mägen mit ein paar

Bissen ihres Proviants. Großen Appetit verspürte niemand. Und auch nach einem Gespräch hatte niemand von ihnen großes Verlangen, selbst Fianna nicht.

Die Stimmung war ernst. Sie alle wußten, daß die nächsten Stunden die Entscheidung bringen würden.

Als sie mit ihren Sätteln das Bauernhaus verließen, konnten sie draußen im Schein der Blitze sehen, daß das Holz dort, von wo sie die Geräusche gehört hatten, wie abgeschmirgelt aussah.

Sie gingen zum Pferdestall hinüber, wo sie eine grausige Entdeckung machten: In das von einem Querbalken versperrte Stalltor war mit brachialer Gewalt ein mehr als manngroßes Loch gebrochen worden. Überall lagen zersplitterte Holzstücke herum. Und als sie in den Stall selbst traten, fanden sie von ihren drei Pferden nur noch drei große blutige Haufen wieder. In der Luft lag der Geruch von Kot und Blut.

»Bei allen Zwölfen!« entfuhr es Boromir.

Fianna drehte es den Magen um. Sie wandte sich ab, lehnte sich gegen das Stalltor und rang würgend nach Luft. Sie schaffte es, ihr karges Frühstück bei sich zu behalten.

»Was für Geschöpfe können so etwas getan haben?« fragte sie, als Boromir neben sie trat.

Er legte ihr die Hand auf die Schulter. »Wir haben sie gehört. Seien wir froh, daß sie nicht ins Haus gekommen sind. Wenn ich das Loch hier im Tor betrachte, frage ich mich, warum sie uns überhaupt verschont haben.«

»Vielleicht hielten sie die Pferde für die lohnendere Beute.«

»Mag sein.«

Sie betrachtete mißtrauisch die Umgebung des Stalls. »Meinst du, sie sind noch irgendwo dort draußen?«

Boromir schwieg eine Zeitlang. »Bestimmt«, sagte er dann und wünschte, er hätte ihr eine optimistischere

Antwort geben können. Doch sie hätte jede Lüge sofort durchschaut.

»Nehmt alles aus den Satteltaschen, was wir brauchen können«, sagte Baldur. Er legte sich ein zusammengerolltes Seil um. »Vergeßt vor allem die Fackeln nicht, und haltet sie trocken. Wir werden sie noch brauchen. Aber beladet euch nicht zu schwer. Das Nötigste reicht.«

Zu Fuß machten sie sich dann auf den Weg. Baldur ging voran, dann folgten Boromir und Fianna. Den Abschluß bildete Orgon, der sie nach hinten absicherte.

Die Blitze zuckten nun im Abstand von wenigen Sekunden durch die Luft und machten es ihnen leicht, sich zu orientieren. Das flackernde Licht ließ ihre Bewegungen seltsam ruckhaft anmuten. Der Sturm hatte eine ohrenbetäubende Stärke erreicht. Manch eine der Windböen war so stark, daß sie sich mit aller Kraft dagegenstemmen mußten, um nicht umgeweht zu werden.

Beständig hielten sie ihre Umgebung im Auge, um auf jede Überraschung gefaßt zu sein. Das Schicksal ihrer Pferde hatte ihnen deutlich vor Augen geführt, wie gefährlich diese Wesen waren und über welche Kräfte sie verfügten. Doch noch hatte sich keine von ihnen blicken lassen.

Als sie einen Felsgrat erklommen hatten und geduckt verharrten, um nicht vom Sturm in die Tiefe gerissen zu werden, konnten sie voraus bereits ihr Ziel erahnen. Von der Ruinenstadt selbst war von hier aus noch nichts zu sehen, aber man konnte erkennen, daß in den stakkatoartig zuckenden Blitzen ein Muster lag und daß sie sich von einem bestimmten Punkt über den Höhenzügen aus vor ihnen wie Wellen ausbreiteten, die sich von der Stelle entfernten, an der man einen Stein ins Wasser geworfen hatte.

Baldur, Boromir und Orgon erkannten die Umgebung wieder. Auf diesem Felsgrat hatten sie sich vor fünfzehn Götterläufen schon einmal befunden.

»Noch schätzungsweise zwei Meilen«, rief Baldur den anderen durch das Tosen des Sturmes zu. »Vielleicht etwas weniger.«

Sie gingen weiter und durchquerten wie damals ein kleines Waldstück. Viele der Bäume waren umgerissen worden, und so mußten sie sich ihren Weg über auf dem Boden liegenden Stämmen hinweg suchen. Baldur schwang sein Schwert und bahnte ihnen den Weg, wenn allzu sperrige Äste ihnen das Vorankommen erschwerten.

»Da!« rief Fianna plötzlich voller Panik und deutete nach rechts. »Da sind sie!«

Als sie dorthin blickten, konnte niemand etwas sehen.

»Wer ist da?« fragte Baldur.

Fianna blickte unsicher drein. »Für einen Augenblick dachte ich, dort ein nebelartiges Wesen zu sehen. Es schlängelte sich wie eine Schlange über den Boden. Aber dann, als ich noch mal hinblickte, war es plötzlich nicht mehr da.«

Sie behielten die Stelle noch kurz im Auge, dann gingen sie weiter. Fianna hatte noch mehrfach den Eindruck, als würde sie rechts und links ihres Weges aus den Augenwinkeln irgendeine bleiche Kreatur zwischen den Bäumen sehen, doch sobald sie direkt dorthin sah, war nichts zu erkennen.

Aus dieser Erfahrung klüger geworden, verzichtete sie darauf, jedesmal einen warnenden Ruf auszustoßen. Sie merkte, daß auch die Köpfe von Boromir und Baldur, die vor ihr waren, bisweilen zur Seite ruckten, kurz verharrten und sich dann wieder nach vorne wandten. Es zeigte, daß sie ähnliche Erfahrungen machten.

»Ich glaube, wir wissen jetzt, was du meinst«, rief Baldur ihr irgendwann zu. »Aber ich denke, wir brauchen uns nicht darum zu kümmern, solange es nur bei einem kurzen Sinneseindruck bleibt. Falls wir auf die echten dämonischen Wesen treffen, werden wir es schon merken.«

»Vielleicht lassen sie uns diesmal ja in Ruhe«, rief Boromir. »Oder wir haben Glück, und wir laufen ihnen erst gar nicht über den Weg!«

Doch sie hatten kein Glück.

Der Angriff kam vollkommen überraschend. Sie durchquerten gerade eine kleine Talmulde mit wenig vereinzelten Bäumen, als plötzlich überall am Rand der Mulde bleiche Wesen auftauchten, die aus dichtem Nebel zu bestehen schienen, aber dennoch fest umrissene Konturen hatten. Es waren Dutzende, und sie alle sahen höchst unterschiedlich aus. Einige erinnerten an Laufvögel, andere an mehrköpfige Drachen oder echsenhafte Wesen, und wiederum andere schienen gänzlich formlos zu sein. Manche waren nur einen Schritt groß, andere wuchsen bis zu zweieinhalb Schritt an. Ihnen gemein war jedoch ihre ungewöhnliche Schnelligkeit und ihre Zielstrebigkeit.

Fianna schrie erschrocken auf und zog ihr Schwert, als die Wesen aus allen Richtungen auf sie zuströmten. Auch die anderen hielten ihre Waffen in den Händen.

»Rückt zusammen!« schrie Baldur. »Schnell!«

Sofort stellten sie sich Rücken an Rücken, um sich nach allen Seiten hin verteidigen zu können.

Nur noch wenige Augenblicke, dann hatten die Wesen sie erreicht.

»Paß auf, daß sie dich nicht berühren!« schrie Baldur Fianna zu. »Sie dürfen dich unter keinen Umständen berühren! Der Zauberer hat gesagt, daß es den Getroffenen sofort ins Verderben reißen würde. Benutz dein Schwert! Du kannst damit nach ihnen schlagen und sie vertreiben, aber du kannst sie nicht verletzen.«

Fianna erfuhr schnell, was er meinte. Das erste Wesen, das entfernt an einen zwei Schritt großen, grimmigen Bär erinnerte, schoß frontal auf sie zu. Erst sah es so aus, als zielte es mit seiner Nebelpranke auf Fiannas

Gesicht, doch statt dessen galt der Angriff ihrem Unterleib.

Fianna senkte ihr Schwert und stach zu. Die Klinge drang in das bleiche Wesen ein, ohne auf richtigen Widerstand zu stoßen. Fianna hatte lediglich ein Gefühl, als hätte sie ihr Schwert in dickes, zähflüssiges Öl gestoßen. Das Wesen erstarrte einen Lidschlag lang, dann zog es sich blitzschnell zurück.

Sofort trat ein anderes, das an einen Laufvogel mit Armen erinnerte, an dessen Stelle und zwang Fianna dazu, abermals ihr Schwert zu schwingen. Das Mädchen parierte ein paar Angriffe, doch immer wenn sie zustach, wich das Nebelwesen blitzschnell vor der Klinge zurück, um Fianna anschließend sofort erneut zuzusetzen.

Fianna bemerkte, wie das Wesen irgendwann überraschend nach ihren Beinen stieß, doch dank der Übung mit Baldur reagierte sie ebenso automatisch wie blitzschnell. Irgendwann gelang es ihr, das Wesen zu treffen. Es erstarrte und zog sich zurück.

Einen Augenblick später war schon das nächste da, doch es bewegte sich recht träge, so daß Fianna es schon mit dem ersten Hieb traf und vertrieb.

Ein innerer Impuls ließ sie nach oben blicken, und mit sich weitenden Augen sah sie, wie eines der bleichen Wesen, das wie eine riesige Fledermaus aussah, aus dem Himmel auf sie herabstieß. Im letzten Augenblick riß Fianna ihr Schwert nach oben und traf es, bevor es sie oder einen der Gefährten berühren konnte. Sofort stob das dämonische Geschöpf davon.

Durch den Hieb hatte sie ihre Deckung vernachlässigt, woraufhin gleich zwei Wesen von vorne auf sie zuschnellten – und sie gewiß auch berührt hätten, wenn nicht plötzlich von der Seite her eine Florettklinge beide durchstoßen hätte.

Sofort verzogen sie sich.

»Danke!« keuchte Fianna.

»Keine Ursache«, rief Boromir zurück. »Eine Hand wäscht die andere!«

Die Angriffe glichen einem wilden Tanz, gegen den sie sich zur Wehr zu setzen hatten.

»Dort hinüber!« schrie Baldur. »Zu dem Baum dort.«

Rücken an Rücken bewegten sie sich langsam zu dem angegebenen Ziel, bis sie den Stamm erreichten und sich nach allen vier Seiten hin verteidigten. Dadurch, daß sie jetzt weiter auseinander standen und viel mehr Bewegungsfreiheit hatten, konnten sie sich besser verteidigen. Das galt vor allem für Orgon, der besonders viel Platz benötigte, um seine Streitaxt zu schwingen. Trotzdem – und das wußten sie – würde früher oder später unweigerlich der Zeitpunkt kommen, da ihre Kräfte erlahmten.

»Wie lange soll das noch so weitergehen?« schrie Fianna, während sie sich gleich gegen zwei anstürmende Wesen verteidigte, die sich glücklicherweise jedoch nicht besonders behende bewegten.

»Solange, bis diese verfluchten Viecher es sich anders überlegen!« schrie Baldur, der rechts neben Fianna stand.

Langsam wurde Fianna der Schwertarm lahm. Sie war dazu übergegangen, nicht mehr so viel Wucht in jeden Schlag zu legen und besser mit ihren Kräften hauszuhalten. Sie hatte erkannt, daß es nicht darauf ankam, die dämonischen Wesen unbedingt zu treffen – da sie ohnehin nicht zu verletzen oder zu töten waren –, sondern daß es ausreichte, sie sich vom Leib zu halten. Entsprechend änderte sie ihre Taktik und konzentrierte sich ganz auf ihre Verteidigung. Und irgendwo ganz hinten in ihrem Kopf fragte sie sich, ob diese zu erwartende Begegnung mit den Nebelwesen der Grund gewesen war, weswegen Baldur bei ihrem Schwerttraining soviel Wert darauf gelegt hatte, daß sie auf ihre Verteidigung achtete.

Aus den Augenwinkeln sah sie, daß Baldur und

Boromir es genauso machten. Nur Orgon, dessen Gesicht grimmig verzogen war, schlug mit einer Wucht auf die Wesen ein, als gälte es, sie in der Mitte zu spalten. Doch wenn er eines von ihnen traf, erreichte er damit auch nicht mehr, als daß es sich zurückzog. Fianna begriff, daß die unheilvolle Aura, gegen die er im Gegensatz zu ihnen nicht vollständig geschützt war, für sein wildes Vorgehen verantwortlich war. Doch auch mit dieser Methode hielt er sich die Wesen vom Leibe. Am besten hatte es noch Boromir, der zum Führen seiner leichten Waffe die wenigste Kraft brauchte und sie deshalb am flinkesten handhaben konnte.

Das Unheil nahm seinen Lauf, als Fianna abermals von zwei Wesen zugleich bedrängt wurde. Diesmal waren diese jedoch wesentlich flinker und somit gefährlicher. Das eine konnte sie mühelos verscheuchen. Doch als sie sich dem zweiten zuwandte, glitt sie auf einer feuchten Wurzel aus. Ein stechender Schmerz fuhr ihr durch den Knöchel, und mit einem Aufschrei stürzte sie zu Boden. Sie versuchte, den Sturz mit dem Arm abzufangen, doch dabei verlor sie lediglich ihr Schwert. Es fiel mitten durch das Nebelwesen vor ihr hindurch und blieb im Schlamm liegen. Jetzt, da Fianna es nicht mehr in der Hand hielt, vermochte es dem Wesen nichts anzuhaben.

Das Wesen – es war wieder dasjenige, das die Form eines Laufvogels mit Armen hatte – verharrte einen Lidschlag lang regungslos, als wäre es von der neuen Lage selbst überrascht. Dann schoß der Kopf, oder was immer auf dem langen halsförmigen Fortsatz saß, blitzschnell auf die wehrlose Fianna zu.

Sofort erfaßte sie, daß weder Baldur noch Boromir ihr würden helfen können. Aus einem Reflex heraus riß sie die rechte Faust empor und schlug sie dem Wesen direkt auf den auf sie zustoßenden kopfartigen Auswuchs.

Das Resultat war vollkommen verblüffend: Ihre Faust

stieß auf keinerlei Widerstand. Im selben Augenblick, da Fianna das Wesen traf, glühte es rötlich auf, dann zerplatzte es wie eine Seifenblase.

Die anderen Wesen hielten sofort inne und brachen ihre Angriffe ab. Dann zogen sie sich so weit zurück, daß sie in gut zehn Schritt Entfernung einen dichten Kreis um den Baum bildeten. Hatten sie sich zuvor sehr flink bewegt und wie wild gebärdet, so tänzelten sie nun fast nur noch auf der Stelle hin und her. Sie wirkten irgendwie verunsichert und fast scheu.

Fianna saß auf dem Boden und starrte verblüfft auf ihre Faust. Das schmerzhafte Pochen in ihrem Fußknöchel nahm sie kaum wahr. Dafür war sie viel zu überrascht.

Als ihr Blick den dunkelrot funkelnden Edelstein des Ringes an ihrer Hand traf, begriff sie. Das kurze Aufleuchten, mit dem das Wesen zerstoben war, hatte genau denselben Farbton gehabt. Und außerdem begriff sie, wieviel Glück sie gehabt hatte. Wäre das Wesen anstatt mit diesem Edelstein zuerst mit ihrer Haut in Berührung gekommen, wäre sie dem Verderben anheimgefallen – was immer das auch bedeutet hätte.

»Der Ring!« rief sie den anderen zu, die über die plötzliche Wendung ebenfalls erstaunt waren. »Er hat das Wesen zerstört! Er war es! Es sind nicht unsere Waffen, die sie verjagen. Es sind die Ringe, deren Kräfte irgendwie auf die Waffen übergehen, solange wir sie in Händen halten. Aber die Ringe selbst sind viel wirkungsvoller. Sie können die Wesen nicht nur vertreiben, sondern vernichten!« Sie schrie die letzten Worte fast triumphierend heraus.

Baldur blickte auf den Reigen aus bleichen Gestalten rings um sie herum. Sie schienen regelrecht von innen her zu leuchten. Auf irgendeine Weise waren sie beinahe sogar schön zu nennen, wie Baldur jetzt, da keine unmittelbare Gefahr vorhanden war, verwundert bemerkte. Aber er vergaß keine Sekunde, daß es sich um eine äußerst tödliche Schönheit handelte.

»Wenn das stimmt, haben wir einen Weg gefunden, uns gegen sie durchzusetzen und zur Ruinenstätte weiterzukommen«, rief er.

»Es stimmt«, rief Fianna zurück. »Da bin ich mir ganz sicher. Sonst wäre ich jetzt tot oder sonst was.«

Sie stand auf und belastete vorsichtig ihren verletzten Fuß. Der Schmerz nahm zu und ließ sie das Gesicht verziehen, war aber auszuhalten. Der Knöchel schien nicht gebrochen zu sein. Vorsichtig humpelte sie zu ihrem Schwert und hob es auf, wogegen, wie es schien, keines der Wesen etwas einzuwenden hatte. Im Gegenteil, als sie vortrat, wichen die vorderen sogar noch etwas mehr zurück.

»Ha!« schrie Orgon, der das gesehen hatte; da plötzlich stürmte er unvermittelt vor, direkt auf den Kreis zu. »Damit habt ihr nicht gerechnet, ihr verfluchten Biester! Na, wollen wir doch mal sehen, wer jetzt der Stärkere ist! Wer von euch will denn als erstes dran glauben?«

Niemand hatte in den letzten Augenblicken auf ihn geachtet. Er hatte den Ring aus seinem Wams geholt, hielt ihn jetzt mit einem Zipfel des Tuches, in das er eingewickelt war, zwischen Daumen und Zeigefinger seiner linken Hand.

»Orgon!« schrie Baldur. »Nicht!«

Doch Orgon hörte nicht. Er hielt den Wesen den Ring mit ausgestrecktem Arm entgegen, während er auf sie zulief. Schnell wichen die Wesen vor ihm zurück und lösten den Kreis auf.

»Na, wie schmeckt euch das?« rief er mit einem grimmigen Lachen. »Das gefällt euch nicht, oder?«

»Orgon!« versuchte Baldur es abermals, diesmal noch lauter und in noch schärferem Tonfall. »Komm zurück!«

Doch Orgon beachtete ihn nicht. Die Gefährten wußten, daß die Auswirkungen der unheilvollen Aura ihn in diese rasende Wut versetzt hatten, die durch den Angriff der Wesen noch verstärkt worden war. Er stürmte mit vorausgestrecktem Ring ein paar Schritt in die eine, dann in die andere Richtung.

Erschrocken nahmen sie wahr, daß die Nebelwesen zwar weiterhin vor dem Ring zurückwichen, aber bei weitem nicht mehr so panisch wie noch vor wenigen Augenblicken. Sobald Orgon einigen von ihnen zu lange den Rücken zukehrte, versuchten sie sogar, sich ihm von dort zu nähern. Sie mußten über so etwas wie eine animalische Intelligenz verfügen.

»Dieser verfluchte Idiot!« knurrte Baldur. »Er wird sich noch umbringen. Wir müssen ihn wieder zur Besinnung bringen.«

Er wollte gerade zu Orgon eilen, als dieser sich zu ihnen umdrehte, beide Arme seitlich von sich streckte und triumphierend lachte.

»Na, seht ihr!« rief er ihnen zu. »Uns kann nichts mehr passieren. Der Weg ist frei!«

Sie sahen entsetzt, wie eines der Wesen sich ihm von hinten näherte.

»Orgon!« schrie Baldur. »Achtung! Hinter dir!«

Doch da war es bereits zu spät. Ehe Orgon reagieren konnte, hatte die Kreatur seinen Fuß mit einem Nebelausläufer umschlossen. Einen Augenblick geschah gar nichts, dann zog sich das Wesen wieder in den Kreis der anderen zurück.

Orgon stand da wie zuvor: die Arme ausgestreckt, den Mund zum Lachen verzogen. Dann löste sich der Ring aus seiner Linken und die Streitaxt aus der Rechten, und er fiel steif wie ein Brett hintenüber.

Sein Aufprall ließ die Wesen noch weiter zurückweichen. Eine Zeitlang sah es so aus, als würden sie sich gegenseitig etwas zuwispern, dann zogen sie sich so schnell zurück, wie sie aufgetaucht waren.

Kurz darauf war von ihnen nichts mehr zu sehen.

Boromir trat vorsichtig auf Orgon zu, der regungslos

und mit immer noch zu beiden Seiten ausgebreiteten Armen auf dem Rücken lag.

»Orgon?« rief er leise durch das Tosen des Donners.

Keine Reaktion.

»Orgon?« wiederholte er noch einmal etwas lauter, weil er sich nicht sicher gewesen war, ob die Frage seinen Gefährten überhaupt erreicht hatte.

Abermals keine Reaktion. Orgon lag wie tot da.

Boromir trat noch etwas näher. Er war unschlüssig, was er tun sollte.

»Orgon! Sag doch etwas! Was ist mit dir?«

Er erhielt keine Antwort.

Er war bis auf zwei Schritt an Orgon heran, als dieser plötzlich ruckhaft den Oberkörper aufrichtete und sich mit beiden Händen an den Kopf griff, so daß er sein Gesicht mit den Handflächen bedeckte.

Boromir war angesichts dieser überraschenden Reaktion ein Stück zurückgewichen.

»Orgon!« stieß er erleichtert hervor. »Bei allen Zwölfen! Du lebst! Was ist los mit dir?«

Orgon antwortete ihm nicht, sondern saß kurz bewegungslos da, dann nahm er seine Hände vom Gesicht und tastete mit ihnen links und rechts auf dem Boden herum. Es wirkte wie das Tasten eines Blinden. Und in der Tat hielt Orgon seine Augen geschlossen.

»Orgon! Sag doch endlich was! Geht es dir gut? Warum öffnest du die Augen nicht?«

Orgon hatte mit der Rechten seine Streitaxt ertastet, umfaßte ihren Griff und erhob sich genauso ruckhaft, wie er seinen Oberkörper aufgerichtet hatte.

Boromir sah seinen vor ihm stehenden Gefährten unsicher an. Baldur war besorgt ebenfalls ein Stück vorgetreten.

»Orgon, du machst mir Angst!« rief Boromir. »Mach jetzt sofort die Augen auf oder ...«

Er brach ab, als Orgon tatsächlich seine Lider hob, und im nächsten Augenblick wünschte er, es wäre nicht geschehen. Denn anstelle von Iris und Pupille war dort nur ein blickloser nebelhafter Glanz vorhanden.

Boromir starrte seinen Gefährten mit aufgerissenen Augen an und war eine Zeitlang wie betäubt. Und daher reagierte er viel zu spät, als Orgon die Streitaxt mit beiden Händen über den Kopf hob und blitzschnell vorstürmte.

Boromir versuchte im letzten Augenblick noch auszuweichen, vermochte sich aber nicht mehr gänzlich zu retten.

Die herabsausende Klinge, die seinen Kopf gespalten hätte, traf seine Schulter und drang weit mehr als eine Handbreit in sie ein. Das Bersten der Knochen war trotz des Sturmes deutlich zu vernehmen.

Schreiend ging Boromir zu Boden. Er preßte seine linke Hand auf die Wunde, aus der das Blut herausschoß.

Orgon hob die Axt zu einem weiteren Schlag und ließ sie auf Boromir herabsausen.

Trotz der fürchterlichen Verletzung schaffte dieser es, sich blitzschnell zur Seite zu wälzen, und so fuhr die Klinge neben ihm in den Boden.

Zu einem dritten Schlag kam Orgon nicht mehr, weil Baldur vorgesprungen war und ihn mit dem Schwert attackierte. Er stieß ihm die Klinge einen Finger breit in die Seite.

Der Streich war nicht dazu gedacht, ihn ernsthaft zu verletzen, sondern sollte lediglich dessen Aufmerksamkeit ablenken – ein Fehler, wie Baldur schnell erfahren mußte. Zwar ließ Orgon, wie beabsichtigt, von Boromir ab und wandte sich dem neuen Gegner zu, doch danach kam dieser zu keiner zweiten gezielten Attacke mehr.

Denn Orgon stürmte mit urgewaltiger Kraft auf ihn los. Er führte die Streitaxt dabei einhändig, als wäre sie nur ein Spielzeug. Die Schläge prallten so schnell und wuchtig auf Baldur ein, daß er sich nur mit äußerster Mühe dagegen wehren konnte.

Obwohl er sich noch immer etwas ruckhaft bewegte, schien Orgon über die Kräfte eines Berserkers zu verfügen. Schritt um Schritt trieb er Baldur im zuckenden Licht der Blitze zu dem Baum zurück, um den sie vorhin vereint gestanden hatten, ohne daß Baldur zu einen einzigen Angriffsversuch kam.

Schließlich fegte ihm ein gewaltiger Schlag das Schwert aus der Hand. Erschrocken sah er, wie die Waffe in hohem Bogen davonflog.

Orgon hätte ihn jetzt mit einem Hieb töten können, doch statt dessen packte er Baldur an den Schultern und warf ihn mit spielerischer Leichtigkeit gegen den Baum.

Der Aufprall war so hart, daß er Baldur die Luft aus den Lungen preßte, und die Wucht, mit der sein Hinterkopf gegen das Holz schlug, ließ seinen Schädel dröhnen wie einen Gong. Vor seinen Augen tanzten feurige Lichter. Dennoch schaffte er es, auf den Beinen zu bleiben. Wie durch einen Nebelschleier sah er Orgon mit erhobener Streitaxt auf ihn zustapfen, um ihm den Todesstoß zu versetzen.

Er wollte fliehen, ausweichen, sich ducken oder irgend etwas anderes tun, doch sein Körper gehorchte ihm nicht. Er konnte nur hilflos dastehen und auf das Ende warten.

Doch es kam nicht.

Eine Zeitlang verstand Baldur nicht, warum Orgon, der noch immer mit erhobener Streitaxt und grauen Augäpfeln direkt vor ihm stand, nicht zuschlug.

Er blinzelte verwirrt, und dann, als sich sein Blick etwas klärte, sah er im Schein der nächsten Blitze die Schwertspitze, die in der Höhe des Herzens eine Handbreit aus Orgons Brust ragte. Um sie herum breitete sich auf seinem Wams schnell ein roter Fleck aus.

Die Streitaxt entfiel Orgons Hand, und er sank zu Boden. Nun erst sah Baldur Fianna. Sie war zuvor von Orgons breitem Körper verdeckt worden. Sie hatte den

Griff ihres Schwertes, mit dem sie ihn durchbohrt hatte, losgelassen und starrte entgeistert auf Orgon. Nur langsam schien sie zu begreifen, was sie getan hatte.

Orgon lag auf der Seite. Sein Gesicht war zu einer schmerzverzerrten Grimasse verzogen. Doch als sich sein Blick zu ihnen emportastete, waren seine Augen mit einem Male wieder vollkommen normal.

Doch in ihnen stand der Tod geschrieben.

Fianna sank neben ihm auf die Knie. »Orgon! Was habe ich nur getan?«

Er atmete röchelnd und brauchte mehrere Anläufe, ehe er ein paar Worte herausbekam. »Es … war … mein Fehler.« Es kam so leise über seine Lippen, daß es fast im Tosen des Sturmes unterging. Er spie Blut. »Keine … Schuld.«

Fianna starrte ihn verzweifelt an. Er versuchte abermals zu sprechen, doch seine Worte waren nicht mehr zu verstehen. Er hob den Kopf mit letzter Kraft, und Fianna beugte sich zum ihm herab.

»Bringt … es … zu Ende«, hauchte er.

Dann brach sein Blick. Sein Kopf sank auf den Boden zurück, und sein Körper erschlaffte.

Fianna rüttelte mit aller Kraft an Orgons Schultern, so als könne sie ihn dadurch wieder ins Leben zurückholen. »Orgon! Nein! Du darfst nicht sterben!«

Baldur legte ihr die Hand auf die Schulter. »Es hat keinen Sinn. Du kannst nichts mehr für ihn tun. Er ist tot!«

Sie blickte zu Baldur hoch. Tränen standen ihr in den Augen. »Was habe ich nur getan? Ich habe ihn umgebracht!«

»Du hast getan, was du tun mußtest«, sagte er mit versteinerter Miene, und seine Stimme klang härter und gefühlloser, als er es beabsichtigt hatte. »Hättest du es nicht getan, wäre ich jetzt tot. Oder wir alle.«

Ein gequältes Stöhnen, das durch den Sturm zu ihnen drang, erinnerte sie an Boromir. Er hatte sich bis zu einem kleinen Felsblock geschleppt, an den er sich lehnte. Sein rechter Arm hing schlaff herab, und die gesamte Seite war blutüberströmt.

Sie eilten zu ihm, Fianna noch immer leicht humpelnd, und auch Baldur wirkte leicht angeschlagen. Doch ihre Verletzungen waren nichts im Vergleich zu Boromirs Wunde. Sie sah gräßlich aus, und die Schmerzen waren so stark, daß er kaum zu sprechen in der Lage war.

Baldur betrachtete die tiefe Wunde mit besorgter Miene. Sein Blick traf den seines Gefährten und beide wußten, daß es keine Rettung für ihn gab. Falls sie jetzt in einer Stadt gewesen wären und einen guten Medicus zur Verfügung gehabt hätten – dann, ja dann hätte Boromir es vielleicht schaffen können, wenngleich er seinen rechten Arm bestimmt nie wieder hätte gebrauchen können. Dazu waren zu viele Sehnen und Muskeln durchtrennt worden. Hier jedoch, fernab der nächsten Ansiedlung, bedeutete eine solche Wunde den sicheren Tod.

Fianna war ebenso hilflos wie entsetzt, als sie Boromir sah, der keuchend dasaß und die Zähne zusammenbiß. Baldur zog sein Hemd aus, riß den Stoff in Streifen und legte Boromir einen Verband an, wobei er sich bemühte, die Wunde so fest wie möglich zusammenzudrücken, um die Blutung zu stillen. Trotzdem war der Stoff um die Wunde schon nach wenigen Augenblicken wieder rotgefärbt.

»Wird er durchkommen?« fragte Fianna mit banger Stimme. Sie sah Baldur verzweifelt an. »Er wird es doch schaffen, nicht wahr?«

Es gelang Boromir trotz des Schmerzes, so etwas wie ein Lächeln zustandezubringen. »Aber sicher«, preßte er hervor. »Na … natürlich werde ich es schaffen. So leicht … bin ich nicht kleinzukriegen.«

Fiannas Miene war anzusehen, daß sie ihm zwar gerne glauben wollte, aber nicht so recht konnte.

Baldur holte zuerst sein eigenes Schwert, das Orgon ihm aus der Hand geschlagen hatte, dann ging er zu dessen Leichnam und zog ihm Fiannas Schwert aus dem Leib, um ihr die grausame Arbeit zu ersparen. Er reichte es ihr.

»Hier«, sagte er. »Nimm das. Wir müssen weiter.«

»Kommt!« ächzte Boromir. »Helft mir hoch.«

Sie halfen ihm auf die Beine. Schwankend stand er da. Er hatte seinen unversehrten linken Arm um Baldurs Schultern gelegt, der ihn stützte.

»Wird es gehen?« fragte Baldur.

Boromir nickte mit schmerzverzerrtem Gesicht. »Ja, laßt uns aufbrechen.«

Baldur deutete auf die Tasche mit den Fackeln, die Boromir bislang getragen hatte. »Fianna! Nimm die Tasche. Und dann komm.«

»Und was ist mit Orgon?« Sie deutete auf dessen Leichnam. »Wir können ihn doch nicht so einfach hier liegenlassen!«

»Was willst du tun? Ihm mit bloßen Händen ein Grab ausheben? Nein, wir müssen weiter, solange Boromir sich noch auf den Beinen halten kann. Und das wäre auch in Orgons Sinn gewesen.«

Fianna dachte an die letzten Worte, die er ihr zugeflüstert hatte, und nickte. Was sie gesagt hatte, war dumm gewesen. Doch in ihrem Kopf hatte sie die verschiedensten Gedanken. Sie hatte Mühe, einen kühlen Kopf zu bewahren. Die letzten Ereignisse waren beinahe mehr gewesen, als sie verkraften konnte.

Sie nahm die Tasche, und dann brachen sie auf, wobei Baldur Boromir stützte. Doch schon nach ein paar Schritten blieb Fianna stehen.

»Wartet!« rief sie. »Der Ring! Wir brauchen Orgons Ring.«

Sie humpelte dorthin zurück, wo er ihn hatte fallen lassen, sank auf die Knie nieder und suchte mit den Händen im schlammigen Boden herum, bis sie schließlich einen rötlich funkelnden Gegenstand hochhielt.

»Ich habe ihn.«

»Dann steck ihn ein und beeil dich!« antwortete Baldur. »Wir dürfen nicht noch mehr Zeit verlieren.«

Mühsam schleppten sie sich weiter, wobei Fianna mit dem Schwert in der Hand ihre Sicherung übernahm. So sehr sie jedoch auch Ausschau hielt, von den dämonischen Wesen ließ sich keines mehr blicken. Es schien, als wären sie mit dem, was sie erreicht hatten, vollauf zufrieden.

Bis zur Ruinenstätte war es nur noch eine knappe halbe Meile. Doch der Weg durch das tosende Unwetter schien sich bis dahin endlos zu erstrecken.

Baldur spürte, wie Boromirs Gewicht immer stärker auf seinen Schultern lastete. Es war ein Wunder, daß dieser sich überhaupt noch auf den Beinen halten konnte. Er hielt die Augen halb geschlossen, und sein Blick war glasig, als wäre er kaum mehr in dieser Welt, aber dennoch setzte er mit eisernem Willen Fuß vor Fuß.

Dann tat sich vor ihnen die breite Schlucht auf, in der sich die Ruinenstätte befand.

Sie waren am Ziel.

9. Kapitel

Wie damals vor fünfzehn Götterläufen sah es auch heute aus, als hätte Sumus' Leib sich aufgetan und die Ruinenstadt ausgespien. Hier im Zentrum des dämonischen Unwetters zuckten die Blitze nahezu ununterbrochen über den Himmel und ermöglichten einen ungehinderten Blick auf die Stätte.

Fianna blieb stehen und starrte mit aufgerissenen Augen auf das, was sich vor ihr in der Schlucht eröffnete. Es waren unzählige Mauerabschnitte, Reste von Häusern oder größeren Gebäuden, zerborstene Säulen, die halb im Erdreich steckten, und dazwischen unzählige Mauersteine verschiedenster Größe. Alles bestand aus einem seltsam hellen Gestein, das im Schein der Blitze wie weißer Marmor wirkte. Doch all das war es nicht, was Fianna ihre Augen so sehr aufreißen ließ. Es war vielmehr die Anordnung der Gebäudereste, oder besser gesagt: *irgend etwas* bei der Anordnung.

Man konnte erahnen, wie die Stadt früher einmal aufgebaut gewesen war, wo sich Gebäude, Straßen und Plätze befunden hatten. Doch irgend etwas daran stimmte ganz und gar nicht. Wenn man mit den Augen den Gebäudelinien oder Straßen folgte, mündeten diese schließlich an einem ganz anderen Ort, als man es beim Blick aufs Ganze geglaubt hatte.

Fianna blinzelte verwirrt, doch der seltsame Eindruck blieb bestehen.

Da gab es zum Beispiel eine schnurgerade Straße, die mitten durch die Stadt verlief und irgendwo in der Schlucht endete. Doch wenn Fianna den Konturen mit ihrem Blick folgte, erreichte dieser – ohne daß sie das Gefühl gehabt hätte, den schnurgeraden Weg irgendwie verlassen zu haben – schließlich das Ende einer Seitenstraße, die rechts vor der Schluchtwand lag. Und als sie es noch mal von vorne probierte, erreichte sie einen gänzlich anderen Punkt. Dasselbe geschah, wenn sie es bei anderen Wegen versuchte, und auch bei vielen Mauerlinien war dies der Fall. Nirgendwo fanden ihre Augen einen Fixpunkt.

Alles schien auf eine unfaßbare Art schief, verschoben und ganz und gar nicht stimmig zu sein. Es mutete an wie das Werk eines ebenso genialen wie kranken Kopfes. Ohne jede Frage mußte dies früher einmal eine prächtige Stadt gewesen sein, aber Fianna konnte sich nicht vorstellen, wie Menschen es an diesem Ort aushalten konnten, ohne unweigerlich den Verstand zu verlieren.

»Komm endlich!« hörte sie, wie Baldur ihr durch das Tosen des Sturmes zurief. »Worauf wartest du?«

Sie stellte erstaunt fest, daß er zusammen mit Boromir schon ein beträchtliches Stück in die Schlucht hineingegangen war und die ersten Gebäudereste fast erreicht hatte – ein Zeichen dafür, wie lange sich ihre Blicke verirrt hatten.

Sie beeilte sich, die Gefährten einzuholen. Dabei knickte sie erneut leicht mit ihrem verletzten Fuß um. Aber sie biß die Zähne zusammen und humpelte weiter.

»Wo ist der Tempel?« fragte sie, als sie Baldur und Boromir erreicht hatte.

Baldur, der Boromirs Leib mittlerweile mit beiden Armen umschlungen hielt, deutete mit dem Kopf auf ein Gebäude, das halb in einem Berghang versteckt war und Fianna erst jetzt auffiel. Sie hatte das sichtbare Stück bislang für einen Mauerrest gehalten. Als sie nun genauer hinsah, stellte sie fest, daß dieses Gebäude im Gegensatz zu allen anderen einen unversehrten Eindruck machte. Der sichtbare Teil wies keinerlei Fenster auf. Der einzig erkennbare Eingang bestand aus einer rechteckigen, gut anderthalb Schritt hohen Öffnung in der steinernen Vorderfront.

»Los, rein!« sagte Baldur, als sie die Öffnung erreicht hatten und er sah, daß Fianna zögerte.

Sie zog den Kopf ein und schlüpfte ins Innere. Hinter dem Eingang wurde die Decke sofort wieder höher, so daß sie sich wieder aufrichten konnte. Im Schein der Blitze war zu sehen, daß ein Gang direkt nach vorne weiterführte. Doch das Licht reichte nicht so weit, um zu erkennen, wo er endete.

Baldur zog Boromir ins Innere und setzte ihn am Boden ab, so daß er sich gegen eine Wand lehnen konnte. Fianna sah, daß sein Gesicht totenbleich war, was nicht nur am fahlen Schein der Blitze lag.

»Boromir!« rief sie. »Geht es dir einigermaßen gut?«

Er schaffte es mit Mühe, seine flatternden Augenlider zu heben und sie mit glasigem Blick anzusehen, was bewies, daß er sie zumindest verstanden hatte. Er bewegte schwach den Mund, doch nichts Verständliches kam über seine Lippen.

Baldur hatte begonnen, mit einem Feuerstein ein kleines Feuer zu entfachen. Er nahm eine der Fackeln aus der Tasche, zündete sie an und reichte sie Fianna.

»Hier, nimm!« sagte er. »Geh du voraus. Aber warte, gib mir erst Orgons Ring!«

Sie sah ihn erstaunt an. »Aber wieso? Ich kann ihn doch ebensogut auch weiterhin …«

»Wir haben keine Zeit zum Diskutieren«, beschied er, während er Boromir wieder auf die Beine half, was ihm nur mit äußerster Anstrengung gelang. »Gib ihn einfach mir!«

Sie zog ärgerlich die Augenbrauen herab. Seine befehlenden Worte erinnerten sie an den Tonfall, in dem er anfangs mit ihr umgesprungen war. Dann besann sie sich und übergab ihm den Ring. Schließlich mußte Baldur besser wissen, was zu tun war.

Anschließend ging sie mit der Fackel voraus. Der Gang zog sich schnurgerade durch das Gebäude. Er schien etliche hundert Schritt lang zu sein, aber sicher war Fianna sich nicht. Schon nach kurzer Wegstrecke mußte sie sich eingestehen, daß ihr, seit sie den Tempel betreten hatte, das Gefühl für Raum und Zeit abhanden gekommen war.

»Gut, daß der Zauberer damals sämtliche Fallen unschädlich gemacht hat«, sagte Baldur. »Sonst kämen wir jetzt nicht so leicht voran.«

Von irgendwelchen Fallensystemen sah Fianna nichts. Für sie bestand der Gang nur aus Boden und kahlen Wänden. An einigen Stellen waren Teile der Decke eingestürzt, und die Steine lagen am Boden, aber an ehemalige Fallen erinnerten diese Stellen nicht. Fianna verzichtete auf eine Nachfrage. Vielleicht waren die Fallen magischer Art.

Dann endete der Gang vor einer kleinen rechteckigen Pforte, die ebenfalls nur anderthalb Schritt hoch war. Der Schein der Fackel fiel in den dahinter liegenden Raum.

»Wir sind da«, sagte Baldur keuchend. »Boromir! Hörst du? Wir sind da! Wir haben die Halle erreicht.«

Boromir reagierte kaum.

Fianna lehnte sich gebückt an die Seite der Pforte und hielt die Fackel am ausgestreckten Arm in die Halle. Sehr viel konnte sie nicht erkennen, außer daß es sich um einen großen Raum handeln mußte. Der Lichtschein reichte nicht sehr weit.

»Fianna«, sagte Baldur. »Bevor du dort hineingehst, denk daran, daß ...«

Doch seine Worte kamen zu spät, Fianna hatte – da nichts Verdächtiges zu sehen gewesen war – ihren Fuß bereits in die Halle hineingesetzt. Sie ging drei, vier Schritte weit über den steinernen Boden, dann riß sie die Augen auf und ließ erschrocken die Fackel fallen.

Sie stöhnte qualvoll auf, als irgend etwas sie mit so urgewaltiger Wucht durchdrang, daß sie zu spüren glaubte, wie es einen Großteil ihres Geistes einfach mit sich riß und im Nichts zerstieben ließ. Sie glaubte zu fallen, unendlich lange und unendlich schnell.

Um sie herum war auf einmal nichts anderes mehr als vollkommene Finsternis. Vom Lichtschein der Fackel war nichts mehr zu sehen. Sie mußte erloschen sein.

Oder hielt sie die Augen geschlossen?

Sie glaubte plötzlich, am Boden zu liegen, und als sie sich bewegte, konnte sie tatsächlich irgend etwas an ihrem Rücken spüren. Es schien sich zu bewegen, in schnellen, pulsierenden Wellen, mit denen jedesmal ein dumpfes Dröhnen einherging. Es war unangenehm, nein, geradezu ekelerregend, und sie spürte, wie ihr Magen rebellierte. Sie wollte sich aufrichten, aber es gelang ihr nicht. Sie merkte, daß nicht der Boden sich bewegte, sondern daß sie es war, durch die die Wellen hindurchzulaufen schienen, und sie begriff, daß das dumpfe Dröhnen der Widerhall ihres eigenen, rasenden Herzschlags war.

Er setzte aus, als vor ihrem Gesicht urplötzlich eine grelle, fürchterliche Dämonenfratze auftauchte, mit stahlgrau leuchtenden Augen, die sie ansahen und ihr geradewegs die Seele aus dem Leib saugen zu wollen schienen.

Sie wehrte sich gegen den Blick, ohne ihm ausweichen zu können. Verzweifelt wand sie sich. Sie versuchte wegzukriechen, doch irgend etwas hielt sie fest. Sie wollte um sich schlagen, doch auch das gelang ihr nicht. Panik stieg in ihr auf.

»*Iiiiiiaaaaaa!*« erreichte sie ein gräßliches, abgrundtiefes Stöhnen. »*Nnnnnnaaaaa!*«

Sie erschauderte und spürte, wie sich in ihrer Seele eine unendliche Kälte auszubreiten begann.

Eine Kälte, die *böse* war!

»*Iiiaaannnaaaaah!*« erreichte sie erneut das Stöhnen. Wieder ließ es sie erschaudern, aber irgend etwas daran ließ sie zugleich stutzen, insbesondere als das Stöhnen abermals erklang.

»*Ffiiaannnnaa!*«

Es dauerte endlos lang, ehe sie hinter die Bedeutung dieses Wortes kam.

Fianna!

Das war ihr Name. Jemand rief nach ihr.

Der Dämon!

Doch als sie erneut in dessen Fratze starrte, war diese bereits bedeutend menschenähnlicher. Der Dämon hatte kurzgeschnittene weiße Haare, harte eingefallene Züge und graue Augen. Er erinnerte Fianna an irgend jemanden, aber es wollte ihr nicht einfallen, an wen.

»Fianna!«

Auch die Stimme kam ihr bekannt vor. Sie verband unangenehme Erinnerungen daran, aber ganz sicher war sie sich dessen nicht.

Irgend etwas warf ihren Kopf hin und her. Sie hörte ein klatschendes Geräusch und fühlte, wie ihre Wangen sich röteten, konnte beide Wahrnehmungen aber nicht schlüssig miteinander verbinden.

»Fianna! Komm endlich zu dir!«

Allmählich erkannte ihr zähflüssiger Geist immer mehr, und sie erfaßte, daß sie auf dem Steinboden der Halle lag. Und das, was sie für eine Dämonenfratze gehalten hatte, war nichts anderes als Baldurs Gesicht.

»Alles in Ordnung?« fragte er. »Bist du wieder da?«

Statt ihm zu antworten, drehte sie sich verwundert nach links und rechts. Sie nahm wahr, daß die Halle mittlerweile einigermaßen erleuchtet war. Das Licht rührte von mehreren Fackeln her, die Baldur in entsprechende Halterungen in den Wänden gesteckt haben mußte, während sie bewußtlos gewesen war. Boromir saß neben der Eingangspforte an die Mauer gelehnt und hatte die Augen geschlossen. Sein rasselnder Atem drang zu ihr und zeigte, daß er noch am Leben war. Nachdem sie tagelang durch dröhnenden Donner geritten waren, war es ungewohnt, auf einmal wieder solch feine Laute hören zu können. Die Stille in der Halle mutete regelrecht sakral an.

Fianna wandte sich wieder Baldur zu.

»Was ...?« entfuhr es ihr. »Wie lange war ich ...?«

»Lange«, antwortete Baldur nachsichtig. »Recht lange. Aber tröste dich. Uns ging es damals nicht viel besser.« Er überlegte einen tiefen Atemzug lang, ehe er hinzufügte: »Obwohl es diesmal nicht mehr so stark wie früher zu sein scheint. Ich hatte es sehr viel schlimmer in Erinnerung gehabt.«

Fianna sah ihn an, als hätte er einen schlechten Scherz gemacht. Die Erinnerung an das, was sie gerade durchgemacht hatte, würde sie ihr ganzes Leben lang nicht mehr verlassen.

»Aber vielleicht ist das nur ein Zeichen dafür, daß etwas, vor dem man sich fürchtet, einem immer viel stärker oder größer vorkommt, als es eigentlich ist«, fügte er sinnierend hinzu. Er streckte Fianna einen Arm entgegen. »Hast du's allmählich unter Kontrolle? Wirst du aufstehen können?«

Sie nickte zaghaft. Der gesamte Raum schwankte und schien sich um sie herum zu drehen, als sie sich auf die Beine ziehen ließ. Baldur stützte sie einen kurzen Augenblick, ehe sie es schaffte, allein stehenzubleiben.

Ihr Körper fühlte sich sehr eigenartig an, und jede Bewegung erschien seltsam. Sie hatte das Gefühl, als wäre sie mit ihrem Geist endlos weit von ihrem Körper entfernt. Auch die Entfernungen schienen sich ins Unermeßliche ausgedehnt zu haben. Zwischen ihrem Kopf und ihren Händen oder gar ihren Füßen schienen Meilen zu liegen.

Die Umgebung konnte sie hingegen einigermaßen unverzerrt wahrnehmen. Der Steinboden, auf dem sie stand, fiel ein paar Schritt vor ihr senkrecht ab. Dort befand sich ein riesiges Becken, das sich von Wand zu Wand zog. Auf der gegenüberliegenden Seite befand sich ebenfalls ein breites Plateau wie dieses, zu dem eine geschwungene Steinbrücke hinüberführte – beziehungsweise hinübergeführt *hatte,* denn in der Mitte fehlte ein Stück von gut zehn Schritt Länge. Es mußte während eines Erdbebens herausgebrochen sein. Auch andere Teile der Halle waren beschädigt.

»Die Pforten sind offen!« rief Baldur. Er wies auf das Wandportal auf der gegenüberliegenden Seite. Die Steinquader, die es verschlossen hatten, waren geöffnet, und man konnte eine rechteckige Platte erkennen, die sich dahinter befand. Sie war von einem Kreis aus eingemeißelten Ornamenten umgeben. »Das heißt, wir können die Ringe benutzen.«

»Aber wie kommen wir auf die andere Seite?«

»Damit.« Baldur nahm das zusammengerollte Seil ab, das er um den Körper getragen hatte. Er begann eine Schlinge zu knoten. »Ich muß nur eine der Verzierungen dort drüben treffen. Dann können wir uns rüberhangeln.«

Fianna sah, was er meinte. Aus dem ebenfalls steinernen Geländer der Brücke ragten im Abstand von einem Schritt armlange Aufsätze empor. An ihnen konnte man das Seil befestigen.

Fiannas Blick blieb auf dem Becken liegen. Von ihrem Standort aus konnte man nicht bis zum Grund herabsehen, und so ging sie unsicheren Schrittes langsam näher an den Beckenrand heran.

Der Anblick entsprach ungefähr dem, was sie erwartete hatte. In fünf, sechs Schritt Tiefe war der Boden von einer abgrundtief schwarzen, öligen Masse bedeckt, auf der träge Wellen schwappten. Was Fianna jedoch nicht erwartet hatte, war die Intensität dieses Anblicks.

Sie torkelte und spürte, daß sie etwas vornüber in die Tiefe zu ziehen versuchte. Alles um sie herum begann sich plötzlich rasend schnell zu drehen. Sie wußte kaum mehr, wo vorne und hinten war, und merkte, daß sie das Gleichgewicht verlor. Mit rudernden Armen kämpfte sie darum, sich zu halten, doch vergeblich.

Sie fiel – und fand sich einen Augenblick später dicht vor dem Beckenrand sitzend wieder. Das Schwindelgefühl war so plötzlich verschwunden, wie es sie überfallen hatte.

»Was machst du denn da?« rief Baldur ärgerlich. »Einen Augenblick lang dachte ich, du würdest kopfüber in die schwarze Masse fallen.«

Fianna fühlte, wie ihr ein Schauder den Rücken hinunterlief. »Einen Augenblick lang dachte ich das auch«, flüsterte sie mit heiserer Stimme. Sie stand wieder auf und bemühte sich, diesmal ausreichenden Abstand zum Beckenrand zu halten und nicht mehr zu der schwarzen Masse zu sehen. Deutlich war zu spüren, daß sie der Urheber allen Übels war.

Baldur hatte die Schlinge fertig geknüpft, trat auf das diesseitige Stück der Brücke und visierte sein Ziel an. Ein paarmal schwang er das Seil, dann warf er es.

Der Wurf war gut gezielt. Die eine Seite der Schlinge traf den Aufsatz am Geländer, glitt jedoch zur falschen Seite ab. Das Seil fiel nach unten.

Baldur wollte es wieder einholen, als plötzlich etwas so heftig an dem Ende zerrte, daß es ihn fast über den abgebrochenen Rand der Brückenseite riß. Er begriff, daß das herabgefallene Ende in die schwarze Masse gefallen war und von ihr daran gezogen wurde.

»Fianna! Dein Schwert oder ein Messer! Schnell!«

Bedrohlich schnell wurde Baldur das Seil durch die Handflächen gezogen. Er spürte, wie seine Haut zu verbrennen begann. Trotzdem wollte er es nicht loslassen. Das Seil war ihre einzige Möglichkeit, zur anderen Seite zu gelangen.

Dann war Fianna da und durchtrennte das Seil mit einem gezielten Schwertstreich.

Baldur atmete auf. Er warf einen grimmigen Blick hinunter zu der Masse, wandte ihn jedoch sofort wieder ab, als er spürte, daß ein Schwindelgefühl ihn befiel. Dann besah er sich das Stück des Seils, das sie gerettet hatten. Es war noch lang genug, um einen zweiten Versuch zu machen. Doch falls dieser ebenfalls mißlang, würde nicht mehr genügend für einen dritten übrigbleiben.

Baldur machte sich abermals daran, eine Schlinge zu knüpfen. Als er sie anschließend schwang, konzentrierte er sich besonders lange auf das Ziel, ehe er sie warf.

Und er traf.

Die Schlinge legte sich um den kleinen Aufsatz. Baldur zog das Seil stramm und band das diesseitige Ende an einem ebensolchen Aufsatz fest. Er zog daran, um zu prüfen, ob es halten würde. Dann wandte er sich Fianna zu.

»Ich mache den Anfang. Und dann kommst du.«

»Und was ist mit ihm?« Sie deutete auf Boromir, der neben dem Durchgang hockte. Sein Kinn war ihm auf die Brust gesunken, doch noch immer atmete er. »Er wird es in seinem Zustand nie über das Seil bis zur anderen Seite schaffen.«

»Das wird auch nicht nötig sein.«

»Aber … wir brauchen seinen Ring! Ohne ihn sind nicht alle vier komplett.«

Baldur schüttelte mit ernster Miene den Kopf. »Ich habe seinen Ring bereits.«

Sie starrte ihn entgeistert an. »Du … du hast ihm …?«

»Nein. Er hat es selbst getan. Während du ohnmächtig warst.« Er warf Boromir einen kurzen Blick zu, aus dem Respekt und Hochachtung sprachen. »Er hat gewußt, daß es die einzige Lösung ist. Ich glaube, die Wunde hat an seiner Schulter soviel zerstört, daß er nicht einmal sehr viel davon gemerkt hat.«

Fianna blickte zu Boromir; nur mit Mühe gelang es

ihr, die Tränen zurückzuhalten. Jetzt erst bemerkte sie das Messer mit der blutigen Klinge, das neben seiner Linken auf dem Steinboden lag.

Baldur hangelte sich zuerst an dem Seil entlang zur anderen Seite. Es senkte sich bedenklich nach unten, hielt aber. Während er an dem Seil hing, geriet die schwarze Masse unter ihm in Bewegung. Ein paarmal wölbte sie sich gut einen Schritt weit nach oben, aber es gelang ihr nicht, Baldur zu erreichen.

Er winkte Fianna zu, als er auf der anderen Seite angekommen war. »Jetzt du!«

Sie trat zaghaft an den Rand der Brücke heran und nahm das Seil in die Hände. Vorsichtig warf sie einen Blick nach unten und hob ihn sofort wieder, als sie abermals Schwindel zu spüren begann.

Nicht nach unten sehen! befahl sie sich. *Einfach nicht nach unten sehen!*

Dann wagte sie sich vor, umschlang das Seil mit ihren Kniekehlen und Händen und hangelte daran vorwärts. Der Gedanke an das, was sich unter ihr befand und was geschehen mochte, falls das Seil aus irgendeinem Grund riß, bohrte sich mit plötzlicher Heftigkeit in ihren Kopf und lähmte ihre Bewegungen zusehends.

»Nicht so langsam!« hörte sie Baldur in drängendem Ton rufen. »Beeil dich!«

Etwas in seiner Stimme wirkte äußerst angespannt. Es ließ sie wie von selbst den Kopf drehen und nach unten sehen. In ihrem Schrecken hätte sie beinahe das Seil losgelassen.

In die schwarze Masse unter ihr war Bewegung gekommen. Ein paar Ausläufer schwappten wie gigantische Tentakel zu ihr herauf, fielen wieder in sich zusammen, um kurz darauf erneut nach oben zu schießen.

Und sie reichten beständig höher.

Fianna zwang ihren Blick wieder nach oben und schluckte schwer. Mit aller Gewalt kämpfte sie gegen den Drang an, sich einfach nur an das Seil zu klammern und keinen Fingerbreit mehr weiterzubewegen.

»Schnell!« rief Baldur. »Du schaffst es.«

Seine Worte verliehen ihr zusätzliche Kräfte, und so gelang es ihr, die andere Seite wohlbehalten zu erreichen, wo Baldur sie in Empfang nahm. Als sie danach wieder auf den Beinen stand, bemerkte sie, wie verkrampft ihr gesamter Körper war. Die schwarze Masse in dem Becken schwappte nunmehr wieder träge vor sich hin, als wäre nie Unruhe in sie hineingekommen.

Fianna erschauderte, als sie an das Erlebte zurückdachte. Hätte sie zum Beispiel nur mit den Beinen den Halt verloren und wären diese heruntergependelt, so hätte die Masse sie mit Sicherheit erwischt. Und die Gewalt und Kraft, mit der sie vorhin das Seil in sich hineingezogen hatte, ließen keinen Zweifel daran, was in diesem Fall mit ihr geschehen wäre.

Fianna verzog grimmig das Gesicht. »Also los, bringen wir es zu Ende!«

Sie traten an die rechteckige Platte, die mitten im Steinportal eingelassen war.

Als Fianna den darum verlaufenden Kreis betrachtete, erkannte sie, daß das, was sie aus der Ferne für eingemeißelte Ornamente gehalten hatte, in Wirklichkeit urnenartige Schriftzeichen waren, die einen magischen Kreis bildeten. Nun, aus der Nähe, konnte Fianna auch die vier kleinen Aussparungen in der Platte erkennen, in die sich die geschliffenen Edelsteine der Ringe hineinsetzen ließen.

Baldur sah Fianna an. »Bist du bereit?«

Sie nickte.

Baldur zog Orgons Ring aus seinem Harnisch und drückte ihn in die oberste der Aussparungen. Zuerst schien es so, als wolle er nicht passen, doch schließlich blieb er stecken. Aufatmend nahm Baldur es zur Kenntnis. Auf seinem Gesicht lagen Ernst und Besorgnis.

Dann zog er Boromirs Ring hervor, an dem noch immer der blutige, abgeschnittene Finger hing.

Fianna schluckte, als sie es sah.

Baldur drückte den Ring in die zweite Aussparung. Ein kurzes rötliches Leuchten flammte um ihn herum auf.

»Jetzt noch unsere beiden«, sagte er.

Sie drückten ihre Ringe gleichzeitig in die zwei noch freien Aussparungen. Abermals leuchtete es kurz auf, diesmal jedoch bedeutend heller.

Sonst tat sich nichts.

Rein gar nichts.

Fiannas und Baldurs Blicke trafen sich. In Fiannas Augen lag die stumme Frage, ob etwa alles umsonst gewesen sein sollte. Doch darauf vermochte er ihr keine Antwort zu geben. Er wußte es selbst nicht.

Plötzlich merkte er, wie sich etwas an seinem Ringfinger tat. Zuerst verspürte er so etwas wie ein warmes Kribbeln, dann begann sich etwas zu bewegen.

»Der Ring!« rief Fianna aufgeregt. »Er löst sich von der Haut!«

Er hatte erstaunt dasselbe festgestellt. »Zieh deinen Finger raus!«

Er tat es ebenfalls und war erstaunt, wie leicht er sich vom Finger löste, mit dem er all die langen Jahre untrennbar verbunden gewesen war. Dort, wo er gesessen hatte, war die Haut bleich, ansonsten unverändert.

Auch Boromirs Ring weitete sich, und der darinsteckende blutige Finger fiel zu Boden.

Dann begannen die Steinquader, die das Wandportal verschlossen hatten, sich unvermittelt in Bewegung zu setzen. Baldur und Fianna traten schnell zurück. Sie sahen noch, wie auf der Platte mit den Ringen kleine rötliche Blitze aufzuckten, dann fielen die beiden Flügel des Portals mit einem dumpfen Krachen zu.

Und obwohl sich sichtbar nichts veränderte, war mit einem Male alles gänzlich anders.

Baldur fühlte sich urplötzlich vollkommen frei und klar. Und in seiner Seele spürte er einen tiefen Frieden! Es war etwas, das er seit fünfzehn Götterläufen nicht mehr empfunden hatte.

»Die Aura!« rief er aufgeregt, während er sich einmal um die eigene Achse drehte, als wolle er dieses Gefühl von allen Seiten aufnehmen. »Die böse Aura! Sie ist verschwunden!«

Fianna spürte es ebenfalls. Der Teil ihres Geistes, der beim Betreten der Halle davongeweht zu sein schien, war wieder in sie zurückgekehrt. Erst jetzt erfaßte sie richtig, wie eng die Klammer gewesen war, die hier drinnen ihren Geist umschlossen gehalten hatte. Auch ihr Körperempfinden war wieder vollkommen normal. In einem gewissen Sinne fühlte sie sich beinahe glücklich. Sie wußte zwar, daß sie das, was sie in diesem Raum verspürt hatte, niemals im Leben wieder vergessen würde, aber der Gedanke an das Erlebte vermochte sie mit einem Male nicht mehr zu schrecken.

Denn es war vorbei.

Baldur trat an das Ende des Plateaus heran und warf einen Blick hinunter in das Becken.

Die schwarze Masse war noch immer vorhanden, aber nun zeigte sich auf ihrer Oberfläche keine noch so geringe Regung. Sie lag matt und wie tot da und vermochte keinerlei Schwindelgefühle mehr auszulösen. Selbst das Licht der Fackeln schien nicht mehr von ihr verschluckt zu werden.

»Wir haben es geschafft!« stieß Baldur hervor. »Wir haben es tatsächlich geschafft! Der Dämon ist besiegt. Er ist in seine Sphären zurückgekehrt.«

»Und die schwarze Masse? Sie ist immer noch da.«

»Das schon, aber sie war nur das Gefängnis des Dämons«, antwortete er. Aus einem Impuls heraus trat er zu Fianna und drückte sie innig an sich.

»Ja«, stimmte sie ihm zu. »Wir haben es geschafft.«

Er löste sich von ihr und deutete zur anderen Hallenseite. »Aber noch haben wir nicht alles getan. Wir müssen uns um Boromir kümmern. Vielleicht schaffen wir es ja sogar, ihn …« Er brach ab und ließ den Rest unausgesprochen, als er begriff, daß er sich vom Überschwang seiner Gefühle hatte mitreißen lassen. Ein Blick auf Boromirs blutüberströmte, zusammengesunkene Gestalt zeigte ihm deutlich, wie aussichtslos die Hoffnung war, daß es noch irgendeine Rettung für ihn geben könne. Aber – so sagte er sich – bevor sein Gefährte in Borons Arme sank, sollte er wenigstens wissen, daß sie den Dämon ein für allemal besiegt hatten. Diesen Triumph sollte er mit auf seine letzte Reise nehmen.

Sie hangelten sich am Seil zurück auf die andere Seite, was Fianna diesmal – angesichts der nun offensichtlich leblosen schwarzen Masse – bedeutend leichter fiel. Trotzdem war die Vorstellung, womöglich aus Unachtsamkeit dort hineinzufallen, noch immer recht abstoßend.

Dann eilten sie zu Boromir, der mittlerweile das Bewußtsein verloren zu haben schien. Sein Atem ging schwach und röchelnd.

Baldur rüttelte ihn leicht. »Boromir! Kannst du mich verstehen? Komm zu dir!«

Tatsächlich schaffte Boromir es, mühsam den Kopf zu heben, und als er sie ansah, wirkte der Blick seiner Augen überraschend klar. Doch zugleich war es der Blick eines Mannes, der mit der gleichen Klarheit wußte, daß dies die letzten Augenblicke seines Lebens waren. Schmerzen schien er mittlerweile kaum mehr zu verspüren. Er wirkte lediglich unendlich erschöpft.

»Baldur«, hauchte er erkennend. Seine Augen wanderten zur Seite. »Fianna!« Einen Lidschlag lang erschien so etwas wie die Andeutung eines zufriedenen Lächelns auf seinen Lippen, dann erschlafften seine Gesichtsmuskeln wieder, und er schluckte schwer.

»Wir haben es geschafft!« rief Baldur ihm eindringlich zu. »Hörst du? Wir haben es geschafft!«

Boromir zeigte keinerlei Triumph. Dazu war er in seinem Zustand nicht in der Lage. »Ich spüre es«, flüsterte er. »Ich spüre … Frieden!«

Baldur wußte genau, was sein Gefährte meinte.

»Jetzt werden wir dich in den nächsten bewohnten Ort bringen«, sagte Fianna. »Und dort wird dich ein Medicus wieder gesund pflegen.«

Aus Boromirs Kehle löste sich ein kurzes, heiseres Lachen, das jedoch sofort in ein blutiges Husten überging, das seinen gesamten Körper durchschüttelte. Baldur befürchtete schon, sein Gefährte würde ersticken, doch dann beruhigte sich dessen Atem wieder.

»Nein«, flüsterte Boromir krächzend. »Dazu ist es zu spät. Der einzige Weg, den ich noch gehen werde, ist derjenige in Borons Reich. Er erwartet mich bereits.«

Tränen liefen über Fiannas Gesicht. »Nein, Boromir!« rief sie verzweifelt. »Du darfst nicht sterben. Erst Orgon, und jetzt … Nein, nicht auch noch *du!* Denk an die vielen Geschichten, die du noch alle zu erzählen hast!«

»Jetzt wirst du es sein, die sie erzählt. Erzähle …« Er hustete abermals. »Erzähle von hier. Erzähle, wie wir den Dämon besiegt haben.«

»Das will ich nicht!« rief sie mit tränenerstickter Stimme. »Ich will, daß du lebst!«

Er gab ihr darauf keine Antwort. Statt dessen sah er kurz zu Baldur. Dann hob er schwach die linke Hand und bedeutete Fianna näher zu kommen.

Sie beugte sich vor, bis sie mit ihrem Kopf dicht an dem seinen war. Baldur, der mit gerunzelter Stirn danebenstand, konnte zwar hören, wie er ihr etwas ins Ohr flüsterte, konnte aber nicht verstehen, was es war.

Einen Augenblick später ruckte Fiannas Kopf zu ihm herum. Ihr tränenüberströmtes Gesicht war zu einer überrascht-entsetzten Maske gefroren, als sie mit halbgeöffnetem Mund zu ihm emporstarrte.

Baldur hatte dem Tod schon etliche Male ins Angesicht gesehen und war dennoch standhaft geblieben. Vor diesem Blick jedoch taumelte er unwillkürlich ein paar Schritt zurück – vor allem weil sich in seinem Innern explosionsartig die Erkenntnis ausbreitete, was er zu bedeuten hatte.

Sie wußte es!

Er sah halb hilfesuchend, halb verwirrt zu Boromir. Woher wußte dieser nur …? Doch Boromir konnte ihm nicht weiterhelfen. Sein Kopf war wieder auf die Brust gesunken.

Fianna erhob sich wie betäubt und trat langsam auf Baldur zu. Mit dem untrüglichen Gefühl einer Frau hatte sie erfaßt, daß dessen Reaktion auf ihren Blick bereits einem Eingeständnis gleichkam.

»Ist das wahr?« kam es kaum vernehmbar über ihre Lippen. »*Du* bist …?«

Plötzlich blickte sie mitten in der Frage an Baldur vorbei und riß entsetzt die Augen auf. Aus ihrer Kehle löste sich ein heiserer Schrei.

Baldur drehte sich um und erstarrte.

Aus dem Becken war ein tiefschwarzer, drachenförmiger Körper gewachsen, der sich aus der gerade zuvor noch so leblos anmutenden schwarzen Masse geformt hatte. Deutlich war der riesige Kopf zu erkennen, der auf einem schlanken Schlangenhals saß und sich bis unter die Decke der Halle erhob. Das monströse Wesen hatte eine Größe von mehr als zwanzig Schritt.

Der Kopf bewegte sich schlängelnd auf Baldur zu, um dicht vor ihm Halt zu machen.

Dennoch war Baldur keinen Fingerbreit zurückgewichen. Er hatte sein Schwert gezogen, doch angesichts der Mächtigkeit des Gegners hatte er darauf verzichtet, es drohend zu erheben. Es hätte nur lächerlich gewirkt. Fianna war hinter seinen Rücken geflohen.

Der Drachenkopf pendelte vor ihm hin und her, als wolle er sie beide von allen Seiten betrachten, obwohl in der schwarzen Masse keine Augen zu erkennen waren.

»Baldur!« rollte eine röchelnde, tiefe Stimme einem Beben gleich durch die Halle.

Baldur war sich sicher, daß sie aus dem Maul des Drachen kam, obwohl ihm kein Atem entgegenkam. »Du kennst meinen Namen?«

»Gewiß«, dröhnte es. »Aber ich sehe, daß du dich nicht an mich erinnerst. Warte! Ich werde es dir ein wenig leichter machen.«

In den schwarzen Drachenkopf kam Bewegung. Er begann zu zerfließen, bis er den Konturen eines menschlichen Antlitzes Platz machte, eines gewaltigen Gesichtes mit einer ausgeprägten Hakennase, das dem Schlangenhals entwuchs und dicht vor ihnen pendelte.

»Daswadan!« keuchte Baldur.

Das schwarze, ölig glänzende Gesicht formte ein Grinsen. »Du hast mich also wiedererkannt! Ja, du hast recht. Ich bin es. Daswadan! Zumindest zum Teil. Zum anderen Teil jedoch ...«

Der Schlangenhals zuckte wie von einer Sehne geschnellt vor ihnen zurück, bis er sich wieder über dem Becken befand. Das Wesen verlor binnen eines Lidschlags sein drachenartiges Aussehen, wurde unförmig und gebärdete sich plötzlich wie wild. Sie bildete tentakelförmige Auswüchse aus, die wie Peitschenschnüre durch die Luft pfiffen, und dabei ließ ein wahnsinniges, unmenschliches Kreischen und Brüllen die Halle erzittern.

Einen Augenblick später brach es ab, und Daswadans Antlitz hing wieder vor Baldur in der Luft. Ebenso wie Fianna hinter ihm ließ er langsam seine Hände sinken, die er schützend auf die Ohren gelegt hatte.

»... wenn du verstehst, was ich meine«, fuhr das schwarze Wesen mit seiner sonor rollenden Stimme fort, als wäre nichts geschehen. »Der Dämon und ich, sein Geist und mein Geist, wir haben uns vereinigt.

Und mit seiner Macht und meinem Verstand, mit seinen Fähigkeiten und meinem Wissen werden wir furchtbar über das Land herziehen. Es dürstet ihn nach Seelen, ich spüre es. Nach vielen, unermeßlich vielen Seelen! Und eure beiden werden die ersten sein, die er sich einverleibt. Doch noch hält er sich zurück, und ich spreche mit Euch. Es tut gut, nach fünfzehn langen Jahren wieder einmal zu sprechen. Aber rechnet nicht damit, daß es ein langes Gespräch wird.«

»Wieso ist der Dämon nicht in seine Sphären zurückgekehrt?« rief Fianna hinter Baldurs Rücken. »Wir haben doch alles getan, was dazu erforderlich war.«

Der schwarze Kopf pendelte zur Seite, um an Baldur vorbei auf Fianna zu sehen. »Wen haben wir denn da? Ich habe schon bemerkt, daß ihr ein neues Mitglied in eurer Gruppe habt. Deshalb habe ich sie auch bis hierher durchkommen lassen. Ich wollte sie selbst betrachten.« Eine kurze Pause. »Oh, ich spüre da etwas. Eine Art Verwandtschaft zwischen euch. Sie ist deine …«

»Das tut hier nichts zur Sache«, unterbrach Baldur mit fester Stimme.

Der schwarze Kopf hielt einen Augenblick inne. Daswadan schien Fianna abschätzend zu betrachten. »Ja, damit magst du recht haben. Seele ist Seele. Obwohl – je unschuldiger, desto größer der Genuß.«

»Was hieß das gerade: mich durchkommen lassen?« fragte Fianna lauernd.

Das schwarze Gesicht zeigte einen Ausdruck des Erstaunens. »Glaubt ihr etwa, ich hätte nicht jeden eurer Schritte verfolgt, seitdem ihr auch nur in die Nähe der Ruinenstätte gekommen seid? Ich habe euch durch die Nebelwesen gesehen. Oh, wenn ihr wüßtet, was für ein Gefühl es ist, durch Dutzende und Aberdutzende von Augen zugleich zu sehen! Ich war es, der euch in der Gestalt der Wesen attackiert hat. Ich habe sie gelenkt. Und ich war es auch, der durch sie Orgon übernommen hat. Ich muß sagen, er hat es mir ziemlich leichtgemacht.« Ein schulmeisterlicher Ton mischte sich in seine Stimme. »Aber er ist selbst schuld daran. Er hätte seinen Ring damals lieber doch aufsetzen sollen. Das wäre ihm besser bekommen. Dann wäre er länger am Leben geblieben.« Ein dröhnendes Lachen erfüllte die Halle. »Zumindest eine kurze Zeitlang.«

Baldurs Kiefer mahlten. Das war zweifelsohne der Zauberer von damals, der da sprach. Alles erinnerte an ihn: der Tonfall, die Selbstgefälligkeit und die Wortwahl – nur die dröhnende Stimme war eine gänzlich andere.

Fianna starrte das schwarze Geschöpf mit aufgerissenen Augen an. »Dann bist du es, der dafür gesorgt hat, daß Orgon tot und Boromir so gut wie tot ist?«

»Waren das ihre Namen? Unwichtig! Aber du hast recht. Ich war es, und es war mir ein Leichtes. Ich hätte Euch alle töten können, wenn ich es gewollt hätte.«

Fianna starrte das Wesen finster an und preßte ihre Lippen zu einem dünnen Strich zusammen. Hätte sie ein Menschenwesen vor sich gehabt, gleich welcher Größe, hätte sie sich bestimmt blindlings darauf gestürzt. Aber sie wußte, wie sinnlos es war, dieses dämonische Geschöpf angreifen zu wollen. Es hätte sie mit nur einer Bewegung des Kopfes quer durch die Halle schleudern können.

»Aber was hätte mir das eingebracht?« fuhr es fort. »Wenn Ihr alle tot gewesen wärt, hättet Ihr ja nicht mehr die Ringe hierherbringen können!«

»Die Ringe, richtig!« sagte Baldur. »Ihre Kraft sollte den Dämon zurückschicken.«

»Ja, warum hat das nicht funktioniert?« fügte Fianna hinzu.

»Da täuscht Ihr euch. Es *hat* funktioniert. Nur war der Zauber der Platte und Ringe nie dazu bestimmt, den Dämon in seine Sphären zurückzuschicken. Im Gegenteil, sie hatten den Zweck, ihn aus diesem Gefängnis hier zu befreien. Oh, wüßtet Ihr nur, über welche längst vergessenen Kräfte die Magier verfügten, die einst diesen Ort errichteten! Das war noch lange vor der Ersten Dämonenschlacht. Sie hatten diesen Dämon gebändigt, um ihn gegen verfeindete Magier einzusetzen, als ihnen Zweifel an ihrem Vorhaben kamen. Sie befürchteten, daß er mit seinen unkontrollierbaren Kräften gegen sie selbst vorgehen könnte. So schufen sie diesen Tempel als Ort für seine Gefangenschaft und vier Ringe als Schlüssel für seine Befreiung. Die Ringe wurden vier Verantwortlichen zur Aufbewahrung anvertraut. Doch es erwies sich, daß sie die Kräfte des Dämons nicht vollständig hatten bannen können. Eines Tages bäumte er sich mächtig auf und verursachte so ein starkes Erdbeben, daß die gesamte Stätte verschüttet wurde. Im Laufe der Zeit geriet der Ort in Vergessenheit, aber die Kunde von ihm wurde aufgezeichnet und aufbewahrt – ebenso wie die Ringe.«

»Und auf diese Schriften bist du in der ›Dunklen Halle der Geister‹ gestoßen«, sagte Baldur.

»Ganz recht, und zwar schon in jungen Jahren. Es war Zufall. Oder sollte ich besser sagen: Vorherbestimmung? Denn ich fand nicht nur die Schriften und zwei der Ringe, sondern nach langen Berechnungen wurde mir auch klar, daß die Zeit, da der Dämon erneut erwachen würde, genau in meine Lebensspanne fiel. Und als ich las, daß es möglich war, mit ihm zu verschmelzen, um an seiner Macht teilzuhaben, war mir klar, welche unermeßlichen Möglichkeiten sich mir auftaten. Das, was ich in den Händen hielt, war nicht weniger als das Angebot, zum mächtigsten Wesen auf dieser Welt zu werden, einem Wesen, dem sich nichts und niemand in den Weg stellen kann, das ganze Städte mit einem Atemhauch auszulöschen vermag und das sich von Seelen ernährt. Und davon gibt es reichlich viele auf dieser Welt. Von da an stand meine Entscheidung fest. So eine Gelegenheit erhält man nur einmal im Leben. Ich habe zahllose Jahre damit verbracht, die anderen beiden Ringe zu finden, und ich hatte schon befürchtet, es nicht rechtzeitig zu schaffen. Doch dann fand ich sie. Und was ich dann noch brauchte, waren vier willfährige Helfer.«

»Du hast uns also von Anfang an etwas vorgemacht!« sagte Baldur.

»Du hast es erfaßt. Ihr wart nichts als Marionetten in meinen Händen. Ihr habt vielleicht geglaubt, ich hätte euch nur ungern mitgenommen. Weit gefehlt! Als wir uns begegnet sind, habe ich sofort gewußt, daß Ihr genau die richtigen für mich seid. Ich brauchte Menschen von starkem Charakter. Denn mir war klar, daß es seine Zeit brauchen würde, ehe mein Geist mit dem des Dämons verschmilzt. Jahre sogar. Womöglich ein Menschenleben lang. Bevor der Verschmelzungsprozeß nicht erfolgreich abgeschlossen war, durfte der Dämon nicht befreit werden, sonst hätte er mich und meine Seele ebenfalls verschlungen. Und das lag natürlich nicht in meiner Absicht.«

Der schwarze Kopf auf dem schlanken Hals schnellte urplötzlich ein paar Schritt zurück, als hätte ihn ein starker Schmerz durchzuckt. Wie verunsichert hielt er einen Augenblick lang inne, ehe er sich pendelnd zu Baldur und Fianna zurückbewegte.

»Deshalb war nie vorgesehen, daß Ihr die Ringe schon damals benutzt«, erklärte Daswadan weiter. Baldur glaubte aus dessen dumpfer Stimme einen ganz leichten Hauch von Verunsicherung herauszuhören, war sich aber nicht sicher. »Ihr solltet lediglich schon diesen Ort kennenlernen, und ich brauchte Euch, um mich zu opfern. Das habt Ihr dann ja auch in vollendeter Manier getan. Oder glaubt Ihr wirklich, Ihr hättet mir auch nur ein Haar krümmen können, wenn ich es nicht gewollt hätte? Ich hätte Euch alle binnen weniger Augenblicke töten können. Aber nein, Ihr mußtet ja wiederkommen, um das Werk in meinem Sinne zu vollenden.«

Erneut schnellte der Kopf zurück, zuerst ein paar Schritt weit; er verharrte kurz, dann zog er sich ganz in das Becken zurück, wo er wieder zu einer formlosen Masse wurde. Ein kurzes Peitschen der Tentakel, ein kurzes Kreischen, dann erschien wieder der Drachenkopf, der sich auf Baldur und Fianna zuschlängelte. Diesmal sah die Bewegung irgendwie angestrengter aus und war nicht mehr von solch bedrohlicher Eleganz.

»Der Dämon wird unruhig«, verkündete der schwarze Kopf. Eine kurze Pause, dann verformte er sich wieder zu einem überdimensionierten Antlitz Daswadans. Es schien, als wäre er von irgend etwas abgelenkt. Auch die ölig schwarzen Gesichtskonturen wirkten diesmal grober. »Ich spüre es. Er verlangt nach Euren Seelen. Ja, das ist es. Also lassen wir ihn nicht allzulange warten. Nur soviel noch, Baldur. Es wird dich vielleicht interessieren, daß die Ringe ursprünglich gar nicht dazu geschaffen waren, mit ihrem Träger zu verwachsen. Ich habe für einen Magier der ›Akademie der Geistigen Kraft‹ in Fasar ein wertvolles Buch aus der Bibliothek der ›Dunklen Halle der Geister‹ stehlen müssen, damit er ihnen diese Fähigkeit verleiht.«

Abermals zuckte es in dem schwarzen Körper. Das Gesicht wurde unförmiger. Es schien Daswadan deutlich Mühe zu bereiten, seine Form vollständig zu halten, doch er schien unbedingt seinen Triumph über Baldur und dessen Begleiter vollenden zu wollen.

»Das war meine Garantie, daß Ihr keine andere Wahl haben würdet, als hierher zurückzukehren, sobald die Zeit dazu gekommen wäre«, sprach er weiter. Auch seine grollende Stimme begann zu schwanken. »Denn solange Ihr die Ringe an Euren Fingern hattet, trugt Ihr in den Steinen ein Stück der dämonischen Aura dieses Ortes mit Euch. Selbst wenn es Euch nicht bewußt war, so hattet Ihr tief in Euerm Innern doch das sichere Wissen, daß eine Rückkehr hierher der einzige Weg sein würde, um Eure Seelen davon zu befreien. Welche Ironie, daß Ihr sie jetzt, da Euch das gelungen ist, wieder verlieren werdet.«

Dem Tonfall der dunklen Stimme war trotz der

Schwankungen anzuhören, daß es Daswadan Vergnügen bereitete, vor Baldur auszubreiten, daß er sich über die tiefsten Abgründe ihrer Seelen, ihre Verzweiflung und die inneren Qualen, die sie alle durchlitten hatten, vollauf im klaren war – mehr noch, daß er all dies bewußt initiiert hatte, um sie in seinem Sinne zu lenken. Es war vielleicht die größte Demütigung, die man einem Mann zufügen konnte.

»Deshalb warst du also so wütend, daß Orgon seinen Ring nicht aufgesetzt hat?« fragte Baldur. Seine Stimme zitterte leicht, sonst zeigte er sich unbeeindruckt.

»Ja, aber er hat den Ring trotzdem wie ein folgsames Hündchen wieder hergebracht. Er war der einzige von Euch vieren, der sich einer Rückkehr hierher hätte entziehen können. Aber dazu war er wahrscheinlich zu einfältig.«

»Vielleicht hat es eher mit so etwas wie Ehre zu tun«, sagte Baldur.

»Pah, Ehre!« spie Daswadan aus.

»Das heißt, Ihr hattet nie Gelegenheit, euch wirklich frei zu entscheiden«, flüsterte Fianna hinter Baldurs Rücken, als sie erkannte, wie weitreichend und ausgeklügelt Daswadans Plan gewesen war. »Er hat Euch nur benutzt.«

Ohne sich umzusehen, tastete Baldur hinter sich, wo er Fianna wußte, bis er ihren Arm berührte.

»Ganz ruhig«, sagte er mit sanfter Stimme.

Bei ihrem Klang verspürte Fianna eine seltsame Wirkung. Sie war sich vollauf darüber im klaren, daß sie einem dämonischen Wesen gegenüberstanden, vor dem es kein Entkommen gab und das sich jeden Augenblick ihre Seelen holen würde. Doch dann sprach Baldur ganz einfach nur zwei Worte, und sie fühlte sich auf einmal fast sicher und geborgen. Irgend etwas in seiner Stimme gab ihr dieses Vertrauen. Sie wußte nicht, was genau dieses Gefühl in ihr auslöste, aber sie begriff, warum er der Führer der Gruppe gewesen war.

»Es wird Zeit, Euch dem Dämon zu überantworten. Er verlangt nach Euch. Und dann werden wir unser Werk beginnen. Die Welt erwartet uns. Und sie wird lernen, uns zu fürchten.« Erneut durchliefen den riesigen schwarzen Körper starke Zuckungen. »Irgend etwas ...« Daswadan schien beunruhigt.

»Ich glaube nicht, daß es soweit kommen wird«, sagte Baldur mit fester Stimme.

Das grobe schwarze Gesicht starrte ihn mit seinen vorquellenden Augen an. »Wie meinst du das? Was willst du Wicht damit sagen?«

»Nun, nichts weiter, als daß ich in all den Jahren nicht untätig gewesen bin. Ich habe mich kundig gemacht, und mir ist es gelungen, Abschriften der Bücher zu bekommen, in denen von dieser Stätte berichtet wird. Sie waren nicht vollständig, und einige Fakten wichen voneinander ab, aber es reichte aus, um mir ein recht genaues Bild zu machen.«

»Du lügst!« donnerte Daswadan. »Du wärst überhaupt nicht in der Lage, die Schriftzeichen zu entziffern!«

»Es hat mich Jahre und sehr gute Verbindungen gekostet, es zu erlernen.« Er nickte. »Und es hat sich gelohnt. Ich wußte, daß du uns nur benutzt hast. Und daß die vier Ringe den Dämon befreien würden.«

Daswadan wirkte verwirrt. Er schaffte es nicht, seine Gestalt zu halten. Der über den Beckenrand herausragende Teil des Halses mit dem Kopf klatschte auf den Steinboden, wo er in einen länglichen, unförmigen Streifen zerfloß, ehe er sich wieder zur alten Form erhob.

»Wenn du das alles gewußt hast, warum bist du dann zurückgekommen und hast die vier Ringe eingesetzt?« fragte Daswadan. Seine Stimme wurde immer brüchiger. Sein im Becken befindlicher Hauptkörper wurde immer unförmiger. Bald peitschten von ihm aus wieder Tentakel über den Beckenrand. Es sah aus, als versuchten sie, sich nach oben zu ziehen, würden es jedoch nicht schaffen.

»Da täuschst du dich, Daswadan! Das habe ich keineswegs getan!«

»Aber was …? Natürlich hast du es getan! Sonst würde ich jetzt nicht mit dir sprechen!«

»Da irrst du abermals. O ja, ich habe die Ringe dort hineingedrückt, aber nicht vier, sondern nur drei der echten. Der vierte ist ein Imitat, das ich sorgfältig habe anfertigen lassen. Da ich wußte, daß Orgon seinen Ring nicht trägt, hatte ich von Anfang an vor, ihn gegen das Imitat auszutauschen. Und willst du wissen, wo sein richtiger Ring ist? Er ist hier!«

Bei diesen Worten zog er ihn aus seinem Harnisch hervor und hielt ihn dem schwarzen, zuckenden Wesen triumphierend entgegen.

Aus dessen Kehle löste sich ein tierischer Schrei der Wut und der Verzweiflung.

Daswadans Kopf zuckte zu dem Wandportal mit der Platte zurück, die nun unerreichbar hinter den verschlossenen Steinquadern lag. Ein schwaches rötliches Leuchten glomm durch das Gestein.

»Du kennst die alten Texte, Daswadan«, rief Baldur. »Bei der Befreiung des Dämons muß allergrößte Sorgfalt angewandt werden. Alle vier magischen Ringe müssen benutzt werden. Du weißt, was sonst geschieht. Du spürst es längst, nicht wahr?«

Daswadans Kopf fuhr in einer urgewaltigen Bewegung herum, wie um die beiden Menschen hinwegzufegen, doch Baldur hielt ihm den Ring entgegen, und bevor die Fratze sie erreichte, schoß aus dem Edelstein ein feuriger Blitz.

Der schwarze Körper zuckte zusammen wie ein geprügelter Hund. Der halsartige Fortsatz verlor endgültig seine Form und wurde in das Becken zurückgezogen, wo sich Daswadans Schrei verlor.

Die Masse wälzte sich hin und her, und die Bewegung brachte das gesamte Gebäude zum Erzittern. An mehreren Stellen lösten sich aus der Decke dicke Steinbrocken und stürzten zu Boden oder fielen in die Masse. Einer krachte vor den Ausgang und versperrte ihn halb.

Aus dem Becken wuchs ein schwarzer, schlanker Auswuchs empor, an dessen Ende etwas zu erkennen war, das entfernt an eine Mischung aus einem Drachenkopf und Daswadans Gesicht erinnerte, dessen Züge jedoch ins Groteske verzogen waren.

»Co … co … Baldur!« erreichte es sie qualvoll. »Neeiin!«

Der Auswuchs versuchte, nach ihnen zu stoßen, doch der Ring, aus dem erneut Blitze loderten, hielt ihn auf Abstand. Immer größer wurden die Zerstörungen in der Halle.

Baldur hielt den Ring hoch, ging rückwärts und zog Fianna mit sich. »Komm, wir müssen hier raus!«

»Und Boromir?«

Ein Blick auf ihren Gefährten war Antwort genug: Boromir war zur Seite gesunken und starrte mit leblosem Blick an die Decke. Auch seine Brust hob und senkte sich nicht mehr. Er war tot.

Baldur und Fianna krochen rückwärts über das Trümmerstück hinweg durch die rechteckige Öffnung, die nach draußen führte. Als sie den davor befindlichen Gang erreichen, ließ Baldur den Ring direkt im Durchgang liegen. Er sah, wie Daswadan – oder das, was er jetzt noch war –, ihnen in den Gang hinein zu folgen versuchte, aber der feurige Blitze spuckende Edelstein versperrte den Weg.

Daswadans wutentstelltes, enttäuschtes Brüllen begleitete sie, während sie durch den Gang rannten. Auch hier regnete es immer mehr Teile von der Decke.

»Los!« schrie Baldur Fianna zu. »Lauf um dein Leben!«

10. Kapitel

Als sie aus sicherer Entfernung von einer Anhöhe aus auf die Schlucht zurückblickten, sahen sie, wie der Tempel von einem rötlichen Glühen eingehüllt wurde. Dann begannen die ersten Steine zu bröckeln, und kurze Zeit später stürzte das gesamte Gebäude krachend in sich zusammen. Der darüber befindliche Berghang rutschte zum Teil herab und begrub die Reste des Tempels unter sich.

Noch einmal wehte etwas unsagbar Böses durch Baldurs und Fiannas Geist, doch diesmal vermochte es nichts davon mit sich zu reißen. Das Gefühl durchdrang sie lediglich ganz kurz, um dann sofort und endgültig zu verfliegen.

Im selben Augenblick ging mit der gesamten Ruinenstätte eine Veränderung vor sich. Ihre so rätselhaften Konturen schienen einen Lidschlag lang zu verschwimmen, ehe sie mit einem Male vollkommen klar und deutlich dalagen. Nun hatte man keine Mühe mehr, den einzelnen Wegen mit den Blicken zu folgen. Was gerade noch eine Stätte der verwirrenden Sinnestäuschung gewesen war, war jetzt nur noch ein gewöhnliches Trümmerfeld.

»Es ist vorbei«, sagte Baldur erschöpft. »Das Böse und die Magie … sie sind von diesem Ort verschwunden. Der Dämon ist heimgekehrt.«

Fianna entgegnete nichts. Sie stand nur erschöpft da und füllte ihre Lungen bei jedem Atemzug tief mit Luft.

Es hatte bereits zu regnen und zu blitzen aufgehört,

als sie aus dem Tempel geflohen waren. Auch die schwarzen Wolken, die sich über ihnen am Himmel aufgetürmt hatten, verzogen sich nun zusehends. Mehr und mehr drang der helle Lichtschein der Praiosscheibe bis zum Boden durch. Es war, als kehrte mit der Helligkeit auch das Leben an diesen Ort zurück. Erst jetzt wurde erkennbar, daß jenseits der Wolkenmassen hellichter Sonnenschein herrschte. Seitdem sie in die Zone der Finsternis eingedrungen waren, hatten sie mehr und mehr jegliches Zeitgefühl verloren. Die Sonnenstrahlen und ihre Wärme ließen vom regendurchtränkten, feuchten Boden Nebelschleier aufsteigen, durch die die Sonnenstrahlen in fast senkrechten Bahnen hindurchstießen.

Fianna sah zu Baldur auf. »Du bist mir noch eine Antwort schuldig.«

Diesmal vermochten ihn ihre Worte nicht mehr zu erschrecken. Erstens stand er dazu noch viel zu sehr unter dem Eindruck des gerade Erlebten, zweitens hatte er sie erwartet. »Hat Boromir es dir gesagt?« fragte er sie. »Und woher wußte er es überhaupt?«

»Er wußte es nicht. Er hat es nur vermutet. Und in der Halle hat er mir zugeflüstert, daß ich dich fragen soll, ob dem wirklich so ist. Ich habe es kaum glauben wollen. Aber als du dann zurückgetaumelt bist …« Ihr Blick nahm an Intensität zu. »Stimmt es also, daß du …?«

»Ja«, sagte er, wobei er ihr fest in die Augen sah. »Ich bin dein Vater.« Und etwas leiser fügte er hinzu: »Viele Jahre habe ich geglaubt, es bedauern oder bereuen zu müssen. Aber seitdem ich dich kenne, weiß ich, daß ich stolz darauf sein kann.« Er sah die tausend Fragen in ihrem Gesicht und streckte sich. »Ich werde dir alles erklären. Auf dem Rückweg. Wir haben noch einen weiten Marsch vor uns.«

»Auf dem Rückweg wohin?«

»Nach Hause.«

»Nach Hause? Ja, aber ... Du bist der Baron von Vahrenfels und lebst dort auf einer Burg. Ich hingegen ...«

»Nein!« sagte er mit fester Stimme. »Es stimmt zwar, daß ich auf Burg Vahrenfels gelebt habe, aber sie war nie mein Zuhause. Jedenfalls nicht mehr seit jener schrecklichen Nacht damals. Das weiß ich seit einigen Tagen. Ich weiß es mit einer Sicherheit, mit der ich noch niemals etwas im Leben gewußt habe.« Auf seinen Lippen erschien ein Lächeln, als vor seinem geistigen Auge Leiras liebliches Gesicht auftauchte, das ihn mit strahlenden Augen ansah.

Fianna schien sich nicht ganz sicher, was seine Worte zu bedeuten hatten. Sie blickte ihn leicht unsicher an.

»Mein Schwager Gundolf ist sicherlich ebenso fähig, die Baronie zu leiten«, fuhr Baldur fort, mehr an sich selbst gewandt. »Es ist nicht nötig, daß ich dorthin zurückkehre. Dieses Kapitel meines Lebens ist abgeschlossen. Das, wonach mein Herz begehrt, werde ich dort ohnehin nicht finden.« Er sah Fianna direkt in die Augen. »Nein, unser beider Zuhause ist ein anderes. Und deine Mutter wird sicherlich froh sein, dich wohlbehalten wiederzusehen.«

Fianna stand wie erstarrt da, als sie begriff, was seine Worte bedeuteten. Nur in ihrem Blick veränderte sich plötzlich etwas.

Als Baldur sie so vor sich sah, während zugleich noch Leiras Gesicht vor seinem geistigen Auge stand, verspürte er auf einmal ein noch nie empfundenes Gefühl von Harmonie und Zuversicht.

Plötzlich wußte er, daß sich alles zum Guten wenden würde.